星をかすめる風

イ・ジョンミョン

鴨良子［訳］

論創社

星をかすめる風

イ・ジョンミョン

鴨良子〔訳〕

論創社

〈凡例〉

1　この作品はフィクションである。

2　この本の内容は当時の時代性と制度についてはさまざまな記録を基にし、収録されている詩は実際の作品にもとづいた。ただし、実在した人物の性格と行動は、小説として自然なように再構成したフィクションである。この点について、ご遺族ならびに関係者の皆様にご理解いただければ幸いである。

3　『正本　尹東柱全集』（ホン・ジャンハク編、文学と知性社）、『星を数える夜』（イ・ナムホ選、民音社　世界詩人選　三十）など、さまざまな編者による尹東柱詩集と『尹東柱評伝』（青い歴史）、『尹東柱　韓国現代詩人研究Ⅰ』（イ・ゴンチョン、文学世界社）、『我星にも春が来たら――尹東柱の生涯と文学』（コ・ウンギ、サンファ社）他、一人一人の名前を挙げきれないほど多くの研究者たちによる著書と研究資料、また尹東柱の実弟・尹一柱教授、詩人の延禧専門学校の後輩で、自筆の詩稿を保管し世に公開した鄭炳昱《チョンビョンウク》教授、友人で詩人の金禎宇《キムジョンウ》など多くの知人の多様な著述資料を参考にしなかったら、この本は世に出ることはなかっただろう。あらかじめお一人一人に了解を得ることができなかった失礼を、紙面を通じてご理解くださるようお願いしたい。

プロローグ　消え失せたものが、蛍の光のようにさまよう

人生には生きる理由などなくてもいい。しかし死については、明確な根拠がいる。死それ自体を証明するためにではなく、残された者の人生のためにである。十九歳の冬、私はその事実を知ることとなり、そして今の私がある。

砂に吹きつける風のように、戦争の時間は私をかすめて通り過ぎた。擦り減って粉々に崩れたりしながらも、私は少しずつ成長していった。成長は本来、祝福されるべきことだ。肉体の発育、知識の拡張、経験の蓄積……。しかし私にとって、成長とは不可逆な喪失にすぎなかった。

もう私は、かつての私には戻れない。世の中は残忍だという事実を知らなかった私、人間の悪魔のような側面について無知だった私、一行の文章が持つ力を知らなかった私には。

一九四五年八月十五日、戦争は終わった。拘禁されていた人々は皆解放されたが、私は今も変わらずこの刑務所にいる。変わったことがあるとしたら、鉄格子の外にいた私がその中にいること、褐色の看守服から赤い囚人服になったということだけだ。私の囚人服の胸には黒い番号が鮮明についている。D二九七四五。

私がなぜこの鉄格子の中に閉じ込められているのか、私にはわからない。知らないうちに、自分でもよくわからない巨大な出来事が私の運命を襲い、通り過ぎていっただけだ。

戦時中、福岡刑務所看守部で看守兵だった私は、戦後、進駐米軍によってＢＣ級戦犯に分類され、自分が番をしていた正にその監房に収監された。高い煉瓦塀と鋭い鉄条網、太い鉄格子や煉瓦房でできたその巨大な怪物は、想像もできないほど多くの人々の魂を呑み込んだ。私の魂をもまた、この怪物は食べてしまうだろう。

薄黒くくすんだ床の上に白い陽が射した。たくさんの血と膿、ため息やうめき声が染みついた木の床。私は指を広げ、四角い紙のような光の中に何かを書いてみる。十九歳の私の魂は生き生きしているだろうか？　そのはずだ。私の筋肉はたくましく、皮膚はなめらかで、血は新しい葡萄酒のように赤い。しかし私の目はあまりにも残酷なものを多く見てきた。

太平洋司令部連合軍法務局は、戦時捕虜虐待の容疑で私を起訴した。戦時下の刑務所で勤務した看守兵だったのだから、当然の罪名だろう。自分に罪がないとは言わない。時に意図的に、時には自分でも意識しないうちに収容者を虐待したこともあるに決まっている。声を張り上げ、拳を振り上げ、むやみに殴りつけたこともあったはずだ。だから私に科せられた罪は、私が当然受け入れなければならない分け前だ。だが私には、米軍検察官に起訴されなかった別の罪がある。

「何もしなかった罪」

私は悪魔が起こした戦争を食い止められず、その汚い戦争を止めることもできず、罪のない、ひょっとするとほんのわずかな罪しか犯さなかった人々が、あえなく死んでいくのを止められなかった。悪魔の狂気に沈黙し、罪のない者の悲鳴に耳を塞いだ。

あなたは問うだろう。何もしなかったことが、どうして罪になるのかと。犯罪とは、どんな行為をしたかによって成立するものではないのかと。私は、その質問に答えるために書き進めていくつもりだ。

今から話すことは、私自身のことではない。それは人間の魂を滅ぼす戦争と、罪のない人が死んでゆく残酷な話だ。私が見た人間と人間ではない者について、最も純潔な人間と最も堕落した人間について、そして暗い宇宙を横切ろうとし、幾万年も前の星のまぶしさについての話である。

もう私はわかった。世の中がいかに残忍で、人間がいかに滅びやすいものであるかを。それでも人間の魂は、どんなに美しく輝けるものなのかを。

いまさら私に、悪魔はいるのかと誰も聞かなければいいのにと思う。私ははっきりと答えられる。「いる」と。私は悪魔を見たのだから。あなたに見せてあげることだってできる。しかし私はそうはしないつもりだ。代わりにあなたが私に、希望はあるのかと尋ねてほしい。私は同じように「ある」と答えるだろう。私は希望の顔を見た。それをあなたに見せてあげられるから。

この文章がどこから始まり、どうやって終わるのかわからない。そもそも終われるかどうかさえも。私はただ書いていくつもりだ。決して自分の罪を抗弁したり、つまらぬ命を生き長らえるためではない。私の魂はもう救われたのだから。

この文章は嘆願書ではなく、弁明書とはなおのこと違う。そんなものは「文章」などではなく、ただ文字を連ねた「文書」にすぎない。文書が凶器になることも私は知っている。何行かの文章が誰かを戦場に追いやり、牢に繋ぎ、何字かの単語が誰かの首に縄をかけるのを私は見た。

私はこの文章が誰かを傷つけることを望まない。ただ、この話が私たちの魂を救ってくれることを願う。そうでないのなら、この文章は焼き払われるべきだ。すでにずっと前、私が数多くの文章をそうやって抹殺したように。

私がこれから話すのは、福岡刑務所で出会った二人に関する事だ。そのうちの一人は鉄格子の中に閉じ込められ、もう一人は鉄格子の外で彼を見守っていた。一人の囚人と一人の看守。一人の詩人と一人の検閲官。

私はこの窮屈な監房の中で、彼らが生きていた日々を記憶している。高く頑丈な煉瓦塀、日差しが白く砕ける庭。大きなポプラの木陰、そして救われるべき、くたびれはてた魂の数々を……。

はずれ者としてここへ来た、去ってゆく今もやはりはずれ者だ

それはベルの音だった。明け方の空気を破る、切り裂くような金属音。私は看守待機室の硬い寝台から、反射的に飛び起きた。窓の外はまだ薄暗かった。何事だろう？　囚人の脱獄か？　軍靴の紐を締めていると、長い廊下に一斉に蛍光灯がついた。耳の中を掻き回すベルの音と、ガァガァ鳴るスピーカーの雑音に混じり、切羽詰まった声が響きわたった。

「全看守は監房内の全員点呼を実施し、異常の有無を直ちに報告せよ。第三収容棟巡察看守は直ちに中央廊下入口で待機せよ！」

一晩二交代制勤務の夜間巡察は、十時ちょうどに始まる。長い廊下の両側に並ぶ監房を確認し、施錠装置の点検にかかる時間は一時間五十分。十二時、二時、四時に勤務交代が行われた。

私とチームを組む杉山道造は、四十過ぎの古株の看守で、刃物で削った木彫のような男だった。私が二時に勤務を終えて待機室へ戻ったとき、杉山は寝台に腰を掛け、ゲートルの紐を締めているところだった。杉山は棍棒を腰に差し、無言のまま待機室を出ていった。暗闇の中へ消えていくその後ろ姿は、亡霊のように朧《おぼろ》げだった。眠気を抑えつけられた瞼が、私を黒い眠りの沼へと引きずり込んで

いった。

　しかし私は再び眠い目に力を込め、看守部へと通じる中央廊下を走った。赤煉瓦塀の向こうで犬が吠えている。監視塔の照明は青みがかった白刃のように、暗闇を滅多《めった》切りにした。警備兵の緊迫した叫び声が聞こえてくる。狭い廊下の両側では、囚人服を着た男たちがとろんとした目で窓の外を見下ろしていた。彼らの目には苛立ちと鬱憤がべっとりとへばりついていた。看守たちは監房の戸を開けて、人員点呼をした。ざわつく声と囚人番号を呼ぶ声が警報ベルの音に入り乱れる。私は、自身の軍靴の音に追われるように走った。

　吐き気を飲み込みながら第三収容棟の中央廊下まで走ると、一人の人間が見えた。それまで私が見た中で、最も身の毛がよだつ光景。

　悪い夢を見ているようだった。しかし夢ではなかった。むしろ、夢の中へ逃げ込みたいほどぞっとする現実だった。


　一階の中央廊下には赤黒く鮮やかな血痕が残されていた。まだ温もりの残る血しぶきが、放射状に飛び散っている。二階廊下の欄干から滴り落ちてきたものだった。天井の梁に巻きつけられたロープの端に、杉山の首が吊り下がっていた。左右に広げられた両腕は欄干にくくりつけられている。血はその左胸から流れ、腹と太股を伝って足の甲を濡らし、足の親指に溜まって床に落ちた。

　首《こうべ》を垂れたまま、杉山は私を見下ろしていた。杉山道造。第三収容棟看守部所属看守。一時間前、勤務交代をした巡察担当者だ。全身に身の毛がよだった。

　私はそれまで死について考えたことはただの一度もなかった。生きることを考えるだけでも手に余る日々だったから。死は、十七歳という年齢には似合わなかった。その時私はまだ知らなかった。彼の死が引き起こす渦《わざわい》に私自身が巻き込まれることを。

私は、彼の死をはっきり見届けた。彼の裸体は蒼白く、すでに冷たくなっていた。白い額に、濃い眉と飛び出た頬骨、ぐっとへこんだ頬のせいか、鋭い鼻筋とすっとした顎のラインが目に留まった。陰影の深い口元は、どこか不自然だった。私は口元を覆って廊下の片隅に駆け込み、何度か空嘔《からえずき》をして、濡れた目を拭った。

看守たちは、中央廊下に裸体のままぶら下がっている死体を片づけたらいいのか、そのままにしておくのかさえ決められないまま、右往左往していた。彼らは心の余裕がないというより、ただ怯えるばかりだったのだ。

私は彼の顔を電灯で照らした。口は固く結ばれていた。いや、封じられていたという方が正しい。下唇から上唇に、さらに上唇から下唇へと続く整然とした七つの針跡。精巧な針仕事だった。犬の群れのような荒くれた囚人連中をたったひと言で制圧したその唇は、もはや断固として命令を下すことも、囚人に罵声を浴びせることもできない。

私は上下の歯をガタガタさせ、震える体に力を込めた。そうでもしなければ、ねじの緩んだ柱時計のように全身がバラバラになってしまいそうだった。看守長は白い紙のようにまっ白になって怯え、死体を下ろして布を被せ、医務棟に移せとしどろもどろに命令した。看守たちは豆がはじけるように二階に駆け上がり、結び目をほどいた。死体はゆっくり床に下ろされた。

「交代巡察者は誰だ？」

看守長は周囲を見回して言った。私は直立不動の姿勢に戻って復唱した。

「渡辺優一！　今夜の巡察担当者であります」

看守長は鋭い目で私を見据え、大きな声で何か言ったが、私の耳には何も入ってこなかった。ただ、昏々と眠る眠りの中まで深く入り込んできた警報ベルの音、外塀の監視塔から鳴るサイレンの音、警察犬の吠える声、ひどく酸っぱい吐瀉物の臭いと、暗闇を裂くサーチライトの光だけが入り乱れていた。そこへ、犯人の侵入路と逃亡路を把握するため建物の入口を捜索していた看守が駆け込んできて叫んだ。

「夜中に足首あたりまで雪が積もりましたが、足跡一つ残っていませんでした。本館の周りにも人が出入りした痕跡はありません」

彼の報告を聞くまでもない。外部から誰かが侵入したのなら、室内に残っているはずの雪解け水や靴跡も見あたらなかった。犯人はどこから来て、どこへ行ったというのか？　私はむごたらしい夢を見ているようだった。

先任看守の一人が私の肩を叩き、杉山の遺留品を取りまとめ事件報告の準備をしろという看守長の指示を伝えた。私は二階へと通じる階段を駆け上がった。


二階廊下の手すりの傍らに、杉山の物と思われる褐色の看守服が投げ捨てられていた。杉山は生きている間、ボタン一つ外すことも、襟の芯をただの一度も取ることはなかった。制服こそが似つかわしい人間だった。もしかすると彼は制服が似合うのではなく、制服が彼に似合っていたのかもしれない。看守服は杉山の皮膚であり、看守服を脱いだ彼は何者でもなかった。

荒々しく脱がされたのか、ズボンも上着の袖も裏返しのままで、ボタンは取れていた。上着の左胸を探ってみたが、そこに凶器で刺された跡はなかった。犯人はまず彼の息の根を止め、制服を脱がして首を吊した後、左胸を鉄製の長い凶器で刺したのだ。膝が飛び出て擦り切れたズボンは無造作に放り出されていたが、その折り目は刀のようにまっすぐだった。無意識に手を入れる癖を防ぐために、ズボンのポケットは縫いつけられていた。青みがかって痣のある膝には、何かで擦りむいたような大小の傷があった。

私はその古い看守服の上着のポケットに手を入れた。温かい鳥の巣の中に手を伸ばす少年のように、私は震えた。指先にひな鳥の羽毛のような何かが引っかかった。横に一回、縦に一回折られた藁半紙は、杉山の唯一の所持品だった。紙を開くと、きちんとした字が現れた。まるで小さな村を形成しているようなその文字の集合は、秘密めいて私に囁《ささや》いてきた。

おやすみ

はずれ者として、ここへ来た
去ってゆく今も、やはりはずれ者だ
来た時は、五月が優しかった
とりどりの花束を、贈ってくれた
あの子は僕を愛していると言ったし
あの子のお母さんは、結婚さえ口にした
でも今、この世は、暗く沈んでいる

路も、雪にふさがれている
もう、逃げだすみたいに
旅立たなければ
真っ暗闇のなかを
路をひとりで探さなければ
月の光に浮かぶ影法師だけが
　一緒に来てくれる
一面の雪野原に
獣《けもの》みちをたどっていかなければ

これ以上ここにいられるか
皆が僕を追い立てているのに
犬どもだって　飼主の家の前で
猛り狂って吠えやがる
次から次へ誰かほかの人へと
愛はうつろうもの
神がそうお決めになったのさ
いとしい人よ、おやすみ

君の夢を破らないように
君の眠りを妨げないように
僕の足音が君に聞こえないように
そっと、そうっと、扉を閉め
行きしなに、家の門に
「おやすみ」と書いてゆくから
君が起きたとき
君への僕の思いが見えるように★

私はその文字をじっくり観察した。ペンを止め、ためらっているかのように広がるインクの跡、下手な字画の形や速いようでのろのろした筆致、力を入れたり抜いたりした微妙な筆圧の変化……。

私は緊張のあまり息が詰まった。

この謎めいた詩は杉山が自分で書いたのだろうか。あるいは単に誰かの詩を抜き書きしただけなのだろうか。すぐに次の疑問が湧いた。この筆跡が杉山のものでなかったとしたら？　誰かが意図的にこの紙切れを杉山のポケットに入れたとしたら？　そうだとしたら、誰が、なぜ杉山の内ポケットにこんな詩を入れたのだろうか。

★梅津時比古著『冬の旅』（東京書籍）

＊

杉山道造の死を語る前に、彼の人生について話そう。彼について私が知っていることは多くはない。彼は第三収容棟の看守で、私は第四収容棟に所属していた。私がこの第三収容棟に配属されたのは三日前だ。配属後わずか三日目に殺人事件とは。

彼との三日間は、粉々に割れたモザイクタイルのように頭に残っている。彼は死んで亡霊になったというよりは、生きている時から亡霊のような人間だった。杉山といえばまず、刑務所の中央廊下の青白い蛍光灯の明かりが浮かんでくる。彼は褐色の看守服を着て片手に「囚人名簿」を持ち、規則的な足音を響かせて廊下を行き来していた。囚人はみな息を潜め、狭い鉄格子の間からその後ろ姿を窺っていた。

その顔は胸像のように冷たく、その唇は呪文を忘れたアリババの洞窟のように、二度とは開かないように思えた。ごくたまに、アクセントも抑揚もないしゃがれ声が乾いた唇の間から漏れた。彼は喉に力を込めることも大声を上げることもしなかったが、その低い声だけで相手をおびえさせる術《すべ》を心得ていた。

さっぱりと剃り上げられた顎は、青銅のような光を放っていた。鼻筋はまんなかで骨が折れ、ずれて右側に曲がっていた。看守たちは杉山の鼻骨を砕いた者について、深刻な表情で意見を交わしていた。伝説の左利きヤクザ、ノモンハン戦争で相手にした二メートル超えのソ連軍兵士……。人との戦いによるものではなく、至近距離で爆発した爆弾の破片や、ソ連軍の小銃の金属板によるものだという推測もあった。だが、誰も折れた彼の鼻について明確な答えを挙げられなかった。

杉山の目については、何と言ったらいいのかわからない。私はその目が瞬くのも、眉毛がぴくぴく動くのも見たことがない。深く被った看守帽の影が、その目を暗闇の中へと押し隠した。目が魂の窓なら、彼はその窓を固く閉ざしていたというわけだ。目の下から唇まで続く赤みを帯びた傷痕が、日差しを受けて見え隠れした。その傷がどこから始まっているのか知る人は多くない。もしかすると目を横切り、額まで続いていたのかも知れない。

杉山は、福岡刑務所第三収容棟を見張る亡霊だった。中央廊下と監房を行き来し、居るべき所にいて、やるべき事をやった。非常に適確な熟達した仕事ぶりで、何をやってもまるで最初から何事もなかったかのようにこなした。看守だけでなく囚人も、彼の名を知っていた。杉山道造。彼らは皆その名を恐れ、同時に軽蔑していた。

私は噂を事実のように膨らませ、面白がるようなことはしない。ただ、杉山について何かを語ろうとするなら、まずこの話をするのがよいだろう。

杉山が福岡刑務所に配属されたのは一九三九年の夏だった。所長は満州前線の英雄に、ごたついた刑務所にまともな軍人精神を吹き込んでくれることを期待した。看守たちは情報網を動員して彼に関する未確認情報を密かに調べ上げたが、知り得たことは多くはなかった。根拠のない噂と虚しい推測に、杉山特有の行動にともなう尾ひれがついて、もっともらしい話になった。

聞くところによれば、彼は満州駐屯関東軍第二十三師団、六十四連隊所属の伍長だった。杉山は、なぜ戦うのかを知らずに戦い、なぜ死ぬのかを知らずに死んでいく同僚たちの姿を目の当たりにした。杉山の中隊は、速射砲や装甲車、騎兵などの火力を総動員したモンゴル・ソ連連合軍に遭遇し、ソ連軍第九機械化旅団に包囲された。師団司令部は、全部隊めいめい独自に包囲網を突破し、東側に退却せよとの命令を下した。

杉山は三十余名の隊員とともに昼は待ち伏せし、砲撃のやむ夜にソ連軍戦車兵を襲撃した。孤立してから二週間後、彼は敵の包囲網を抜け出して退却した。戦車三十台、航空機百八十機が焼失し、死亡者と負傷者が二万人に及ぶ中で、彼はただ一人生き残った生存者だった。

これらの話が本当かどうかはわからない。確かなことは関東軍第二十三師団が、ノモンハンで、ソ連・モンゴル連合軍と戦ったということだけだ。どこまでが真実でどこからが嘘なのかはわからないが、杉山がその時まで生きていたこともまた明らかな事実である。

看守たちはまるでその場面を直接見たかのように、唾を飛ばしながら杉山の武勇伝について話した。彼の体に七個の銃弾の痕があるのを見たと言う看守もいた。他の看守は杉山のすぐそばで爆発した爆弾のせいで、左耳が聞こえなくなったと言った。脇腹には、今も手の平大の爆弾の破片が残っているという者までいた。それらの噂は、なかなか口を開かない彼の寡黙さと相まって、確かにまことしやかに聞こえた。

二つ目の話は、看守が直接見た目撃談だった。杉山が福岡刑務所に現れた時、彼は軽い銃創のせいで右足を少し引きずっていた。髭は剃らずもじゃもじゃで、目は野獣のようにぎらついていた。杉山はこの孤立した空間を、自分の新たな戦場だと考えていた。目に見える敵はいなかったが、すべての人間を敵と見なした。囚人の些細な行動ひとつ、ひと言の言葉すらも聞き逃すことなく、棍棒を振り回した。杉山は毒蛇のように悪辣で、狼のように狡猾だった。囚人はその恐ろしさに足がすくみ、看守はこそこそと彼の目を避けた。

数年前の囚人の暴行事件は、杉山の存在感をあっという間に刑務所内に際立たせた。三人の朝鮮人囚人が幼い学徒兵拒否者を唆《そそのか》して団結し、労役場に立てこもって暴動を起こした事件の時だった。彼らは三人の日本人の労役者を人質にとり、戦争捕虜として処遇をするよう要求した。

本来なら警察の一部署である高等係に申告すべき事件なのだが、所長はそうはしなかった。彼は赤い煉瓦塀の内側を、自分の領土だと考えていた。起こるべき事だけが起こるべきで、あってはならない事はあってはならなかった。塀の中に警察を呼ぶことは恥とされた。所長は武器庫を開け、看守に小銃を支給した。

杉山が前に進み出たのは、その時だった。労役場の中に入って、暴動者を制圧したいという杉山を、所長はぽかんと見つめるだけだった。杉山は上着を脱ぎ、十分過ぎてもドアが開かなかったら銃で鎮圧しろと言った。杉山が素早く労役場の中に入ると、何事もなかったかのようにドアが閉まった。

所長は掛時計を見た。細長い秒針が、刺身包丁のように所長の胸を細かく刻んだ。五分が過ぎると、看守たちの汗に濡れた手の平が、持っていた小銃の台尻につるつるすべった。所長は突入準備をした。人命の損失も覚悟した時だった。所長の口から鎮圧命令が下りた瞬間、食堂の方から騒々しい音が洩れてきた。ガタンと何かが壊れる音とかすかな悲鳴も聞こえた。

看守たちはわっとドアを押して中へ入った。所長は目の前の光景が信じられなかった。杉山は腰に棍棒を差し、高い作業用テーブルの上に立っていた。床には頭が血だらけで、唇が切れ、瞼の腫れた者たちが虫のようにのたうち回っていたという。

この話にもある程度ホラが混じっているのかもしれない。ただ、乱暴者が人質を取っている労役場へ杉山が一人で突入したことは事実であり、何事もなく生きて戻ってきたことも否定できない事実である。事件が収まると、杉山は刑務所内で、再びなくてはならない存在となった。私が初めて杉山を見たときもその後もずっと、彼は亡霊であり、死者であり、噂の上だけで存在する人物のように思われた。彼が死んではじめて、その存在をはっきりと感じることができた。ようやく私は、杉山について知っていることが何もないことを悟った。

＊

福岡刑務所の正門は、三メートルの高さの大きな鉄門と七メートルの煉瓦塀に覆われていた。赤煉瓦でできた本館棟は、頭を北側にして両腕を広げて寝ている人のような形をしていた。九州の地方刑務所にすぎなかった福岡刑務所が、全国規模の刑務所に昇格したのは三年前のことだった。太平洋戦争が始まると、日本は巨大な混乱のるつぼと化した。戦争に反対する知識人や犯罪者が治安力の及ばない隅々にはびこった。刑務所は急いで増築されたが、押し寄せる囚人を収容しきれなかった。特に、事あるごとに牙を剥いて怒りをあらわにする反日分子を隔離しておくための収容施設の確保は急務だった。その際、本島から離れた九州の福岡刑務所が、ふさわしい施設として浮上した。

刑務所当局は上部の指示に従い、敷地を拡張して収容棟を増設した。本館棟には所長室をはじめとする行政区域があった。特別待遇が必要な日本人囚人は、別の建物の第一収容棟に収容された。日本人の一般犯罪者は、第三収容棟の西側に増設された第四、第五収容棟に収容された。本館行政区の端から両方に分かれている第二、第三収容棟は朝鮮人専用の監獄だった。第二収容棟には一般犯罪や殺人や強盗などの凶悪犯はもちろんのこと、長期囚が収容されていた。特に第三収容棟は日本国内で逮捕された反日思想犯や死刑囚が収容された。

増築が繰り返されたが、刑務所は全国から押し寄せる囚人で疲弊しきっていた。特に第三収容棟では事件や事故、揉め事が絶えなかった。断食闘争があり、暴行も頻繁で、死刑執行も続いた。朝鮮人は最も質《たち》の悪い危険分子として分類され、いちばん壮健で腕っぷしの強い若い看守が配置され、あらゆる命令は棍棒打ちとともに下された。

所長室に足を踏み入れると、きつい煙草の臭いとマホガニーの机の臭いが鼻を突いた。開いた窓からは爽やかな朝の空気が入ってきた。壁には、天皇の御璽《ぎょじ》が押された表彰状の下に戦時の紋章が刻まれた旗と旭日旗が並んで掛けられていた。原木で作られた飾り棚には、長い軍刀とピカピカの拳銃があった。

所長は頭が半分ほど禿げていて、三十センチほどの指揮棒を自分の体の一部のように自然に振った。きちんと火熨斗《ひのし》が当てられた栗色の制服のズボンはまっすぐに皺が伸び、胸には記章がきらめいていた。

室内には男性歌手の歌が流れていた。力強く優雅で、悲しみのこもるその声は、この刑務所のすべてを許しているように聞こえた。赤いクロスが敷かれたテーブルには蓄音機が置かれていて、黒いレコードが回っていた。まぶしい朝の日差し、天井から続く格調高い窓枠、優雅な声楽家の声、そして微笑を浮かべる中年の男……。

所長の部屋は時間と空間の流れから完全に自由な聖域のように感じられた。そのような優雅な空間が、このくすんだ煉瓦の建物の隅に隠れていたとは信じられなかった。所長が針を上げると、蓄音機の雑音がぴたりとやんだ。所長はよく手入れされた口ひげをなで、耳の奥でジジジィーという雑音の余韻を楽しんでいるようだった。

「第三収容棟看守部所属看守兵・渡辺優一、所長にご報告申し上げます！」

所長は指揮棒を取ると、足に力をこめ、すっと立った。彼はもはや優雅なクラシックを楽しむ思慮深い中年男性ではなく、石膏像のように冷たい刑務所長に舞い戻っていた。音楽に心酔していた微笑は強張り、そっと閉じた目からは冷ややかな空気が流れてきた。

「死んだ看守の事件の報告ならもうよい。すでに看守長から全部聞いているから……」

乱れた不動の姿勢を正しながら、私は考えた。事件の内幕を知っているのなら、所長はなぜ私を呼んだのだろうか？　理由は簡単だった。杉山と最後に勤務交代をしたのが私だったからだ。生きている杉山を最後に見た目撃者という意味だ。最後の目撃者が最も有力な容疑者というのはよくある話だ。私は震える唇を落ち着かせようと、奥歯を噛みしめた。

「学徒兵出身か？」

鷹の爪のようにとがった所長の声が、私をネズミのように鷲掴みにした。所長は私を最後の目撃者だと考えているのか？　そうでなければ有力な容疑者だと思っているのか？　私はこちこちに固まった不動の姿勢で答えた。

「そうであります。京都第三高等学校文科生でした」

「運のいい奴だなあ。そのとき徴集された君の友人は皆、南方戦線に引っ張られていったはずなのに。君は本土に、それも軍の部隊ではなく刑務所に配属されたのだからな」

所長の意味深長な目つきは、高級軍人や政府機関にいる家族や親戚が、君に力を貸したのではないかと聞いている風だった。だが学徒兵の配属に関与するほどの影響力を持つ親戚は、私の知る限りいない。所長はひと言つけ加えた。

「君が事件を受け持つことになりそうだ」

私に葬式の手続きをやれという指示なのか？　そうでなければ、私に殺人の濡れ衣を着せ、事件を終わらせようということなのだろうか？　だとしたら南方戦線に行った方がまだマシだっただろう。あそこは敵をたくさん殺した兵士が英雄扱いされる場所なのだから。しかしここでは人を殺せば殺人者になる。私はあらん限りの力で、ようやく幾つか言葉を絞り出した。

「殺人事件なので特別高等警察に申告するようにいたします」

所長はうなずき、鷹のような目で私をうかがい見た。

「そうだ。それが一般的な順序だろう。だがここ福岡刑務所では、一般常識は通用しない。列島で最も危険な病原菌を集めておく所だからだ。南方戦線や満州戦線では敵と戦うが、ここでは病原菌と戦わねばならぬ。病原菌相手に一般常識は通用しないだろう。そんな悪質な人間どもは、特高どころか軍隊を動員してもどうにもならない。ここで起こることはすべて戦闘行為だ。ここで起きたことを処理し、制御できるのは我々しかいない。よって警察ごときの名は、これ以上口にするな！」

穏やかに始まったその声は、やがて激しい雄弁調になった。私は返す言葉がなかった。所長は冷静な指示で言葉を結んだ。

「この事件を受け持て。どんな奴が、なぜ杉山道造を殺したのかを明らかにしろ」

所長は極秘の取引を持ちかけるやり手商人のように言葉を続けた。

「今すぐ看守長室へ行って、必要なことを要請しろ！　看守長が調査に支障のないよう処置してくれるはずだ。必要な資料はもちろん、証言が必要なら収容者との面談や取り調べなど……。新たな情報が見つかったら直ちに報告しろ！」

私は軍靴の踵《かかと》を打ちつけ、不動の姿勢のまま凍りついた。しかし何から始めればいいのかわからなかった。すぐにやらなければならないことは、挙手敬礼をして背を向け、所長室を出ることだった。


看守室は、第二、第三収容棟の分岐点である本館棟の行政区域にあった。長い廊下の突き当たりにある木のドアの向こうには、看守室と囚人待機室が続いていた。そこは投獄された者と監視する者、つまり囚人と看守の中立地帯だった。看守室内の一角に、ベニヤ板で壁に囲っただけのみすぼらしい看守長室があった。私は建てつけの悪い看守長室のドアを開けて入った。赤く錆びついたストーブの上のやかんから湯の沸く音が聞こえてくる。

看守長は眉間が狭くて表情のない男だった。短く刈られた髪の毛は薄く、声は硬かった。垂れた眉とのっぺりした鼻筋、青白い顔色……。五十を目の前にして、彼は実年齢よりぐんと老けて見えた。生涯を褐色の制服の中に閉じ込められて生き、生の終わりにここにたどり着いた者たちに、彼は悩まされ続けたのだった。彼はいつも何かに追われているように苛立ち、何かを失うのではないかと心を砕いているようだった。

「結局こういうことになってしまったのか」

独り言なのか、私に言っているのかはっきりしなかったが、その単語の抑揚、声、ニュアンスには三つの意味が込められていた。「結局」という表現は初めからこうなるしかなかったという意味だ。

「しまったのか」という言葉は、こうなることは望ましいことではなく、こうならないように願っていたということを意味していた。二つの単語は矛盾していた。こうなることは願わなかったが、こうなるしかないことを知りながら止められなかった、という意味だった。そして「こう」が意味することは、杉山の死だった。

「杉山さんが殺されることをご存知でしたか?」

看守長の顔には、透明な幕が垂らされているようだった。彼は書類綴じの束から抜き取った第三収容棟看守勤務日誌を机の上に放り投げた。そして指先に唾をつけ、ぺらぺらと書類をめくった。

「あの者が、いつか何かされるだろうと思った人間は私だけではないはずだ。こんな凄《すさ》まじいことになるとは思わなかったが……」

その言葉は、杉山には死ぬ理由があったという意味だ。杉山に死ななければならないほどの重い罪があったのだろうか?　それは大事なことではないかもしれない。人々は自らの罪ではなく、他人が犯した罪によっても殺されるのだから。戦争という残酷な罪によって。私は看守長に尋ねた。

「杉山看守はどんなことをしでかしたのでありますか?」

私は「杉山さん」や「彼」という三人称代名詞の代わりに、「杉山看守」と言った。対象への一切の感情を排除し、目脂《めやに》ほどの好感も同情心もないその呼び方は、「しでかした」という表現にふさわしく、杉山に対するほどよい敵愾心《てきがいしん》を表した。看守長の態度が和らいだ。

「ノモンハンから戻った杉山は、戦場での習性を捨てられなかった。敵と対峙するように囚人に向かい、戦争をするように囚人を扱った。誰かがやるべき事でもあるにはあったが、結局彼は自分の仕事を誠実に務めたということだろう。ここの囚人の奴らは従順なようでいて、裏ではいつでも飛びかかるだけの怒りを溜め込んでいるからな。それで杉山も、奴らのように獣になったのだ」

窓の外では、葉の落ちた紫吊花《むらさきつりばな》の枝を風がかすめ、笛のような音を立てている。ストーブの上のやかんの煮沸音がやんだ。豆炭が消えつつあるようだった。看守長は傲慢な表情のまま大声を上げた。

「これは、看守が一人死んだということではない。戦争が勃発したということだ。奴らは宣戦布告してきたのだ！」

あいつらのバカげた戦争！　私から父と母を奪っていった戦争。看守長は言葉を続けた。

「殺人者は我々の周りにいる。第三収容棟は、見かけとはまったく違う。犯罪者の中の犯罪者、悪質な者どもの中でも最も質《たち》の悪い奴らが集まっている。朝鮮人、反逆者、共産主義者ども……。いつも血の臭いを漂わせている溝《どぶ》みたいな連中だ。歯をむき出して嚙みつき、自分の肉に食らいついたりする。気をつけないと、気の毒な杉山のようになるかもしれんぞ」

憎悪と軽蔑が、看守長の充血した毛細血管を伝って流れた。ストーブの中の豆炭が、ボッと音を立てて弾《はじ》けている。私は敵地に不時着したパイロットのように見当がつかず、方向もわからなかった。だからといってこのままではいられない。どこかへ飛ばなければならなかった。私は看守長が投げつけた勤務日誌の綴りをつかみ取った。杉山の最近の勤務状態を確かめる唯一の資料だった。

私はつるつるにすり減った勤務報告書を開いた。甘い紙の匂いと口の中がひりひりするインクの匂い、それに芳しい木の香りがする。ずっと飢えていた本と文章の匂いだった。十二月一日、二日、三日……。勤務日誌は十二月二十二日で止まっていた。その後の白紙が、彼の死をはっきりと証言していた。

看守たちはわずらわしいことこの上ない仕事や報告を「特に異常なし」という数文字で済ませてい

た。それさえ面倒なときは、大きく「同」と書くのみだった。だが杉山の報告書は違っていた。毎日ほとんど同じ内容であっても、記述には少しずつ変化があった。

死ぬ前日の夜間巡察報告には、「全四十八監房、三百四十九名の囚人熟睡。巡察時間は午前二時から六時。計三百四十八歩にて第三収容棟廊下往復巡察。多数の風邪の患者と一名の全身打撲傷及び骨折患者」と記されていた。その前日の報告には「明け方二時から六時まで、監視窓から四十八監房三百四十六名の囚人点検。風邪、猛威を振るう。打撲傷と骨折患者は快復遅し」とあった。

特異な点は、毎日言及されている打撲傷と骨折患者のことだった。私はその患者の正体と負傷の理由が気になった。日誌を一枚ずつめくった。十二月十三日の報告にその糸口があった。

「第二十八監房、囚人番号三三一番。不履行と不誠実行為で棍棒鎮圧。倒れたのち医務室へ移動、応急処置。脳天はじめ全身打撲傷、肩骨、肋骨骨折の疑い」

杉山は自身の棍棒で打たれた者の状態をこつこつと報告していたのだ。私は囚人三三一番の収監記録簿をめくった。

氏名、崔致寿《チェチス》。罪名、共産主義学習及び国家転覆、要人暗殺企図、内乱陰謀。

刑期が特に定まっていない無期囚だった。彼なら杉山の死について何か答えられるだろうか？　わからない。その時間、囚人は全員鉄格子の中に閉じ込められていた。起きて動いているのはネズミと看守だけだった。全身痣だらけで、骨が折れた状態で監房に閉じ込められた囚人が、どうやって人を殺すというのか？

しかし三三一番は、杉山の死について聞くことのできる唯一の人間だった。


高い煉瓦塀の薄暗い影の下で、私は杉山の看守服から見つけた紙を取り出して広げた。角が擦り減って毛羽立ったその紙切れは、いまだに杉山の体温を保持しているようだった。

私はその紙切れを裏返し、そこに記された文字を見つめた。黒いインクで書かれた文字は、第三収容棟の手紙の受信・発信台帳だった。昭和十七年三月二十七日。受信十四通。発信五通。下のマス目には発信者の名前と住所、受信者の囚人番号があった。

考えを整理しようとためらいが見られる書き始めのインク跡は、失敗を許さない彼の慎重な性格を、また下手だがよどみのない字画は強い行動力を見せつけた。人は筆跡を通して自分の存在を告白するのではないだろうか？

文字の形や輪郭と位置は、書く人の心と欲望だけではなく、そのときの気持ちや情緒まで語ってくれる。文字のはね具合や硬さに隠された心、疑問符や引用符、ピリオドと句読点に秘められた心情、字間と行間の間隔と密度から垣間見える心理状態、さらに、何も書かれていない白紙でさえも、文字を書かなかったその人について何かを物語っている。

言葉は私にとって魂の内面を見せてくれる窓であり、私は文章を通して人生の悲哀を理解した。私は私たちの口の中で弾《はじ》け、擦れる子音の神秘を知っている。よどみなく流れ出る母音の優雅さも知っている。それらは混じり合って擦れ、ぶつかり合いながら音調や意味や雰囲気を生み出す。

だいぶ前に読んだトルストイの『復活』を思い浮かべると、刑務所の荒涼とした庭は、降りしきる雪に覆われたシベリアになる。いつか誰かを愛することになったら、私はカチューシャに似た女性を愛するだろう。

だとしたら杉山のポケットに入っていた詩は、彼の死について何かを語ってくれるだろうか？　語ってくれるかもしれない。言葉が私たちの人生を解釈してくれるとしたら、死について同じようにできない理由はなんだろうか？

私は字画と句読点の中に、隠れた杉山の姿を探してさまよった。その結果は理解できないものだった。三枚の文書から、まったく違う二つの筆跡を発見したのだ。勤務日誌表面の文書受信・発信台帳の筆跡はまったく同じだった。ためらうことなく、自信に満ちていた。しかし裏面に記された詩の筆跡は恥ずかしそうであり、ためらっているように見えた。

感情が排除された表面の勤務日誌と自分を隠しているような裏面の詩は、一つの体に宿った双子のように、二律背反的だった。二人は同一人物なのだろうか？　あるいは他の誰かが、杉山の筆跡をまねて書いたのだろうか？　そうだとしたらこの紙切れは、なぜ彼のポケットにあったのだろう？

刑務所の塀の上に闇が降りた。毎日この時間になると、どこからかかすかにピアノの音が聞こえてくる。誰が弾いているのかわからないが、誘惑するようなその音に合わせて私は口ずさむ。そう遠くない医務棟の建物から、薄ぼんやりと光が漏れてくる。私は無意識のうちにその明かりに従い、いや、もっと正確に言うならピアノの音を追って歩きだした。

音は、がらんとした医務棟の講堂から流れていた。私は何かに捕らえられたように足を止め、透き通った窓ガラス越しに中を見た。帆を膨らませて赤い夕焼けの中を航海する帆船のように、一台のグランドピアノが薄暗い暗闇の中に堂々としていた。それは楽器というより、大きな音の聖殿のようだった。立ち並ぶ列柱、柱を弾いて流れる曲線美と、精緻を極めた装飾……。

ピアノの前には、白い服に身を包んだ女性が座っていた。彼女の指先が鍵盤に触れるたびに、黒い大きな楽器は澄んだ繊細な音を出した。指先は水しぶきのように鍵盤の上を跳ね、好奇心いっぱいの鳥のように鍵盤の上を飛び回った。

私はうっとりとして、私が入ることのできない窓越しの別世界を眺めた。時間が、いつまでもゆっくり流れていくように感じた。彼女は夕焼けの中、薄暗闇の中へ、沈黙の中へと飛び込む、名も知らぬ一羽の鳥のようだった。

どのくらい時間がたったのだろう？　ピアノの音は闇の中に染みわたり、演奏を終えた彼女は、背筋をまっすぐに伸ばしたまま窓の外をじっと見つめていた。私は心を奪われて食い入るように彼女を見つめ、彼女が確かに幽霊ではなくこの世の人なのだと確認した。その端正な看護婦服からすると、医務棟で働く看護婦に違いなかった。面長の顔は陶磁器のようになめらかで、髪には琥珀色の艶があった。丸い額と細い眉毛、一重まぶたの長い目尻が神秘的な雰囲気を漂わせていた。頬を染め、かすかに開いた唇は何か気がかりなことがありそうに見えた。

私はすぐにでも彼女に近づいていきたかったが、それ以上に、この自分のみすぼらしい姿をさらすのが辛かった。彼女は唇にくわえたピンで、看護帽を頭に固定させた。そしてピアノの蓋を鏡に見立てて顔を映し、診療記録を抱え、急ぎ足で講堂から出ていった。彼女の足先が動くたびに、ふくらはぎのあたりに白いスカートの裾がそよいだ。彼女が出ていくと、講堂は暗闇の中に鎮まり返った。

私はぼんやりしたまま医務棟へ入り、廊下を抜けて講堂のドアの前まで歩いていった。ドアは私を待っていたかのように、軋むことなく開いた。ほのかな暗闇の中で沈黙する楽器は巨人のように堅固で、女性のようにデリケートだった。私は黒くきらめくその生き物に向かって、一歩一歩近づいていった。白と黒の鍵盤、木目の残る骨組み、頑丈な腱のような固い弦……。

ふと鍵盤に触れた自分の手を、まじまじと見下ろした。ひび割れた手、爪に食い込んだ黒い垢。こんな汚い指でも音が出せるのだろうか？　私は注意深く鍵盤をひとつ押してみた。澄んだ音とともに、ぴんと張りつめた心の中の弦がひとつ振動した。私は目を閉じた。

「ソの音よ」

水流に逆らって上っていく鮎の鱗《うろこ》のように、きらりと光る声だった。私は視線をそのまま鍵盤の上に落としたままでいいのか、声のした方を振り向けばいいのかわからなかった。そのとき私は、彼女の方を振り返ったのだろうか？　あるいはそうしなかったのだろうか？

透き通った窓ガラスの裸電球の光の下に、彼女が立っていた。固く結んだ唇は一瞬、拗《す》ねているように見えたが、かといって怒ってはいなかった。胸に抱いた黒い診療記録簿が、白い看護婦服と鮮やかな対照をなしている。白い指は長く繊細で、ほんのり赤い爪は透明で艶があった。彼女はどのくらいの間、私を見ていたのだろうか？

「G音でしょう。順番で言うと五番目、右手の五番目の小指の音ですね。どんな音にも合う、音の仲裁者。どっしりと重い低音と、繊細で粉々に砕けやすい高音を繋ぐ架け橋ですね」

彼女は私のぶざまな格好をちらりと見た。私は恥ずかしかった。土埃で汚れた看守服、埃まじりの風にやられた皮膚と腫れた唇、長い間風呂にも入っていない薄汚い格好……。彼女はかすかに笑った。私を嘲笑《あざわら》っているのだろうか？　あるいは同情なのか？　煉瓦のように堅く重い言葉が、私の口からやっと出た。

「すみません。主《あるじ》のいない部屋に入って、許可なく物に触ったりして……」

私は言葉を終わりまで言えず、心の中で終止符を探し、さまよった。この大きくて神秘的で魅惑的な楽器を「物」と言ってしまった愚かさに、舌を嚙みたいほどだった。彼女は自分もこの講堂の主ではないと言って、楽譜台に忘れた楽譜を片づけた。私は勇気を出し、口ごもりながら言った。

「さっき演奏していた曲……何という曲ですか？　どこかで聞いたような気がするのですが、思い出せなくて……」

彼女は答えの代わりに、私の目の前で楽譜を開いて見せた。その一番上に曲名が書かれていた。

〝Die Winterreise〟

「〝冬の旅〟という意味のドイツ語よ。ドイツの詩人ミュラーの詩に曲をつけたシューベルトの歌曲集です」

「冬の旅……」

私は彼女の言葉をそのままつぶやいた。彼女は説明を続けた。

「人生のもの哀しさと愛の苦しみを歌った作品なのだけれど、歌がなくても、ピアノの伴奏だけで十分美しいでしょう？　ピアノ伴奏は声楽家の歌を支えるというよりは、全体の雰囲気を引っ張っていく、もうひとつの独立した音楽だと言えるでしょう。だけどやっぱりシューベルトの歌曲は、伴奏と声楽家のアンサンブルが一緒になった時が最高ね。〝ピアノと歌手の二重奏〟と言ったらいいか……」

「いい時代が来たら、あなたの伴奏も誰かの歌と美しいアンサンブルを奏でるでしょう」

すると一瞬のためらいもなく、彼女は答えた。

「丸井安次郎先生が歌ってくださいます。東京にある音大の教授で、何枚かレコードも出している日本最高のテナーです。〝冬の旅〟特有の寂しい感情と陰うつな雰囲気を出すため、トーンをバリトンに下げて歌います。生まれ持ったテナーの声に、重みのあるバリトンの音域を調和させ、シューベルト歌曲の第一人者になったんです。来年二月、ここ福岡刑務所で、丸井先生はアジアの平和を願うコンサートを開きます。先生は和合と平和を願う音楽会の趣旨に沿って、専属伴奏者の代わりに刑務所勤務者の中から伴奏者を求めました。それでひまを見つけては練習しなければならないんです」

微かな笑みを浮かべた彼女のきれいな歯は、白い鍵盤に似ていた。「シューベルト」や「コンサート」という言葉を聞いた瞬間から、私の胸はなぜかわけもなく弾みだした。それまで私は〝刑務所コンサート〟という行事は知らなかったし、思いもよらなかった。考えられない言葉だった。とはいっても、私のような下っ端の看守兵ごときが知ってはいけないし、知る必要もないことだ。その特別な行事は刑務所のお偉方と数名の関係者だけが知っていれば十分なのだから。

「岩波みどりです」

彼女の弾力のあるソプラノが水滴のように弾み、私の胸に残った。

「渡辺……優、一……です」

自分の名前さえつっかえる自分の頭を、小突きたかった。彼女は軽く頷くと、広い講堂を歩いてドアの外に消えた。彼女の黒いエナメルの靴が床に触れるたびに、軽快な音を奏でた。ぴかぴかした小石が、ひとつまたひとつと胸に積まれるようだった。私は先ほどまで彼女が立っていた空間を見つめ、つぶやいた。

「岩波みどり……」

その名前はまるで美しい歌のように聞こえた。


医務棟の外に出ると、横殴りの雪だった。降りしきる雪は薄氷を踏むようにサクサク音を立てながら、暗闇の中を舞った。夜の空気は水分と氷、寒さと無情感、陰謀や秘密、その他知ることができない色々なものを含んでいた。

看守兵営舎は、本館西側に建つ仮設の建物だった。私が戻ったときはすでに営舎の明かりは消え、看守たちは正体もなく眠りこけていた。通路のまんなかでは、今にも消えそうな豆炭ストーブがかすかな炎を放っていた。

私はふらつきながら、誰のものかわからない体臭の染み込んだ寝袋に入った。長い一日だった。杉山の死、得るものもなくさまよい歩いた一日、謎の詩と筆跡……。長い夢を見ていたのだろうか？そうであるなら目を覚ましたかった。私はシャーロック・ホームズでもなく、特高の刑事とはなおのこと違う。凄惨な殺人事件を解決する能力も、犯人を捕まえる術《すべ》もなかった。

天井ではトタン屋根の雪が風に吹かれ、音を立ててすべり落ちた。私は暗闇の中でもう一度、今日の出来事を思い返した。琥珀色の明かり、こぢんまりとした室内の雰囲気と大きなピアノ、白い服の女性……。胸のポケットに手を当てると、古い看守服のポケットに折りたたまれていた紙切れの感触が蘇った。

「はずれ者として、ここへ来た　去ってゆく今も、やはりはずれ者だ　来た時は、五月が優しかった　とりどりの花束を、贈ってくれた……。でも今、この世は、暗く沈んでいる　路も、雪にふさがれている」

杉山が直接書いた詩だろうか？　あるいは誰かの詩を抜き書きしたのだろうか？　いずれにしても、棍棒を振り回す暴力看守と詩は不釣り合いだった。もしくは殺人者が残した暗示なのだろうか？　そいつはなぜ自分が殺した者の内ポケットに、不可解な詩を突っ込んだのか？　どの問いにも答えが見つからなかったが、その詩に何か秘密が隠されていることははっきりしていた。

ふと、耳に残ったピアノのメロディーがまた頭に浮かんだ。ある男の絶望と非情の愛。詩と歌は、同じ母親から生まれた双子のようによく似ていた。メロディーは詩を優しく抱き、詩はメロディーと重なった。どちらが先かというわけではなく、詩と歌とピアノの音が混じり合っていた。歌の歌詞や伴奏のように調和する音の塊は、黄金色のペチカの炎にきらめいていた。

三人の顔が同時に浮かんだ。死んだ杉山と所長とピアノを弾いていたみどり。詩と歌とピアノは、三人を結びつける輪なのかもしれなかった。

＊

戦争が私たちの人生をずたずたにする前、世の中が鋭い歯をむき出しにして私の人生を食いちぎるとは思ってもいなかった頃、私の一日は、京都の町はずれにある屋根裏付きの平屋で始まった。母は家から近い川岸で小さな古本屋を営んでいた。

分厚い本が積まれた壁は、戦争の不吉な前兆から私と母を守ってくれた。丈夫な書架は、防音壁であり断熱材でもあった。商人ののののしり合いや行進する軍人の靴音も、冬の冷気も、ずらりと並ぶ数万ページもの本のページの隙間には入り込めなかった。本がぎっしり詰まった書架の迷路の中で、私は時代の不穏や未来の不安から自分を守った。私の一日は、かび臭い本の埃と紙の匂いが飛び交う古い木製の書架の間で暮れていった。

その時知った人物の顔が、たった今焼きつけたばかりの写真のように、鮮やかに浮かび上がった。ドストエフスキー、アンドレ・ジード、バイロン、ライナー・マリア・リルケ……。彼らの魂が暗闇でじっと私を見守っているようだった。

母が本屋を開いたのは、私が中学に入った年だった。下級軍人だった父は、その三年前に軍官学校に志願した。すでに対象年齢を超えていたので志願は断られたが、軍務大臣宛に血書をしたためて認められ、満州の軍官学校に入学した。

召集日の明け方、母と私は父について京都駅へ行った。舞い散る吹雪の向こうに見える、背嚢《はいのう》を背負った父の後ろ姿は、木で作ったおもちゃの兵隊のようだった。全身が凍え、足の関節が外れたような動きで、父は歩いていった。白い水蒸気を吹き出す黒い列車の車輪には、太くて頑丈なつららがぶら下がっていた。父のざらついた髭には、白い霜がかかっていた。父のまつ毛は長かった。私のまつ毛がそうであるように。

「優一、母さんを頼んだぞ」

父が吐き出す白い息に、寒さでこわばった言葉が混じり合った。黒い列車が吹き出す汽笛の音、ベルの音、軍靴の足音、そして女たちの泣き声が軍歌にかき消されて遠くなった。父は、鉄製の黒い怪物の中へと足を踏み入れていった。

父の出征後母は間借りして小さな商店を開いた。書棚を設置し、白いブリキの看板を掲げたとき、母の額に幾筋か髪の毛がほつれ落ちた。私は母に蝶々の形をしたヘアピンを一つ買った。父との最後の約束を果たしたかったからだ。

しっかりと練り込まれた糊と丈夫な紙、絹の布切れが敷かれている書店内の前の机は、本の総合病院だった。母は破れた表紙を糊で貼り、もっと破れた表紙は糊の効いたボール紙で包んだ。洋綴じのほどけた縫い目を繕い、破れた本は絹の布で仕上げた。元通りにできないほど傷んだ本や、ページが破れてしまった本は、そこで生を終えた。

役割を終えた本は、どこかの家の焚きつけに使われたり、冬の夜のホカホカする焼き芋の袋や、鼻水を拭く紙になったりした。だが本は死んでも、文章は生きていることを私は知った。貧しい苦学生はさつま芋の袋に書かれたプラトンの文言を読むだろう。また、幼い息子の鼻水を拭いていた父親はデュマの文章に惹き込まれ、鼻水のついたその紙をもう一度開いて見るだろう。

毎日明け方、母と私は冷たい空気を踏んで本屋へと向かった。閉めておいたガラス戸を開けると、夜のあいだ闇の中に沈んでいた本の匂いが鼻を刺した。

午後学校の授業を終えると、私は本でできた揺り籠へ戻ってきた。客を迎える表側の売り場は母の領域だった。私は売り場裏の狭い書架の隙間で、新しく入荷した本のいちばん最後のページに、本屋の印鑑を押した。自分の牧場の仔牛の尻に焼き鏝《ごて》を当てるカウボーイのように。本の埃でくしゃみをしたり、ページで指を切ったり、堅い洋綴じの角で上瞼を擦《こす》ることもあったが、私は楽しかった。

本を分野別、テーマ別に整理し、売れ筋の本と一緒に売り場の前方に並べると、一冊一冊の本がひとつひとつの世界になった。文章で成り立つそれぞれの世界は、私が管理する秩序に従って、きちんきちんと書架へ納められた。ドストエフスキーのエッセーや『罪と罰』を同じ書架に置くとき、黄ばんだ『オセロ』を『リア王』の横に移すとき、私は自分だけの秩序と原則によって、ひとつの宇宙を支配する絶対者だった。

いつの間にか私は、匂いだけで本の年齢がわかり、目次をざっと眺めるだけで本の内容を把握できるようになった。果皮の色と感触だけで、果肉の成熟度と糖度がわかる農夫のように。ガラス戸を開けて入ってくる人々の表情を見るだけで、その人の魂の様子を想像することができた。

大体私は顧客が望む本を売ったが、時に彼らが喉から手が出るほど欲しかった本を売らないこともあった。誰にも渡したくない本、永久に私のそばに置きたい本があった。『マルテの手記』、カラー版『ゴッホの画集』、『ノートルダム・ド・パリ』……。失望した眼差しで帰っていく彼らの後ろ姿に良心の呵責を感じたこともあったが、大切な本を自分の物として守りぬいたという安堵感で胸がいっぱいになった。

書架の後ろ側は本でできた迷路だった。本と本のページの間を縫う抜け道が、私を誘いこんだ。私は革命前夜のパリの下水道に隠れたり、血も凍りつくようなシベリアの降りしきる雪の中で一人の女性に出会ったりした。英雄たちと神々の地へ入っていき、見捨てられた王子が閉じ込められた人里離れた島へ行ったこともあった。

本は、まだ行ったことのない街のように魅惑的だった。巨大な精神の柱や文章の街、それに難しい構文の迷路や複雑な音節の路地。単語はあらゆる品物を陳列する商店のようであり、句読点は古い家の紋様のようにきらめいた。構文は静かに息を潜め、単語はこっそり囁きかけてきた。

遠く金閣寺の屋根が金色に輝き、西の空が琥珀色に染まると、私は現実へと戻っていった。四角の窓越しに暗がりが迫ってくると、母はそのガラス窓を閉めた。文章の世界は暗闇に沈み、英雄や王や愛を失った女性は、本のページの中で眠りに就いた。

家路につく母は、どこか寂しそうに見えた。私は母を寂しがらないように、絶え間なく話しかけた。その日売れた本の種類を聞き、どんな人が買っていったのかと尋ね、その本の内容を聞いた。母は驚くほど詳しく答えてくれた。だいぶ前に読んであまり興味を感じなかった本、読みたかったけれど今まで読めなかった本、読んだものの忘れてしまっていた本の話。

母は時々笑って頷いた。だが、その笑いはどこか虚《うつ》ろだった。私は知っていた。母の心細さを慰めることも、母の疲れを和らげることもできないことを。そんなときには、私の胸は父が残していった煙草と汗の臭い、そしてかすかな哀しみの匂いを感じた。

砂の上に描いた絵のように、父の顔は時間に風化され、ゆっくりと朽《く》ち果てていった。父からは手紙一通来なかった。私はもうこれ以上、父の手紙を、そして父を待たなかった。私は父を忘れた。忘れないようにしようと思ったら、私が先に忘れなければならなかった。一パーセントの奇跡に期待して、九九パーセントの命を抵当に取られたくなかった。

母にとってはつらく、私は哀しかったが、不幸ではなかった。本が築いてくれた砦は、あらゆることから私を守ってくれる絶対的な安全地帯であり、避難所だった。そして満州の戦場へと赴いた父が私たちに残してくれた命の代価だった。

その事実を、私はずいぶん後になって知った。そのことを永久に知らなかったら、もっと哀しくもっと苦しかっただろう。しかし時間はいつもあまりに遅く、そうでなければあまりに速く過ぎる。私たちはいつも、あまりにも早く出会った愛のために、長い間会えなかった人のために、そしてあまりにも遅く知った事実のために苦しむのだ。

隕石のもとへ独り歩いて行くあわれな人の後ろ姿

翌朝、看守長室へ行くと、看守長は制帽を眉まで押さえつけて被り私を見た。彼は制服の力を借りてでも威厳を保ちたいのか、一人でいるときでなければ決して帽子を脱がないのだった。帽子は彼の背を高く見せ、禿げかけた額を隠し、暗い目と平べったい鼻筋にそれなりの権威の陰影を与えてくれるからだ。看守長はストーブの上のやかんから注いだ茶を、笑いながら渡してくれた。

「何か少しはわかったか?」

私は丸太のように堅い声で、特別な報告事項はありませんと答えた。彼は帽子のひさしを直して被り、そして言った。

「君のように幼い学徒兵には生易しいことではないだろう。だがこれも自分の仕事だと覚悟して最後までやるしか……」

配慮をこめた最後の言葉には、鋭い釣り針が潜んでいた。看守長は私を完全には信じられずにいた。もしかすると信じていないのかもしれない。私は内ポケットから紙切れを出して開いた。

「死んだ看守の内ポケットから見つかったメモ用紙です。理解できない詩が書かれています」

看守長は私とテーブルの上の紙を交互に見て、高笑いをした。

「やはり……。癖はすぐには治らないものだな」

私ははっと緊張した。私の好奇心を察した看守長は、平然と話し続けた。

「杉山道造は本の虫だった。文章の中で道を失った犬みたいにな」

その言葉には二つの意味が込められていた。杉山が本や文章が好きだったということと、しかし本は彼に何の意味ももたらさなかった、という意味が。看守長は私の好奇心を楽しむかのように、図太《ずぶと》く笑った。

「杉山は第三収容棟の検閲官でもあった」

私は、検閲官がどんな職責なのかを知った。よく言えば検閲官だが、実際は奥の間に居る年寄にすぎなかった。私が第三収容棟に来る前に勤務した第四収容棟の検閲官は、五十代後半の年老いた看守だった。荒々しい囚人たちは彼の力に余るため、これは言わば優遇で与えられた席だった。彼は一日中小さな検閲室にぼんやりと座ってはこくりこくりと居眠りをしていた。仕事といえば午後の二時ごろに郵便物係が持ってくる手紙を読むのがすべてだった。まさか、一級看守の杉山が、そんな奥の間で手紙の切れ端などを暴き出す検閲官だったとは？　看守長は弁明するように続けた。

「第三収容棟は福岡刑務所でも特別な場所だ。ここでうじゃうじゃしている朝鮮野郎に比べれば、君のいた第四収容棟の囚人なんて紳士だよ。そんな奴らの書信や著作物を監視するには、検閲官も奴らと同じくらいにひどく、同じくらい悪辣で、同じくらい情け容赦のない者でなければならないだろう。あいつは優れた看守だけではなく、優れた検閲官でもあったんだ」

「文章とは垣を隔てて生きていたような人が、優れた検閲官だったんですか？」

私の声は反駁するように聞こえたのだろう。

「文字を知らなかったからだ。無学だから優れた検閲官になれたんだ」

「文字を知らない人がどうして優れた検閲官になれるんですか？」

ストーブの上のやかんの湯の沸く音が、その声に混じってしゅうしゅうと鳴った。

看守長は喉の調子を整え、説明を始めた。

「第三収容棟に朝鮮の奴らが押し寄せると、何か特別な検閲方式が必要になった。朝鮮の奴らは日本人とは考え方が違うからだ。まず日本語以外の手紙は、刑務所内に持ち込むこと自体を禁止した。ここから出す手紙であれ、届く手紙であれ、日本語だけが許された。朝鮮人が書いた日本語を検閲するときは、文字をよく知らない者の方が好都合だろう。日本語に慣れていない朝鮮人と同じ方式で読み書きするから、疑わしい表現や文型をはるかにうまく摘発できるのだ」

「杉山看守のように文字を読めない人の方が、適任者だったんですね」

「小学校にさえ行っていなかったが、彼の理解力と学習能力はたいしたものだった。文字に関する限り彼は化け物だったよ。驚くべき熱意と速度で言葉を修得した。文章を推し量る彼の物差しには、鋭い切れ味があった。普通の人と違い、禁止された単語と表現を本能的にえぐり出したからな。二つ以上の意味を含む複雑な文型もまた、彼の目をごまかせなかったんだ」

看守長は首を左右に大きく振り、話を続けていった。

＊

真珠湾攻撃の後、「検閲」は必要事項ではなく必須事項になった。戦争はいよいよ熾烈を極め、社会は混乱を深めていき、刃物とガソリンを手にしたならず者と不穏分子が通りを徘徊した。治安当局は大々的に反日分子の検挙に取り掛かった。日本中に住む反日朝鮮人や不穏留学生を捕まえても、それでも独立という妄想は東京の街や大学街に亡霊のようにはびこっていった。

治安当局は朝鮮人思想犯を逮捕するとき、彼らが書いた手紙、文章、発表文や本、書類はもちろん、個人的な借用書まで押収し、悪辣な思想と腐りきった精神を武装解除しようとした。刑が確定すると、押収物の箱と目録をも刑務所に送り、彼らの体だけでなく魂まで一緒に収監した。

検閲部を創設した所長は杉山を検閲官に選び出して、読み書きを学べという特別指示を下した。杉山は、字を読み書きできる看守たちはたくさんいるのに、なぜ文字を知らない自分が検閲官にならなければならないのかと反問した。

杉山は文字がわからなかっただけではなく憎んでさえいた。数多くの人々を戦争に追い込んだ命令書、それが何のためか理解できなかった人々を死に追いやった宣言文が、ひ弱な者たちの心臓に火をつけ、自分勝手に作ったあれこれという「主義」は、彼にとって世の中を堕落させる道具にすぎなかった。しかしながら軍人にとって命令は理解するものではなく、遂行しなければならないものだった。彼は裏紙にわからない文字を、心を込めて書いていった。

検閲棟は、第三収容棟のそばに独立して建てられた小さな仮設の建物だった。以前は拷問室や死刑執行室として使われていたが、収容棟の外郭区域に絞首台と銃殺執行場を兼ねた大規模な刑場が増築されると、ガランと空いてしまった。まっ昼間でも荒れ果てて物寂しい雰囲気が漂うため、面倒な検閲部に押しつけるにはちょうど具合のいい場所だった。

杉山は検閲室で朝から夕方まで、桑の葉をかじって食う蚕のように、黒い文字をかじった。そこは彼の孤独な戦場で、敵は囚人たちだった。破壊を仕事にする共産主義者、高位の役人を暗殺しようとするテロ分子、政府を転覆しようとするアナーキスト、泥棒、強盗、詐欺犯……。

彼は手紙と文書、メモや日記を引っかき回し、単語と単語の間から不穏な意味を検索し、行と行の間から禁止されている単語を探し出した。丘陵や渓谷を行き来し、草むらや排水路を捜索する警察兵のように、彼は活字の意味と機能だけではなく、それが含む情緒や感情までをも検索した。不穏な単語ひとつ、疑わしい句や節の一行も、彼の目を逃れることはできなかった。

彼の赤いペン先で文章は削られ、構文は切り分けられた。単語の用法、文章の長さ、表現の強弱に関係なく、杉山の厳しい物差しから少しでも外れると彼は赤い印を押した。彼は自分がやっている行為の意味を知らず、知ろうともしなかった。書信検閲の後は、押収物の箱に固有番号に分類して書棚に整理した。死刑執行や事故で死んだ者は、その箱も一緒に焼いた。

彼は銃声も、砲煙も、悲鳴もないもの寂しい密室の戦争を、かつて七年三ヶ月間経験したどんなに熾烈《しれつ》な戦闘よりも価値があると感じた。彼は敵兵のように絶えず追し寄せる本や記録の中に、健全な帝国を蝕《むしば》む敵、純粋な国民をかき乱す敵を探した。

頭を上げると手の平ほどの西側の窓が夕焼けに赤く染まっていた。彼はふたたび紙とインクの世界の中へと逃げ出した。再び顔を上げると、窓には青い星の光が差していた。ページとページの間、紙一枚一枚の間に手を休めて目を開けると、夜明けの光が染みわたった。そのときようやく彼は充血した眼をこすり、疑問符と終止符の間でしばし目を閉じるのだった。

夜が明けると、杉山は夜通し摘発した不穏な本を焼却炉に移した。帝国に寄生し、国を食い物にする油虫のような文書が静かに飲み込まれていくのを見て、杉山はほっとした。抵抗する敵の村を焼くように、粘り強い反逆者を処刑するように、彼はそれらを灰にした。それは、彼なりのやり方で遂行した静かな戦争だった。一人の敵ではなく、数万、数百万の目に見えない敵、反逆者の芽まで摘み取る、目に見えない戦争……。

＊

看守長はズボンのポケットを手探りしていたが、何かを突然つき出した。分厚い手の平にきらりと光るライターが見えた。

「杉山の遺留品だ。必要だろうから君が持っておけ」

看守長は煙草を一本取り出し、くわえて言った。ライターが必要な仕事とはなんだろう？　看守長は煙草を一服、長く吸いこんでから言葉を続けた。

「杉山がいなくなってから検閲業務が停滞している。書信検閲をする者も、山のような不隠著作物を分類する者もいない。しばらくの間、君が書信と著作物検閲と焼却をやってくれ」

看守長は白く焼けていく煙草の灰を払った。今後ライターが必要になると言った看守長の言葉の意味が明らかになった。★私は喜んでいいのか悲しんでいいのかわからなかった。自らの手で息子を殺さねばならないアブラハムになった気分だった。

「看守部には私よりも経験豊かな適任者がたくさんいます。そのうえ、私は検閲業務のことはまったくわかりません」

★旧約聖書創世記22章1～14参照

「私の知る限り適任者は君だよ！　他の者にない能力が君にはある」

「それはなんですか？」

「兵籍簿を見たら入隊前文科生だったうえに、天皇杯全国詩文大会で入賞したことがあるというじゃないか。文字の裏側に隠れている意味を探し当て、行間に秘められた非道を察知する解釈力を持っている。看守部にそれほど文章が理解できる者は他にいるか？」

私は看守長の〝いわずもがな〟がわかる気がした。魚が水の中で生き、ライオンが草原から離れられないように、看守には彼らだけの世界があった。交流と牽制、監視と嫉妬、陰謀と結託を通じて、さらに高い位置へと上っていく彼らだけの食うか食われるかの世界なのだ。一日中小部屋に閉じこもり、囚人たちの手紙の切れ端をかき回していたい看守などいなかった。看守長は、みんなが嫌がる仕事を私に押しつけたのだ。だが私もまた、惨たらしく死んだ杉山の亡霊がうろつく検閲室に行きたくはなかった。私はライターをぎゅっと握りしめて言った。

「私は杉山検閲官の死の後始末と調査をしなければなりません」

「君に殺人者を探し出せとは言っていない。そういうわけにはいかないのだ！　ただ、この事件が刑務所の塀を越える前に誰かがうまくけりをつけなければならない。特高の刑事が毎日ひっきりなしに出入りしては困るからだ。だが、検閲業務は違うだろう。それは絶対に君がやらねばならない仕事だ」

看守長は殺人事件などまったく重要ではなく、私が何かを明らかにするよりも、何かを明らかにしないことを望んでいるようだった。文科生の私が検閲業務に適しているからだったのではなく、度を越した検閲業務に縛りつけ、殺人事件について考える時間を与えないようにするためかもしれない。

所長が私に事件を任せた理由は、つまりこういうことだったのだろうか？　この事件が刑務所の塀を越えないこと。刑務所内でも大事《おおごと》として取り扱わないこと。この事件を全然重要でない不必要事項に作り上げること、そして結局何もなかった事にしてしまうこと。それが、私にこの事件が任せられた理由だったのだろうか？　看守長は続けた。

「検閲の規則は簡単だ！　日本語以外の手紙は搬出搬入不可だということは言わなくてもわかるだろう。よくわからない物は無条件で焼却しろ！　最後の一枚まで残さず焼き捨てろ。わかったか？　わかったら検閲室へ行け！」

初めから私には選択権などなかった。指示に従うことが唯一の選択だった。死んだ杉山が恨めしかった。彼が死ななければ、こんな荷物を負わずにすんだのに……。

私は検閲室に通じるずっしりとした木の脇戸を開け、徹底的に孤立していた杉山の世界に足を踏み入れた。狭くて長い通路は昼でも人影がなかった。検閲官以外は誰も利用しないような辺鄙《へんぴ》な通路だ。薄暗い暗闇の中をしばらく行くと、尋問室の古いドアが見えた。

錠を開けて扉を押すと、古い木の机と二つの椅子が目に入った。杉山はそこで棍棒を振り上げ、不穏文書作成者と不穏書類所持者を尋問したはずだ。片側には革張りの鉄製の椅子があった。椅子というより拷問をするための刑具に見えた。

私は急いでドアを閉め、錠をかけた。尋問室のすぐ隣に並ぶ資料室は、戦時国民行動要覧、動員物資増産指導書、皇国臣民の義務を強調する教科書などを備え、刑務所の図書館の役割を果たしていた。

検閲室は尋問室と資料室を順序どおり通りすぎ、廊下のいちばん奥にあった。大きな重い錠を開けると、紙と乾いたインクの匂いが溢れてきた。ふと、肉体のひもじさ以上に耐えられない魂の渇きを感じた。私は古いかびの臭いと空中に舞う本の埃をひたすら欲する人間だった。私の魂は白い紙の上をのろのろと動き、黒い活字をかじる蚕のように眠りにつきたかった。私は、列をなす本棚の狭い通路を夢見心地で歩いた。

こぼれたインクの跡が青く染みついている古い机の上に置かれた検閲道具が目に入った。ナイフやはさみ、虫眼鏡とピンセット、禁止用語を削除する黒いペンが挿された筆立て、日本語の辞書、英語の辞書、字引、そして杉山がまとめた朝鮮語単語帳。机の上の本立てには古い書類の綴りが並んでいた。資料室図書目録、押収物目録、焼却文書目録、検閲報告書……。

私は検閲報告書を開いた。杉山は検閲内容を几帳面に記し、問題部分を提示していた。焼却文書目録には、消えていった本や作家や詩人の名前があった。ツルゲーネフの『初恋』や『父と子』、『ナサニエル・ホーソーン短編集』、ダンテの『神曲』……。

杉山が本の題名に付けた赤い線は、死んだ本が流した血痕のようだった。焼かれた著作の中には、ある朝鮮人米穀商の大福帳もあった。焼却理由は「真偽を解読できない、無意味な数字の羅列」だった。看守長は「戦時下においては、すべての印刷物が国家の利益に反する不穏文書だ」と言った。その言葉は国家という怪物が本をどれほど憎悪し、恐れたかを示している。すべての権力と体制は本を恐れ、本とは不仲だった。本のために亡びた国や追われた君主や亡命した貴族たちが、どれほど多かったことか。

机の傍らには郵袋《ゆうたい》が二つあった。ひとつは囚人たちが送る葉書であり、もうひとつは外部から来た郵便物だった。囚人の送る葉書は、必要な物を送ってほしいという願い事が大部分だった。だが彼らは満足な返事をもらえなかった。物資不足は刑務所内外ともに同じだったのだから。

私は問題になる表現を太い筆で塗りつぶし、葉書を郵袋に集めると、検閲は終わった。浅い机の引き出しを開けると書類綴りの束が入っていた。綴りのひもをほどいて表紙を取り外した。一年前の勤務日誌だった。瞬間、ある思いが頭の中をかすめた。

私は看守の内ポケットから出てきたぼろぼろの紙切れを広げた。しわくちゃになった裏面には、引き出しの中の廃棄書類綴の「前日」が記されていた。ひとつ確実になった。謎の詩は杉山が直接書いたものだった。書類綴りをめくると青いインクが目に入ってきた。

懺悔録

緑青のついた銅鏡の中に
僕の顔が遺《のこ》っているのは
ある王朝の遺物ゆえ
こうまで辱しめられるのか

僕は懺悔の文を一行に縮《ちぢ》めよう
――満二十四年一ヶ月を
どんな喜びを願い生きてきたのか

明日か明後日のその楽しい日に

僕はまた一行の懺悔録を書かねば
――あの時あの若き日に
なぜあんな恥ずかしい告白をしたのか

夜になったら夜ごと僕の鏡を
手のひら足の裏で磨いてみよう

そうすれば或る隕石のもとへ独り歩いていく
悲しい人の後ろ姿が
鏡の中に現れてくる

針先のように細く尖った字画は、人を刺す凶器のようだった。「緑青の錆びた銅の鏡」、「王朝の遺物」、「恥ずかしい告白」……。きっちり組み込まれた構図の中で、象徴は厳密に通じており、単語は互いにつりあい、意味を増幅させている。私の頭の中は嵐が吹く夜の海のように暗く荒れ、混乱していた。私にはりっぱな詩は書けないが、それらをたくさん読んできた。一編の詩から詩人の匂いを嗅ぎ、一節の文章からその思いを汲み取った。この詩を詠んだ謎の詩人は誰なのか？ 杉山とはどんな関係なのか？

「満二十四年一ヶ月」という表現は、杉山がこの詩を書いたのではないことを証明している。彼が文字を学んだのは福岡刑務所に来た後なのだ。ところで、彼はなぜこの詩を抜き書き、引き出しの中に入れておいたのだろうか？　内ポケットの詩とこの詩はどんな関係があるのか？

手がかりを探そうと、私はもう一度、一行目からじっくりと読んでみた。しかし完璧な構図の中にしっくり合う詩語は、私の生半可な分析を許さなかった。私は冷静になろうとしたが、詩の醸し出す情緒的な力にたじろいでいた。そのとき、二行の表現が目についた。

「満二十四年一ヶ月」、「あの若き日に　なぜあんな恥ずかしい告白をしたのか」。

彼が誰であれ、この詩を書いたのは満二十四年一ヶ月になった時点であり、そのとき彼は恥ずかしい行動をした。私が探すべき人はそういう人だった。

書棚の向こうの廊下は、まっ暗な闇の中に鎮まっていた。私はとろんとしてきた目をこすった。


翌日の午後、私は囚人三名の押収物図書目録から十二冊の本を選り分け、手押し車に載せた。絞首刑になった囚人からの押収物『ロミオとジュリエット』やスタンダールの小説が一冊、共産主義の思想書二冊に内容のわからない朝鮮語の本が六冊だった。

新たに入ってくる押収書籍を保管する本棚のスペースを確保するためには、処刑された者の本や、すでにある不穏書籍を定期的に間引かなければならなかった。死んだ囚人の押収物、保管期間の過ぎた行政文書や一年を越した勤務日誌は焼却するのが原則だった。

焼却室は、検閲室から五十メートルほど離れていた。私は十冊の本と廃棄文書を手押し車から下ろし、前もって作成しておいた焼却文書目録と焼却品を照合した。目録や物品には異常はなかった。

私は刑場に向かう死刑執行人のように、気乗りのしない足をひきずりながら、冷たくなったまま供え物を待つ焼却炉へと近づいた。扉を開けるとふわっと灰が舞い、煙と灰になった紙とインクの煙たい臭いがした。発作的に咳が出た。

しばらくしてやっと咳がやみ、私はライターに火をつけてゆらゆらする炎を見上げた。ロミオとジュリエットは毒と短剣ではなく、この炎で死ぬのだ。スタンダールの偉大な魂もまた、この小さな炎に倒れるだろう。そしてまだ名もない朝鮮人作家も……。

私は一番上にある本の表紙の朝鮮語の題を、一所懸命見入った。その朝鮮人の名前は、青い炎の下で震えていた。

白石詩集『鹿』。

一人の詩人の魂を絶滅させた罪を、私はどうやって拭い去れるだろうか？　朝鮮語を知らないことは私にとって幸いだった。朝鮮語が読めたら、決してその本を焼けなかっただろう。目をぎゅっと閉じたまま、いちばん最初の章をむしり取って火をつけ。焼却炉に詩集を放り投げると、炎は詩集の縁を焼き、本体へと移って燃えさかった。丸や角の朝鮮語が、炎の中に縮こまっていた。

私はぼろをまとった私の魂を慰めてくれたスタンダールや、シェイクスピア、ロミオとジュリエットを、ジュリアン・ソレルを、火の中に投げ込んだ。十二冊の本は一筋の煙となって消え、ひと握りの灰となって残った。私はまだ火種がちらちらと残る灰の上に手をかざした。死に絶えた本の冷めない温もりは温かかった。粉々に砕けた活字、死んだ単語、倒れた音節……。

私は長く堪えた息を吐き出すクジラのように、荒い息を激しく繰り返した。焼却は検閲官としての私の当然の業務であり、焼かれた本は不穏分子から押収した不穏書籍なのだという事実を思い知らされた。

私は眠りについた単語と文章の世話をする番人になりたかったのだが、実際は本を焼き払う執行者にすぎなかった。押収された本を読むこともできたが、その本に火をつけるのも私だった。それは私にとって不幸だったのだろうか、それとも幸いだったのだろうか？

尋問

尋問室は狭くて暗かった。室内は酸っぱいかびの臭いがして、高さのある古い木の机には血の痕が染みついていた。私は頷いて崔致寿《チェチス》、いや三三一番を椅子に座らせた。堅い木の椅子は氷のように冷たかった。三三一番は折れた骨が癒えたのか、落ちついた目つきで、尋問室にも慣れているようだった。

彼の目つきはぎらつき、その目は私が幼い頃京都でよく見かけた朝鮮人の目つきを思い出させた。彼らは大人も子どもも、冷ややかに誰かを睨みつけるか、そうでなければ何かを失くしたように周りをきょろきょろ見回すのだった。彼らは何を失くしたのだろうか？　のちに私は、彼らが失ったものは、自分たちの国、さらには存在そのものだったことを知った。

「三三一番！」

私の声は自分でもびっくりするほど鋭かった。崔致寿がぶっきらぼうに言い返した。

「俺の名前は三三一番ではなく崔致寿だ」

「朝鮮名ではなく創氏名を述べよ！」

「そんな名前はない」

彼は汚物のようなうすら笑いを口元に浮かべて言葉を続けた。

「日本名が必要なら、何とでも呼んでくれ。囚人番号の最後が一番だからイチロウにするとか。囚人の序列からしても俺は親分だから、間違った名前でもないはずだ」

間違いではなかった。イチロウは一家の長兄を意味する名前でもあるのだから。私は余計な言い争いで時間を無駄にするよりはと、すぐに本題へと入った。

「十二月十三日の怪我の件について話せ」

彼は質問の意図を把握しようと大きな目玉を回した。

「どうということはない。手首の骨が折れ、額が切れ、血が少し流れただけだ」

「お前にはたいしたことではないかもしれないが、俺にとってはそうじゃない。なぜなら、お前を犬のように殴りつけた看守が十二月二十二日に死んだのだ」

彼の表情にはなんの動揺も見られなかった。

「十二月十三日……、その日も囚人たちは一列になって労役場に移動した。俺はいい加減に怠けて監房に残った。その看守は監視窓を開けると、お前はなぜ行かないのかと声を上げたんだ。風邪をひいたと言ったら監房に入ってきて棍棒で額を殴りつけたよ。頭にひびが入ったが、十日間の独房行きで労役を免れたんだから、得をしたってもんだよ」

硬い雰囲気の中で始まった陳述は、冗談を言えるぐらいの余裕を取り戻してきた。

「杉山が死んだというのに驚かないんだな」

「俺がなんで驚いたり恐れたりしなきゃならないんだ？　俺は彼を殺していないんだから驚く理由

はない」

当たり前だった。彼には誰も覆すことのできないアリバイがあった。彼は殺人事件が起きた二時から四時の間、確かに独房に閉じ込められていた。しかも一般収容棟から離れ、徹底した監視下にある独房の中にいた。崔致寿に十二月二十二日の出来事を聞くことは、堅固な福岡刑務所の保安体制に対する疑いであり、所長と看守長への追及だった。私は獲物を取り逃がした子犬のような猟犬だった。

「三三一番！　私が気になるのは十二月二十二日のことではなく、正にお前という人物だ」

彼は囚人服の袖の中で両手を組み合わせ、腰をまっすぐにして背もたれに寄り掛かった。その手首に掛けられた手錠がきらりと光った。彼は冷たい笑いを浮かべて言った。

「自分がどんな奴なのかなど、俺もずっと前に忘れたよ」

不安なのは私の方だった。私は囚人名簿を開いて言った。

「本名崔致寿！　年齢は四十二歳。朝鮮半島開城出身。十七歳のとき、駐在所襲撃、日本人商人暴行、日本人商店放火未遂記録あり……。二十二歳のとき、開城警察所に火をつけて全焼させ、すぐ満州へ逃げたんだな」

彼は私の心の中の焦りを、透明なガラスコップのように見透かしているようだった。私は急いで言葉を続けた。

「お前が再び記録に現れたのは九年前、東京のどまんなかだ。上野公園で行われた天長節祝賀式典への爆弾事件で現行犯逮捕された。爆弾が不発だったため無期懲役を言い渡され、東京刑務所に服役中に、朝鮮人の既決囚は福岡刑務所に集結させるという内務省の方針に従い、ここに移管されたんだろう。七年の間に十六回の脱獄を試み、二十七回にわたり、三百四十八日間独房の身だったのか」

私は一冊の古い本を机の上に放り投げた。彼の押収物箱にあった唯一の本だった。用意周到な彼は、特高警察に捕まろうものなら証拠品になると思い、隠れ家にただ一冊の本も残さなかった。しかし読むことも持っていることも禁止されたこの本は、彼が唯一所持していた経典だった。ネズミの尿が染みた表紙にかすかに題名が見えた。

『共産党宣言』、カール・マルクス。

彼の顔は激しい火山活動をしているようだった。しわが刻まれた眉間や赤くほてった目つきで私を冷たく見つめて言った。

「俺はあの男が死んだ時間には監房の中に閉じ込められていた」

「それは弁明にはならない。誰よりも長くここにいて、この刑務所をよく知るお前だったら、亡霊のように独房を抜け出す方法もまた、知らないわけがない。それにお前は杉山の棍棒で骨が折れ、額が切れたのだから、動機としては十分だ」

崔致寿は思わず笑いを漏らした。

「杉山と言ったか？　俺がそいつについて何を知っているか話してやろうか？」

私は餌に食いつく魚のように飛びついた。彼は何を知っているのだろうか？　知っているとしたら、何を隠しているのか？　彼が言った。

「杉山道造は生涯軍人として生きた。だが結局意気地のない人間として死んだのだ」

私は私よりはるかに強く、知ること多く、ずる賢しい者と対していた。そうであればあるほど、私も負けん気になった。

「気をつけるんだな。お前がどんなことを企てようと、俺が明らかにしてやるから」

彼はにっこりと笑い手短に聞き返した。

「どうやって？」

「私は……、文章を通してお前を読み解くつもりだ」

彼は眉間のしわをくねくね動かしていたが、話にもならないと言いたげに笑みをこぼした。

「とんでもないことを抜かす奴がまた居るもんだ。文章で人を読み解くなどという戯言《ざれごと》は、平沼の、奴だけの無駄話だと思っていたんだが……」

私の耳はびくっとした。私は四つの音を頭に刻んだ。ひ、ら、ぬ、ま。

検閲室の闇と静寂は書籍の息づかいを包みこんでいた。押収物目録には、囚人番号や押収物名、押収日付がゴマ粒のように記されていた。

本は鉄格子の中に閉じ込められた囚人のように暗闇に幽閉されていた。ユゴー、トルストイ、スタンダール、セルバンテス……。活字の中へ逃げ込んだ彼らの息づかいはページの間に生きていて、魂は本の中に宿っていた。紙は彼らの皮膚であり、インクは血、製本の糸は靭帯だった。

私は京都の埃まみれの書棚の隅で彼らに会い、彼らの慰めを受けて育った。彼らから離れた後、私は孤児になった。私の魂は道を失い、夢は暗闇をさまよった。

押収物目録を三、四枚めくると、平沼東柱の記録が現れた。囚人番号六四五番。六四五番の押収物箱を探せば何かが出てくるはずだ。私は六百番台の書棚通路に近づいていった。書棚の上には囚人番号を記した札のついた箱が埃をかぶっていた。しかし六四五番の箱の取っ手は、手垢でひときわつるつるしていた。誰かがしょっちゅう取り出して見ていたらしい。そんなに何度も、自由に押収物を調べられるのは検閲官しかいなかった。私の頭の中が鉄の釜のように熱くなった。平沼東柱が検閲官杉山の死と関係があるのか?
箱を開けると、一番上に彼の個人的事項が記された書類が見えた。

平沼東柱

大正六年満州国間島省和龍県明東村出生。昭和七年恩真中学校入学後、昭和十年平壌崇実中学校三年編入学。神社参拝拒否で学校が廃校後、故郷龍井に戻る。二十二歳の昭和十三年、延嬉専門学校入学。昭和十七年日本へ渡り立教大学英文科に入学。同年秋、京都同志社大学英文科編入学。昭和十八年七月、思想犯で特高警察に逮捕され、下鴨警察署に監禁。昭和十九年二月二十二日に起訴され、治安維持法違反で懲役二年の言い渡し。

彼の罪名は、社会混乱をそそのかす他の反日分子と同じだった。私は彼の押収物を記した目録を開いた。ドストエフスキーの『罪と罰』、アンドレ・ジードの『狭き門』、ボードレールの詩集『悪の華』、ポール・ヴァレリーやフランシス・ジャムとライナー・マリア・リルケの詩集……。

私は顔なじみの作者や詩人たちの名前を、ぎこちなく声に出して読んだ。それらの名前は、暗い私の胸の奥で星のように浮かび上がり、ゆらゆらと輝いた。私の胸は釘の頭を叩く金槌のように、かんかんと音を立てて飛び跳ねた。平沼の押収物箱の中には十五、六冊の本があった。みな手垢がつき、角は傷んでいた。私は一番上にあった本を取り出した。

ライナー・マリア・リルケの『マルテの手記』だった。

血管の中の血が、せわしなく巡り始めた。いつか戦争が終わったらリルケをもう一度読みたいと願っていた。神は私の望みを聞く代わりに、いま奇跡をくださった。戦争が終わっていないのにリルケを読めるようになったのだ。
そのとき、本のページの間から何かがひらひらと落ちた。私は黄色味を帯びて色あせた紙切れを注意深く手に取った。そして、そこに記されていた一編の詩をゆっくりと読んでいった。

自画像

山の辺を巡り田園のそば　人里離れた井戸を
独り尋ねては　そっと覗いてみます。

井戸の中は　月が明るく　雲が流れ　空が広がり
青い風が吹いて　秋があります。

そして一人の男がいます。
なぜかその男が憎くなり　帰って行きます。

帰りながら　ふと　その男が哀れになります。
引き返して覗くと男はそのままいます。

またその男が憎くなり　帰って行きます。
帰りながら　ふと　その男がなつかしくなります。

井戸の中には　月が明るく　雲が流れ　空が広がり
青い風が吹いて　秋があり
追憶のように男がいます。★

機械というものの偉大さには、畏《おそれ》るばかりだ。ねじ、ぜんまい、歯車と小さな金属……。巧みに作られた機械は、人間の魂に奉仕する。精巧な時計や紡績機、自動車、飛行機は人間の意志を培《つちか》い、欲望を刺激し、人生を変えてしまう。その詩は、スイスの時計のように完璧だ。金属ではない言語で作られた機械、ネジとゼンマイと歯車や、クランクとバルブの代わりに、語彙や音節や構文、数多くの句読点で組み立てられたその機械は、驚くほど精巧に作動し、時計が、自動車が、紡績機が提供する便利さや快適さ以上の満足感を与えてくれるのだ。

じっと手にした詩に見入っていた瞬間、ふと、杉山の引き出しから発見した『懺悔録』という詩が浮かんだ。『自画像』と『懺悔録』、二編の詩には同じ匂いが宿っており、双子のように似ていた。物静かな語調の自己省察、自分自身との葛藤、時代の混沌やかすかな希望……。

「井戸」や「青銅の鏡」を覗く「男」は、どちらもナルシスト的自我の象徴であり、絶望が希望と置き換わる構図も似ている。『懺悔録』の「緑青のついた銅の鏡」、「悲しい人」と『自画像』の「人里離れた井戸」、「憎くなり帰って行く男」に映る絶望は、最後の行で「悲しい人の後ろ姿」が現れる

「鏡」や「追憶のように男」のいる「青い風」が吹く「井戸」、という切なる熱望へと変化している。たった二編の詩を読んだだけなのだが、私はこの詩人を知っているような気がした。いや、まるでずっと前からの友人のように、人混みの中でも彼を見つけられるかのように。まっすぐでバランスのとれた顔、言葉少なく柔順だが熱望を秘めた口。毎回銅鏡や井戸に自分を映して見る澄んだ瞳。平沼という者が書いた詩なのだろうか？　あるいは杉山が他の誰かの詩を書き写したものだろうか？

それが知りたいのなら、彼に会わねばならなかった。

音もなく尋問室のドアが開き、六四五番が入ってきた。整ったその顔は、薄暗い空間とはまったく異質なものだった。坊主頭と整えられた眉毛で、彼の額はよりいっそう爽やかに見えた。切れ長の目は深い井戸のようだった。すっと伸びた鼻筋はデリケートだが同時にしっかりしていた。腫れあがった唇には、刻まれたような微笑みが浮かんでいた。まるで夢見ているような表情だった。こんなに善良な目と穏やかな微笑みの人が、なぜこんな所に居なければならないのだろうか？

私は囚人名簿から彼の罪名を探した。朝鮮独立運動に関連する治安維持法違反。もしかすると、それは罪ではないのかもしれない。それが罪なら、すべての朝鮮人を刑務所の鉄格子の中へ閉じ込めなければならないだろう。先に口を開いたのは、私ではなく彼の方だった。

「あなたも罪がないのに、ここに連れて来られたんですね」

★伊吹郷訳『空と風と星と詩』（影書房）

否定したかったが、できなかった。戦争という怪物が、私に似合わない軍服を着せ、ここまで引っ張ってきたのは事実だ。私のなすべきことは彼を読み解くことだと、私は自覚した。

彼は「あなたが」でも「あなたは」でもなく「あなたも」と言った。「が」という主格助詞は、罪なく引かれてきた者が他の誰でもない私だということを意味する。「あなたも」の「も」は、私ではない誰かが引っ張られてきて、その人もまた罪がないという二つの事実を物語っている。それは自分の潔白に対する抗弁だろうか。そうだとしても仕方がない。私は裁判長ではなく、末端の看守兵にすぎないのだから。私は言った。

「囚人は皆、自分に罪はないと言う。凶悪な殺人者も悪賢い詐欺師も、誰かに騙されたとか酒に酔っただけだと。だが罪なくして監獄に入ってきた人はいません。お前がエドモン・ダンテスなら別だが……」

「エドモン・ダンテス」という言葉に彼の二つの目がきらりと光った。彼は戦いを挑むように言い返した。

「人間の罪を代わりに負って、禿鷲に肝臓をつつかれ食われたプロメテウスもいるでしょう」

私は慌てふためくと同時に興奮した。彼は『モンテ・クリスト伯』やギリシャ神話を読んでいたのだった。私たちは同じ本を読み、同じ作家と主人公を知り、同じ追憶を共有したのだ。私は言った。

「プロメテウスは火をかすめ取った。誰のため何をかすめ取ろうが、泥棒は処罰されなければならないだろう」

「無力で純真なことも罪になりますか？　メルセデスを愛していながらモンデコやタングラール、ヴィルフォールの陰謀を食い止められなかったエドモン・ダンテスのように」

それは答えを期待するのではなく、彼の頭の中に閉じ込められてしまった人物たち、デュマや、エドモン・ダンテスや、モンデゴや、タングラール、ヴィルフォールや、メルセデスの話をしたいようだった。

「無力で純真なことは罪ではないが、罪の原因になることはあるだろう。誰でも自分を守れない者を代わりに守ってやることはできないのだから」

国を守ることができない朝鮮人は罪人だという私の強弁に、彼は頷いた。認めたくはないが、私の言葉を受け入れざるを得ないという挫折感が彼の目つきに現れた。隙を与えず、彼を罠に追いやらなければならなかった。

私は看守服の内ポケットから二枚の紙を取り出し、机の上に開いた。「自画像」と「懺悔録」と書かれたぎこちないインクの文字が滲んでいた。彼の顔に驚きと不安が同時に浮かび上がった。私は言った。

「『マルテの手記』のページの間に『自画像』という詩が書かれた紙切れがあった。お前の押収物から出てきたから、お前が書いたことは確かだろう?」

「特高警察に押収されたことは間違いないが、それは古本屋で買ったものです。多くの人たちの手に渡ったものなのに、なぜ私が書いた詩だと断定するのですか?」

「言葉は一人の人間のすべてだ。人の言葉はその人の指紋と同じだ。出生と成長、記憶と過去をすべてとどめている。『自画像』と『懺悔録』は一人の母から生まれた双子だ。お前が『自画像』を書いたとしたら、『懺悔録』もまたお前の詩だということは明らかなのだ」

「二つの詩が同じ人のものだというのなら、明確な論理で証明してください!」

彼は私が仕掛けておいた言葉の罠の中へと近づいて来ていた。いや、もしかすると私が彼の仕掛けた言葉の罠の中へ近づいているのかもしれない。私は言った。

「『自画像』の初めの行の〝人里〟、〝独り〟、〝そっと〟という単語や、『懺悔録』の〝緑青のついた〟、〝夜〟、〝独り〟という表現を見れば、彼は寂しさに慣れている人だ。〝一行の懺悔の懺悔録を書かねば〟という表現、〝何も言わず井戸端を行き来する男〟は、寡黙だということを物語る。自分を憎み、哀れだと思っては、またそんな自分を懐かしいと思う『自画像』の主人公も、人生の重みをまともに受け入れ、緑青で錆びた王朝の遺物を全身で磨く『懺悔録』の主人公も、挫折はしても絶望はしない人間だ。辱しめられた王朝の遺物という表現には、彼が朝鮮人であることが見てとれる」

彼は深い井戸の中を探るような微妙な表情で、静かに私の目を見つめた。しばらくしてから、彼は私の気の短さをなじることで自分を守ろうとした。

「私は刑務所に閉じ込められた囚人にすぎない。その詩の作者が私だというなら、その証拠を出してくれなければ……」

私は待っていたというばかりに言った。

「『懺悔録』には、お前がこの詩を書いた決定的な証拠がある。満二十四年一ヶ月。これは詩を書いたときの詩人の年齢だ。彼はなぜその時点で『懺悔録』という詩を書いたのか？　なにを懺悔したのだろう？」

それは答えを求める質問ではなく、追及だった。受刑記録によれば、朝鮮の延禧専門学校を終えた彼が、東京の立教大学に入学するため日本に渡ったのは二年前だった。「昭和十七年」、つまり一九四二年の春は、彼がちょうど満二十四歳一ヶ月になる時点だった。彼がちょうど〝満二十四歳一ヶ月〟

という文章を書いた瞬間、彼はその詩が自分の物でしかあり得ないことを告白しているのだ。あとは、彼がどんなことを懺悔したのかを明らかにするだけだった。私は追及を続けた。

「朝鮮人が合法的に日本へ来るには、渡航証明証が必要だ。不法密航船を使うこともあるが、留学生は必ず渡航証明が必要だろう。日本に来るために、お前は創氏改名をしなければならなかった。平沼東柱！　お前の朝鮮名は〝古くから続く王朝の遺物〟であり、〝緑青のついた銅の鏡に写る恥ずかしい顔〟は、お前の創氏名だった。お前は渡航証明証のために捨てなければならなかった自分の名前を見つめながら懺悔したんだろう」

彼は、ぼろをまとった過去から逃げてきた逃亡者のようだった。目はくたびれ果て、表情は硬く、声は枯れているように聞こえた。彼はひび割れた唇を舐めながら、言った。

「これは日本に来る前に書いた詩にすぎない。発表もしていない詩を書いたことが罪になるんですか？」

「詩を書いたことが罪ではない」

彼の目が、「今なぜ、その詩が問題になるのか？」と問かけてきた。私は答えてやった。

「この詩が殺人事件と関連しているからだ。三日前に殺された看守のポケットから『懺悔録』という詩が書かれた紙切れが出てきた。作者は『自画像』を書いた詩人と同一人物だ。杉山がなぜお前の詩を抜き書きしたのか、この詩が彼の死とどんな関係があるのか……。私はそれを突き止めなければならないのだ」

彼は霧の中に立っているようだった。警戒も緊張もしていない空っぽの瞳。刺青のように刻まれた口元に微笑みをたたえたままで。

少年はいかにして軍人となったのか

看守長室の石炭ストーブは温もりを保っていた。温かくなった血が血管の中を流れると、疲れ果てた体の怠さがほぐれた。看守長は私が渡した検閲台帳を読んでいるのかどうなのか、そこそこのところで決裁欄に印を押した。私は何を言い、何を言ってはならないのかを頭の中で整理した。

「あの……、杉山看守の事件なんでありますが」

建てつけの悪い戸のように、私の口はぎしぎしと音を立てた。

「杉山が何だ？　あいつが生きて帰ってきたとでもいうのか？」

看守長は気乗りのしない表情で片方の耳をほじくった。たった今聞いた私の言葉をほじくり出してしまおうとしているようだった。

「杉山看守が死ぬ前に持っていた詩の手がかりが、ぼんやりとですが見えてきたのであります」

看守長は掻き出した耳垢をふっと吹き飛ばした。詩の断片ごときが殺人事件に何の関係があるのか、という表情だった。そうかもしれない。正体不明の落書の数行が、殺人の手がかりにはならないのだから。看守長が言った。

「あの事件はもういいだろう。検閲業務に集中しろ！」

「事件の調査のために検閲を疎かにはいたしません。検閲台帳をご覧になれば、業務に抜かりのないことはおわかりになると思います。ただ被害者の死因と死亡のいきさつを、もう少し具体的に確認したいのであります」

「そんなことなら、医務棟から送られてきた検視書を見ればいいだろう?」

「簡単な検視書ではわからないことがあります。医務棟へ行って検視医に会い、死亡状況やいきさつをもっと調べることが……」

看守長は持っていた新聞を机の上に投げ捨て、声を張り上げた。

「若造が大それたことをしたいってわけか。医務棟区域が、どういった所なのかわかっているのか? 九州帝国大学医学部の研究陣が、夜通し研究に没頭している聖域だぞ。剖検《ほうけん》室や研究室は、看守であっても許可なくして入ることが出来ない一級保安施設なんだ! お前なんぞが思いどおりに出入りできる所ではない!」

看守長の表情は厳《いか》めしかった。組織の中だけで生きてきた者たちを動かすのは、組織の階級と規範なのだった。私は罠を仕掛けるように言った。

「殺人事件の調査は所長が直々のご指示であります。杉山看守の勤務日誌をもとに、三三一番の囚人を尋問しました。杉山にひどい暴行を受け、骨折傷を負った崔致寿という者です」

歪んだ看守長の顔に疑問と好奇心が浮かんだ。

「奴が自分を殴った看守に恨みを抱いて殺したというのか?」

「それを確かめるためには医務棟へ行って検視医に面談し、死体をすみずみまで確認しなければなりません」

看守長は思いがけない大魚を掬《すく》い上げた釣り人のように、にっこりした。

「わかった。許可証を書いてやろう。だが医務棟では行動に気をつけろ。必要な用事が済んだら透明人間のように静かに抜け出て来い！」

看守長は医務棟出入許可証に印鑑を押し、命じた。その命令は彼からの頼みごとのように聞こえた。

医務棟は本館棟右側にある二階建ての建物だった。本館と長い通路でつながっていて一つの建物のように見えるが、二つの建物は別世界だった。医務棟の廊下には、汗と汚物の染みた疎《うと》ましい臭いの代わりに、ひりひりする消毒薬の匂いが漂っていた。その清潔な匂いに、私は軽い目まいを覚えた。それはきれいで高潔な世界に入るために、私の身体が支払うべき代価のように感じた。

福岡刑務所へ医療棟が入ったのは、全国規模の機関刑務所に昇格されてからだった。それ以前は、刑務所にごろごろしている犯罪者や反逆者がいつ死のうがそれまでで、医務室は必要なかった。行政棟の隅にある、名ばかりの医務室には十分な医療設備さえなく、医療陣といっても六十歳を目前にした年寄りの医者と四十代の看護婦だけだった。業務といっても、死刑執行、病気、暴力や乱闘で死んだ死体の処理がほとんどだった。死んでいく者を救い、病む人を治す医術は要らなかった。

状況が変わったのは、九州帝国大学医学部の森岡教授が、刑務所内への医務棟設立を主導するようになってからだ。森岡教授は新しい手術技法を繰り返し成功させ、医学会でも注目されている外科医だった。一方彼は誰にでも好感をもたれる社交家で、寛大な慈善家であるだけでなく、音楽、美術、演劇、文学にも造詣が深い、福岡の社交界に名を馳せる知識人でもあった。

大学を去り刑務所へ行きたいという彼の宣言は、誰にも予想だにできない事件だった。言論界はヒポクラテスの精神を受け継ぐその決断を、本人に代わって特筆した。彼は大学病院にはいい医者があふれているが、囚人たちもまた治療を受ける権利があり、自分を必要とする人々のもとに行きたいのだと語った。治療だけでなく、病気そのものの根絶と医療技術の発展のための研究活動にも力を尽くしたいと強調した。病院長は驚愕し、市長まで彼の刑務所行きを止めようと乗り出した。

森岡教授は、すべての人に理解してもらうよう努力するのがどんなにつまらないことかを知った。彼は十名の専門医と二十名のインターン、二十名の研究陣、そして二十名を超える看護婦たちをまとめた。森岡教授が赴任すると、所長や看守だけではなく、第三収容棟の囚人たちまでもが熱烈に彼を迎えた。寒さやひもじさ、酷い棍棒打ちでボロボロになっても、帝国大学の医師たちの治療を受けられるだろうという期待があったからだ。

私は心地良い空気の中をさすらうように歩き、病室や看護婦室、治療室と注射室を通り過ぎて行った。新たに建てられた医療棟の照明はすべてのものを白く輝かせていた。色のあせた囚人服やうっとうしい看守服の代わりに、金縁やバラ模様のメガネをかけた医師やまぶしい白いガウンを着た看護婦が、気忙しく行き来していた。私は、制服はその人の魂を代弁するのだと思った。囚人の魂は色あせており、看守はうっとうしく、医者は清潔で、看護婦は純潔なのだろうと。

剖検室《ぼうけん》は、医務棟の地下の端にある部屋だった。杉山の死体は、がらんとした剖検室中央の金属製のテーブルの上にまっすぐに置かれていた。死体のあちこちに青や黒や赤い痣が見えた。一つの痣の上に別の痣が重なっている部位もあった。ひときわ深いアザのある肩は、皮膚が裂け、肩の骨が折れて垂れ下がっていた。普通の棍棒というより、鈍く堅い金属の凶器で殴られたようだった。薄黒いマメもできていた膝には倒れてできた擦り傷も見られ、砕けた後頭部には血の塊が乾いて付いていた。白くなった唇は、端正な針の縫い目で固く封じられていた。破れた洋綴じ本を縫っていた私の母を思い出させるほどの、几帳面できれいな針仕事の腕前だった。

テーブルの後ろには、手術用マスクで顔をすっかり覆った医師が立っていた。剖検室と死体室を統括する首席研究員江口真助だった。挙手敬礼をすると、彼は水気を拭ってから手を差し出した。マスクを取り、歯をパッと出して笑う四十代初めの紳士だった。ガウンの下には白いシャツ・カラーがちらりと覗いた。戦争に苦しめられている男たちは実年齢より老けるというが、残酷な戦争を避けてきた彼はもしかすると、見た目よりは五歳ほど上かも知れない。彼は晴々とした表情でドアを出ていき、死刑立会人や遺体を引き取りに来る家族のための面談室へと向かった。江口はそこで、私が読みやすいように机の上に剖検書類を開いてくれた。

「死亡に至る一次的原因は、後頭部打撲による頭蓋骨破裂と脳出血です。気を失った状態で全身を鈍器で打たれたのだろう」

なめらかに説明する声が、彼の知力と権威、洗練された風格を同時に窺わせた。幼いカモシカはライオンのうなり声を聞いただけで、しっぽを下げて逃げなければならないことを知っている。江口は幼いカモシカのように萎縮している私に優しい目を向け、白い布を死体にかぶせ、洗い場に行って手を洗った。ひんやりとした空気の中で、少し生臭い臭いがした。

「その鈍器がどんなものかお話しいただけますか?」

「看守が所持している鎮圧棒のようだ。痣の跡に鎮圧棒の凹凸の跡が残っていて、二つの頭蓋骨裂傷の直径が鎮圧棒と一致している。致命傷は、胸に刺された金属の凶器だ。鋭く長い凶器で心臓を突き刺している。刺して引き抜いたのではなく、体の中へずぶりと刺し込んでいる」

柄のない凶器は、刑務所ではありふれた物だった。囚人たちは金属を見ただけで、それで人を殺す思案をする。彼らはスプーンを研いでナイフを作り、錆びた鉄格子を切り取って凶器を作った。自分たちを閉じ込める鉄条網を二列、三列に縒《よ》って強度を強め、先を研いで袖に隠して持ち歩いていた。

「死体は首にロープが巻かれたまま、二階の廊下の欄干に吊り下がっていました」

「首を括ったことは、彼の死と直接的な関連はないだろう」

「すでに死んだ人の首を吊したということですか?」

江口は透明なメガネ越しに私を見て、首を横に振った。答えられないし、答えたくないという意志が窺えた。私はもう一度尋ねた。

「口を針で封じたのはどういう意味でしょうか?」

彼はこのときもまた同じように首を横に振った。彼の仕草は、答えを探し当てるのは自分ではなくお前だ、という意味だろう。剖検結果は明らかだったが、散らばった手がかりの欠片《かけら》は、ひとつの一貫した絵にはならなかった。

剖検室を出た私は、医務室の廊下を歩いた。すべてが白く輝くその空間をはやく抜け出したかった。そこは私のような人間にはふさわしくない空間だった。私はじめじめとした暗い灰色の空間、罪を背負う者たちの空間にふさわしい人間だった。

*

巨大な出来事は、私たちが知らないうちに近づいてくる。自力で回転している地球の轟音を私たちが聞くことができないように。昭和十六年十二月八日の朝もまた、いつもと変わりはなかった。路面電車は鐘の音を響かせて通りを過ぎ、着物を着た女たちは忙しく歩みを進め、男たちは荒々しい顔つきで通りを睨みつけながら歩いていた。

知らないうちに私の運命が変わっていたという事実を伝えてくれた人は、その日の午後、本屋にやって来た一人の大学生だった。彼は朝からラジオで同じ内容の臨時ニュースがずっと流れていると言った。私は本屋の隣の電気店へ走っていった。ガラス戸の前で人々がごったがえし、雑音の中から緊張した声が聞こえた。

「大本営陸海軍部、十二月八日午前六時発表。帝国陸海軍は本日八日未明、西太平洋においてアメリカ、イギリス軍と戦闘状態に入れり」

電気店を出たとき私は別人になり、ニュースを聞く前の私とは別人になっていた。通りをいく男たちは一様に驚き、号外に目を凝らしていた。拳《こぶし》くらいの大きな活字が新聞から飛び出してきて私の顔をやたら叩き、殴りつけてくるようだった。

「帝国、米英に宣戦布告」。「我軍が海軍航空隊ホノルル大爆撃、真珠湾にて米艦船二隻撃沈」。

戦争中に生まれ戦争とともに成長した私には、戦争は特に目新しいものでもなかった。満州で、中国で、太平洋で、ひとつの戦争が終わる前にまた別の戦争が始まった。

しかし以前とはまったく違う新たな戦争は、猛々しい足の爪で市民の生活を踏みつけた。小学校は「国民学校」に変わり、男たちは洋服の襟を直して作った「国民服」を着た。私的な集まりは禁止され、物資は配給制に変わった。おでん工場は軍補給食品工場になり、洋服店は軍服工場になった。子どもたちは家の中をくまなく探し、鉄類という鉄類を全部学校へ持って行った。彼らは小さな釘の頭が鉄砲玉になって敵の心臓を突き通すと信じていた。通りの角には土嚢積みの防空壕ができた。電車は何事もなかったかのように、土嚢と土嚢の間を行き来した。

ラジオはオウムのように、繰り返し太平洋のあちこちでの勝利を伝えた。ラングーン、スラバヤ、オランダ領東インド……。〝欲しがりません勝つまでは〟というスローガンが耳を熱くした。私は心から勝利を、そして勝利の後の特別配給を待った。配給される砂糖や豆や菓子は戦争にくたびれ果て、灰色になった私たちの心に、赤や黄の色を塗ってくれた。

軍事教練の配属将校は厳しく号令をかけ、学校内を直角歩行した。正式訓練と応急治療法から始まる教練は、学期が終わる頃には銃剣術と射撃術、米軍機識別要領や各種爆弾の弾音と焔の色による待避要領へと続いた。

私たちは足に巻いたゲートルを、一日中解かなかった。前線へ行った先輩たちと戦士の苦衷《くちゅう》とともに在る、という決意のために。すぐにも前線へ駆けつけられるよう、また駆けつけなければという覚悟だった。私たちは常に制服が軍服になり、またそうでなければならないと考えたが、実際にそうなるとは思わなかった。京都駅広場で入隊した先輩たちをバンザイで見送りながらも、私はそれが自分にも近づくとは考えもしなかった。私たちは本物の戦争を戦争ごっこぐらいに思い、わあわあ笑いながら動き回る世間知らずの少年にすぎなかった。だが、運命はすべての人に公平だった。

年が改まった三月のある日、空襲のように飛び込んできた赤い紙切れが、ちょうど十七歳になった私の人生のまっただなかに突然落ちた。そのとき私は母の本屋の本棚の隙間にうずくまり、『オリヴァー・ツイスト』に溺れていた。がらがらとガラス戸の開く音を覚えている。私の名を呼ぶ誰かの声も。

「渡辺優一君！」

低く陰鬱な音声が白昼夢の中に流れ込んできた。私はうたた寝から目覚めたように読んでいた本を閉じ、よろめきながら本棚の隙間を抜け出した。

国民服を着た配達員は私をチラリと見て郵袋《ゆうたい》に頭を突っ込み、手紙の束を探った。彼が私の視線を避けようとしていることがわかった。彼はどれほど数多くの少年たちの視線を避けなければならなかったのだろう。執行を待つ死刑囚のような目、避けることも逃げることもできない罠にかかった獣の子どものような目、ぬかるみの前で戻ればいいのか越えなければならないのか決められないまま、どうしていいのかわからない目。

しばらくして彼は郵袋の中に閉じこもった表情のない顔を向け、封書と朱肉を差し出した。私は親指に朱肉をつけ、郵便物受領帳簿に拇印を押した。彼は私にも母にも目をあわせず、木彫りの人形のように歩みを変えた。「大本営」という三文字が記された封筒の中には、赤い紙切れが一枚入っていた。

集結日時：昭和十八年三月二十七日六時三十分
集結場所：京都駅広場東側

二十字にもならない破片のような文字、文章にもならない文字が、私の人生を締めつけてきた。そのとき私は知った。戦場で死んでいくすべての軍人たちは、文章によって殺されたのだということを。人を殺すのは銃弾でも爆弾でもなかった。世の中を地獄に作り上げ、人々を殺すのには、一行の文章で十分なのだ。いくつかの単語と数字、句読点によって、少年は兵士になり、戦場へ移動し、戦闘に投入された。そして銃弾や銃剣に、鼓膜を破裂させる爆発音に苦痛を感じる暇《いとま》もなく死んでいった。

私は死よりも手にした文章が恐ろしく、持っていたディケンズを落とした。床に落ちたディケンズは意気地なしに見えた。

「あっ」

静物のように立っていた母が聞こえるか聞こえないかの声を漏らした。いつものように縫い物をしていた母の親指に、赤い血がにじんでいた。母は針仕事をしていたのではなく、絶望の前に倒れないように、こらえて、歯を食いしばっていたのだった。

入営した日の明け方、私はガリガリに刈った頭の毛を手で擦《こす》り、この同じ道を先に召集されていった父を想った。おもちゃの木の兵隊のように痩せてぎこちなかった父。相変わらず黒い汽車は蒸気を吹き出し、軍楽隊は軍歌を演奏していた。軍人になること自体は、恐ろしくも無念でもなかった。ただ、毎日明け方、重い本屋の雨戸を一人で開けるには余りに小さくなった母が心配なだけだ。

私は訓練を終え、福岡刑務所の看守兵として配属された。高い塀と鋭い鉄柵、冷たい鉄格子が私の未来を取り囲んだ。囚人が赤い囚人服で監禁されているように、私の若さは褐色の軍服に閉じ込められた。そして本から、活字や文章から、すっかり遠ざけられた。どんな本も許されず、ビラ一枚であっても厳しくコントロールされた。読むのは堅苦しい命令書がすべてで、書くものといえば勤務日誌だけだった。

一行の文章にも飢えていた私は、活字なら手当たり次第に読んだ。収監記録簿と懲罰記録、命令書と行政文書はもちろん、建物の標識と出入口の立て札まで、貪り食うように読んだ。しかしそれらは感情を呼び起こさない活字、干からびたパンのように、噛むだけで満足するしかない死んだ文章にすぎなかった。私の魂は常に栄養不足の状態にあった。生きた文章に会いたい。温かい湯気の立つ、しっとりとした中身のある、今まさに仕上がったばかりの文章。しかしそれは、戦時下の軍人にはふさわしくない贅沢であった。

私はそんな風に、夢の中へ入っていくように戦争の中へと足を踏み入れた。そこが夢なのか現実なのかはっきりわからないが、私は心底帰りたかった。早く戦争が終わり、軍服を脱ぎ捨て、学生服に着替えてスタンダールを読みたいと思った。だが私は戦争がいつ終わるのかを知らず、果たして終わるのかさえもわからなかった。

ついに戦争は終わり、私は軍服を脱ぎ捨てた。しかしその時、私が着替えるべき服は学生服ではなく囚人服だった。

陰謀

被服労役場は熟練の長期囚や運のいい囚人の解放区だった。軍服の繕い、衣服の準備や染色作業は楽ではなかったが、室内作業というだけでもよかったといえる。彼らがここで手押し車を押し、ミシン作業をしている時、新入りは寒さの中で野外労役に苦しめられた。野外労役者たちはこわばった体を無理やり動かして煉瓦を削り、荷物を運び、手押し車を押し、凍った地面を相手にシャベルを使わなければならなかった。

労役時間には一切の雑談が禁止され、ほんの少しよそ見をしただけで仕事が山のように増えた。作業規定を守らないと看守の棍棒が降り下ろされた。彼らは拷問を受けて死に、凍えて死に、病気になり、打たれて死んだ。遺体は十日間保管された。知らせを受けた家族が引き取らなければ、解剖用に送られた。生きてこのうんざりする所を出ることが唯一の望みだったが、脱出に成功した者はいなかった。低い丘に無縁墓地ができた。戦争が激しくなり囚人が増えるたびに、墓地もますます広くなった。

野外労役のときは午後四時から五時まで解放の時間だ。くたくたになった囚人たちは沈みいく陽を追いかけ、日当たりの良い塀に押し寄せた。同郷という理由で、同じ姓だという理由や同じ留学生、どれにも当てはまらなかったら同じ朝鮮人だという理由で彼らは集まり、陰謀を企てるように絶え間なくぶつぶつ話していた。彼らはどこまでが真実でどこからが嘘なのかわからない話をして、自分の潔白を主張した。彼らは泥棒や詐欺師や暴力犯やスパイなのだが、ずる賢い日本人の落とし穴にはまり、罪を着せられたという共通点で、互いの口惜しさを深く理解し合っていた。

刑務所の庭が市場のように騒がしくなると、看視兵はぴんと張りつめた。歩哨兵は庭を注視し機関銃に実弾をつめ込んだ。私は塀に沿って歩き、日なたの壁に集まっている三三一番の仲間たちをじっと見つめた。彼らは一様に問題のある者たちだった。殴り合いを仕事と心得、仲間内の喧嘩もためらわない、刑務所内のもうひとつの権力だった。

囚人が看守を襲撃することは珍しくない。彼らは棍棒でしたたか打たれることや、独房行きを甘んじて受け、標的に定めた看守を苦しい羽目に陥らせるのだった。気にくわない看守の勤務時間に喧嘩を始め、受け持ち労役班の機械を故障させ、生産量を満たせないようにした。私が近づくと彼らは一斉にひそひそ話をやめた。私は棍棒を握る手に力を込め大声をあげた。

「看守兵渡辺優一だ。杉山の殺害事件を捜査する担当官だ。協力せよ」

男たちは私を上から下へとじろじろと見た。前髪が抜け始めた埠頭《ふとう》労働者出身の一五六番李万午《イマノ》が皮肉った。

「俺は担当調査官だというから特高警察でも投入されたのかと思ったのに、新米の学徒兵とは……。とにかく俺たちなにもしてねえよ」

彼は十年前に下関に密航でやって来て、三年前、東京埠頭労働者乱闘事件の首謀者として懲役七年の宣告を受けた。事を企て実際にやったのは日本人労働者だったが、文字が読めなかったために総代にされ、罪を被ったのだった。私はゆっくり男たちを見た。ある者は床に唾を吐き、ある者は爪先の垢をほじくって惚《とぼ》けた。彼らが何かを隠していることは明らかだった。もっとも、この刑務所の中に何かを隠していない者などいないのだ。私は言った。

「何かしたとは言っていない。だが今後何かすることもあるだろう。喧嘩、殴打、村八分、規則違反、そして独房生活はお前らの得意分野だろ」

崔致寿《チェチス》と一緒に爆弾事件に巻き込まれて入所した九五四番の金宏沁《キムキョンピル》がふてぶてしい表情で言った。

「学徒兵ってことは、二十歳《はたち》にもなっていないのか……。世間知らずが殺人事件を調査するのか？」

壊れたメガネのレンズを通してネズミのような目を光らせている三九七番の姜明愚《カンミョンウ》が、金宏沁をとがめるように説明した。

「所長もこの事件が刑務所の塀の外に出たら自分の首が危ういことを知っているんだろ。だから特高警察を呼べないんだ。もみ消して蓋をするつもりなんだろう」

彼らは各々のやり方で、私を手懐《てなず》けようとしていた。脅かし、すかし、ビンタを食らわせ、機嫌をとった。顔がほてった。すぐにでも棍棒を抜き、彼らの額を打ちつけたかった。姜明愚が私をなだめるように言った。

「看守が死んで残念だったが、俺たちとは関係ない。だから俺たちをほっといてくれよ」

立教大学法学部出身で騒乱罪で捕まり、杉山の棍棒で頭に怪我をしたことがある人物だった。私は答えた。

「お前たちに何かするわけではないから恐れるな。だが、殺人者は必ず見つけ出すからな」

私は判を押すように一人ひとりの目を見た。李万午は眉間のしわをくねらせ、ねちねちといやみを言った。

「根拠もなしに俺たちに罠を仕掛けるなよ。俺は奴の死については何も知らないが、ひとつだけ知っている。それは奴が天罰を受けたということだ。奴のようになりたくなかったら、めったなことに乗り出すな」

ずっと港で荷役をして生きてきた彼は、墨汁が染みる者の匂いを本能的に嫌った。彼は私の表情から墨汁の匂いを嗅ぎ取ったのだろうか？　私は乾いた唾を飲み込み答えた。

「俺を脅迫するのか？」

「お前の恐れを買ったというのなら脅迫なんだろう」

「むやみに口出しするな。調査官の職権で独房に送ることもできるからな」

鋭い私の言葉に、男たちはちらちらと白目を回して知らないふりをした。李万午はどんよりと薄黒い唇をひくひくさせ、握り拳《こぶし》で口惜しいとばかりに自分の分厚い胸をドンドン叩いた。

「だったらそうしろよ。一週間は目をつぶっても我慢できるから。棍棒打ちだっていいぞ。一週間あれば裂けた頭も治るしな」

彼は私の前に頭を突き出し、棍棒が飛んでくるのを待った。私は彼を射るように見、棍棒をつかんだ手をぶるぶる震わせた。棍棒を引き抜いた瞬間、振りかざした瞬間、殴りつけた瞬間、私は彼に負けるのだ。李万午は犬のように打たれて独房に行きたかったのだろうが、私は杉山ではない。棍棒は目的どころか、手段にもならなかった。

その瞬間、群れの視線が少し離れた所にいる一人の男に注がれた。〝三三一〟という数字が鮮やかに刻まれた広い胸の、皆より頭がひとつ大きく、たくましい男。崔致寿は注がれた視線に何を言うまでもなく行ったり来たりしていた。収容棟と収容棟の間、歩哨と次の歩哨の間、収容棟や外郭の囲いとの間の曲がり角から次の角まで……。塀の端までたどり着いた崔致寿が再び群れの所に戻ってきた。李万午が大声で聞いた。

「話してください。崔同志！　誰がクソッタレ看守を殺したと思いますか？」

崔致寿の身体から少し生臭いような臭いがした。彼は赤くほてった鼻先をなでて言った。

「誰が死んだかは重要じゃねえ。誰が生きるかだろ」

それは李万午や仲間たちにではなく、私に聞けという意味だった。言い終えると、崔致寿は塀の向こうに広がる空を眺めた。塀の角には高い警戒歩哨所があった。二人の歩哨兵や実弾入りの機関銃が一丁。夜になると自動的に軌跡を描き、刑務所のあちこちを照らす二千ワットのサーチライト。彼は鋭い目で青い空ではなく収容棟の位置や構造、塀の高さと歩哨の間隔を監視しているようだった。監視兵が自分を監視しているように。

夕日がゆらゆらと最後の光を投げかけていた。男たちはだんだん声を上げ話に熱中した。彼らは調査官の私の存在は眼中になく、仲間内で論争をくり広げたり、同調したりしていた。長いラッパの音が聞こえた。野外活動の時間は終わった。私は声を上げた。

「みんな、もう行け！」

男たちはよろよろと歩きだした。すり減った靴からはみ出た足、ささくれて黄色く変色している足の爪、あかぎれで割れた踵。看守たちは放牧を終えた羊の群れを点検する牧場主のように忙しく人員を把握した。囚人たちは何を言っているのかわからない朝鮮語でぺちゃくちゃ話し、笛の音に合わせて労役場へ戻っていった。

並んで歩く崔致寿の仲間の囚人服が、私の目に止まった。彼らの囚人服のズボンの裾は、他の者たちと違って、足首がみえるぐらい特に短かった。飛び出した膝の部分は同じように擦れてぼろぼろになっていた。いつも常に誰かに向かって膝をかがめていたようだった。彼らをひざまずかせていたのは誰なのだろうか？

私は看守室に戻って、書類をひっくり返した。私が探している書類は、最近一年間の独房収監者とその期間を記録した独房記録だった。

独房棟は第三収容棟と共同墓地の間の空き地の丘にある、セメントで造られた古びた建物だった。分厚い鉄の扉で固く閉ざされた四角い部屋は、大人が一人寝ると両側の壁に肩が届くほどぎりぎりだ。横一メートル、縦二メートルに満たない部屋は、夏は火の上の釜のように熱く、冬は氷の倉庫のように凍りついた。

食事は一日に握り飯半分と味噌汁の半分がすべてだった。入る時は自分の足で歩いていき、出るときはむしろに巻かれて出る者が大半だった。どうにか自分の足で歩いて出てきても、日常に戻るには半月が必要だった。独房記録をざっと見た看守長は、面倒くさいという表情がありありだった。

「独房記録に殺人者の名前でも書いてあったのか？　このバカが！　真の犯人が誰だろうと、そんなことは関係ない。朝鮮の奴らを無条件に一人ずつ縛り上げて、したたか殴れば自然に泥を吐くようになっている！　鞭には弱いからな」

看守長は目尻にしわを寄せてギクッとするほど笑った。自分がしてもいない殺人を自白する？　そうだとしたら、それは自白ではなくて嘘だ。私は独房記録に見入った。責めるにしても記録を確認してから、やり込める必要があった。看守長は訝しげな顔つきで言った。

「見ても何もない。頭の痛い朝鮮野郎は名前だけで十分だ。三九七番、一五六番、三三一番、五四三番、九五四番、六四五番……」

看守長は口元をぴくぴくとさせた。

「俺は犬野郎の一人ひとりの名前を覚えている。姜明愚、李万午、崔致寿、崔哲九《チェチョルグ》、金宏泌、平沼東柱！」

看守長は聞き慣れない朝鮮名をすらすらと読んで、床にペッペッと唾を吐いた。

「穢らわしい豚どもの名前で口を汚したな」

私は独房記録をめくり、六ヶ月前から独房に入った者たちの囚人番号と収監日、収監期間を隅々まで調べた。看守長は歪んだ顔でなおも話し続けた。

「奴らは、過酷な独房生活を休暇のように楽しんだ。短くて三日から、長くて十五日間、仲良くやり取りしながら独房を出入りした。だが雄豚のようにのろまな奴らは、くたばりもしない」

私は独房記録に記された番号に指を当てて言った。

「ところで八月には、約束でもしたように二週間独房がすっかり空いています」

看守長は作り笑いをし、関心なさそうに返事をした。

「その頃は夏の中でも一番暑い酷暑期だったから当然だろ」

「あんなに過激だった者たちが、酷暑期にはどうして従順になったのですか？」

「酷暑期の独房行きは、〝あそこ〟へ行く特急列車だということがわかるから、あいつらも身体に気をつけているということだろう。そんなこともわからないのか！　このバカ者！」

「酷暑期だからと独房行きを避ける分別があるのなら、普段でも行動を自制できるはずです。変ではありませんか？」

「変とはなんだ、何が変なんだ！」

「彼らはわざと独房行きを望んでいるように何度も出入りしていたようです」

「独房を見れば分かる。独房は元気な奴でも一週間持ち堪えるのは難しい所だ。ひっそりとした共同墓地のそばだから看守たちも近寄るのを嫌って、当然のように巡察報告書に嘘を記入する。ところで、あいつらが何のために独房行きを望んだというんだ？　そこに蜂蜜の壺でも隠して置いたとでもいうのか？」

看守長は苛立しげに叫んだ。

「蜂蜜の壺ではないにしても、何かを隠しているのかもしれません。とにかく独房を調査しなければなりません」

私は、言い終える前に歩き出した。独房棟は八つの独房と小さな看守歩哨所のあるみすぼらしい建物だったが、厚い壁は要塞によく似ている。山腹沿いに吹く風が通り過ぎるたびに、黒いモミの木が獣の吠えるような音を出した。

　看守長は歩哨所のドアをバァーと開けて入った。ストーブの火種は消え、厚い綿入れを着込んだ年老いた看守がうずくまっていた。寒さに弱り果てた顔は薄汚くて青白く、交代時間を待っている目は充血していた。看守長が叫んだ。

「独房巡察だ！　戸を開けろ！」

　年老いた看守があたふた動くと、腰の鍵の塊がジャラジャラと音を立てた。独房の建物の鉄扉には、太い鉄の閂《かんぬき》と大きな二つの錠がかけられていた。看守はまだるっこい手つきで錠を開け閂をはずしたが、厚さ十センチの鉄扉は、年老いた看守には大変重いものだった。廊下の両側に四つずつ独房があった。看守が独房の戸を開けると、悪臭が鼻を刺した。食べ物が腐ったような、染みついた汚物の臭いのようでもあり、そのすべての悪臭が混じったむかつくような臭いだった。年老いた看守が言った。

「ここの囚人の大半は拷問や棍棒で、一、二ヶ所は骨折や、傷を抱えて来ます。傷がぶり返し、化膿し破れた傷の臭いのせいで、夏は戸を開けられません」

　私は袖口で鼻を塞ぎ最初の独房に入った。幅は外からは二メートルほどに見えたが、中に入ると半分程度にすぎない。隣り合う二つの独房の間には、砂利と砂を詰めた厚い二重の壁があったからだ。

　そこは監房というよりは、一人の人間をきつく締めつけるために作った落とし穴のようだった。石灰さえも塗られていない壁には汚れがひどく染みつき、薄黒くどんよりしている床は汗と嘔吐物と膿に漬かっていた。壁と天井には爪で引っかいた跡や、点々とした血痕が見えた。「順」、「愛」、のような漢字、意味のわからない朝鮮語、「二十八、　二十七、　二十六、　二十五……」と順に書かれた独房を出る残りの日数。

独房の中に腰の高さほどの木の間仕切があり、片側は人が出入りできるように開いていた。間仕切りの後ろ側を覗き見て鼻を覆い後ずさりすると、年老いた看守は鍵束をいじくりまわしていたが、我慢できずに笑い声をあげた。

「あんた、そこは便所だよ。囚人は自分の便器を持ってきて便所の蓋に載せて使い、独房行きが終われば持って出るんだ。朝鮮の豚野郎の便器まで、看守が後始末するわけにはいかないからな」

私は深く息を吸い込んだ後、間仕切りの後ろを覗いてみた。監房の床と同じ高さに木の蓋があった。蓋のまんなかに丸い穴があり、前の部分には取っ手があった。私は片方の手で鼻を塞ぎ、もう片方の手で取っ手を持ち上げた。股ほどの高さには、汚物に漬かった木の台があった。円筒形の木の便器を載せる便器台だった。壁には親指の太さほどの鉄格子のついた手の平大の換気窓がある。

鉄扉を出ると日差しがまぶしかった。三三一番・崔致寿、六四五番・平沼東柱、そして独房棟をしきりに出入りしていた者に、何らかの関係があるのは明らかとなった。独房棟の後ろの曲がり角を回ると、激しい風が吹いてきた。山の上から砂埃が飛んできて大粒の砂が目に入った。年老いた看守は私の瞼を裏返ししてしばらく息を吹きかけてくれていたが、赤くなった私の目を見て言った。

「山から吹いてくる糞っ風が一年中問題だ。風に運ばれてくる物凄い量の砂と土埃は収容棟の下に積もるんだが、囚人どもはひと月に二俵づつすくって片付けねばならないほどだよ」

頭の中を矢が一本ビューー！　と通りぬけた。どんな考えだったかはっきりしないほど速かった。私は思わず叫んだ。

「独房の戸を全部開けろ！」

目を見開いた看守の爺さんが、あたふたと廊下を追いかけてきた。長い間閉じられていた独房の戸が、ギィーギィーと金切り音を立てて開いた。私は意を決して独房に飛び込み、便器を取り出して、ひざの高さの便所の蓋から床に飛び降りた。どしん！　ガランとした空間の響きが足先に伝わった。腰から棍棒を抜いて、排便器の角を掻き出すと、小さな溝《みぞ》が現れた。目をぐっとつぶり、溝に手を入れてかきまわした。土や木の根や石の臭いを含んだ生温かくじめじめした空気が湧き出てきた。足先にガランとした穴が黒い口を開いた。私が為出《しで》かしたことは、自分でも信じられなかった。

けたたましくサイレンが鳴り響いた。息を切らして駆けつけた所長の顔は、私の足元の穴のようにぽかんとしていた。私は汚物の臭いのする洞穴の中へ懐中電灯を照らした。洞穴は狭く長く続いていた。四つんばいで這ってどうにか通れるほどの狭い空間は、空気も通らず息が詰まった。五分ほど暗い中を這っていっただろうか。突き当たった洞窟の端にはすり減った木のスプーンと平たく研いだ石、割れた茶碗と陶器のかけらが並んでいた。

「もぐらのような奴らだ！」

後について這ってきた看守長が息巻いた。後ずさりで這って独房に戻ると、周りは暗かった。本館棟と外郭棟、収容棟の屋上に、一斉にサーチライトが照らされた。巡察兵は倍に増え、簡易の物見やぐらにも看守が配置された。看守長と私は泥だらけの服を払うこともできないまま、所長室へ呼ばれた。

「人員点呼の結果、いなくなった囚人はおりません。トンネルを掘った奴はまだこの中におります」

看守長は汗でべっとりとした額を袖で拭った。所長は荒々しい目で看守長を睨みつけた。

「あいつらが抜け出せなかったことが問題なのではなく、あいつらがトンネルを掘っていたことが問題なんだ！　こんなことが知られたら、どんなことになるか、わからないのか！」

所長は糸切り歯をむき出し、大声を上げた。

「存じております。杉山を殺した奴を見つけ出し、トンネルも夜のうちに跡形もなく埋め戻します」

「杉山を殺した奴を見つけ出すだと？　どうやって！」

所長は腰の軍刀をギュッと握った。看守長は切羽詰まった目つきで私を指して言った。

「若いですが決断力のある奴です。あいつらのトンネルを発見し、土を掘り返すことに大きく貢献しました」

所長は半分白くなった口ひげをなで、私を鋭い目で見た。いきさつを報告しろという無言の命令だった。私は本能的に口を開いた。

「殺人事件を調査しているうちに、杉山からひどく殴られた崔致寿という者に注目しました。殺害動機が十分だと思い観察していましたら、奴につき従う者たちの囚人服のひざがひどくぼろぼろで、飛び出ているのに気づきました。はじめは崔致寿にひざまずいていたのかと考えたのですが、あいつの囚人服も同じでした。収監記録を確認したところ、あいつらの独房行きは並はずれて頻繁でした。地獄のような独房行きを自ら願い、出入りしていたのです。何かを企むには、独房ほど静かで差しさわりのない場所はないはずです。ひっそりとした位置や、分厚い二重壁があるぶん、それだけ監視がおろそかになります」

所長は半分驚き、半分は好奇心のこもった目を向けた。

「あいつらがあそこにトンネルを掘ったことが、どうしてわかったんだ？」

「独房棟は強い山風の吹く道の要所にあります。独房棟の看守は、山風の運ぶ土が刑務所の塀の下にうず高く積もると言いました。独房の壁には小さな鉄の窓があります。山風が吹くとき、トンネルを掘った土を窓格子の外にばらまいて証拠をなくしたのです。刑務所の塀の下にうず高く積まれた土と砂は、山の上から飛んできたのではなく、土の中から掘ったものだったのです」

「便器の下に穴があったというのは？」

「便器台は独房巡察者も見向きもしない所です。万が一看守が独房を調べても、便器をさわったりしないはずです。みんなが避ける汚い場所こそ、相対的に見つかる心配がなかったのです」

看守長は自信を取り戻した声で口をはさんだ。

「看守殺人事件と独房脱獄計画事件は、別個の事件ではありません。すぐにもぐらのような奴らを捕えます」

看守長は再び私に向かって、目でしきりに合図をした。私は不安を追い払うために声を高めた。

「杉山の度を越した暴力と棍棒打ちに対する囚人たちの反感は、根深いものでした。杉山は囚人の中でも何人かの要注意人物を集中的に監視していました。その中の一人だった崔致寿は自分が企てた脱獄計画を杉山に知られてしまい、それで杉山を消してしまったのです」

「つまり崔致寿という奴が犯人なのか？」

所長が聞いた。

「まだ推測です。尋問で自白をさせなければなりません」

すると所長は軍刀を握った手に力をこめ叫んだ。

「じゃ、奴をすぐに捕まえて厳しく締めつけろ！」

死の再構成

尋問室の床はじっとりと濡れていた。中央には大きな「大」の字型の刑具や背もたれのない木の椅子があった。片側には大小の鋏《はさみ》と挺子《てこ》、鎖と尖った工具、反対側には水を張ったセメントの浴槽が見えた。部屋の中に錆びついた鉄と血の臭いがした。

裸になった三三一番は、梁《はり》へ両腕を縛られていた。打ちのめされた上瞼から血が流れ、足かせで擦りむけた足首にも固まった血の跡が見えた。腕まであるゴム手袋をはめた拷問捜査官は、崔致寿《チェチス》の体に続けざまに水を浴びせた。彼は顎を震わせワァー！　ワァー！　と叫んだ。棍棒が振り上げられるたびに、彼の体から呻き声が漏れた。痣と傷と血の痕が、崔致寿の身体にできた。

拷問捜査官は黄ばんだ歯をむき出して笑った。彼も自分が痛めつけている人間と同じ人間なのだ。家へ帰ったら幼い息子を抱く父親、壊れた台所棚に釘を打ってくれる夫、親切な隣人たる彼が、自分と同じ父親であり、夫である隣人を、殴りつけ笑っている。彼が笑っているということが信じられなかった。

「うまくやってみろ。事前処理は十分やったから、すぐにペラペラ自白するはずだ」

彼は上着のボタンを締め、階段を上がっていった。囚人が、拷問官の退場でほっとし、相対的に従順で未熟に見える私にすべて吐き出すだろうという意味だった。私の役割は適当なタイミングで登場し、拷問官に代わって面倒くさい調書の作成をすることだった。

彼が部屋を出たことを確かめた後、私は柱に繋がれていた滑車を解いた。三三一番は、砂柱のように床にくずおれた。がっしりとした肩はだらりと垂れ、折れた骨はボキボキ音がした。椅子に引き上げて座らせると、彼は切れた上瞼をしかめた。囚人服を肩にかけてやると、彼の目の色が揺れた。私は尋問調書を開き、先が丸くなった鉛筆の芯を床で研いでから聞いた。

「三三一番！　いったいどのくらいかけて地下トンネルを掘ったんだ？」

誰が見ても間抜けな質問だった。彼はその答えを吐きたくないために、二十四時間の棍棒打ちに耐えたのではなかったのか。私は、答えを待つ代わりに火掻きで木屑の塊を数個ストーブに投げ入れ、火をつけた。弱い火の気が、血に濡れた彼の顔を赤く照らした。私はいつ、どんな質問を、投げかけたらいいのか考えていた。彼は私の頭の中を見透かしたように、先手を打って言った。

「急ぐことはない。どうせ事は事とし、俺は死ぬだけだ。あと残っているのは自白だけだろう。死ぬ前に誰かに自白しなければならないのなら、お前にするのがいいようだ」

潰れてしわがれた声は、呻き声のように聞こえた。

「鞭《むち》で打たれてもぼろぼろになるまで閉じていたその口を、今になってどうして開くというんだ？」

「お前は文章で俺を読み解いた。収監記録から俺が共産主義者だと知り、独房記録簿で俺が独房の常連だということも読み当てただろう。誰もそんな狂気じみたことを想像だにしなかったが、お前は独房でトンネルを掘っていた事実も探り出した。共産主義者は果たせぬ夢を夢見る狂った者たちだからな。お前なら俺の条件を受け入れるだろう？」

「条件？　俺はただの看守兵にすぎない。交渉なら俺ではなく看守長か所長としてくれ」

「彼らは俺を殺すことしか関心がないが、お前は俺のことやこの刑務所で起っている出来事に興味を持っている。そうだろう?」

彼の言葉と一緒に、私の唾を飲み込む顎の下の腺がぴくっと動いた。私は冷静にならなければと自分に念を押して、そして言った。

「俺には、お前を助けてやる能力はない」

「助けは望んでいない。ただ俺の言葉を記録しろ。一字も欠けることなく、つけ足しもせず。もちろん、お前は俺の話が信じられないかもしれない。あるいは俺の話は嘘かもしれない。だが、付け足しはだめだ。俺が言ったとおりに記録するだけでいい」

「なぜそうしなければならないんだ?」

「ここで起こった出来事を誰かが記録して残さなければならないからだ。いつか戦争が終わり、この収容所が跡形もなく消え去っても、ここで何があったのかが分かるようにだ」

「保管期間が過ぎた書類は破棄するのが原則だ。永久に残る記録などない」

三三一番は私の頭を指し、穏やかに笑った。

「その中に刻まれた記憶は消えない。この汚れた収容所の塀が崩れ、書類が焼き払われても、お前の頭の中の記憶は残るだろう。だから戦争が終わり、この刑務所が消え去っても、お前は死んではならないんだ!」

彼の目が光った。私は気おくれした。彼は信用できない人物で、たとえ信じたとしても彼の真意は測りかねた。彼が真実を語るとは思えず、真実を語ると言っても私を利用するための餌にすぎないかもしれない。彼は私の混乱など眼中にもないというように言葉を吐いた。

「七年、この糞ったれ刑務所に来て七年経った」

それはひとつの物語だった。ギィーギィー！　と軋む砂利道を行く車輪のような男の物語。追われ、逃げ、隠れていたが、閉じ込められてしまった男の人生、世の中を爆発させる爆弾を抱えて敵の都市に潜んだが、敵ではなく自分の人生を爆発させてしまったあるテロリストの物語。

私は机の上の鉛筆を取った。薄黒い尋問調書の用紙は、飢えていたかのように彼の物語を待っていた。

「ここに来た日から、俺は脱獄を夢見るようになった」

私の鉛筆は彼の言葉に沿って紙の上を走った。彼は閉じていた目を開けた。

「俺は死から抜け出そうと土を掘ったが、俺が掘ったのは死に通じる道のりだった」

＊

三三一番が福岡刑務所へ来たのは昭和十三年七月だった。罪名は要人暗殺計画と内乱陰謀罪だった。彼は人生の半分を重い荷物を背負う車のようにギィギィと音を立て、追われて生き、残り半分は閉じ込められて生きた。数回にわたる公共機関の放火で警察に追われ、彼は二十歳になった年に豆満江を越えた。満州の原野は朝鮮人にとって理想郷だった。温かなオンドルの焚き口も耕す土地もなかったが、少なくとも総督府や特高警察の圧制や日本の商人たちの理不尽を避けることができた。

瀋陽の朝鮮村に落ち着いた彼は、賭博場と酒場をうろつく厄介者だった。喧嘩を武器に、熟練した彼の優れた能力は、大声や下品な悪口、胸ぐら掴みと拳骨振舞が飛び交う乱闘場で異才を放った。未払いの酒代を取ってきてほしいという宿の女、店の金を持って高跳びした従業員を捕まえてくれという米屋、浮気した妻の情夫を殺してくれという豪商たちが、彼に金の包みを渡した。市場のあらゆる人々が彼のお得意様であり、同時に被害者だった。

そのうち、賭博場をしきりに覗いていた彼に、ネズミのように小さな目をした男が近づいてきた。彼は隅の角部屋で二時間ほど酒を飲んだ後、すぐに荷造りをして男に従った。彼の居場所は市場ではなかった。

彼らは二日間歩き、毛皮の外套を着た二十名の男たちがうずくまっている山奥の洞穴に着いた。不安とひもじさにくたびれ果てた髭だらけの男たちは、日本人にすべてを奪われた者たちだった。土地没収で田畑を奪われ、供出で米と穀物や世帯道具を、そして妻を、朝鮮語を、故郷を奪われていた。日本人を殺せるものなら、彼らはどんなことでもしようと思っていた。問題は、現実にはたったひとりの日本人も殺せなかったことだ。

もじゃもじゃの髭のせいで年齢よりも十歳は年老いて見える男は、自分のことをどこの所属でもない反日ゲリラの軍団長だと紹介した。〝反日ゲリラ〟とそれらしき看板を掲げてはいたが、彼らはその実、軍資金を理由に朝鮮商人たちから金をむしり取る盗賊の群れに過ぎなかった。ひどい口臭を放つ軍団長はただの酔っ払いにすぎなかった。

軍団長は自分の仲間を瀋陽最高の組織に育てるため崔致寿の拳骨と度胸が欲しかったのだが、すぐにこの男が賢い猟犬ではないことに気がつき、粗暴な勒《ろく》犬（朝鮮狼）の子を巣窟に入れてしまった自分のバカさかげんを認めざるを得なかった。そのうち崔致寿は軍団長さえも脅かすほどに軍団の中心人物となってしまった。どうすることもできなくなった軍団長は、関東軍の密偵に嘘の情報を流した。

崔致寿という奴が仲間をそそのかし、瀋陽駐屯の関東軍司令部を襲撃するはずだから、先回りして奴を攻めろというのだった。

関東軍一大隊の軍靴の音が谷間をかけ登った。関東軍大隊長は自分の兵力を動かす代わりに、彼らが自分の足で歩いて出てくるのを待った。退屈な対峙が続いた。険しい山の地形は彼らの味方だった。ようやく関東軍が攻め登ったとき、砦は空っぽだった。断崖をよじ登った仲間はすでに谷間を抜けていた。

二十人を超す仲間を引き連れ、彼は瀋陽を出て沿海州へと追われた。夜には山を越え、昼は紅葉に身を隠して眠る獣のような生活が続いた。多くの辛苦のすえ沿海州に着いた頃には、仲間は十四人に減っていた。寒さと空腹と野獣が彼らを飲み込んだ。彼らが寒さと空腹に耐えて山脈をさまよっている間に、武装した関東軍大隊に致命的な打撃を与えた瀋陽盗賊のうわさは、口から口へと人づてに伝わり、蒸気機関車に乗って彼らより先に沿海州に広まっていた。

雑巾のようにボロボロになった彼らは、死の直前にロシア共産主義分派の遊撃隊と出会い、その下部組織に編成された。そこでマルクスを知った崔致寿は、徹底した思想で武装した共産主義者に変貌した。戦いに対する彼の勝れた才能は、階級闘争論に出会い輝きを増した。

六ヶ月後、彼の率いる部隊は関東軍補給部隊を襲撃し、補給列車を乗っ取り、関東軍の大将と指揮官を暗殺した。沿海州地域はすぐに彼らの支配下となったが、飢えたライオンのような崔致寿には、沿海州は狭かった。彼はもっと多くの敵、もっと強力な相手との熾烈な戦闘を望み、ウラジオストックに向かった。彼は腐った野菜と魚の生臭さが鼻を突く密航船の船底で三日間を堪え、光まぶしい東京湾に降り立った。

共産主義の組織は東京にも、留学生を中心に葛《くず》のつるのように伸びていた。しかし彼らは、活字で共産主義に触れただけの青白いガリ勉にすぎなかった。彼らは徹夜で戦いに関する本を暗記したものの、日本人どもをやっつけるためにそれをどう当てはめればいいのかわからず、鬱憤を鎮めるだけで行動する術を知らなかった。彼らの共産主義は何十回悩んでも行動できない、実を結ばない思想、何百回討論しても実行できない理論にすぎなかった。

崔致寿は活字が革命の足首をつかむ邪魔者、撲滅しなければならない有害物だと確信した。彼にとって文章は数千年間、弱者を抑圧する道具にすぎなかった。金のある者は法典を利用し、金を持たない者は鉄格子に放り込まれ、高利貸し業者は帳簿で貧しい者を搾取した。官史は国民の血を吸うために王の辞令を利用した。彼は東京の留学生の集まりに参加して彼らの頭でっかちを嘲笑し、本の消えた時代こそ太平の世だと一喝した。

「自ら積み上げた活字の牢獄へ自分を閉じ込めてしまった知識人という奴ら、考えることが多い割には手足を動かせない墨汁たち。日本人どもの目標はそれだ。知識人という見せかけを重ね着して行動できない本の虫を作ってしまうこと。世の中を変える知識を持っているが、それを行う手足のない虫どもは、世をひっくり返したいだろうが、気味悪い体をくねくねさせるだけで、やれることは何もないだろう」

行動に出た崔致寿は、東京で地域共産主義の重要組織を築いていった。その後東京のあちこちで原因不明の火事や、官僚、銀行員、軍需企業幹部が襲われる事件が続いた。特高警察はそれが、東京に浸透した共産主義者の仕業ということを見抜けなかった。単に社会が不安になっていくに従い増えていた暴力事件、金品を狙う強盗事件と考えていた。

日本に来て三年になる年、彼は最高の作品を企画した。もつれたものを元に戻すただ一度の襲撃。四月二十九日の天長節。場所は上野公園。陸軍の高級将校と内務大臣をはじめとする各大臣が参列した天長節祝賀式典の式場に、爆弾を投げることだった。

協力者は召集令状を受けて逃走中の、朝鮮人留学生金宏泌《キムキョンピル》だった。彼は丸いメガネをかけ、典型的な知識人の風貌を漂わせていた。崔致寿は彼に近づいて手製爆弾が作れるかと聞いた。金宏泌は代わりに隠れ家を用意してくれと要求した。

金宏泌は崔致寿が手に入れた火薬と爆発物に関する本を夜通し食いいるように読みこんだ。爆弾製造法を教える本はなかったが、十五冊ほどの本を読むと頭の中に火薬のメカニズムと起爆装置、そして火炎を増幅させる理論的糸筋が見えてきた。崔致寿は簡単な実験道具と必要な化学原料を持ってきた。四月二十八日までには何としても爆弾を作らなければならなかった。

何日間か徹夜した金宏泌は、事件を起こす二日前に二つの爆弾を崔致寿に渡した。彼には事が済んだら満州へ行く逃走資金と経路が提供されることになっていた。だが、崔致寿が投げた爆弾は炸裂しなかった。彼は現場で逮捕され、逃走資金が一銭もなく列島をさまよった金宏泌も、特高警察に首筋を捕えられた。

検事は崔致寿に死刑を求刑したが、裁判所は無期刑を宣告した。彼らは崔致寿に長く苦痛を与え続けることを望み、拘束されて長く生きることがどれほど苦しいか、教えてやろうとした。そして彼が苦痛に屈服するのを見ようとした。だが彼らは知らなかった。人間の意志が、拘束されてなおどれほど粘り強く堪えるものかを。

失敗の要因は金宏泌が作った不発弾だったが、崔致寿は金宏泌も、不発弾も恨まなかった。間違いは不発弾ではなく金宏沁が読んだ本にあったのだ。金宏泌に間違いがあったとしたら、くだらない何冊かの本で世の中を変えられると考えた無謀さだった。無謀だからといって罪には問えない。うんざりする刑務所で残された生を送ることになるだけでも、彼は十分に罰を受けたのだから。

崔致寿の体からは、学習した人間にはない野生の臭いがした。彼は、いつ飛びかかってくるかわからない獣のようにとらえどころがなく、取り扱いが難しかった。彼はその存在だけで周りの囚人だけでなく、看守までも恐れさせた。

杉山が福岡刑務所に来た時、崔致寿は本能的に見抜いた。三発の銃弾と四つの爆弾の破片を体の中に入れたまま満州から戻り、自分の領域に立ち入る侵入者が自分と同じ種類の臭いを漂わせ、自分と同じ方式で生きていく獣だということを。彼らは互いの体から自分たちがかつて居た満州の砂嵐の臭いを嗅いだ。彼らは高い塀に取り囲まれた刑務所内で、互いに自分の領域を賭けて戦わなければならなかった。

杉山は三日間続けざまに崔致寿を尋問室に呼んだ。理由は十分だった。答える声が小さいという罪、集合時間に遅れたという罪、看守をまっすぐに見たという罪、またはまっすぐに見なかったという罪。棍棒は崔致寿の瞼を切りつけ、額を裂き、歯をへし折った。崔致寿は腫れ上がって開かない目で、自分の苦痛を睨みつけた。彼の唯一の武器は耐え抜くことだった。

「どうやって死にたいんだ?」

杉山は床に転がる崔致寿の首筋を足で押さえつけた。彼は折られた歯をむき出し、笑った。

「死にたくない。死んだら俺の負けだからな」

粉々に砕けた言葉が、裂けた口の間から漏れ出た。尋問が終われば独房行きが待っていた。独房は棺桶の中のように暗く静かだった。三日が過ぎた。切れた上瞼は癒え、ずきずき痛む痣の痕も小さくなった。悪臭に窒息しそうで、崔致寿は窓の方へ行った。便器の下の通風口から弱い風が入ってきた。窓格子を握りしめ、その風の芳しい匂いを嗅いだ。やわらかな新芽の匂い、うっそうとした春草の匂い、小さな山鳥の羽毛の生臭い匂い。それは命の匂いであり、希望の匂いだった。

一週間後、崔致寿は独房を出てまぶしい光の中を歩きながら考えた。戦う方法を変えなければと。単純に我慢するだけではもの足りない。何かしなければ。だが、何をするのか？　何かできるか？

まっ先にできることは、弱った体を動かすことだった。彼は監房の窓格子につかまって懸垂を始め、曲げたりしゃがんだり立ったり腕立て伏せをして筋肉を鍛えた。野外活動の時間には運動場の隅々まで歩き、心肺機能を強化した。

十五日間が過ぎると、彼は再び野獣に急変した。囚人仲間に拳骨を振り上げ、看守に飛びかかった。野獣になった彼を待っていたのは、悪臭に満ちた独房だった。一週間後、彼は裂けた口で痰唾を吐き独房を出た。手懐けられた猫のように大人しくなったようだが、彼は依然として鋭い爪を隠し持ったままだった。三回目に独房から出たとき、彼は脱獄という新たな試みで刑務所をひっくり返した。

最初の脱獄のとき、彼は監視していた看守を押しのけ、がむしゃらに塀に向かって走った。はるか遠くの塀の壁をよじ登り、手足をばたつかせ、すぐに追ってきた看守の棍棒に倒れた。脱獄というよりも、退屈しのぎの、いたずらのような試みだった。脱獄などやることも無意味だったが、懲罰は厳しかった。彼に下された措置は十日間の独房行きだった。

二回目の脱獄は、夜間労役組に願い出て労役場を抜け出し、監視の手薄な裏の塀の排水路を越えたところで見つかってしまった。退勤した所長がすぐ引き返し、看守長はまっ青になった。所長は脱獄の企てを自分の権威に対する挑戦だと考え、瀕死状態で尋問室に引きずられてきた彼を直接尋問した。たとえ失敗しても日本最高の基幹たる刑務所からの脱獄は、企てるだけでも即決処罰の事項だった。しかし崔致寿には死刑執行の代わりに、一週間、十五日あるいは一ヶ月ずつの独房行き処分が下された。不思議なことに、普通の人なら耐え難い過酷な独房行きにもかかわらず、彼は毎回自分の足で歩いて出てきたのだった。さらに驚くことは、やっと体力を回復した彼が三回目、四回目、五回目と脱獄を繰り返し企てたという点だ。

彼の挑戦はだんだん神話化し、一編のよく組み立てられた芝居や曲芸のように、興味が尽きなかった。しかしながらその芝居はいつも失敗に終わり、観客たちの笑い話になった。労役場から出てくる煉瓦を積んだ軍用車にこっそり乗ったときには、ほとんど成功したかに見えた。軍服の山を乗せて刑務所の正門をやっとのことで出るトラックを警備兵たちが止めるまでは。三百メートルにおよぶ狭い下水道を這って脱獄しようとしたときも、ほぼ成功したかにみえた。最後の三十メートルを残して有毒ガスにやられるまでは。

いつしか、崔致寿と看守の間に無言の約束が交わされた。彼が独房を出て十五日が過ぎると、看守たちが先に動いた。もっと大きな事件を起こす前に、ささいな規律違反を理由に独房に送るのである。看守たちは彼の荒っぽい行動を断ち切ることができ、彼は棍棒を避けることができた。独房は、空いている日より塞がっている日の方が多くなった。

崔致寿は時計のように正確で、季節の移ろいのように狂いがなかった。彼とその仲間は巣を出入りする蜜蜂のように、入れ替わり立ち替わり独房を出入りした。正確な周期で繰り返される彼らの独房行きを、目を凝らして見る者は誰もいなかった。だが杉山だけは、彼の目つきに潜む陰謀の臭いを嗅ぎ取った。いつ爆発するかわからない時限爆弾のように、崔致寿の身体の中から時を刻む音がした。

杉山は崔致寿を尋問室に呼び出した。何日間か髭剃りができなかった顎には、硬い髭がつんつんと生えていた。崔致寿は老人のように衰弱していたが、無気力ではなかった。杉山はタバコを一本差し出した。煙を一服深く吸いこんだ崔致寿が突然「ごほっごほっ」と咳をした。

「タバコの吸い方も忘れたのか？　心配するな。お前の計画が成功すれば、すぐにあきあきするほど吸えるようになるから」

すっぽりと凹んだ上まぶたの下から、杉山の眼光が閃めいた。崔致寿の首筋の頸動脈が忙しく飛び跳ねた。この看守は、猟犬のような鼻を持っている。

「どういう……意味だ？」

「質問は俺がするんだ。お前は答えるだけでいい！」

杉山が棍棒で机をたたきつけた。鈍い音が、崔致寿がこの刑務所で生きてきた時間をこっぱみじんにした。杉山の冷たい声が聞こえてきた。

「いつからあんなことをしていたのかは聞かない。どうしてあのトンネルを掘ったのかも知りたくはない」

崔致寿は冷水を浴びたようだった。猟犬のような看守にトンネルが発覚したのか？　彼はやっと冷静さを取り戻した。杉山がトンネルを発見したのなら、不幸中の幸いと言えなくもなかった。もしも他の看守が百五十メートルの脱獄用のトンネルを発見したなら、すぐに非常ベルが鳴るはずだ。しかし杉山は、世の中は自分を中心に回ると考える奴だった。崔致寿はそう考えて、息を整えた。

「非常ベルを鳴らすとか上官に報告してしまえば簡単なはずなのに、なぜ事を複雑にするんだ？」

杉山はタバコの煙を長く吐き出した。

「非常ベルを鳴らしたり看守長室のドアを開けた瞬間、この事件は俺の手を離れる。刑務所内にいる看守が全員駆けつけるだろう。物見やぐらの機関銃は独房のすべてを狙い、サーチライトは刑務所全体を照らし、警備犬は舌を垂らしてお前の体臭を追うはずだ。結果は明白だ。お前は銃に当たるか、犬の群れに全身を咬まれ、再び捕えられて絞首刑になるかだろう」

杉山は見物人になりたくなかった。彼が願ったのは正々堂々の対決だった。逃げようとする者と捕まえようとする者、脱出しようとする者と阻止しようとする者。人と人ではない、犬と犬の戦い。崔致寿は言った。

「俺を助けてくれるというのか？」

「俺はお前を助けてやるのではない。他の奴の手でお前が殺されるのを見たくないだけだ。この戦いが終わるまで、お前は自分の思いどおりに死なせない」

遠くに、重い鉄窓の閂の掛けられる音が聞こえた。崔致寿の唇は石膏のように硬かった。杉山はゆっくり言葉を続けた。

「お前はすべて終わったと思っているだろうが、戦いはこれからだ。お前の掘ったネズミの穴をお前の手で埋めもどせ。針穴のような隙間も残すな。それでこの事は、お前と俺だけが知る秘密として葬ろう」

天窓の裸電球が冷たい光を落とした。彼らは透明な光の網に一緒に閉じ込められた魚のようだと思った。崔致寿は明日、この時間に自分は生きているだろうかと思った。

「もう遅い。掘ったトンネルの土はみな風に吹かれてしまい、埋める土を手に入れる方法がない」

「便器の下にトンネルを掘った奴が何もできないのか？　お前の口から土を吐き出そうと、また他のトンネルの掘土を持ってこようと関係ない。だが、刑務所の外壁に向かうトンネルはただの一メートルも許さん。お前はもちろんお前のもぐらの子分も、すぐさま無縁墓地送りにしてやるからな」

崔致寿の肘から手首の毛が逆立った。交代で独房入りしてトンネルを掘った者たちの顔が、一人ずつ思い浮かんだ。杉山は続けた。

「それが嫌なら、もぐらトンネルを掘り続けて刑務所を抜け出せ。お前が勝ったら自由を手にし、俺が勝てばお前は元の席に戻ればいいのだから、公正な戦いだろう。今年の年末までには二つのうちどちらかを選べ。トンネルを埋めるか、逃げるか。いずれにせよ、年末にはこの刑務所でサイレンの音が鳴るだろう。脱獄囚を捜索するサイレンか、トンネルを発見した看守の非常サイレンのどちらかがな……」

独房勤務を願い出た杉山は崔致寿に密着し、そして監視した。崔致寿が彼を殺害しようと決心したのはその三ヶ月後だった。それまで杉山の監視は続き、トンネルは未完成で、脱獄は不可能だった。

崔致寿は昭和十九年最後の日、サーチライトの光の中、銃弾で自分が蜂の巣にされる悪夢を見た。方法は一つだった。あいつが消えたら、トンネルの存在を知る奴は消えるだろう。追い詰められたネズミが猫に噛みつくのは、簡単ではないが不可能ではない。

崔致寿は、トンネルのある地点から新たなトンネルを掘り始めた。新たなトンネルは刑務所の外壁ではなく、無縁墓地に向かっていて、脱獄のためというよりは、出来上がっているトンネルの土を掘り出すためであるように見えた。作業を続けている間、崔致寿は杉山の巡察時間と動線を詳しく観察した。互いが互いを監視する対峙の中で、ついに墓地に通じるトンネルが完成した。

崔致寿は杉山が夜間巡察に出る時間をその時と期して、トンネルを通って墓地へ行った。墓地に作った穴から地上に出ると、彼は埋葬番号が記された杭《くい》を引き抜いて握り、独房棟の曲がり角に隠れて待った。そして、巡察動線に従って房棟の角を曲がる杉山の肩を杭で打ちつけた。ぼきぼきと骨の砕ける音がした。尖って突き出すように研いだスプーンを杉山の首に当て、本館棟のそばへ責め立てた。月明かりのない夜だった。杉山は天が奴の味方だと考えた。

本館棟の鉄格子を通って角を曲がると、行政区域に続くひっそりとした脇戸が現れた。杉山は肩先の痛みを堪《こら》え、鍵束を取り出して脇戸を開け、通路に沿って出ていった。二重、三重の鉄扉で隔離された行政区域の廊下に人影は見えなかった。本館棟に着いた彼らは二階の欄干に通じる階段を上った。凶器の当たった杉山の首から粘りつく血が流れた。

「規則を破ったことはすまない。でも他に方法はなかったんだ」

杉山はうなずいた。そうだ。戦争に規則など必要ない。殺さなかったら殺されることが唯一の規則なのだから。崔致寿は杉山の首を絞めた。杉山は裂けた肩の骨のため、手向かうことは一度もできずに息を引き取った。崔致寿は杉山の腰から引っ張り出した捕り縄で彼を欄干に縛りつけ、凶器で彼の胸を刺した。その手際は屠殺された肉を捌《さば》く職人のように正確で、隙がなかった。崔致寿は悠々と本館棟を抜け出し、共同墓地に向かった。物見やぐらの青いサーチライトが暗闇を照らした。だが、まっ昼間でも誰一人現われない共同墓地は注目しなかった。彼は悠々と墓の穴の中へと消えていった。

＊

崔致寿は頭の中のすべての記憶をよみがえらせようとして、気力が尽き果てた。それはひとりの朝鮮人囚人の脱獄失敗記でもあり、一人の日本人看守の死に関する証言でもあった。私はぎっしりと書いた尋問調査の上にペンを置き、両手に息を吹きかけた。かちかちにかじかんだ指先には、感覚さえなかった。悪寒が押し寄せてきた。脇の下に両手を入れて温めてから、やっとまたペンを取ることができた。

「墓地や独房棟近くの方が楽なはずなのに、なぜ本館の建物の中で彼を殺したんだ?」

彼の片方の口元がぴくっとつり上がった。鳥肌が立った。今度は寒さのためではなく恐怖のためだった。彼は私の恐怖を楽しむかのようにゆっくりと口を開いた。

「俺の目的は奴を殺すことではなく脱獄だった。奴を殺したのは、脱出経路だったトンネルを守るためだった。墓地や独房棟の近くで殺人が起これば、その近くはみな目をそむけて遠ざけるだろう。だが行政区域や収容棟の間のロビーは、地下通路からいちばん離れた刑務所の中心だった」

彼の目つきは私を恨んでいるようでもあり、また諦めているようでもあった。

「疑問はまだある。手術用の針と糸はどうやって手に入れた?」

「この刑務所で俺が手に入れられないものがあると思うのか? 俺らの仲間には化け物みたいに手際のよいスリもいれば、看護婦の魂を抜く詐欺の輩《やから》も、商売人もいる。親切に、ものものしい医務棟までこの刑務所にあるのだから、縫い糸のセットのひとつぐらいこっそりかすめるのはお安い御用だ」

「外科医にも劣らない精巧な縫合術も、お前の腕前だというのか？」

「俺は戦場で骨が太い奴と言われたもんだ。軍人だったし、逃亡者でもあったが、料理人、葬儀屋、外科医でもあった。いつだって敵がいて、追跡者がいて、腹が減り、誰かが死んでいき、負傷したからな」

私はペンを置いた。崔致寿の陳述は食い違う点がなかった。動機も状況も証拠も明らかだった。調書の内容どおりだとしたら、彼は裁判もなしに首を括られるだろう。それなのになぜ、彼は私に犯行の全貌を吐き出したのだろうか？　彼の言葉通り真実を記録するために？　そうでなければ、また別の陰謀を企てるために？

私は四枚の尋問調査用紙に崔致寿の陳述を整理した。脱獄動機と謀議、トンネルを掘った過程と発覚等、そして脱獄の企てと看守殺害に続く犯罪事実を。崔致寿の自白どおりに記録したが、私にはその調書が真実だという自信はなかった。書かれたすべての内容が事実でも、書かれていない事実があるのなら、その記録は真実だと言えないからだ。

私は調書へは、逃亡者として生きてきた彼の人生も、彼が殺した者との愛憎も記録しなかった。杉山がトンネルを発見した地点も、それを埋めさせた対決についても記さなかった。調書は杉山道造がトンネルを発見し、三三一番は秘密を守るために彼を殺害したという単純な因果関係に仕上げた。いい加減なことこの上ない調書だったが、それだけでも彼の首を吊す根拠は十分だった。

次の手続きは予定通り進められた。崔致寿は本館棟死刑囚独房に入れられ、トンネルはシャベルとツルハシを持った囚人たちによって埋めもどされた。一枚の事件報告書で事件は終結となった。

しかし私の中では、依然として解けていない問いが残っていた。崔致寿はなぜそれほど根気強く脱獄を試みたのだろうか？　失敗することがわかっていながら、失敗したらどんな凄まじい結果が待っているか十分に知りながら、なぜ生命を賭けたのだろうか？　あれほど何度も脱獄を試みた彼を、所長はなぜ生かしておいたのだろうか？

三日後、私は所長室に呼ばれた。その席には看守長と治安看守、尋問官、行政官や医務官といった幹部たちが集まっていた。所長は直接私の看守帽に上等兵階級章を付けてくれた。トンネルを摘発し、殺人事件を調査した功労に対する表彰と、一階級特進だった。

ひとりの人間が殺害され、またひとりの人間は死刑囚になり、もうひとりは表彰を受けた。私は混乱していた。

一台のピアノとその敵

講堂は夕焼けに染まっていった。ピアノの前のみどりは、厳粛な女祭司のようだった。ピアノは彼女の指先で魂があるように笑っては泣き、喜び悲しんだ。彼女が演奏する調べは、いつかどこかで聴いたように耳へ馴染んだ。それがいつだったのか、それはどこだったのか考えていると、彼女が後ろを振り向いた。私は彼女の目を避け、思わず浮かび上がった曲の一節を鼻歌で歌った。彼女の演奏曲と驚くほど似た曲調だった。

「シューベルトの〝菩提樹〟ですね。『冬の旅』の一曲だけど、丸井先生のレパートリーにも入っています」

彼女はそう言い、鍵盤を叩いた。杉山が死んだ日の朝、所長室で聞いた、まさにその歌だった。切ない曲名の意味、もの悲しいほどデリケートなメロディーの暗示やごつごつとしたドイツ語の意味が気になり、私は聞いた。

「数日前、所長室で聞いたのだけど、ドイツ語の歌詞だからわからなくて……。じれったかったんだ」

「シューベルトの歌曲は、固いドイツ語の発音と男性的な音色が合うと、雰囲気がよく伝えられますから。特に詩人ヴィルヘルム・ミュラーの連作詩にメロディーをつけた〝冬の旅〟は、原語の語感をそのまま生かしてこそ、よく理解できる曲でしょうね」

彼女はまた別の伴奏曲を弾いた。やや低めのもの悲しい曲調だ。私は彼女のまっすぐな頭頂の、髪の分け目を盗み見た。リズミカルに動く肩の上に夕焼けが射し込んだ。私は彼女が視線を注いでいる譜面台の上の楽譜の表示をさっと見た。そこにはドイツ語の下に〝おやすみ〟という四文字が書かれていた。

「〝おやすみ〟ですよ。『冬の旅』の最初の曲」

彼女が言ったとたん、頭の中で死んだ杉山のポケットから出てきた詩の題が浮かんだ。私はピアノの音に合わせ謎の文章を暗唱してみた。

「はずれ者として、ここへ来た　去ってゆく今も、やはりはずれ者だ……でも今、この世は、暗く

沈んでいる　路も、雪にふさがれている」

彼女は鍵盤を叩いていた手を止めた。振り向いた彼女の目に恐れが滲んだ。彼女が恐れている事実が私は怖かった。彼女は何を恐れているのだろうか？　何かを知っているからだろう。彼女は私の知らない何を知っているのか？　彼女の表情は、私がなぜドイツ語の歌詞の意味を知っているのか聞いているようだった。私は顔をゆがめて言った。

「死んだ看守のポケットにその詩を書いた紙きれがあったんです。死神と呼ばれた暴力看守だったんですが」

彼女は手を止めて拳をぎゅっと握り、私へ警戒心と敵意を投げつけてきた。

「彼についていい加減なことを言わないでください。渡辺さんは彼について何も知らないでしょう」

口の中がさっと干上がった。彼女は杉山について何を知っているのか？　彼女の知っていることは彼の死とどんな関係があるのか？　彼女が悪名高い看守となんらかの関係があり、その死とも関連がありそうだという事実をどのように受け止めればいいのか。頭の中の混乱を隠すために、私はかっと声を上げた。

「そういう岩波さんは何を知っているんですか？」

興奮したことがばれないように、私は背を向けた。私の背後で騒がしい音がした。大きな獣が吠えるようでもあり、大きな建物が崩れる音のようでもあった。反射的に振り向くと、彼女は両手を鍵盤の上につき、立ち上がっていた。綻《ほつ》れた髪の間から濡れたまつ毛と赤くなった鼻先が見えた。彼女が言った。

「彼は暴力看守なんかじゃなかったんです」

私の頭の中で重いA音が響いた。杉山の死に関する真実を記録するという崔致寿との約束が浮かんだ。彼は死を担保にすべてを打ち明けてくれたが、私は未だに真実を知らずにいた。真実どころか何もわからなかった。私ができる唯一のことは聞くことだけだった。

「杉山はどういう人だったんですか？」

私は知りたかった。杉山道造の死とその人生。彼女もまたすべては知らないはずだ。知っていてもすべてを話してくれることはないだろう。たとえ話してくれても私には理解できないだろう。しかし私は知りたかった。崔致寿から聞けなかった彼の人生を。調書には書けない彼の真実を。

夕焼けが赤黒い跡を残して消え、窓の外に夜の帳《とばり》が下りた。彼女は謎を秘めた暗闇の向こうを見ていた。

「杉山さんは繊細な人でした。彼は音楽を知っていたし、詩を理解し、人生を愛していました」

＊

繊細な男・杉山道造を殺したのは狂った時代だったのだ。多くの血が流された時代。もっと多くの憎悪や死を願う時代。彼は戦争という鉄格子の窓の中で、軍服という独房に閉じ込められて死んだ。

彼女が杉山を知ったのは二年前だった。冬のある朝、刑務所に配属された彼女は、福岡刑務所に新しく設立された九州帝国大学医学部医務棟所属の看護婦だった。医務棟の研究室には、専門医で構成された病理学研究陣が一日中英語の医学書に没頭し、実験室では顕微鏡に目を据えて研究に集中していた。そんな努力の結果、医療技術が発展し画期的な新薬が開発されたら、数千、数万の生命を救えるだろう。彼女はこの殺戮《さつりく》の時代に、生命への責任を担う九州帝国大学医療陣の一員だという事実だけで誇らしさを感じていた。

しかし彼女の満たされた思いとは関係なく、看護業務は戦争の兵士ぐらい大変な苦役だった。連日続く二交代勤務は、彼女をくたくたにした。彼女の耳が杉山という名前を聞いたのは、勤務して十五日ほど過ぎたある日のことだった。

「杉山、あの野郎！　あいつは屠殺屋野郎だ。動くものは人だろうが獣だろうが、分け隔てなく棍棒打ちをしやがる！　あの野郎は、殴るものがなかったらテメエの頭だって割っちまうだろう」

額が裂けた日本人の囚人は、腫れた唇の間からその名を吐き出した。数日後には、日本人の看守がぶくぶくに膨らんだ指を握りしめて駆けこんできた。彼女は、ひびが入った彼の指に当てた添え木を包帯で固定して、負傷のいきさつを聞いた。彼は包帯がぐるぐる巻かれた指を見下ろし、ハアハア言った。

「朝鮮人の奴ら同士で騒動があったんだ。杉山が朝鮮人の額を殴り、倒れた奴を犬を殴るように叩きつけたんだよ。走っていってやめさせようとしたら、俺の手を振り払い、ハァハァ荒い息をしてやめたよ。俺が止めなかったら、あの朝鮮人はくたばっただろう」

またもや杉山という者だった。犬のように殴られた朝鮮人はどうなったのだろうか？　独房で折れた骨を庇《かば》いながら寝転んでいるのだろうか？　彼女はふと気がついた。医務棟に来る朝鮮人囚人を見た記憶がほとんどないという事実を。彼らはなぜ医務棟に来ないのだろうか？　彼らの体は鉄の塊でないどころか、労働や飢えに苦しめられた体は、看守たちよりもいっそう傷つきやすいはずだ。

しかし、朝鮮人囚人に医療行為を許さない方針は固かった。看守は特別の場合を除き、怪我をした朝鮮人を医務棟の代わりに独房へと送った。彼女は、日本人看守の指に巻いた包帯の結び目の端をはさみで切った。看守はふてぶてしい笑いをこぼした。

「杉山に感謝しなきゃな。あいつのおかげで可愛い看護婦のお嬢さんに会ったんだから」

その後も彼女は杉山という名前を幾度も聞いた。肩の骨が砕かれた囚人や唇が傷ついた看守が、彼を獣だと言った。怪我の傷痕が、荒くて残酷で情け容赦ない冷酷な彼を明らかに物語っていた。他人の苦痛を気にせず、自分の怒りを世の中に広める男。刑務所が必要なのは、そんな者たちのはずだ。そういう者は鉄格子の外ではなく、鉄格子の中に閉じこめられるべきだった。


彼女が杉山に直接会ったのは、一台の古いピアノがきっかけだった。毎週月曜日の朝、医務棟講堂には二百余名の看守と六十名の医者、看護婦が整列した。日本人が帝国と天皇に向かって心をひとつにする朝礼の時間だった。君が代斉唱に始まる式は〝天皇陛下万歳〟を三回叫んで終わる。

敬虔に対する凄まじい強要にもかかわらず、彼女は朝礼の時は最前列に立った。講壇の前に古い家具のように置かれている一台のピアノの近くへ行くためだった。朝礼が行われている間も、彼女はみすぼらしいピアノから目を離せなかった。

ある日朝礼が終わると、彼女はピアノに近づいて蓋を開けた。指先で鍵盤の埃を払い、思った。果たして音が出るだろうか？　どんな音が出るのだろうか？　彼女はおそるおそる鍵盤を一つ叩いた。低いG音が、振り返る人々の足首をつかんだ。また別の鍵盤を叩いた。今度は朗々としたF音が、立ち止まっている人々の肩をごつんごつんと叩いた。人々は騒めき、次の音を待った。

ついに彼女の両手が鍵盤の上に下りた。繭から絹糸が紡《つむ》ぎ出されるように音が流れた。ひとりのあどけない看護婦が、ピアノの音に従い、たどたどしく歌った。

「埴生の宿もわが宿　玉の装い羨《うらや》まじ……」

歌声は静かに室内に広がった。ねじれた時代や食い違う夢、乾かない涙や悲鳴が一瞬にして消え去った。人々はそれぞれに懐かしさを歌に込め、唇にはそれぞれの故郷が籠もっていた。遠い北海道に妻を残してきた看守、新潟の山村の老いた母を思い浮かべる看守兵、東京の我が家の夕食と家族を思う研修医……。

「おお我が宿よ　たのしとも、たのもしや」

歌は終わったが、人々は立ち止まったままだった。しばらくたってから、看守たちは鉄格子の向こう側へ、医師たちは研究室へ、看護婦たちは病棟へと帰っていった。彼女の背に近づいた看守長がかっと声を張り上げた。

「何をしているんだ！　滅私奉公の覚悟で君が代を歌わねばならないときに〝埴生の宿〟とは……」

そのとき初めて、彼女はしてはいけないことに気がついた。〝埴生の宿〟はイギリス人が作曲し、アメリカ人が作詞した、敵国の歌だった。そのとき、短く力強い急ぎ足のような所長の足音が聞こえてきた。

「奇跡だ。この厄介物のピアノを捨てずにおいたのは、まったくもってよかった。そうでなかったら、今日のような演奏は聞けなかっただろう」

所長は手入れの行き届いた口髭を巻き上げ、好奇心の満ちた目で彼女に名前と所属を尋ねた。そこへ、ふさふさとしたちぢれ毛に整然と櫛を入れた紳士が近づいてきた。金色のネクタイの上に白いガウンを羽織った森岡院長は、彼女の代わりに言った。

「医務棟看護婦の岩波みどりさんです。小学校の入学前からピアノを弾き始め、九州ピアノコンクールで入賞もしたピアノの英才ですよ。日中戦争中、陸軍省幹部だったお父上が亡くなって仕方なくピアノをやめられましたが、才能は相変わらずのようです」

所長は大喜びで、ため息のような感嘆詞を漏らした。院長の言葉には、彼がうらやましく思うすべてがあった。高級音響機器を用意できる経済的余裕、音楽を享有できる知性、温和な品性と洗練美。あれほど欲しかったが、真似るだけで満足しなければならなかったことども。

ピアノが刑務所に運ばれてきたのは十年も前だった。日中戦争勃発前、福岡が平和な都市だった頃、外国人事業家たちが集まって街が宴会のように浮かれていた時代。音楽を愛したアメリカ人貿易業者スティーブンスンは、荒涼たる刑務所に音楽が流れることを願った。ピアノが運ばれてきた日、スティーブンスンは自分が指導するアマチュア合唱団の小さな公演をした。いちばんの乱暴者が集まる刑務所と、いちばん美しい声を出す楽器との、不釣り合いな組み合わせだった。

その後スティーブンスンの寄贈品はまっ暗な講堂の隅に押しやられ、埃を被ってしまった。湿気と埃、虫やネズミがピアノを攻撃した。弦は固有の音を失い、音はめちゃくちゃになった。「音も出ない醜悪なピアノを壊して銅線を供出しよう」という意見もあった。そうして十年もの間沈黙していたピアノが、今、音を出した。しかも、ただの音ではなく、音楽が流れ出てきたのだ。所長はまるで何も言えなかった子どもの口が、わっと開いたような感激に胸がいっぱいになった。その時背後から荒っぽくギイッと軋んだ音が聞こえた。

「ひどい音だな」

所長はびくっとして後ろを振り向いた。ひとりの男が気にくわないという顔で鍵盤を見下ろしていた。広くて堅固な肩、ガリガリに剃った頭、頬の上に長く伸びた傷痕。鍵盤の蓋を閉めて立ち上がり、みどりが言った。

「演奏がお気に召さなかったのなら残念です」

「ひどいのは演奏ではないからそんなことはない。俺は君の演奏を評価する能力もないし、それにそんな考えもないから」

音楽など何も知らない無礼者がしでかした失礼に、所長はその小柄で丈夫な体に力を込めて大声を上げた。

「杉山！　君は音楽の何を知っての、その言い草か！」

杉山という名前を聞いた瞬間、彼女の腕に鳥肌が立った。それはたくさんの骨を砕き、皮膚を裂く冷酷な人物の名前だった。杉山は斧で木を叩き割るように無愛想に言った。

「私は音楽はわからないのですが、音についてなら少しわかります」

「音についてだと？　音についてお前に何がわかるんだ！」

杉山は答えの代わりにピアノに近づき片手を鍵盤にのせた。所長は驚きの目で彼の次の動作をうかがった。彼は二つの鍵盤を同時に叩いた。二つの強い音が広がった。彼は五つの指先で五つの鍵盤を叩いた。ずっしりと重く力強い音が講堂の中を満たした。彼は目をつぶり、音のひとつひとつの共鳴と力を感知した後、口を開いた。

「このピアノは音を失っています」

嘘だ！　壊れたピアノだったら講堂内の全ての人々を引きこむほど完璧な「埴生の宿」を演奏でき

ないはずだ。所長は目をつりあげ、大声をあげた。

「十年間誰もピアノに手を触れたことがなかったんだ。鍵盤を叩いたこともないのに音が壊れたダと？」

「ピアノに手を触れないことは、めちゃくちゃに叩くよりもっと悪いのです。原木に染み込んだ湿気のために共鳴が響かないでしょう。バネは弾力を失い、弦はねじれて正確な音を出せないピアノは、死んだも同然です」

所長は努めて平然として失笑した。

「杉山、ちゃんとしたピアノを壊れた廃物扱いにして片づけようと思うな。十年間捨てられていた楽器が、今日こそ立派な演奏者と出会ったのだ」

所長は温和な表情でみどりを見上げた。彼はピアノはただ置いておく家具ではなく、叩いてこそ生き返る楽器だということを知らなかった。十年もの間人の手に触れていなかったピアノは、ピアノだとは言えないことを。みどりは右手の親指と小指で二つの鍵盤を同時に弾いた。重厚なG音と高いG音が平行線のように並んで調和した。彼女は言った。

「この音は正確に一オクターブ違いの音です。でも私が弾いたG音は黒い鍵盤です。GではなくGのシャープです。元々G音は半音ぐらい低い上に共鳴も不安定です。弛んだ弦の音が少しずつよれているうえに、揺れも不安定です」

所長は不満そうな表情で杉山を振り返り見て、声を荒らげた。

「君はどうしてこのピアノの状態がわかったんだ？」

「入隊前ピアノの店で働き、調律師の背中越しにしばらく盗み見で勉強しただけです」

「ならばこのピアノを修理できそうだな」

それはできるかどうかを問う質問ではなかった。すぐに直せという命令だった。

その日の夕方、杉山は雑多な金属器具が入った革のカバンを講堂の床に広げた。大小の鋏《やっとこ》やスパナ、厚い皮や薄い皮が数枚入っていた。彼は大事な生き物のように、閑散とした中にうずくまっているピアノをさすった。彼が黙って蓋を開けると、古風な原木の板材からはかすかにジャングルの匂いがした。錆びついた弦、埃が溜まり、ネズミの尿が染みついた床、裂けて垂れ下がって振れるハンマーフェルト……。それはピアノではなく、厄介な物体だった。

「G音を弾いてみて」

抑揚のない彼の声は乾いて聞こえた。みどりは鍵盤を押した。沈黙と声とピアノの音が、交互に講堂内を行き交った。彼は皮の裾でボルトを巻き、鋏で弦を締めた。彼の表情と目つきは、患者の胸に聴診器を当て集中する医者や見込みのない患者の手術の準備を終える執刀医のようだった。メスの代わりに鋏を持っている杉山は、歩けない患者を歩かせ、見えない患者を見えるようにし、死にいく患者を生かす医者のように見えた。彼女が言った。

「良くなりました。音が正確になり、調和もいいみたいです」

だが彼は、依然として気に入らないという表情だった。

「緊急を要するから基本音だけを合わせたが、調律器具と資材が必要だ。ハンマーと調律ドライバー、スプリング調節の鉤針、錆びた弦を入れ替える鋼線、接着剤、ワックスや艶出し用の布……」

彼の言葉にはそれらは手に入らないという不安が込められていた。米と小麦粉、砂糖のような必需品さえ配給に頼らなければならない欠乏と死の時代、一時期、羨望の対象だったピアノは怒りの対象となってしまった戦時なのだった。買う人のいないピアノは、部屋の隅や納戸に隠して置くか、捨ておかれたまま埃を被っていた。

「街のピアノ店に行ってみなければ……。もしかしたら調律器具が買えるかもしれない」

彼は先のとがった幅のある鋏、研いだ金棒と皮の紐を、ひとつひとつカバンに入れた。彼女はその鋏のかみ合わさる歯の形を、診療室に来た患者の血に染まった手の爪に見たことがある。彼らの背中には目の前にある皮の紐のような太い傷が残っていた。

杉山という悪名をはっきりと覚えていた彼女は、恐れながらも胸騒ぎがした。彼はこのピアノの音を取り戻せる唯一の人であると同時に、無力な囚人を情け容赦なく殴る暴力看守だった。どちらが彼の真の姿なのか？　彼女は追求するように尋ねた。

「その器具はもともと何に使う物ですか？」

つるつるしたピアノの蓋にゆがんだ彼の表情が映った。彼女はその道具の使い道を知っていた。その道具は尋問室で抵抗する反日分子たちを治めるための道具だということを。

杉山は罪責感を感じてはいけないと自らに誓っていた。その道具が縺《もつ》れたものをほどき、曲がったものを正すものなら、本来の使い道なのだ。

それが人であれピアノであれ。

「知らなくていい。私たちは各自すべきことをするだけだ。私は人を殴り、君は私が殴った人を治療し、私はピアノを調律し、君は私が直したピアノで音楽を演奏すればいい」

「杉山さんのすべきことは何ですか？」

「共産主義者、民族主義者、無政府主義者の奴ら……、世の中を救うと信じて世の中を汚す者たちの腐った頭を浄化させることが、私の仕事だ。だから私の仕事に口出しするな」

杉山は冷たい笑いを浮かべ、ぼうっとした暗闇に彼女を残したまま講堂を出ていった。彼が歩くたびに、カバンの中で金属がぶつかり合う音がした。彼は、いまだに自分の体に浸み込んでいるピアノの音を思い出していた。


二日後杉山は市内へ出かけた。中心街にあるピアノ店はずっと前に店を閉めていたようだ。しばらく戸を叩くと、やっと戸が開いた。禿げ頭に髭をはやした主人は、埃を被ったピアノのように無気力だった。唇は乾いた角質で白くなっていた。杉山は調律器具セットと修理用資材が欲しいと言った。主人はあきらめたように倉庫の戸を開けたが、度重なる供出と軍への納入で、使えるような資材は残っていなかった。杉山は泥棒でもするように、残っている器具と資材を取りまとめ、灰色の道を歩いて刑務所へ帰っていった。

みどりは講堂で待っていた。杉山は黙ってピアノを開けた。たくさんの木と金属の切れ端、数百個のナットと数十筋の弦、内部を横切る梁と重なり合った板材が現われた。ピアノは単に音を出す機械ではない。それは木と金属、フェルトと皮からなる生き物だった。時間はピアノにも最悪の敵だった。弦は伸びて音量はさがり、響板はねじれて音はめちゃくちゃだった。湿気で膨れた鍵盤はもとどおりにならなかったり、音を出すことができなかったりした。杉山は乾いた木が折れるように、ぶっきら棒に言った。

「どの音でもいいから弾いてみて」

彼女は〝埴生の宿〟を演奏した。音はきらめき、なめらかさ、はかなさ、虹や、夕立のような言葉を思い出させ、琥珀色の光を浮かび上がらせた。杉山は遠慮がちに彼女を盗み見た。整った額と鼻筋、鍵盤の上におろされた視線、まっすぐな肩と背中。鍵盤の上を飛び回る蝶のような指、ペダルの上にのせた細い足首が、彼にはるか昔の記憶を呼び起こした。ひとりの女性のためにピアノを調律したあのとき。彼の思いを邪魔でもするかのように、彼女が不意に聞いた。

「調律の技術は一日か二日や、一、二ヶ月で学べるものではありません。まともな調律器具ひとつなく音を合わせられるのですから、杉山さんの調律の技術は肩越しに見て学んだ程度ではありませんん」

杉山は火でぱちっと火傷をしたように驚いた。彼女は、杉山が火で火傷をしたのではなく、思い出に懲《こ》りているのだと思った。彼は錆びた弦を眺め、返事をした。

「食べていくためだった。拳を振り回すのをやめ、金持ちの金をせびり取って生きるより、ピアノがよかったんだ」

しかし彼女は、それが嘘だということが分かっていた。はした金でも稼ごうとする人は、決してそんな複雑な表情を浮かべることはないものだ。音名をあげる彼の声には、楽器に対する愛があった。彼はあらゆる神経を音に集中させ、演奏者の心を読み、壊れた音を取り戻した。調律作業に没頭している時、彼の表情はお金のためではなく、最高の音を探す匠の表情だった。ぴかぴかのピアノの蓋に映る彼の乾いた顔は、青年のように純潔に見えた。

彼女は頭を上げ、ピアノの蓋の向こうを見上げた。そこには情熱に輝く青年の代わりに年をとり皺の寄った看守がいた。彼は正しい道から逃げてきた浮浪者、黄金の光の過去から追い出された追放者のように見えた。

彼は黙って弦とアクションを分離して柔らかい皮で錆を拭きとり、傷ついたハンマーやダンパーを直して音を合わせた。そして鍵盤の抵抗力と動きの範囲を調整し、不均衡だったタッチ感を取り戻してピアノを使いやすくした。

ピアノが少しずつ優雅さを取り戻し、音が色彩を放つようになると、最も喜んだのは所長と森岡院長だった。ピアノにかかりきりで工具を動かす杉山を見るたびに、所長は疑わしい思いを捨て去ることができずにいた。果たしてあいつが、あの厄介物を生き返させられるのか？

所長はできるだろうと確認し、ひとり頷いた。そう信じなければならなかった。自分の医術を信じられない医者は誰も助けられないのだから。所長は再び生き返ったピアノが奏でる音を想像し、浮き浮きした声で言った。

「岩波さんの立派な演奏なら、月曜の朝礼をはじめ、公式行事でいくらでもピアノ演奏が生かせるはずです」

院長は肯定も否定もせず慎重な表情だった。所長は瞳を動かさず彼の答えを待った。院長の答えは意外なものだった。

「刑務所の月曜朝礼の伴奏程度に使うにはもったいない楽器、もったいない演奏者です。あの楽器と岩波さんにはもっと大きな舞台がふさわしい。演奏会を開くのはいかがでしょう？」

院長の声は、所長を強く説得した。所長は感激し、頷いた。

「全面的に正しいお言葉です。しかしながら粗末な刑務所ですからまともに練習できるわけでもないので……」

院長は穏やかな声で、所長の言葉をさえぎった。

「だからこそ、福岡刑務所が最適な場所ではないですか？　全国から捕らえられてきた凶悪犯や不穏分子の巣窟で、平和を祈るコンサートを開くのです。索莫とした刑務所に美しい音楽を植え付けるのです。東京から有名な声楽家を招聘し、国内外の上流階級の人々を招待するコンサートです。いかがですか？」

灰色の刑務所に音楽の活気を吹き込むという野心あふれるプロジェクトに所長の目は輝いたが、すぐに猜疑心が現われた。

「素晴らしい芸術的眼識です。しかし有名な声楽家がこの見すぼらしい刑務所に来ようと思うでしょうか？」

院長は大股でピアノに近づいていった。所長は中腰で後に従った。院長は自信に満ちた声で所長の疑問を押さえつけた。

「声楽家の丸井さん、ご存知でしょう？　あの方は岩波さんの才能を惜しみ、何度か東京留学を勧めた後援者です」

院長は彼女を振り返り言葉をつづけた。

「岩波さん！　福岡刑務所平和コンサートについての計画を、所長に直接報告しなさい。所長の許可が必要なことだから」

彼女はピアノの椅子から立ち上がって言った。

「杉山さんは調律に最善をつくしましたが、工具と部品が手に入りませんでした。街中のピアノ店を探し回りましたが見つかりませんでした。そのとき、東京の丸井先生だったらお願いを聞いてくださるかも知れないと思いました。ぶしつけですが、刑務所の古いピアノを生き返らせる調律器具と部品を求めるお願いの手紙を差し上げました」

「それで？　どうなった？　丸井さんから返事は来たのか？」

所長はせっかちに聞いた。彼女は頷いた。

「はい。東京から工具セットと部品、そして新しい弦が届きました。ピアノが生き返ったら必ず先生の〝冬の旅〟の伴奏をさせていただきたいというお願いの返事を送りました。先生は気持ちよく引き受けてくださいました」

所長は、口の周りからあふれんばかりに出てくる笑いを我慢することができなかった。日本一の声楽家が囚人のうじゃうじゃいる刑務所で公演をするとは。それが本当なら、奇跡のコンサートと言えるだろう。「福岡刑務所国際平和コンサート」がもたらす宣伝効果は物凄いだろう。鉄格子の中のコンサートの知らせは、戦争と耐乏生活に疲れた列島を感動させるだろう。意義ある行事をきっかけにして、中央政府の高級官僚や陸海軍指揮官、議員を引き入れることもできる。彼らのお眼鏡にかなったら、内務省に抜擢されるかもしれない。今のような戦時は軍人の世の中だが、戦争が終われば、官僚の時代が来るだろう。このコンサートは彼を、権力の中心たる内務省に連れていってくれるかも知れない。所長は顎の筋肉をしきりに動かした。

「今すぐにも伴奏の練習を始めなければならないな」

所長は埃を被っていたピアノにお辞儀でもしたかった。福岡社交界の有名人の院長と一緒に何かを推進するということ自体が、彼には物凄いチャンスだった。所長は院長と岩波みどり、杉山が、出世の心強い足がかりになるだろうと確信した。彼は愛らしいピアノを何度もなで続けた。

話を終えた彼女は演奏を始めた。指が鍵盤の上を飛び跳ねると、鍵盤はハンマーを押し上げ、ハンマーは弦を叩き、弦は震えて響板にぶつかった。音は続き、入り乱れ、暗闇のなかへ、ひからびた空気の中へと浸みていった。生きたいという希望、誰かと手を繋ぎたいという連帯感、誰かを愛したいという熱望が沸き上がった。私は自分でも知らないうちに、ピアノの旋律に合わせて歌いだした。

*

「埴生の宿もわが宿……」

ピアノの音は満ち潮と引き潮のように、私の胸をなでた。音と声が、へだたりとつながりが、あたりを満たした。私は慰めを受けているという事実を、はっきりと感じた。私の悲しみは克服され、魂は落ち着いてきた。このどろどろした世の中でもかすかな希望を信じたくなった。演奏を終えた彼女に私は聞いた。

「杉山はなぜ最後の瞬間まで〝冬の旅〟を大切にしまっておいたのだろうか？」

答えを聞きたかったが、聞くのが怖かった。髪をかき上げて彼女は言った。

「杉山さんはいつも詩を胸に抱いていました。抱いているだけでなく詩を愛し、詩にすべてを捧げていました」

その声はかすれているようでもあり、絞り出すようでもあった。私の心の中で調律されていない弦が、ごろごろと不協和音を出した。彼が詩を愛しただと？　文章を虐殺し、言葉を窒息させ、本を焼いた彼が？　赤々と燃える看守の目の上に、一人の顔が浮かび上がった。いっとき同志社大学英文科の学生で今は福岡刑務所の囚人、平沼東柱。

彼は何かを知っている。ひょっとすると、すべてを知っているかもしれない。

死ぬ日まで空を仰ぎ

焼却物文書目録によると、平沼東柱の所持書物が最初に焼却された日は、彼が福岡刑務所に来た直後の昭和十九年四月八日のことだった。目録には、見慣れない朝鮮の名前が漢字で記されていた。金永郎、白石、李箱、鄭芝溶……。その隣には漢字とカタカナが混じった本の題が見えた。『永郎詩集』、『鄭芝溶詩集』……。大部分は詩集で、朝鮮の雑誌『文章』と、また英語の本もあった。

次の焼却日は昭和十九年四月九日だった。番号順に詩がぎっしりと書かれていた。㈠序詩、㈡夜明けが来る時まで、㈢十字架、㈣もうひとつの故郷、㈤星を数える夜……。

目録番号は十九番「たやすく書かれた詩」まで続いていた。備考欄には〝以上全十九編、未発刊詩集『空と風と星と詩』収録予定作〟と記されていた。その下に二十番から四十九番までの番号が続いていた。備考欄に杉山のぎこちない文字があった。

〝京都下鴨警察で囚人が日本語に翻訳。取調責任者興梠刑事より入手〟。

帳簿は、次の六つの事実を物語っていた。一つ目は、思想犯平沼東柱は京都の下鴨警察署に逮捕された。二つ目は、当時の特高は彼の家から数十冊の不穏書籍と自作の詩を押収した。三つ目は、取調班は彼に朝鮮語の自作詩を日本語に翻訳させた。四つ目は、五十余編の詩のうち、十九編は自選詩集を編もうとしたが発行できず、保管していた原稿だった。五つ目に、残りの詩は東京と京都など日本で書かれた詩のようだった。六つ目に、杉山は規定に従って彼の著作物を分類し、まず二十余冊の朝鮮語書籍を焼却し、次にすべての自作詩を焼却した。

　杉山道造と平沼東柱。二人は〝詩〟という輪と〝本〟という共通分母で繋がれていた。杉山は検閲官であり、平沼は詩人だった。杉山は平沼を叩き潰し、平沼は杉山を恨んだ。彼らは文字の光と影、単語の黒と白、文章の端と端で対峙した。ところでなぜ検閲官のポケットと引出しから、彼が憎悪していた詩が出てきたのか？　詩は二人をどんな形で結びつけていたのか？　その答えを探るためには、平沼を尋問しなければならなかった。

　六四五番の囚人は、古い木の椅子にまっすぐ背を伸ばして座った。湿気で染みの付いた白い壁が、彼をやせこけて見せた。だぶだぶの大きな囚人服のために、彼はさらにやつれて見えた。しかし彼と私に違いはない。彼は鉄格子の中にいて私は外にいるが、私たち二人とも、この大きな監獄の中に閉じ込められているのだから。書類綴りを忙しくめくって無関心なふりをしたが、私はいらだっていた。いらだつべき人間は私ではなく彼だと自らをなだめた。彼が先に聞いた。

「殺人犯は捕まりましたか？」

　疑問符はあばら骨のあいだに食い込む匕首《あいくち》のようだった。尋問官は私だったが、私の方が引きずられていた。私は汗のついた軍帽を取り、事実を話すことにした。真実を言わなければ真実を聞くことができないからだ。

「崔致寿という者だった。脱獄計画の発覚から看守を殺害した」

彼は頷いた。髭を剃っていない鼻の下と顎に、暗い影がさしていた。上瞼の傷は鮮やかな黄色味を帯び、治りかけていた。

「犯人が捕まったのに、私から何をさらに聞き出すというのですか？」

彼の言葉は単純な言葉ではなく、私を武装解除させる武器のように感じられた。私は彼を崩すことができないどころか、彼の魂に近づくことさえできそうになかった。私は棍棒ではなく、文章で彼を屈服させ、真実を明らかにしなければならなかった。私は気を引き締めて言った。

「真実は事実と違うからな」

彼は私の表情を窺い、呟いた。

〝真実と事実……〟。

私は彼の押収物の中にあったリルケの詩集を思い出して聞いた。

「リルケがバラの棘に刺されて死んだのは事実だが真実ではない。彼はバラの棘に刺された後、体に細菌が広がり敗血症で死んだが、彼の真の死亡原因はバラの棘ではなく、前から患っていた白血病だった。現れた事実の一面には他の真実がある。彼が直接書いた墓標には〝バラよ、ああ優しき矛盾、あふれるほどの瞼の下に、誰の眠りにもなれない喜び〟と刻まれている。その句は、美しいバラの姿と香りの裏面に秘められた秘密を語っているのかもしれない」

彼は本の中の活字と行間を読むような眼で、私の表情や息づかいや目の色を探った。詩的象徴を理解するということは、文章が読めるというだけでは不十分だ。リズムの中に潜む意味は、詩を読み、学び、愛さなければ読み取れないからだ。私の言うことは、つまり、私がそういう存在だという事実への自白だった。私が彼の詩をとおし、彼という存在を読み解くように、私もまた彼に読み解かれていた。私は努めて尋問官の硬い口調に戻った。

「杉山道造はなぜお前の詩をこっそりと抜き出して書いたんだ?」

彼は冷淡な表情で首を横に振った。言えない、言わないという頑固さが秘められていた。彼は墓の穴に濡れた土を振りまくように、落胆した顔の私に向かって言った。

「現れた事実を受け入れてください。真実はすべてを苦痛にさせるだけです」

私は、彼が振りまいた濡れた土を取りのけるように首を横に振った。目の前の壁が、薄い白紙のように振れ動いた。冷たい空気から、かび臭い怪物の臭いがした。

「真実のように包装しても嘘は嘘だ。見えることだけ知っているということは、何も知らないことよりも危険だ」

彼は私の心の中に入り込んでいる文章を読むかのように、しばしためらっていたが、ついに口を開いた。

「杉山道造について、何を知りたいのですか?」

「彼の生き方についてだ」

「彼の死についてじゃなく?」

「彼の死を理解するには、彼の生き方を知らなければ。彼がどうやって生きてきたのかを知れば、彼がなぜ死んだのかがわかるだろう」

「彼の生き方についてなら、あなたの同僚看守に聞けば早いのに、なぜ、よりによって私なんですか？」

彼は一瞬でも早くこの場から抜け出したい様子だった。私は答えた。

「お前は誰も知らない彼の内面を覗き見た唯一の人だ。文章は魂をさぐる鏡だからだ」

彼は井戸を覗き見るように私の顔をじっと見つめ、いつまでもそのままだった。しばらくしてやっと、彼は物静かな声で言った。

「彼は詩人でした。私の知る限り最も立派な詩人でした」

＊

杉山道造は詩人だった。しかし最初からそうだったのではない。むしろその逆だ。彼は血に濡れた棍棒を振り回し、刑務所の隅々に悪口を痰のように吐き出す暴力検閲官だった。彼は文章を憎悪し、文章によって何かを成し遂げられると信じる者たちを軽蔑した。平沼東柱がまさに、そういう人物だった。

平沼東柱が福岡刑務所に来たのは、昭和十九年の早春だった。他の十四名の男たちと一緒に塀の中へ足を踏み入れたとき、彼は四十歳過ぎの中年のように見えた。顔には疲れと畏れが皮膚に染みのように張りつき、目は空ろで空しさが滲んでいた。ガリガリに刈った髪の毛はバサバサしており、薄い軍服越しに関節が突き出し、靴下を履いていない踵は割れ、凍傷にかかった手はひび割れていた。

彼はぼんやりした目で、自分の前で繰り広げられる現実を眺めていた。目の前をふさいでいる鉄条網と鉄格子、分厚い鉄の扉。彼はその時になっても、自分がなぜここに来たのか理解できていなかったのだ。彼をここまで来させたのは、ただ何行かの文章、何枚かの文書がすべてだった。禁止された朝鮮語の詩、警察調書、検察の起訴状、裁判長の判決文書のようなもの。

彼は衰弱した体をゆっくり動かし、高い時計塔の影と冷たい煉瓦塀を通り過ぎた。消毒室に行って、彼はそこで白い粉を浴びせられた。衣服室に移動すると、誰かが着た古い囚人服が支給された。彼はその服を着た誰かが、生きてここを出たのか気にしつつ、長い廊下を通り、悪臭のする見慣れぬ狭い世界へと歩いて行った。

第三収容棟二八監房。

その夜、彼はしわくちゃの紙のように監房の隅でうずくまったまま、絶望に耐えた。


数日後の野外活動の時間、陽の当たる塀の下には囚人たちがうじゃうじゃと蠢《うごめ》いていた。その時どこからか、か弱くなめらかな口笛が聞こえてきた。杉山は腰から棍棒を取り出し、音のする方を見上げた。がらんとした丘のふもとに誰かが立っていた。本能的に速くなる足は、いつの間にか駆け足に変わった。

「六四五番！　ここでひとりで何かたくらんでいるのか？」

息を切らした声は鋭かった。口笛がピタリとやんだ。青年の首筋をねらった棍棒は、肩の骨を砕く勢いだった。

「口笛を吹くのも罪になりますか？」

その声は風景の中で立ち止まる沈殿物のようだった。彼は杉山が軽蔑するすべてを備えていた。治安維持法違反者。悪質思想犯、そして墨汁を含んだ物書き。杉山はかさぶたがこごり付いた棍棒で、青年の顎を高く持ち上げた。

「よく聞け。ここは福岡刑務所で、俺は杉山道造だ。だから口笛もダメだし、詩を書くのもダメだ」

「それでは何ができるのですか？」

「何ができるかではなく、何ができないか聞く方が早いだろう」

「それでは何ができないのですか？」

「お前が今やりたいことが、つまりそれができないのだ！」

黒いカラスの群れが、灰色の空に飛び上がった。人の心は閉じ込めることも奪い取ることもできないという、物書きらしいうけこたえをする彼の声は、風にひらひら舞う木の葉のようだった。杉山の喉からげっぷが出てきそうだった。

彼は物書きを嫌悪していた。いつもなんの対策もなく傲慢な彼らは、下手な話しぶりで他人の汗と涙に寄生し、でたらめな詩句を、ただぶつぶつ呟く無気力な人間にすぎなかった。

「お前のような物書きは、ミミズが土を吐き出すように、嘘とお世辞を吐き出すだけだろう。だが、ここではダメだ。ここは福岡刑務所で、この杉山の二つの目が黒いうちは、ただでは済まされない」

杉山の棍棒が六四五番の肩先を殴りつけた。青年は肩の骨を庇って倒れ、歪んだ顔で杉山を見上げた。その目に込められていたのは、恨みではなく同情だった。杉山は見抜いた。奴は呻くどころか悲鳴も上げない人間だということを。

検閲室に戻った杉山は押収物目録を探った。下鴨警察署取調係担当刑事の名で作成された目録に、彼の名前があった。平沼東柱。押収物は未刊の自作詩集『空と風と星と詩』と三十余編の詩、そして合計二十八冊の本だった。

杉山は押収書物書架へ向かった。書架にあるどの箱にも古い本、壊れた表紙、破れた紙屑などが入っていた。平沼東柱の魂は六四五番のがらくたの箱のようにしわくちゃのままはいっていた。蓋を開けると、手垢のついた古い表紙の上に色あせた題名が見えた。ドストエフスキー、アンドレ・ジード、フランシス・ジャム、ライナー・マリア・リルケ、白石……。

文章だけで存在する彼らは、杉山が初めてぶつかった難解な敵だった。彼はその敵に飛びかからなければならなかったが、しかしどうやって飛びかかればいいのかわからない。彼の目は箱の隅の、ぐしゃぐしゃにぎゅうぎゅう固まった紙の山に止まった。

『空と風と星と詩』

杉山は敵陣を捜索するように注意深く最初のページをめくった。そして二つの目をかっと見開き、端正な文字をにらみつけた。

序詩

死ぬ日まで空を仰ぎ
一点の恥辱《はじ》なきことを、
葉あいにそよぐ風にも
わたしは心痛んだ。
星をうたう心で

生きとし生けるものをいとおしまねば
そしてわたしに与えられた道を
歩みゆかねば。

今宵も星が風にふきさらされる。★

強烈な描写も特異な表現もない文章が、杉山のこめかみを殴りつけた。杉山は自分を攻撃するものの正体が信じられなかった。銃でも小刀でも棍棒でもない、わずか九行の文章が、なぜ胸を苦しくさせ、魂を締めつけ、畏れを感じさせるのか？

彼は結局わからなかった。読むということは、見て、聞いて、匂いを嗅ぎ、味わい、触れることのすべてを超える、もうひとつの感覚なのだという事実を。一行の文章を、一編の詩を読むということは、ひとりの人間を、またはその世界を読む行為だということを。

杉山は慌てて原稿の束を箱に戻した。逃げ出したかった。あいつから、奴の文章と詩から。文章は黴菌《ばいきん》であり、有毒な文章は人間を滅ぼすと彼は信じた。意気地のない精神、根拠のない同情、途方もない楽観、偽善的な和解、世の中を変えたいという空しい夢が文章には潜み、世の中をダメにする。杉山にとって、詩人は巧妙な文章で人々を変化させ、世の中を変えられると信じ、共産主義という理念社会へと世の中をひっくり返そうとするとんでもない者、アナーキズムという怪物に伝染され無為徒食する者にすぎなかった。世の中をこんなものでダメにするのもまた無学な日雇いや商売人ではない。学んだ者たちが、言葉と文章という道具で健康な世の中を地獄にしてしまうのだ。

杉山は看守帽をまっすぐに被り、自分に向かって、からかうように舌を出し入れする文章と向かい合った。彼は四角の印判の長い取っ手をつかみ、原稿の束の上に叩きつけた。

「焼却」

赤い二文字は、文書に刻まれた死刑宣告だった。有毒な文章は夜が明けたら焼却室の燃え立つ火に消えるだろう。彼は乾いたペンにインクをつけ、焼却文書目録に記載した。

序詩 —— 著者平沼東柱

ペンを下ろすと、青白い青年の顔が浮かび上がった。杉山はしばらくためらい、たった今書いた目録の上に二つの赤い線を描いた。どうせ焼いてしまう文書なら、必ず明日の朝でなければならないというわけはない。不穏な文章を書いた奴を探して懲罰することが先なのだから。

杉山は腰から棍棒を抜き取り宙で振り回した。風を切る鈍い音がした。検閲室がひときわ寒く感じた。

＊

時間は戦争に胸ぐらを捕まえられたまま、ずるずると引きずられていった。昭和十八年七月十四日

★伊吹郷訳

の朝、武田アパートの玄関に四、五名のたくましい男が押しかけた。京都下鴨警察署の特高刑事だった。アパートを出ようとしていた平沼東柱は、両腕を固く締めつける男の腕力に、抵抗するのを諦めた。警察の留置場に彼を閉じ込めた刑事は、数日間、何の措置も取らなかった。鉄格子の中に閉じ込められた者が、どういう風に狂っていくのかを見ながら楽しむかのように。

三日目に、彼は狭い箱のような取調室へ呼ばれていった。取り調べに当たった背の小さい細い目をした刑事の興梠は、机の上に分厚い書類の束を広げた。一年間の連日の平沼のすべての行動が、「誰が・何を・どこで・いつ・なぜ・どんなふうに」という風に、箇条書きに記録された尾行日誌だった。いつ、どこの居酒屋で、何人で何という酒を何杯飲んだのか、どんな話が行き交ったのか、いつアパートに戻り、何時に明かりを消したのか……。平沼は、裸にされた気分だった。

興梠は、四日前に平沼の従兄弟で不穏組織のリーダー宋夢奎《ソンモンギュ》と他の共謀者が、いもづる式に捕まったと伝えた。中国軍官学校入学の前歴のために日本の警察の「要注意人物」名簿に載り、監視されていた宋夢奎を中心に、面識さえもない朝鮮人留学生をイシモチの干物のように縛りあげたのだ。

事件名「京都朝鮮人学生民族主義グループ事件」。

事件の経緯と加担者、罪名と刑期まで定められた完璧なシナリオが作られていた。

リーダーの宋夢奎と平沼が京都の朝鮮人留学生を集め、朝鮮の独立と民族文化を護るために扇動したという罪名だった。

特高刑事は伐採装備を手に森の中に入る間伐隊で、朝鮮人という言葉は伐採する木に塗りつけておいた目印の白いペンキだった。平沼もまた切られるべき木だったのだ。

興梠は机の上にひと塊の紙の束をドサッと放り投げた。アパートで押収された平沼の詩だった。原稿の束から懐かしい匂いがした。温かい畳の匂い、間違ってこぼしたインクの匂い。平沼はいたたまれない眼差しで原稿の塊を見つめた。

空と風と星と詩。

風ひとつ吹かないじめじめした地下の取調室でも、彼は生き生きと思い浮かべることができた。講義室の窓の外の青い空、銅像の上の枝をかすめる風、故郷の夜空に溢れんばかりだった星、そして繰り返し読み、抜き書きし、書いた詩。興梠が厳しく吐き捨てた。

「いい気なもんだ。愛国青年たちが戦場で死んでいるのに小娘のごとき詩とは。とにかくこの詩を日本語に翻訳しろ！　お前の詩がお前の思想を証明してくれるからな。朝鮮語の原稿は廃棄されるが、日本語の翻訳は生き残るだろう。どうだ？　お前と俺は二人とも利益を得る商人だ」

興梠は額から顎までしわを寄せて笑った。魂を売れと唆《そそのか》すメフィストフェレスのように。彼はまじまじと机の上を見つめた。乾いたペン、黒いインク、そして端正な母国語。質の悪い公文書用紙はどんな文字であれ、書かれることを待っていた。だが、日本語で詩を書くことは魂が踏みにじられることだった。傷つき壊れた魂も魂ならば、彼はそれを売りたくはなかった。しかし同時に、彼はどんな文字であれ書きたいひもじさを我慢できなかった。

彼は何日間かを飢えて過ごした青年がスプーンを握りしめるように、あたふたとペンをつかんだ。そしてペン先へたっぷりとインクをつけた。

たやすく書かれた詩

窓辺に夜の雨がささやき
六畳部屋は他人《ひと》の国、

詩人とは悲しい天命と知りつつも
一行の詩を書きとめてみるか、

汗の匂いと愛の香りふくよかに漂う
送られてきた学費封筒を受け取り

大学ノートを小脇に
老教授の講義を聴きにゆく。
かえりみれば　幼友達を
ひとり、ふたり、とみな失い

わたしはなにを願い
ただひとり思いしずむのか？

人生は生きがたいものなのに
詩がこう　たやすく書けるのは
恥ずかしいことだ。

六畳部屋は他人《ひと》の国
窓辺に夜の雨がささやいているが、

灯火《あかり》をつけて　暗闇をすこし追いやり、
時代のように　訪れる朝を待つ最後のわたし、
わたしはわたしに小さな手をさしのべ
涙と慰めで握る最初の握手。★

震えるペン先から日本語が紙の上に引きずられて来た。壊れた母語の単語が頭の中で騒ぎ立てた。翻訳を終えた朝鮮語の詩は火に焼かれた。彼は検事局の独房に送致された。

二月二十二日、検事は彼と事件の首謀者の従兄弟、宋夢奎を起訴した。裁判は昭和十九年三月三十一日、京都地方裁判所第二刑事部石井平雄裁判長の審理で開かれた。裁判長は彼に「国体」を「変

★伊吹郷訳

革」しようとする組織や運動に「金品其ノ他ノ★……利益ヲ供与シタル者ハ……五年以下の懲役又ハ禁錮ニ処ス」という治安維持法第五条違反を適用し、懲役二年を宣告した。未決拘留日数百二十日を算入すると、出所予定日は昭和二十年十一月三十日。彼の内部から、〝自由〟が水蒸気のように抜け出していった。苦痛ではなかった。自由はずっと前からなかったのだから。すべての朝鮮人は、母の胎内にいたときから不自由だった。彼らが吸う空気は横取りされた空気であり、彼らが見上げる風景もまた奪い取られた風景だ。福岡刑務所の正門を入って、彼は残りの服役日数を思い浮かべた。六百日余りだった。★★

＊

杉山は尋問室のドアを開けた。彼は自分が岩のように強く見えることを願い、硬い足どりで椅子に近づいて座った。机の向かい側に、塩を振りまいたように唇が干上がった若者が座っていた。青年は薄くしわが寄り、首筋がすり減り垢が付いた赤い囚人服のように、色褪せたままそこに捨てられた布の切れっ端のようだった。

「六四五番！　差し入れだ」

杉山は一冊の本を机の上に投げた。黒い革の表紙に『新約聖書と詩編』という題が金箔で記されていた。青年は震える手で本を握りしめ、皮の匂いを引き寄せた。杉山は青年を、刺すように睨みつけた。

「日本語の本だから搬入を許されたのだとそう思え！　朝鮮語で書かれたものは紙一枚たりとも差

し入れ禁止だ！」
六四五番は飢えた子どものようにあたふたとページをめくった。聖書の薄い一枚一枚が、ぱたぱたと音を立てた。ついに探し出したページを開いた彼は、激しく活字を読んでいった。

心の貧しい人は、幸いである、天の国はその人たちのものである。悲しむ人々は、幸いである、その人たちは慰められる。柔和な人々は、幸いである、その人たちは地を受け継ぐ。義に飢え渇く人々は、幸いである、その人たちは満たされる。憐れみ深い人々は、幸いである。その人は憐れみを受ける。心の清い人々は、幸いである、その人たちは神を見る。平和を実現する人々は、幸いである、その人たちは神の子と呼ばれる。義のために迫害される人々は、幸いである、天の国はその人たちのものである。

――マタイによる福音書五章三節〜十節

頭を上げた彼は別人だった。もうやつれておらず、不安げにも見えなかった。誰かの慰めを受けたかのように、二つの目には平和が宿っていた。誰が彼を慰め、誰が彼に平和をもたらしてくれたのだろうか？　杉山は腰の棍棒から手を離して言った。

★文筆活動を含む。
★★尹東柱の逮捕と尋問、裁判と投獄に至る一連の過程は『尹東柱評伝』（ソン・ウヒ著、青い歴史）を始め、『尹東柱』（イ・ゴンチョン著、文学世界社）に言及された彼の弟、尹一柱教授の証言などを参考にした。

「愚かなことこの上もない。今の時代に神を信じるとは……」

「何も信じるものがないよりはいいです」

杉山は首を横に振った。彼は神を求めることぐらい間抜けなことはないと思っていた。神の名をかたって人を殺し、神の栄光を理由にして戦争を起こす者たちの言い草にすぎない。力のない者たちは彼らなりに不義を見て見ないふりをし、神の意志だと言い訳をするものだ。杉山は気の毒そうな表情で言った。

「神を信じる前にお前自身を信じるほうがいいだろう」

「自分自身を信じるために神を信じるのです」

「不穏な奴だとばかり思っていたが、間抜けでもあったんだな」

そう言いながらも杉山は、今のような時代なら神を信じない者よりも、神を信じる間抜けの方がいいのかもしれないと考えた。青年は答えた。

「神を信じることが間抜けだというなら、あなたも同じです。あなたも私のように神を信じているからです」

青年の目は井戸のように深かった。その暗闇に溺れそうで杉山は怖気づいた。

「俺は神を信じたことはない。一瞬たりとも!」

杉山が棍棒を机に叩きつけた。干からびた空気がガラスのように粉々に散った。青年は怯えたが、声を乱すことはなかった。

「私が神を愛するほどに、それ以上に切実にあなたは神を憎むでしょう。私たちはおのおののやり方で神を愛したり憎んだりするのでしょうが、神の存在を信じるという点での違いはありません。神がいなければ憎む理由もないのですから」

杉山はもうこれ以上、彼が繰り広げる絢爛《けんらん》たる詭弁に巻き込まれたくなかった。

「そうかも知れないな。世の中には神が存在するかも知れない。しかしここには神はいない。なぜならここは福岡刑務所だから。もしここに神がいたらそれは愛の神ではなく、冷酷で残忍な神だ。お前を生きていられるようにしているのだから」

杉山の目は囚人を焼き払おうとする鏝《こて》のように赤くほてった。四つの瞳は空中でぶつかり、相撲をとった。杉山は続けた。

「押収物にあったお前の書いた詩を確認した。お前が言うように真実を知ろうと思えばお前の詩を読むのがいちばんてっとり早いからな。だがお前の言葉はまっ赤な嘘だった。お前の詩に真実などはない。それは分別がない青二才が書き散らした落書の残りかすのような、意気地のない感傷にすぎなかった」

青年の眉が動いた。杉山は奴のプライドを刺激したと思った。しかし杉山の頭の中には「序詩」を読み、沸き上がった感情の塊がいまだに残っていた。彼は必死に平静をよそおって言った。

「お前の詩を読んでひとつ思ったことがある」

青年は頭を上げた。しばしためらっていた杉山が続けた。

「お前は神のようなものは信じなくてもいいということだ」

「なぜですか?」

〝お前の心の中にすでにそれが入り込んでいるようだからだ〟

杉山は口から飛び出そうとするその答えを、かろうじて飲み込んだ。詩の屑から、ある意味を感じてしまった自分の弱さをばらしたくなかったからだ。

杉山は看守帽の庇を深く被り、狭い書棚の間を歩いた。暗闇と静寂が体に染みた。どこからか低いささやきが聞こえた。耳を傾けると、声は跡形もなく消えた。あまりにも長く生きたからだろうか？年を取ると体が勝手に動き回る。目はかすみ、耳は空言《そらごと》を聞き、関節はぼきぼきと音がし、肉は垂れさがり、骨は身体の重さを支えられない。自分の体が自分を攻撃し始めているのだ。杉山は、自分がもうそんな年齢になったと思った。決して年老いたと言えない年齢だが、荒々しく生きてきたのだから体も早くだめになるのだろう。

再びきちんと座り直した青年のささやく声が耳元に聞こえてきた。杉山は歩みを戻そうとしたが、足元はもう六四五番の本棚の前にたどり着き、いつの間にか押収物の箱を手にしていた。彼は独り言を言った。そうだ、年を取れば体は言うことを聞かないのだ。

箱の中に閉じ込められた原稿の束には、自分が押した赤い烙印が鮮やかだった。「焼却」。杉山は短く深呼吸をした。どんな文章にぶつかっても浅はかな感情に同調したり、たぶらかされはしないという誓いだった。彼は熟した果実が地面に落ちるように、ぺたんと椅子に座り、鈍くなった指先で薄いページをめくった。

帰って見る夜

世間から戻るようにやっとわたしの狭い部屋に帰って明かりを消します。明かりをつけておくのは　あまりにも疲れることです。それは昼の延長ですから――

いま窓を開けて空気を入れ換えねばならないのに　外をそっと覗いて見ても
部屋の中のように暗く　ちょうど世間と同じで　雨に打たれて帰ってきた道が
そのまま雨に濡れています。

一日の鬱憤《いかり》を晴らすすべもなく　そっと瞼を閉じれば　心の裡《うち》へ流れる音、
いま、思想がりんごのようにおのずから熟れていきます。★

敬虔な祈りのように、詩を読む音声は他の誰のものでもなかった。大声と罵倒で割れてしまった杉山自身の声だった。デリケートな単語と敬語のいたわりが、自分を意気地なくさせるのかと恐れたが、それでも杉山は詩から目を離せなかった。うんざりする口喧嘩の中で生きてきたのだから、少しの間だけでも慰めを受ける資格はあるはずだ。

戦場で何人かを殺し、何人かを障害者にした過去を勲章のように騒ぎ立てる者はいたが、杉山にとって過去は勲章ではなかった。悪臭の中で生まれ、埃の中で転がり生きてきた彼の三十七年間は、薄氷が張った冬の川のように危うく、殺伐としていた。

彼は生まれてすぐ神戸湾の魚市場に捨てられ、魚のように裸でぴちぴち跳ねた。市場の商人たちの何人かが代わる代わる面倒を見てくれた。七歳になると船から降ろされた魚をさばき、十二歳になる

★伊吹郷訳

と漁船に乗った。早い時期から始めた船仕事で、骨格は同じ年頃の子どもより早く発達し、抜きん出た腕力はすぐ噂になった。

十五歳になると神戸市街地のやくざ連中がやってきた。彼は奴ら三人の鼻の骨と頬骨を砕き、腕をへし折って追い返した。続けざまにやって来た五人の奴らの歯八本を抜き、二人の手首を折った。いつの日からか商人たちはだんだん彼を避けるようになった。船主たちは彼を船に乗せなくなった。港の魚市場は彼をはじき出した。やくざ連中が仲間を送る代わりに、商人や船主のわき腹を突っついたのだ。

港を去っても行く所はなかった。結局彼を迎えてくれたのは、自分に鼻の骨を砕かれ腕を折られた者たちだった。路地裏で生きるのも悪くなかった。食わなかったら食われ、全部食べつくさなければ全部失う法則は杉山には魅力的だった。彼は相手に食われないために食らい、失わないために略奪した。彼の拳骨は機械のように正確で、魚をさばく熟練した料理人のように無駄がなかった。いつの間にか彼の名前の前に修飾語がついた。〝犬畜生〟の杉山、〝屠殺野郎〟の杉山。

ある日、杉山の人生になじみのない音が聞こえてきた。警備を引き受けた高官の母屋の庭園から聞こえてくるピアノの音だった。音のする二階の窓のむこうに、一人の少女の丸い肩がカーテンのようにゆらゆらと揺れていた。ほんのかすかな空気の流れに乗ったピアノの音が、音楽を知らない彼の心を惹きつけた。

その短いひとときが、彼が生きてきた二十年を根底から揺り動かしてしまった。拳骨を振り上げてきた歳月の中で、消失した器官のように退化してしまったある感情が、彼の内面でうごめいた。ピアノの音は空中を横切る蜘蛛の巣を越えて、彼の心臓を揺り動かした。

彼は生涯その音を崇拝するようになることに気づいた。

数日後、彼はピアノの調律を学ぼうと決心した。厳密に言うならそれは彼女のためではなく、自分自身のためだった。彼は神戸市内のあるピアノ店へ、使い走りとして入った。ピアノを扱う彼の感覚は驚くべきものだった。普通なら三年はかかるはずの技術を、あっという間に習得した。生まれついてのならず者だったのと同じように、生まれついての調律師のようだった。先天的に持って生まれた芸術感覚と驚くべき聴覚のためなのか、あるいはひとりの女性のためなのかは彼自身もわからなかった。

彼は一年もしないうちに路地裏を抜け出して調律師になり、人々を殴った拳でデリケートな弦などを扱った。彼はやさしく彼女をなでるようにピアノに触り、彼女は彼が調律したピアノを演奏した。彼らはピアノという神秘を共有し、同じ楽器を分かちあった。

彼らはきらびやかに輝くハンマーの動きと、神秘的に躍動する弦の響きに我を忘れて魅せられたことは一度や二度ではなかった。しかし、幸福はガラスに宿った水玉のように不安定で、その不安は現実になった。彼が二十四歳になった年、入営命令書が短刀のように飛び込んできた。

軍人になった彼は再び、吹雪や砂の風やぬかるみの中を歩んでいった。彼は時代のなりゆきを把握し、悪戦苦闘し、そして生き残った。なぜ生き残らなければならないのかと聞かれて、彼は答えの代わりに、ひとりの女性を思い浮かべた。生き残ることが、彼女のピアノの音を失わないための唯一の道だった。彼の人生で唯一の祝福は、生き残ったという事実だった。もしかするとそれは、呪いかもしれないのだが。

文章はいかにして魂を救うのか

高い塀を越えてくる四月の暖かい風が、寂寞とした刑務所にあらゆる香りと音を招き入れた。咲いた花々の密やかな香り、蜜蜂の羽根の音、花の枝のかすかな香り……。薄氷のように凍りついていた囚人たちの顔にも血の気がさした。凍傷で傷んだ足の指は癒え、あかぎれの手にも新しい皮膚が蘇った。

監獄は依然として体に合わない服のように窮屈だったが、平沼はただ生き残りたかった。生きてこそ詩が書け、生き残ってこそ抵抗であれ屈服であれ、それができるのだから。彼は毎朝一杯の毒杯を干すように枕元の数字を消していった。五五七、五五六、五五五……。刑期満了日は一九四五年十一月三十日だった。

刑務所はあらゆる人間群像の集合場所だった。囚人は思想犯だったり、暗殺者、詐欺師、逃亡者だった。彼らの目には絶望か、そうでなければ陰謀が漂っていた。彼らは互いに騙し騙され、その二つを同時にやったりした。

唯一の共通点は、彼らは皆潔白を主張することだった。もちろんそれは嘘だった。彼らは罪を犯していたのだから。しかし、冷たい鉄格子の中に押し込められるような重罪ではなかった。片想いの女性を追いかけて強姦犯にされた波止場の労働者、強制労働の監視員に憎まれて訳がわからず引っ張られてきた徴用者、遅れている給料を出せと社長の胸ぐらをつかんで殺人未遂犯にされてしまった男たちが、自分のことを代わる代わる武勇伝のようにまくし立てると、誰かが、つまらない話だとばかりに口を挟んだ。

「畜生！　刑務所にぶち込まれ、悔しくない奴がいたら出て来い！」

男たちは唾を飛ばし、互いに飛びかかった。時には頭が割れ、歯が折れた。平沼は彼らを軽蔑したりはしなかった。彼らは軽蔑を受けるべき人々ではなく、慰めを受けるべき人々だった。彼らは、自分たちのやり方で時代の歯車に直面しただけだ。バカはバカなりに、下品で卑しい者はまたそれなりに、乱暴者は乱暴者なりのやり方で。暴力は不安にくたびれ果てた彼らの、どうすることもできない身もだえなのだった。

「こんな場所に似合わないきれいな顔立ちなのに、残念だったな。どんな罪を犯してこんな危ない所に来たんだ？」

ある日、話しかけてきたのは白髪交じりの髪の短い老人だった。イタチのような目は何かにおびえ、歯は上下合わせても五、六本ぐらいしかなかった。歯の抜けた黒い穴は、彼を腹黒い老人だと告げているようだった。

「治安維持法違反です」

平沼は落ち葉をほじくり返しながら短く答えた。干上がった草の根をかき分けると、青い芽が見えた。凍りついた土を抜けて伸びた芽のように、彼は危うげに見えた。

「治安維持法とはいい気なもんだ。あのクソ野郎ども。朝鮮の〝氏〟を消し去る罠だ。わしはな、高利で借金をしたら、日本人質屋の野郎が利子を払わないと言って告訴しやがった。それでとっ捕まって、もう二年たった。お前も借りた金を返さなかったのか？」

抜けた歯の間から漏れてくる言葉は、スースーと風の音がした。平沼は朝鮮語で詩を書いたと答えた。老人は純真なだけではなく間抜けな野郎だと、舌を打ち鳴らした。小学校から日本語を教えられ、朝鮮語は口にも出せない日本の奴らの世に、朝鮮語の詩だとは。人より学があるくせに小部屋に閉じ込められて無駄なことをしているから国が亡びるのだという考えに、老人は気に食わないという表情を浮かべた。

そのとき、体の小さい男がひとり赤い煉瓦塀に沿って彼らに近づいてきた。男が短く刈った頭のてっぺんを手で整える度に、ジャリジャリなでる音がした。彼はネズミのように光った目をぱちぱちさせ、周りを見回した。

「お爺さん！　どうしたんですか？　崔致寿に見られたらどうするんですか？」

彼が崔致寿を恐れるのには訳があった。崔致寿は重い罪名と長期刑のため、刑務所の中でいちばん影響力のある者だった。彼は監獄の中に自身の共和国を建設するかのように、囚人を監視し、目に入る者たちを抱き込んでいた。薄バカ大学生平沼もまた、崔致寿の注目の対象だった。老人はにこっと笑った。

「せっかちはやめろ！　金万教《キムマンギョ》、お前はなぜ崔致寿がこの学生にイラついてるのかわかるか？」

「俺、わからない。爺さんはわかる？　あいつが金塊にでもなるのか？」

若い男はやきもきしてたたみかけた。老人は笑うのをやめた。

「金の塊かウンコの塊か、わしも知らん。だが崔致寿が物欲しげに見て焦っているのだから、ただ者ではない。わしらが先にあいつを手なずければ、崔致寿もわしらを思い通りにはできないだろう」

老人はガサガサ鳴る手の平で口元に伸びた髭をスーとなでて言った。

「クソッ！　だがあいつが大物じゃなかったら？」

「お前は商いの術を知らない。商売の第一は金になる品物を見分ける目で、二番目は度胸だ。大金になる品物ほど危険をものともせずにやらなきゃならん。ところでお前は品物を見る目も、危険を顧みないという度胸もない。ただバラ売りのタバコや乾パンでも横取りして売り、看守たちにゴマをすって取引する星回りだ」

老人は暴れまわる牛を鎮めるようにその男をなだめた。金万教は手綱を握られた牝牛のように大人しくなった。老人が目配せすると、彼は囚人服の縫い目からいじけたように垢のついたタバコ取り出し、平沼に勧めた。青年は手を振って断った。金万教は取り出したタバコを服の縫い目の中に元通りに押し込んだ。

「とにかく俺は投資したんだから、奴がまともな品物なら俺と半分ずつ分けるからな、爺さん！」

金万教はこそこそと顔色をうかがい、離れて行った。老人が長い間剃れずにぼそぼそ生えている顎髭をなでながら言った。

「刑務所の中にどうしてタバコが飛び交うのか気になるか？　おい、刑務所も人が生きる場所で、人が生きる場所にはどこでも往来があるものだよ。まともな商売人は、死さえも売り買いするものだ。あいつは大物商売人ではないが、商売はうまい。刑務所に来て半年で、外から品物が入ってくるようになり、闇取引をした。看守たちに取り入ってうまい事やったんだ。看守たちもひもじいのは同じだからな。闇取引に目をつぶってやった代価で、上納の高利が生まれたというわけだ」

青年はわからなかった。死が仲良くなろうと食らいついてくる監獄でも、買い、売り、憎み、疑い、生きていく人間の粘り強い意志に望みをかけるべきか、あるいはそのしゃにむな人間の貪欲さに絶望するべきなのか。老人が続けた。

「どうせ片方にゆだねるのなら、希望に賭けろ。絶望に賭けても残るものはもっと大きな絶望だ。わしの経験では、商売は上手くいくだろうという側に賭ける方が、利益が多く残るんだよ」

生まれつきの商売師は、目脂の付いた目をパチパチさせて聞いた。

「ところで、お前は何を売るつもりなんだ?」

売るものがない青年は首を横に振った。本があったら何冊か売れるだろうが、それも無理なことだ。『文章』、『人文評論』、『詩と詩論』、『朝鮮語文法』、『ゴッホ書簡集』……。それらはみな押収されて検閲室の隅に閉じ込められているか、焼かれてなくなっただろう。老人は出ていた鼻毛を指先でひょいと摘み出した後、気乗りのしない風に言った。

「売る物のない人はいない。売る物がなければ体を売り、体が駄目になったら命を売ればいい。専門学校を出て、日本へ留学までしたお前が、売るものがないのなら、それは謙遜ではなく嘘だろう。日本語を読み書きできるのなら、お前には売るものがあるんだよ」

「それをどうやって売るというのですか?」

「ここでは一ヶ月に一回、日本語で書いた葉書を一枚外に送れる。だが囚人たちはみんな、日本語どころか、朝鮮語もまともに学んでいない、文字のわからない者たちだ。お前が文字のわからない者の葉書を代筆してやるのだ。あいつらが言うとおり日本語に翻訳して書けばいい」

「日本語の書ける朝鮮人なら、私でなくてもいるはずなんですが」

「ここの検閲官は毛抜きのような奴だ。少しでも問題になる語句があれば、廃棄処分になるのはもちろん、棍棒打ちにあうんだ。日本語を知る何人かが代筆をして殴られて死にかけた後は、誰もやろうとしない。代筆して欲しい者は多いのに書く人がいないのだ。どうだ？　金が見えないか？」

「文字一字でも、下手に間違って書けば死ぬ目に遭うというんですね？」

「だから、お前がふさわしいんだよ。お前は文字を知る文士だから、検閲に引っかかる表現をあらかじめ避けられるじゃないか。その上、金にもなるし」

平沼は老人に軽蔑の視線を投げかけ、何も持っていない人々が、どうして金を払えるのかと聞き返した。老人は目をキラリとさせ説明を続けた。

「第一、第四収容棟の日本人囚人に労役を売るんだ。日本人の奴らは毎日自分の労役を代わりにやってくれる朝鮮人を探している。日本語の葉書を書いてくれる代価に、一日日本人どもの労役の代わりをして、わしは日本の奴らに手間賃をもらえば丸儲けだ」

「朝鮮人の労働力を、日本の奴らから売りわたすというんですか？」

「それが商売だよ。金を作り出すのが商売なんだよ。金を握らせて看守に病人登録してもらえば、労役から外《はず》される。そうすれば日本人の奴らの代わりに労役ができるだろう」

青年はこみ上げる嘔吐を我慢して言った。

「文字を読めない朝鮮の人々に、日本人の代わりに馬鹿げた苦労をさせるわけにはいきません」

老人はほろりとするような表情で言った。

「賢い奴だと思ったが、バカなんだな。お前はその才能で文字を知らない者たちの大切な消息を伝えられるのに、それがいやだと言うのか？　お前には分別がないのか、それとも残忍なのか？　ここの囚人の大半は、家族に消息を一字も伝えられないでいるんだよ。そういう者たちを裏切るというのなら、お前は何のために文字を習ってきたんだ？」

青年はしばらく悩んだあげく、口を開いた。

「日本人から一日の労役の代価としていくらもらえるんですか？」

「四銭。公式の値段だ」

青年は、では私にいくらくれるのかと聞いた。老人のイタチのような目が鋭く光った。

「お前とわしが半分ずつ公平に分けるのだ。ひとり二銭ずつ。わしの取り分から金万教の取り分と、看守の奴らを欺く上納金を除けば、実際にはお前に有利な分配だろう。やるならやる、やりたくないならやるな！」

老人は唾を飲み込み、青年の次の言葉を待った。青年は返事の代わりに老人をまっすぐに見て大きく一度首を縦に振った。契約は成立した。老人はにっこりと笑った。抜けた歯の間から風が洩れ出た。

新たな代筆者についてのうわさはひっそりと、だが、素早く広まった。しかし刑務所の塀の下に代筆者を探しに来る人は、簡単には出てこなかった。杉山の検閲を通過するのは、綱渡りのように危なかった。感傷的な表現、刑務所内部の描写、戦況に関する質問や答えはすぐに引っかかった。問題になる文章の発信者と代筆者はともに、尋問室に呼ばれて棍棒打ちにあう。

危険を恐れる囚人を説得する方法は、危なくないということを示すことだった。老人は朝鮮人に聞こえるように、大声で手紙の内容を言った。

「スンア！　見てごらん。今すぐにでも出ていきたい刑務所に、待ちに待った春は来ない。春は来たというのに、こんちくしょう！　監獄の床は氷のようだし、看守たちはますます荒れていく。人がそばで死んでも、もう何も感じなくなった」

老人は検閲に引っかかってやろうとでもいうかのように、危なっかしさの行き交う表現を吐き出した。平沼は葉書に老人の言うとおり書いた。囚人たちは青白い物書きが老人の不満をどうやって収拾するのか気にしていた。

青年はしばらくして日本語で書いた葉書を朝鮮語で読んだ。老人の言いたいことと感情はそのまま生かされているが、露骨な不満の代わりに、抑制された感情の中に切々とした否定が込められていた。受信・発信係の看守が受け取った葉書の検閲を待つ間、囚人たちは極度に緊張した。囚人たちは葉書の運命について監房ごとに賭けをし、ひそひそ話をした。

二日後に検閲を終えた葉書は無事に発送された。老人は尋問室へ呼ばれて行かなかった。監房ごとに歓喜の声が広がっていった。非常に静かで誰にも聞こえない、沈黙の歓喜の声だった。囚人たちは忌まわしい鉄格子の外に、自分たちの魂を飛び立たせてくれる人物が誰かを知った。六四五番、平沼東柱。

葉書を持った囚人が一人、二人とやって来た。彼は葉書を書く前に彼らと対話をした。誰に送るのか、どんな間柄か、記憶に残る思い出は何かを聞き、彼らの口癖とよく使う用語も細かく観察した。単純に葉書に書き取るのではなく、検閲を避けながらも伝えられるよう、本心を生かすためだった。そうするためには彼らの習慣や口調や記憶を土台にし、平凡な表現の中に検閲官も見抜けない秘密の言葉と事情を隠さなければならない。代筆を終えて葉書を読み上げると、男たちは自分たちも気づかずにいた心の奥に秘めていた感情があふれ、涙を流した。

平沼は言葉と文章という手綱を両手に握り、検閲の刃物を避け、囚人たちの切々たる思いを乗せて走った。一つの文章、一つの単語が食い違ってもダメになる、危うい綱渡りが続いた。

十五日を過ぎると返事が来た。杉山の検閲を通過できなかった不穏な単語や文章は黒い墨で消されていた。しかし囚人たちは返事が来たというだけでも希望が湧いた。平沼は暗闇に閉じ込められた単語の叫びや文章のわめき声を、おだやかに読みあげた。

無知で粗暴な検閲官が手紙のすべての行を黒く塗っても、彼は暗がりの中に埋もれた文字を生き返らせ、見えないものを見、隠されたものを読みとれるようだった。黒く塗られた墨の跡から、伝えられなかった言葉と言えなかった話を、そして流せなかった涙や夢見てはならない夢のかけらを探り出した。

葉書を出しても無事だということが証明されると、囚人たちは競って老人の所に来た。老人は煤《すす》で書いた板の帳簿を持って人々を案内した。平沼が忙しくなるにつれて、老人の帳簿は分厚くなった。老人は金万教《キムマンギョ》を日本人の収容棟に行かせ、労役の代替が必要な囚人たちに話をつけて受け取った金の一部を金万教を通じて担当の看守に上納した。労役を代わる者を、派遣、病欠、負傷等の適当な口実で第三収容棟労役からはずさなければならないからだ。

「平沼、大当たりだ。葉書や返事を書いてくれという奴らが列をなしているんだよ。一度釣ったら自然についてくるんだから。不必要な面談時間を短くすれば、かわいそうな奴らがそれほど待たなくていいのに」

老人は空っぽの歯茎を舌で舐め、にやっと笑った。平沼が書き終えたばかりの葉書を校正しながら言った。

「面談をおろそかにして、杉山の刃物のような目にかかったら、おしまいですよ。商売をやめたいのですか?」

老人は首を左右に振って、帳簿を書くための煤を見ながら言った。

「何を言うんだ！　このまま書け。今でも金儲けは上手くいっているんだ。十五日間で合わせて四十五人の葉書を書いて、百八十銭、その中の半分がお前の分け前だから九十銭だろう」

老人の言葉が終わる前に、金万教が書き終えた葉書にざっと目を通す平沼に飛びついた。

「その金で何か必要な物はあるか？　タバコ？　握り飯？　角砂糖とか羊かんでも？　何でも手に入れてやるよ」

老人の目は平沼の前に差し出された九十銭に集まっていた。平沼は人を雇いたいと言い、一日いくらなのかと聞いた。

「日本の奴らからは四銭受けとるんだが、同業者からは同じように受け取れないし……。半分だな。一日二銭！」

青年の口元の微笑みがさらにはっきりしてきた。

「いいですよ。毎日私が葉書の依頼者を雇うことにしましょう」

老人の顔が紙のようにしわくちゃになったかと思うとすぐにっこり笑い、横目で青年を睨みつけた。

「こんな山犬のような奴を見たことあるか。他人の喉元を通る肉の塊を取り出し、食べようとするんだぞ」

金万教はどぎまぎした表情で二人を代わる代わる見た。老人が気の毒だという表情で説明した。

「こいつが葉書一枚書けば四銭の利益が出る。それは葉書を送る者の労役を一日使える費用なんだ。わしらは金のある日本人囚人どもから四銭もらって、葉書を書いてもらう者を送り込むんだよ。半分はわしらが取り、半分はこいつが取る。ところがこいつは、その金で葉書を依頼した者の労役権を買い戻すと言うんだよ。代価は一日二銭！」

金万教が困ったという顔で聞き返した。

「それじゃ日本人どもの労役を請け負う労働者がいなくなって、俺たちの商売も……」

「終わりだ」

言葉をさえぎられた金万教はうろたえた。青年が言葉を続けた。

「でも心配しないで。葉書を頼んだ者に日本人の代わりの仕事をさせ、私がもらう二銭をその人にあげるだけなんだ。そうすれば誰も失うものがない。おじいさんも君も今までどおり金が稼げるし、朝鮮人も労役の代価で金が稼げて、日本人は代わりに労役する朝鮮人を求めることができる。もちろん看守たちは十分に上納金をかすめとるだろう」

金万教が言った。

「それじゃ、お前は一銭も回収できないだろう。指が折れるほど書くんだから、お前も残るものがないと」

「私にも残るものがあります」

「何が残る？」

「監獄の中で毎日鉛筆と紙が使えるから。どんな文字でも、書けさえすれば僕はかまわない」

理想的な取引だった。誰も血を流さない戦い。誰も損をしない取引。そのとき、老人と金万教は、自分たちがどんなに美しい取引をしたのか知るよしもなかった。

午後の巡察を終えた杉山は、発送郵便の集配箱を開けた。集配箱には四枚の葉書があった。杉山は椅子に深く座り、葉書を取り出した。三十代の囚人が妻に送る最初の葉書は、端正な筆跡で言いたいことをあっさりと伝えていた。刑務所について書かれているが不満はなく、苦痛について書かれているが、凄絶というよりは安堵感が感じられた。疑わしい部分が無いわけではないが、これだという不穏な表現があるわけでもなかった。

二枚目の葉書は、還暦を過ぎた母親に送る四十代の囚人のものだった。最初の手紙と同じ筆跡なのに、文体や表現はもちろん、用語や語尾まで、まるで別人が書いたように違っていた。唯一共通点があるとすれば、問題になるほどの語句がないということだった。

次の葉書もその次の葉書も、同じ者が書いたようだったが、各々別の声が込められ、文章は違っていた。奴は、どんな単語を書けばだめなのか、どんな表現が自分の首を縛るのか、よくわかっているようだ。知りつつ検閲の刃物を避けていく奴は、ある面においては杉山の手助けをする者のように感じられた。

杉山は胡散臭《うさんくさ》い気分を抑え、検閲印を押した。葉書のまんなかに青い字が押された。検閲済み。彼は椅子に背中をもたれ、コチコチの目をさすった。三日間髭剃りができなかった顔からはガサガサ音がした。次に手にした手紙はある囚人が妻に宛てた返事だった。葉書を読んでいた彼の目が一節の文章に止まった時、彼ははっとして椅子に姿勢を正した。

何よりも検閲官様の寛大さについてあなたも知らなければと思うよ。検閲官がこんなに心の広いことがわかっていたら、とっくに葉書を送っていたのだが。検閲に引っかかりそうで、今までだいぶ恐れて葉書を送らなかったんだ。検閲官の寛大さのおかげで、あなたの葉書をただの一字の削除もなく受け取り読むことができたよ。

〝検閲官〟という単語を見た瞬間、ある思いが矢のように頭の中を通り過ぎた。〝奴は他人の葉書を代筆するのではなく、俺に葉書を送っているんだ！〟

高度な文章力には不審の臭いが潜み、見えない餌がまかれていた。あいつは問題を起こすだろうという予感が拭い去れなかった。すぐに奴を尋問室に呼びつけ、文章で悪戯をする代価を見せつけなければならない。

尋問室に呼びつけられた平沼は自身の筆跡のようにまっすぐに座った。杉山は声を抑え、サソリのように言い放った。

「山犬のような奴め！　お前が代筆した葉書は俺に向けられたものだろう。俺がそれを読むことが分かっているからな」

山犬のような奴の頭が素早く動いた。毛抜きのような奴に尻尾を踏まれたのだったら、自分はもちろん、葉書を送った者たちまでひどい辱めを受けるだろう。杉山が続けた。

「お前が狡猾なのはわかるが、俺はそんなに意気地なしで感傷的な人間じゃない。お前はつまらない文才でむだなことをやり、尻尾を踏まれたんだ」

杉山は山犬のような奴の視線から目を逸《そ》らして大声を張り上げた。奴の目を見てしまうと、心が揺れるのではないかと心配になったからだった。平沼は尻尾を踏まれたが、無駄なことではなかったと答えた。そして杉山について多くのことがわかったと付け加えた。

杉山はどきっとした。この悪賢い物書きは、文章で俺の心を見透かし、内密調査をしただと？　杉山は六四五番がどうやって平凡な葉書に意味を隠し、戦いを挑んできたのか考えようと力を振りしぼった。

奴は最初の葉書を非常に注意深く書いたはずだ。感情を自制し、問題となる単語や表現を避け、検閲を通る印鑑を受けられるように。奴は最初の葉書が無事に検閲を通過したことを確認し、少しずつ水準を上げたはずだ。ある日は疑わしい単語一つをこっそりとはめ込み、ある日は二重の意味を持つ言葉を巧妙に隠し入れるやり方で。検閲官自身が葉書の表現をどうやって検閲するのか、その意味をどうやって見抜くのか、探って見ていたはずだ。

囚人たちに返信を読む間も、探索を続けていたのだろう。黒いインクで削除された部分を推し計り、俺の嫌いな表現は何なのか、どんな単語を避ければいいのか、どんなやり方で文章を終えればいいのか、把握していたようだ。

自分は奴を徹底的に統制し監視していると考えていたのは錯覚だった。奴は監視されていたのではなく、むしろ俺の心をガラス瓶のように見透かしていたのだ。杉山の首筋に太い血管が膨らんだり凹んだりした。

「つまらない文才で俺をもてあそんだが、お前はずいぶんやりすぎた。俺は詩がわからず字も書けないが、それぐらい見分けられないほど間抜けじゃない」

杉山はざらざらした髪の毛を手でなで、歯ぎしりした。今やすべてが明らかになった。奴は初めから終わりまで、すべて精巧に設計した。俺が葉書を待つように仕向け、検閲許可の印鑑を押させ、自分を尋問室に呼ばせるように操縦していたのだ。

「お前はくたばることを承知で俺にけんかを売った！　俺の別名が屠殺屋ということも知り、お前の腹づもりがばれたら、棍棒で骨がつぶれることをよく知りながら」

そう言いながらも杉山はうろたえた。奴のすべての葉書が検閲を通ったという事実に気がついたからだ。葉書を書いた奴を殺すほど残忍な検閲官なら、奴が書いた葉書の中の何通かは絶対に検閲を通らせなかったはずだ。平沼は検閲官が葉書の不穏さを見抜けなかったとか、または見ても見ないふりをしたという事実を見通していたのだ。そんな心性を持っていたら、どんなに乱暴な者でも自分を殺せないだろうということも。青年が言った。

「あなたのことなら別名の他にも、もう少し多くのことを知っています」

「なに！　俺の何を知っているんだ？」

「あなたは言葉と文章が抱く秘密を知っていて、詩や文章に熱中していたことです」

杉山は苦笑いしながらも、違うとは言えなかった。彼は消え去る煙の中で、言葉と文章が放つ秘密を見守っていた。巨大な森を成す文章の根と、互いに絡み合い、秘密を暴き出す単語を。

戦いは始まった。青年は文章を武器に飛びかかり、杉山はそれを防御しなければならなかった。棍棒はもはや必要なかった。刃物よりも鋭い語彙力と、槍より致命的な文章で戦わねばならないのだ。たった何行かの文章で戦うことができるのだろうか？　この戦いはできるかどうかはわからなかったが、それにしても不公平だった。狡猾な物書きと、やっと文字を知ったばかりの無知な人間なのだから。しかし、だからこそ公平なのかもしれない。文字を知らない者には文章は飲み込めない。公正な検閲基準を維持しなければならないのは、むしろ自分自身だった。文章に惑わされないために、意図的に検閲を避けるとか、発送不可の印を押すこともなかった。

杉山は、黒く底知れない沼に引きずられるような気がした。だが仕方がなかった。戦いは始まり、始まった戦いには勝つしかないのだ。

　平沼は陰になった塀のもとで、男たちの言葉を注意深く聞いた。彼らは泣いて怒鳴り、こぶしを振り上げた。彼はたちまち、ほとんどすべての男たちが生きてきた事情を、隅から隅まで知るに至った。彼らがどんな幼い日々を送ったのか、どんな罪を犯したのか、どんな無念さを抱いているのか。彼らの声や表情や口調や話を、ひとつひとつ繰り返しながら葉書を書いていった。

　事情を正確に伝えながらも検閲を避けるには、一つの表現に二つ、三つの違った意味を精巧に植え付けなければならなかった。単語はいつ破裂するかわからない地雷のようにはらはらさせ、文章は今すぐにでも発覚する陰謀のように危うかった。夜中に書いた葉書を発信担当の看守に渡すと、検閲官のぴかっと光る目が思い浮かんだ。杉山の目に引っかかる単語は雑草のように根っ子が引き抜かれるだろう。

　夜が明けるたびに、平沼は汗に濡れた体で目を覚ました。赤い烙印が額に押された夢だった。杉山がいつこの途方もない事に嫌気がさし、葉書を投げだすかわからなかった。しかし逆に考えて見れば、検閲が厳格なほど、守るべき基準は単純になるのだった。彼は一枚の葉書で検閲官を説得しなければならなかった。それは抜け出すことのできない、反復的で執拗な誘惑だった。

　一方、杉山は自分が変化していくのを感じた。彼は自分も知らぬ間に内心葉書を待っているほど、奴の文章にのめり込んでいた。どんよりと薄黒い紙の上の薄ぼんやりした字には懐かしさが込められており、行間にはため息が染み込んでいた。葉書を読んでいるときは、温かいお湯で入浴した感じだった。

一日中ひどい船酔いのような、慣れない感情に振り回された。彼はいい加減な文章の虜《とりこ》にならぬよう、必死の努力をした。努力すればするほどいっそう残酷に囚人たちを急き立て、もっとはしたなく罵言を吐き出した。そんな努力は少なくとも見かけ上は効果を発揮したようだった。しかし彼の頭の中には依然として文字が幼虫のように蠢《うごめ》いていた。棍棒を振り回し罵言を吐き出している間にも、頭の中には美しい単語や句読点がきらめいた。

平沼は遠く離れた場所から杉山を観察した。彼はだんだん乱暴になっていた。棍棒を振り回し、罵言を吐き、大声を張り上げた。平沼は誰にも気づかれないようににっこりと笑った。杉山が乱暴になったということは、彼が変化しているという証拠だった。乱暴さは自らを守るためのあがきにすぎなかった。

何日か前、ひとりの囚人に来た妻の返事からその事実を知った。便箋のあちこちに引かれた赤い線は杉山の検閲の跡だった。以前は、黒いインクで根こそぎ消され、何という言葉なのかわからなかったのだが、今回の手紙は赤い線は引かれてはいるが、手紙の内容を知ることができたのだ。杉山は明らかに変化していた。次の葉書にはもっと露骨で大胆な表現を書いてもいいはずだった。

杉山は葉書を広げた。十三歳の息子に送る囚人の葉書だった。季節の美しさに始まる内容は、戦争の苦しみへと続いた。供出、監禁、窮乏、死……。今までは見られなかった戦争についての挑発的な表現が目についた。彼は待ち構えていたとばかりに焼却印に赤い朱肉を付けた。文章は続いた。

父さんがお前のそばにいないからと言って、失意のどん底へ陥ってはいけないよ。どんなに力に余っても、我慢できない苦しみというものはないのだから。苦しみは私たちを亡ぼしもするが、私たちを成長させるともいう。フランスの詩人、フランシス・ジャムは「苦しみを愛する祈り」という詩で、〝苦しみはこの上なく愛する女性《ひと》より情け深い〟と書いたそうだ。〝この世でいちばん偉大なことは人間の仕事だ〟とも言った。機会があったらフランシス・ジャムの詩集を読みなさい。生きることへの希望と苦しみを乗り越える力を得られるはずだ。

現実の世界を苦しみで表現することは不敬だった。しかし、葉書の内容のように苦しみを肯定的に抱きかかえられるのなら、あえて削除する理由はないはずだ。

杉山は懸命に考えた。この疑わしい文章は、力に余る現実への批判と自嘲だろうか？ あるいは苦痛までも抱きしめようとする希望のあがきなのか？ そのことをはっきり判断するには、いちばん先に葉書に言及された「苦しみを愛する祈り」という詩を確認しなければならない。

せっかちな足どりが彼を押収物書架へと向かった。六四五番の押収物の箱。手垢が付いた本の間から、黄色くなった古い一冊の本が目に入った。

『フランシス・ジャム詩集』

彼は急いで本を開き目次に目を通した。

〝ロバと一緒に天国へ行くための祈り〟、〝素直な妻を迎えるための祈り〟、〝家の中はバラと雀蜂で〟、〝光の下の木苺の間に〟、〝この世でいちばん偉大なこと〟……。

ページが指先に風を起こした。彼は長く激しく息を吐き、詩を読んだ。

苦しみを愛するための祈り

私には苦しみしかありません。その他には何も望みません。
苦しみは私に忠実で、今も変わりありません。
私の魂が深淵の底をさまよう時にも
苦しみはいつも私のそばに座り私を守ってくれたのだから
どうして苦しみを恨むでしょうか。
ああ苦しみよ、お前は決して私から離れないのだから
私はついにお前を尊敬するに至った。
私は今やお前がわかった。
お前は存在するだけで美しいということを。
お前は貧しい我が心の炉辺を決して離れなかった人に似ている。
我が苦しみよ、お前はこの上なく愛する女性《ひと》より情け深い。
私は知っている。私の死ぬ日にも
お前は私の心の中に深く入り込み
私と共に整然と横たわるだろう。★

杉山は「苦しみ」を「愛する」という言葉の意味がわかる気がした。人間の意志は傷つけられそう

でいて、またもやまっすぐに立ち、落ち込みつつも再び燃え上がる。現実がみすぼらしいほど、それを受け入れる人間の意志はさらに強くなるのだ。だから苦痛という単語を使わずに、どうして生きる意志を語れるだろうか？

彼は固い椅子の背もたれに体を預け、詩集をまた開いた。他のページに目が止まった。〝この世でいちばん偉大なこと〟。彼は検閲を終えた葉書にもう一度見入った。見覚えのある語句はここにも鮮明に記されていた。

「この世でいちばん偉大なことは人間の仕事」

杉山は尻尾をつかまえたと思った。奴は葉書の中の短い語句に秘密めかした暗号をこめた。その暗号はとんでもない不穏さを秘めていた。もしも子どもがフランシス・ジャムの詩集を読んだら、その意味を発見するはずだ。ひょっとするとその葉書は、子どもではなく他の不穏分子に伝達されるかもしれない。

杉山は詩が含む不穏な意味を推しはかった。「この世でいちばん偉大なこと」は、〝命を惜しまず祖国の解放に捧げること〟あるいは、〝安楽な個人的生き方を捨て、祖国の独立のために侵略者に抵抗すること〟という扇動のはずだ。

彼はぐっと緊張したまま詩を読んでいった。

★手塚伸一訳『フランシス・ジャム詩集』（岩波文庫）

この世でいちばん偉大なこと

これらみな人間の偉大な仕事だ。
木桶の中に牛乳をしぼること、
針のようにちくちくする麦の穂を摘むこと、
涼しい榛《はん》の木のそばで牝牛の番をすること、
森の白樺を切り倒すこと、
強い流れの小川のほとりで柳の小枝を籠《かご》に編むこと、
仄《ほの》暗い炉ばたで、皮膚病にかかった年寄り猫や
眠っているつぐみや、幸せそうな子供たちにかこまれて
古靴を修理すること、
こおろぎが鋭くうたう真夜中ごろ
音をしのばせて機《はた》を織ること、
パンを焼くこと、葡萄酒をつくること、
畑に葱《ねぎ》やキャベツの種を蒔くこと、
生あたたかい卵を集めること。★

予想は完全にはずれた。どんなに目を凝らして繰り返し読んでみても、不穏な語句などなかった。

秘められた暗号も隠された陰謀もなく、血を熱くする煽動や戦闘的なスローガンも探せなかった。詩はただただ美しい自然の中の平和な暮らしを歌っているだけだった。木桶の中に牛乳をしぼり、麦の穂を摘み、木陰の下で牛の番をし、炉ばたで古い靴を修理する当たり前の日常。何の心配もなく、誰かを憎むこともなく、にわとりの鳴き声に目覚め、汗を流して働き、コオロギの鳴き声を聞きながら眠りにつく、どうということもない人生。

杉山の目つきは鈍くなった。彼は幸せのようなものなど存在しない、そんなものは意気地のないロマン主義者たちの無駄話だと無視してきた。日常の平和など。だがそれは、一度も経験したことがなかったために、つとめて否定するしかなかった。それは、持てなかったゆえの切なる夢、見られなかったために無視せざるを得なかった彼の憧れだった。

彼は、しばらくたってやっと、青い検閲印を押した。検閲は失敗した。何も探し出せなかったのだから。葉書は神戸港の裏通りのみすぼらしい板張りの家で父を待つ、少年のもとに飛んでいくはずだ。少年はジャムを読み、葉書は少年に人生の重みと戦争の苦しみに打ちかつ意志を伝えるだろう。

フランシス・ジャムの詩に始まり、葉書に見慣れない名前や文章が登場し始めた。受け取る人の年齢と状況に合うように引用された詩の語句だった。平沼はあらゆる状況と対象にふさわしい詩を記憶しているようだった。妻に送る囚人の葉書には、ジャムの〝謙遜な妻のための祈り〟の全文が記されていた。恋人に送る男の葉書には、ゲーテの恋愛詩が書かれていた。

杉山はハアハアする猟犬のように、引用された作家たちや作品を探すために、書架のすき間をさま

★手塚伸一訳

よった。葉書に言及された名前ひとつ、本一冊をも見逃さなかった。トルストイという名前を見つけるとトルストイの本を探して読んだ。夜ごとにいぶかしい文字と文字の間、行と行の間、文章と文章の間をさ迷った。不穏な文章は探し出せなかったが、警戒は緩めてはならなかった。平沼東柱は純粋な詩人かもしれないが、狡猾な物書きでもあったのだから。

葉書は杉山だけでなく囚人をも変化させた。悪たれ口でいっぱいだった彼らの口から笑い声があふれた。一節の文章が、明日を考えなかった者たちに生きて出ていく日を指折り数えさせ、喧嘩が仕事だった者たちを素直にさせた。日課のようだった喧嘩も、自虐騒ぎも少なくなった。

返事を受け取って握りしめ、囚人服の裾で涙をぬぐう者たちを見て杉山は考えた。それが文章の持つ力なのかも知れないと。あらゆる変化は文章から始まっていた。一行の文章が人々を変え、ひとつの単語が世の中を変えるのだった。

季節は夏のまっさかりになった。夏の夜は短く、本一冊まともに読めなかった。杉山は、息子に送るある朝鮮人の男の葉書を検閲しようと徹夜した。「金山」という創氏名のために子どもたちから馬鹿にされているという息子が、駄々をこねるのをなだめる返事だった。「金」という朝鮮の姓に「山」という日本語をくっつけた金山という創氏名は、自分は朝鮮人だという叫びに違いなかった。葉書にはそのことでからかわれるのは、人生を屈せずに生きていく踏み石なのだと、息子を慰めていた。

お前の名前のことは悲しく思わないように。シェイクスピアは『ロミオとジュリエット』という本で〝私たちがバラを他のどんなに違う名前で呼んでも、それは変わることなくバラの香りを放つだろう〟と言っている。名前が重要なのではなく、自分自身の香りを持つことが重要なんだよ。

文章の間に地雷のような単語を埋めていた。押収物の目録にある全容疑者の押収物を確認した杉山は、四八六番の押収物箱の中から『ロミオとジュリエット』を見つけた。そして書架へと走っていき、四八六番の押収物箱を掻き回し問題の本を取り出した。シェイクスピアがイギリス人だということを確かめた杉山は、快哉《かいさい》を叫んだ。奴は敵国のイギリスの作家なのだから、不穏な言葉じりをたやすく探し出せるかも知れないと考えたからだ。

彼は注意深く危険なページをめくっていった。初めから退廃的な愛の物語だった。モンタギュー家の息子ロミオとキャピュレット家の娘ジュリエット、舞踊会、敵同士の家柄の叶わぬ愛。ページをめくる杉山の速度が早くなった。マキューシオとティボルトの決闘、死そして追放。ロレンス神父がくれた薬を飲み眠るジュリエット。毒薬を飲むロミオ。自分の胸を刃物で刺すジュリエット。

最終の章を閉じると、明け方が近づいていた。美しいヴェローナの風景とロミオとジュリエットの台詞、叶わぬ愛の余韻は頭を離れなかった。杉山は頭を横に振って雑念を払い、厳格な検閲官の姿勢に戻った。『ロミオとジュリエット』には確かに問題がないわけではなかった。敵国のイギリスの作家だということや、内容も退廃的な愛の話で、死で終わる結末は厭世的な雰囲気を漂わせている。

しかしながら、あっさりと赤い印を押すこともできなかった。検閲の基準があまりにも温情深く変わってしまったのかわからないが、うかつに発送不許可の判定をしたくなかった。手紙が発送できないとなれば、手紙を待っている子どもの気持ちは誰が慰めてあげるのだろうか？　ついに彼は折衷案を考えだした。葉書を書いた者を追及したら、もう少し正確な解釈の糸口が見つかりそうだった。

　午後になると太陽が刑務所の庭を鋳物《いもの》の釜のように熱した。分厚い煉瓦塀は熱気を吹き出し、労役場は鍋の底のように熱かった。野外活動時間になると、囚人たちは地獄から脱出するように塀の陰に群がり集まった。彼らは何かに飢えた人々のように集まって座り、いつまでも騒ぎ立てた。一人の男がひとしきり声を荒げて話を終えれば、次の男が交代するように言葉を引き継いだ。まるで舞台の上の演劇俳優たちのように。

　杉山は首を左右に大きく振り庭を横切った。ゲートルを着けたふくらはぎに熱い空気が絡みついた。上半身を左右にぐらつかせ、両足を広げて大股で踏み出す杉山特有の歩き方は囚人たちを委縮させた。その傲慢で戦闘的な歩き方が、内ももの銃創の痛みをこらえる彼なりの方法だと知る者はほとんどいなかった。威風堂々とした看守の歩みは、足を引きずって歩く負傷兵のそれに過ぎなかったのだ。

　彼は刑場と墓地に続くポプラの丘に向かった。一列に立っている三本のポプラは高く成長しすぎたうえに、枝がまばらで木陰さえなかった。囚人たちは、死刑になった者が首に縄をかけたままそこを徘徊していると信じ、看守たちは夜間巡察中、そこをうろつく幽霊を見たとおじけづいた。平沼はポプラの下にもたれて座っていた。なめらかな息づかいのような、彼の口笛が聞こえてきた。

「六四五番！　口笛を吹くところを見ると、持ちこたえられそうじゃないか」

　口笛にすっかり夢中になっていた青年は答えなかった。彼の目は暗い井戸のようにひんやりとして空っぽだった。杉山は再び声をガアッと上げた。

「平沼東柱！　答えないのか？　犬のように殴られれば吠えるのか？」

棍棒で顎をもち上げると、抵抗を放棄した青年は目をつぶった。

「私の名前は六四五番でも平沼東柱でもありません。私の名前は尹《ユン》、東《ドン》、柱《ジュ》です」

杉山はびくっと緊張した。創氏改名と関連した葉書の返事は、この物書きが設計したトリックだったのか？　奴は名前と存在に関するシェイクスピアの作品を読ませた後、創氏名を論戦のまな板の上にのせて、俺を引き込むつもりなのか？　そうだとしたらむしろいいチャンスだ。遠回しにする必要がないのだから。彼はにっこりと笑い、草の茎を折って噛んだ。ほろ苦い草の味が口の中いっぱいに広がった。

「尹東柱？　平沼？　それが重要なのか？　どんな名で呼ばれようが、お前はお前でしかないのに……」

杉山はそう言い、前の晩に読んだジュリエットの独白を思い浮かべた。


仇敵《かたき》はあなたのそのお名前だけ。たとえ、モンタギュー家の人でいらっしゃらなくとも、あなたにはお変わりはないはずだわ。モンタギューなんですの、それが？　手でもなければ、足でもない、腕でもなければ、顔でもない、人間《ひと》の身体についた、どんな部分でも、それはない。後生だから、なんとか他の名前になっていただきたいの。でも、名前が一体なんだろう？　私たちがバラと呼んでいるあの花の、名前がなんと変わろうとも、薫りに違いはないはずよ。ロミオ様だって同《おんな》じこと、名前はロミオ様でなくなっても、あの恋しい神のお姿は、名前とは別に、ちゃんと残るに決まっているのですもの。ロミオ様、そのお名前をお捨てになって、そして、あなたの血肉でもなんでもない、そのお名前の代りに、この私のすべてをお取りになって

いただきたいの。★

「お前が書いたように、バラはどんな名で呼ぼうとその香りに変わりはない。名前はどうでもいい。本質が大事なのだから。尹東柱であれ、平沼東柱であれ、お前は生意気で意地っ張りの朝鮮人というだけだ」

杉山の硬い声に、青年は、名前は一人の存在のすべてを含む象徴ですと言い返した。名前には一人の顔や目や体つきや行動だけでなく、その人の記憶と夢と懐かしさ、過去と現在と未来が、すべて秘められているとも言った。

一瞬、驚きの思いが杉山の頭をかすめた。一つの単語が多くの感情を秘め、一行の文章が数えきれない意味を籠めているのなら、奴はシェイクスピアの文章に正反対の二つの意味を籠めたのだ。バラは他の名前で呼んでも依然として香りを放つ。だがバラと呼ばれなかったらその花はもうバラではなくなる。どんなに香り高いバラも、時間がたてば香りを失い萎れるが、その名は生き残る。「バラ」という名前を呼べば、美しい姿と香りが浮かぶように。バラは消えてもバラという名は消えず、バラには限りがあるが、バラという名前は永遠だ。杉山が物思いにふけっている間、平沼が言葉を続けた。

「ジュリエットの独白は、名前が存在を定めるという事実の逆説的な表現です」

「逆説？」

平沼は、それは何かを言わずして言い、そうではないと言うことで、実はそうだという事実を強調するための方式なのだと言った。杉山ははっと気がついた。ひとつの文章が読む人によって正反対に解釈されるだと？　だとしたら名前を捨てろというジュリエットの独白もまた、正反対の意味だというのか？　実体と関係がない名前を捨てろというジュリエットの絶叫は、名前がすべてのことを規定するという事実をさらに明らかにするのか？

ロミオとジュリエットは彼らの属する家、つまりキャピュレット家とモンタギュー家という名前のために挫折し、彼らの愛は悲劇へと走ってしまった。その名前を捨てれば、愛を邪魔するものはなかったのに、彼らはついにその名前を捨てることができなかった。その名前が彼らの実存を規定し、彼らの愛をさらに切実にしたからだ。平沼、いや東柱が再び言った。

「私の名前は尹東柱です」

彼の声には切実さを超える何かがあった。逆らうことのできない危うさのようなもの。杉山は鋭く光る目で彼を見上げた。

「お前の名前なのかわからないが朝鮮語だよ。朝鮮語が禁止されていること、知らないのか？」

「尹東柱という名前でなければ私は何者でもないのです。平沼という名前は日本人たちが無理やりかぶせた仮面でしかないからです」

彼の言葉は杉山には学識をひけらかしているようにも聞こえ、実体のない戯言のようでもあった。しかし杉山は、戯言ではないことも理解していた。奴は狭い監房の中で一枚の葉書に餌のように本を隠し、自分を誘い込み、洗脳した。その本を読む人の考えがどのように変わり、行動がどう変わるかということを知っていたのだ。杉山は汗に濡れた帽子を内股ではたいた。

「馬鹿を言うな！　俺は変わっていない。俺は依然として杉山道造だ」

★中野好夫訳『ロミオとジュリエット』（岩波文庫）

しかし奴の目は依然として杉山が変わったと反論していた。杉山は奴が正しいのかもしれないと思った。『ロミオとジュリエット』を読まなかったら、〝バラの名前〟に関連する無駄な口喧嘩のようなことはしなかったはずだ。奴がこのように狡猾で、文章がそんなに致命的な毒だとしたら、もっと警戒しなければならなかった。

杉山ははっきりと認識した。自分が変わったということを、変わる前の自分には二度と戻れないということを。彼は、変わってしまった自分が恐ろしかった。ある本を読んだ人は、その本を読む前の人ではない。文章は、一人の人間を根こそぎ変化させる不治の病だ。文章は骨に刻まれ、細胞の中に染み込み、子音と母音はウイルスのように血管のなかを流れ、読む人に感染する。彼らは本や文章なしに生きられない中毒者で、依存症になる。読んでいない本を持ち歩き、本をつかんでいない手をぶらぶらさせ、昔読んだ一節を反芻するようにブツブツつぶやく。杉山もまたその病状を患っており、後遺症から抜けられなかった。彼はもしかしたら死ぬまでその中毒から抜け出せないだろうという予感に駆られた。彼は二度と過去に戻ることはできなかった。

雨が降っていた。雨は天幕のようにゆらゆらと空中にそよいだ。ほの白い水の天幕を越えて、すべてのことがぼんやりしてきた。雨がやむとひとつの季節が過ぎ、新しい季節が近づいてくることを杉山は知った。八月の太陽も和らぎ、九月の風が吹くということを、戦場へ引っ張られていった少年たちが青年になることを、囚人たちは死んでいき、新たな囚人たちが監房を埋めることを。

杉山は毎晩、複雑な書棚の迷路の間を幽霊のように行き来した。爆発的に増えた信書の検閲業務が嫌ではなかった。人知れず葉書が待たれるほどだった。

いつの日からか、彼は赤いペンを置いた。彼はもうこれ以上検閲のために葉書を読まなかった。

代わりに端麗な筆跡、愛情あふれる感嘆詞、デリケートな形容詞、見慣れた名詞から慰めを受けたかった。彼は葉書に秘められた暗号に惹かれるままに、注意深く本を探索した。ドストエフスキーやヴァレリーやボードレール、ジードやホメロスやダンテ、シェイクスピアやセルバンテス……。

誰も彼に教えてくれなかったが、彼は自ら学び、自ら変わった。活字と印刷物の中毒となり、何か読まずにいると不安になった。彼はもう本を知る以前の自分に戻りたくなかった。洗脳されているのだろうか？　そうだとしても、どうすることもできなかった。

高い時計塔の影が庭の上に長い影を落とした。杉山はふと誰かへ長い手紙を書きたくなった。いや、誰かからの葉書が欲しかった。

風はどこから吹いてきてどこへ吹いていくのだろうか

杉山は目を細く開け、季節の中へと歩いていった。秋はからからに乾いた日差しの匂い、ほろ苦い紅葉の香りを含んでいた。狭く四角い刑務所の空は、青い風呂敷のようだった。ちくちくした枝の生えた塀は地平線のように遠く、はるか彼方だった。午後の太陽が鉄条網に掛かり、魚のようにぴちぴち跳ねた。

囚人は刑務所に入ってきてあふれ、また出ていった。ある者は引きずる足で、ある者はむしろに覆い隠されたまま。生き残った者たちの目は、この季節のように冷え冷えとしてきた。平沼は薄茶色に染まったポプラにもたれ、いつものように口笛を吹いていた。

「尹東柱！」

杉山はなじみのない、ぶっきらぼうの三音節の名前を呼んだ。奪い取られ、傷つけられ、埃の積もった名前、もう存在しない名前だった。口笛がぴたりとやんだ。〝はい〟という返事が魚の棘のように喉へひっかかり、東柱は喉がちくちくした。しばらくして、東柱は血を吐くように返事をした。

「はい！」

その声は平沼東柱ではなく、尹東柱の声だった。棍棒を持った男が、上瞼に痣のある青年を見上げ、聞いた。

「お前は口笛の歌はそれしか吹けないのか？」

杉山は二つの目をきょとんと開け自分を見る東柱を責めた。

「いつもその歌だけ死ぬほど吹くから曲を覚えてしまったが、題名もわからないから聞いている」

東柱は寂しく笑い、それはアメリカに捕らえられてきた黒人の奴隷が故郷を懐かしんで歌う、〝懐かしのヴァージニア〟という黒人霊歌だと言った。その笑いは二十六歳の若者にふさわしくない笑いだった。世はつれなく、月日は情け容赦もないことを知りつくした老人の笑い。青年は話題を変えるかのように、独り言のようにつぶやいた。

「風はどこから吹いてきて、どこへ吹いていくのか……」

聞き取れそうで聞き取れないつぶやきは、押収物箱の詩集の中の詩の最初の語句だということに杉山は気がついた。杉山は自分でもほとんど無意識に続く句を口ずさんだ。

風が吹いて

風がどこから吹いてきて
どこへ吹いてゆくのだろうか、

風が吹いているのに
私の苦しみには理由がない。

私の苦しみには理由がないのだろうか、
たった一人の女性を愛したこともない。
時代を悲しんだこともない。

風がしきりに吹いているのに
私の足は岩の上に立った。

江《かわ》がしきりに流れているのに
私の足は丘の上に立った。

杉山は自分の唇に、風や川の匂いが染みついているような平穏を感じた。それでも、淡々とした感情の流れに隠れる怪しい単語や、穏やかではない雰囲気に混乱している。正確な暗示を予測できなかったが、その詩には何かわからない陰謀の臭いが漂った。杉山は詩を口ずさむ自分を心の中で叱りつけ、怒鳴った。

「風がどこから吹いてきてどこへ吹いてゆくのかは、科学者に聞けばいいだろ。詩人ごときにどうしてわかるのか?」

反論できない事実の前に、東柱はうなだれた。詩は宇宙の起源と存在の状態、生と死、自然の本質を証明することができなかった。科学者たちは詩人が全身の油を絞るように書いた詩を、何行かの公式に整理してしまった。東柱は乾いた唇からかすれた声を出した。

「分からなくても感じることはできます。肌をくすぐる風の感触や、風のなかにある季節の匂い……」

「そんなものを感じて何をしたいんだ?」

東柱は懐疑を込めた疑問符に続く言葉を考えた。

〝世界は炎に包まれ、青年たちは兵隊アリのように死んでいくのに……〟。

そうだ。詩は弾丸を止められず、文章は戦闘を中断させることはできない。もしかすると、詩というものにできることなんか何もないのかもしれない。そんな空しい詩一編が、この狂気の時代に何になるのか? 東柱は自分の問いに答えられなかったが、信じたかった。戦争の狂気が言葉を圧殺しても、その野蛮性を証拠だてる手段は、結局言葉しかないはずだと。いちばん純潔な言葉だけが、最も残酷な時代を証言できるということを。

東柱は塀の向こう側を見上げた。高く堅固な塀は空間だけでなく、視覚的にも情緒的にも刑務所と外の世界をすっかり遮断していた。遠く港の方の空に、色とりどりの凧が飛び上がった。凧は、水の流れにそって泳ぐボラの群れのように力強くきらめいた。そのとき塀を越え、近くに青い凧がひとつ突然現れた。その凧は遠くの港を従える鮫のように大きく、激しく動いた。東柱は両手で目の前をかざし、凧の動きを注視した。その目の光は堅固な刑務所の塀を貫通するように激しかった。杉山が面と向かって責めた。

「何をそんなに夢中で見てるんだ？　たかが子どもの凧揚げじゃないか」

「見えるものは小さいのですが、見えない多くのことを語ってくれます。凧を見ると凧を揚げている人のことがわかります。性格はどうなのか、年齢は何歳なのかもわかります」

青年ははためく凧の動きから目を離さず、垣根の向こうで凧を揚げている人について語った。

「十三、四歳ぐらいの女の子です。凧を動かす時の野原を走る速度を考えると、大人の歩幅ではありません。だからといってかなり小さい子だというわけではありません。飛び上がる凧の動きとデリケートな動きを見れば、男の子ではありません。怖がりもせず、好奇心が強いうえに負けん気も強そうですが、寂しがり屋のようです」

「どうしてそんなことがわかるのか？」

「他の凧はここから見えるか見えないぐらい遠く、海岸から揚がっています。海風が吹いて凧を高く揚げられるので、みんなそっちに集まるのでしょう。あの青い凧も、一週間前にはあそこにありました。ところがいつの頃からか、他の凧から離れるようになりました。一週間見ている間に少しずつこちらに近づいてきました。他の子どもたちが来ない刑務所近くで、一人で凧を揚げているところを見ると、港の近くの子どもたちと仲良くなれない性格のようですが、凧を揚げる腕前はなかなかのものです」

「そういうことか。凧の動きで、凧を揚げる人を読み解いたのか？」

杉山は鼻で笑った。東柱が目をきらりとさせて言った。

「見えなくても見ることのできることは多いです」

「また戯言《たわごと》か！　むしろ亡霊を見せてくれるなら信じる。この丘で死んだ死刑囚の亡霊がうろつき回っているという噂があるし、それを直接見たという看守がいたというからな」

青年はにっこりと笑った。杉山は一杯食わされた気分だったが、しかしこの青年に騙されるのは嫌ではなかった。もう一度騙されても悪くはなかった。

次の日、騒々しいサイレンの音が労役場の中に広がった。大股で庭を横切っていた杉山は歩みを止めた。一瞬、時間が止まったようだった。悪口やけんかで騒がしかった庭は、まるで自分の心臓の音が聞こえるほど静かになった。囚人たちはどこまでも平和な表情だった。彼らの目は、一斉に空中の一点に集まっていた。

午後の日差しの間から、何かがもごもご蠢《うごめ》いた。赤い凧がひとつ尻尾を振って舞い上がっていた。「わあ！」という鬨《とき》の声が上がった。囚人たちは素早く動くひし型の凧や長い尻尾から目を離せなかった。杉山は反射的にポプラの丘の上へ目を回した。丘の上では誰かが、せっせと凧の糸巻きを動かしていた。彼はびっくり仰天し、監視台の方を見上げた。塀と平行に据え置いていた機関銃の銃口が、丘の上に向けてスルスルと動き出していた。

「このバカ野郎！」

杉山は一気に庭を突っ切って走った。心臓の血が止まり、息が切れた。丘の上にたどり着くと強い風が吹いてきた。杉山は凧に目を当てたまま忙しく凧糸を動かした。その顔には平和が宿っていた。

ぱっと叩いた杉山の棍棒が青年の肩先に飛びかかった。棍棒が骨にぶつかる大きな音とともに青年の身体は、打ちつける槌のねらいが外れた、長くて太い釘のように曲がった。

「死のうとして気が変になったのか！　どこから飛んでくるかわからない鉄砲玉で、ハチの巣になりたいのか！」

激しいののしりと棍棒が振り注いだ。青年は自分の体が裂け、折れる音を聞いた。ピンと張って風を受けている凧が、彼の手から糸巻きをひったくった。糸巻きは乾いた土の上にゴロンと転がった。凧は力なく尻尾を振るわせて収まった。青年は嘔吐のように呻き声を吐き出した。

「風を見ましたね？　凧を飛び上がらせ、凧の尻尾を揺らす風ですよ」

青年の額から赤い血が流れた。棍棒を握る手から力が抜けた。杉山は否定したかったができなかった。彼は確かに風を見たのだから。森の香りと、墓地の荒涼とした寂しさやポプラの枝の揺れを乗せ、谷間から吹いてくる風が、空高く凧を飛び上がらせたのだから。

杉山ははひざを折り、身体をかがめて監視台を窺った。囚人が制圧されたことを確認した銃口は、何事もなかったかのように元の位置に戻った。ようやく杉山は長い溜息をつき、ぱたっと寝そべった。青い空が目の中にはいってきたが、凧は見えなかった。

杉山は土に落ちて破けてしまった凧を、まじまじと見つめた。紙の代わりに下着の背中の部分を裂いて作った凧だった。尻尾は端切れの布をつないでくっつけ、竹の代わりにポプラの枝を支え棒にし、凧糸は囚人服の縫い目をほどき、縒《よ》って作ったようだった。杉山は彼の囚人服の裾をぱっとめくった。下着は着ておらず、囚人服の裾と足首の長さは二本の指を広げたほど短かった。腹を満たす握り飯で、裂いた服をくっ付けたことがわかった。杉山はやっと大声を張り上げた。

「そのクソ食らえの凧のために、お前はハチの巣になるところだったじゃないか！」

「ありがとう」

東柱の裂けた唇の間から、ゆがんでもつれた言葉がやっと流れ出た。

「笑わせるな！　俺は福岡刑務所の看守で、問題の囚人を棍棒で鎮圧しただけだ」

杉山は、豆腐を切るようにすぱっと言ったが、棍棒打ちは懲罰ではなかった。杉山にはただ、高架歩哨の機関銃から降り注ぐ銃弾を遮ることとしか頭になかった。そうでなかったら、彼は息が切れるほど丘の上まで走って来なかったはずだ。東柱をポプラの後ろに押しつけることも、容赦なく棍棒を振り上げて身をすくめさせることもしなかっただろう。高架歩哨を背にし、背中で銃口を遮ろうともしなかったはずだ。

検閲室に戻った杉山は、東柱の診療依頼書を作成した。朝鮮人の囚人に診療依頼書が発給されたのは異例のことだった。

所長は丸いメガネをかけ直し、ガラス窓の外を見守っていた。杉山が所長室に入ってくると、先に居た看守長は敬礼も受けず、ぱっと立ち上がった。

「杉山！　君はいったい何をしているんだ！　囚人があんな気違いじみたことをしている間、何をしていた！」

看守長の喉から、痰と怒りの混じった声がぜいぜい吐き出された。杉山は答えの代わりに、古くすり減った自分の軍靴の先を見下ろした。そうだな、何をしていたのかな？　短い映像がぐるぐると目の前をかすめていった。果てしなく遠いサイレンの音、青い空の一ヶ所をじっと見つめる男たちの目、浮かび上がる赤い凧、丘の上で凧糸を巻いていた青年、青年に向けられた銃口、棍棒を打ち、吹き出す血……。彼はどの場面も現実だとは信じられなかった。

「本日午後四時頃、六四五番囚人、平沼東柱が規則を破った事件です。刑務所構内で凧を揚げ、操った行為が十分間続きました。幸いにも囚人たちはたいした動揺もなく、本看守の鎮圧にて事なきを得ました」

看守長の目じりに鋭い怒りがこみ上げ血走った。

「すべての朝鮮人の奴らが見ている中で規律を破ったのに、幸いにもだと？」

「規則を破りましたが、前もって許可をしたことがあります。平沼東柱は自分で制作した凧を揚げることを願い出ておりました」

「何を考えて気違いじみたことを許可したんだ？　狂った奴らの中にいて君も狂ってしまったのか？」

看守長が声を張り上げた。杉山は唾をごくりと飲み込んだ。聞いていた所長がのんびりと言った。

「おかげで面白い物を見たよ」

所長の信任を確信した看守長は、表情を崩した。彼はこの刑務所で生き残る術を知っており、自身の身の程と位置を正しく把握し、それに合わせて身を処した。世の中は戦争で騒がしく、人生はどこから飛んでくるかわからない爆弾一発で終わるかもしれないが、少なくともこの塀の中の生活はそれなりに営まれている。

騒ぎがその程度で済んだことは本当に幸いだった。銃声でも聞こえようものなら大事《おおごと》になっただろう。刑務所の出来事が塀の外を越えたらダメだということは、所長の第一の方針だから。杉山は看守長の顔色を窺いながら口を開いた。

「問題があるにはありましたが、凧揚げが囚人たちを統制する手段にもなると考えました。野外活動の時間は監視範囲が広いうえに、囚人同士の身体の接触やけんかも頻繁でした。あいつらの関心を一ヶ所に集中させたら、監視や統制がたやすくなるだろうと考えたのです。今日凧が動き回っている間は、囚人たちのけんかも暴力行為もありませんでした。皆が凧に心を奪われていたからです」

所長は松毛虫のような眉毛をくねらせた。所長が考えるに刑務所はそれ自体が巨大な拷問器具だった。ひもじさや不安、寒くなかったら暑いといった天気は、囚人を歩き回る爆弾につくりあげた。ひどく神経のとがった男たちは、少し触れただけでも拳を振り上げ、仲間を担いで歩きまわり、暴力を仕事にした。拷問も、独房隔離も解決策にはならなかった。それなのに思いがけない遊びが、あいつらを従順にさせたのだ。今回の騒ぎをうまく活用すれば、悩みの種だった囚人をなだめる上策になり得るかもしれない。そう考えた所長は密やかな笑いを浮かべた。

「そこでなんだが……、凧揚げを乱暴な獣どもを押さえる餌に使うのはどうか？　野外活動時間に凧を揚げることにしたら、あいつらを効率的に統制できはしないか」

看守長は首を傾《かし》げ反論した。

「しかし、あいつらは少しでも目を離すと乱暴になる獣です。凧が刑務所の塀の外に飛び上がったら、下手に奴らを刺激しないでしょうか？」

「凧がどんなに高く揚がったとしても、囚人は刑務所構内にいるから問題はない。問題がおきたら凧糸を切ってしまえばいい」

看守長の目がきらりとした。

「わかりました。毎週火曜日の野外活動時間に凧を揚げるようにいたします！」

「凧揚げ競争をさせてもいいだろう。人の住む所ではどこにでも喧嘩があり、刑務所も例外ではない。凧揚げ競争で暴力の欲求を解消できるなら事故も減るだろう。だがそうであればあるほど、警戒はよりいっそう厳重にしなければな」

所長は舌で薄い唇を舐めた。杉山は、首筋に冷たい水を浴びたようだった。

杉山は気怠《けだる》そうに歩きながら、ポプラに寄りかかっている青年を盗み見た。こんな場所にはふさわしくない人間、詩を書かなかったらここに来なかった人物だ。杉山は喉に刺さったとげのような鋭い質問を投げかけた。

「いったい詩とは何なんだ。お前のように素直すぎる奴をこんな刑務所まで来させた詩というのは？」

聞こえなかったように空を見上げていた東柱は、しばらくたってから口を開いた。

「詩という字は言という偏に寺と書きます。詩は言葉の寺院でしょう」

杉山はむしゃくしゃした。寺院とは少なくとも清潔で、端正で神聖な魂が止まる場所ではないのか？　ここは罪を犯した者が許しを乞い、世の中にくたびれはてた者が慰めを受け、永遠を求める者が祈禱し、天国を渇望する者が願い事を祈る所だ。そうだとしたら詩は、言葉の世界でいちばんきれいな言葉の家だということなのか？　魂を慰め、永遠を夢見る言葉の家？　文学を志すという者は、それをロマンだというのだろう。ロマン、笑わせるんじゃない。今のような世の中にロマンなどがあると考えるとは。杉山は軽蔑と痰を一緒に吐き出した。

東柱は杉山に冷たくあしらわれても、よけいな口出しはしなかった。彼は詩が魂を照らす井戸であり、詩人はその中につるべを投げ入れて真実をくみ上げる者だと言った。そして私たちの魂は詩から慰めを受け、詩から学び、詩を通して救いを受けるのだと付け加えた。

杉山は東柱のいう意味がわからず、また分かりたくもなかった。ただ狡賢《ずるがし》い物書きに引っかかってはいけないという考えに、はっと緊張して声を張り上げた。

「寺に仏がいるかどうかは知らないが、少なくとも手軽な慰めは受けられる。だが、詩のごときに何ができる？　自分を慰め、自分を守れるのは自分だけだろう。口先なめらかな言葉で見え透いた下心を隠した詩の断片などではない。私はやっと字が読めるようになった。ところが、お前のような物書きの戯言《ざれごと》は識別できる」

「やっと文字が読めるだけと言っても、あなたは熟練した文章家です。比喩と象徴、言語の二重の仕組みや深みの美しさを理解しているからです。その上あなたの罵詈雑言さえ、詩の象徴が込められています。侮辱的な悪口を言いながらも、象徴や隠喩を自由自在に使いこなしていましたから」

「象徴や隠喩？　臭いことを言うのはそれぐらいにしろ！　巧妙な言葉遊びでうまく言い繕っても、嘘っぱちは嘘っぱちだ。真実を言う詐欺も結局詐欺だろう。平和のための戦争、愛しているため別れるという戯言と同じだ」

杉山は興奮した牛のようにふうふう息を切らせた。青年はかすかな微笑みを浮かべた。やや疲れがにじむ笑みだった。

「象徴や隠喩は文章に生命を吹きこむ仕掛けです。いつでも見られるありふれた物事を、全然違う仕方で見えるようにします〝臭いことを言う〟という悪口には〝役に立たない言葉〟という意味が隠されています」

「罵詈雑言が詩になるだと?」

「その悪口が真実を表わしていればです。論理的には間違っている嘘の言葉が、時に真実になります。だから美しい戦争という言葉も、甘い別れという言葉もあり得ます」

詩人の目は深い井戸のように黒く、深く、しっとりとしていた。看守はその目の中に、かつて一度も見たことがない、自分自身をのぞき見る気がした。

「美しい戦争? お前のような大人しいだけで融通のきかない者は戦争を知らない。戦場で人がどうやって壊れ、どのように死ぬのかも。血の溜まった水溜まりでハエの群れに囲まれながら寝たことがあるか? 敵に捕まり、夢か現実かも知らずに、同僚の隠れ家を吐いてしまったことは? そんな汚い世界、それが戦争だ」

杉山の声はかさかさと粉々になって飛び散った。彼は自分の魂が壊れたことを悟った。それでも、干からびてしわくちゃになったひとかけらの魂が、もし残っていたら、彼は慰められたかった。東柱は、自分の言葉が彼を慰められないと知りつつ口を開いた。

「私は戦争を知らないのですが、戦争がきらいなのはあなたと同じです」

生意気な! 杉山は決して戦争がきらいではなかった。戦争を少しでも理解すれば決して嫌いにはなれないだろう。ただ憎悪するだけだ。杉山は聞いた。

「文字を知らない者の喋る悪口が詩になるのなら、俺のような人間でも詩が書けるのか?」

白く輝く光の塊のような雲が、ポプラを取り囲んだ。ポプラは綿布団のうえへ倒れるように、雲の近づく方に傾いていた。

「あなたは詩が書けるどころか、すでに詩を書いてきました」

「詩人じゃないのにどうして詩が書け、書いてきたと言うんだ?」

「詩人が詩を書くのではなく、詩を書く人が詩人だからです」

ポプラの上から鳥が飛び上がった。杉山は頭を下げ、すり減った軍靴の先を見つめた。戦場の血が淀む水たまりや刑務所の埃の穴をうろつき、誰かを蹴飛ばして踏みつけた靴は、見すぼらしく押しつぶされた自分の人生のように古く、引っかいて破れていた。杉山は犯罪を自白する囚人のようにぶつぶつ呟いた。

「俺はお前のようにきれいな人間じゃない」

言葉を止めた彼の唇は、錆びついた錠のように黙った。身体の中に取り込まれた言葉が、彼の顔をかきむしった。彼はきれいな人間ではないどころか、そもそも人間でなかった。自分と何の関わりもない人を壊す野獣にすぎなかった。

青年は詩はまさに人生そのものだと言った。

「あなたは、あなたが生きてきたやり方で詩を書いてきました。インクで紙の上に書く代わりに全身で、そうやって詩を書いてきました」

杉山は若き物書きの言葉が嘘でないことを、自身の悪口が詩になることを願った。美しいことを美しいと言い、汚いことに悪態を吐くことが真実なら、彼はすでに詩人なのかも知れない。少なくとも、彼の悪口には怒りという真実が盛られているのだから。杉山は文字を学んだことを悔んだ。おかげで彼の詩を読んでしまったのだ。しかし……、文字を学んだことは幸いかも知れなかった。彼の詩を読むことができたのだから。

彼はもはや冷酷な看守でも、厳しい検閲官でもなかった。詩人になりたくてやきもきする少年のように、心を奪われている。

秋が深まった。囚人服の隙間にひんやりした風が吹き込んだ。灰色の庭に紅葉がかさかさと音を立てて転がり、乾いた枝がぶつかる音がした。時に乾いた埃が、白い息のように舞い上がったりした。杉山の仕事はだんだん増えていった。東柱が作る凧よりもっと強く、もっと大きく、もっと高く飛べる凧を作ることだった。彼は小さな裏紙、握り飯を煮て作った糊、竹の支え棒や凧糸に使う木綿糸を準備した。凧は火曜日になるまで検閲室に保管した。火曜日午後の野外活動時間になると、杉山は保管した凧を東柱に渡した。

囚人たちは庭に集まり、さらりと解かれていく凧糸を見上げた。塀の上に浮かび揚がる凧は、白い旗のようにはためいた。尻尾を振って浮かび揚がる凧に目と心を奪われた男たちは、誰かれということなく皆、今とは違った時代を考えていた。高い塀や太い鉄格子に視界を妨げられなかった時代のことを。思いっきり飛び回って遊んだ野原や畔、凧糸に伝わったびゅんびゅん飛ぶ風。

飛び上がってはねじれ、上に向かって突き上がってはつんのめり、目まぐるしくクルクル回る凧の動きのひとつひとつは、彼らが失くした希望だった。彼らは飛び上がることはできないが、彼らの希望は飛び上がり、彼らは閉じ込められていたが彼らの夢は塀を乗り越えた。彼らが感嘆の声を上げ、笑い、見上げているのは凧ではなく彼ら自身だった。

東柱は気まぐれな子どものように、瞬間瞬間方向や速度を変える凧を手の先で読み、目はせっせと凧の動きを追いかけた。ある瞬間突風に巻き上げられた凧が斜めに傾くと同時に、囚人たちの唇の間からため息がどっと出た。それは、ため息というよりも呻き声のようだった。

東柱が熟練した腕前で糸巻きの糸をほどき、凧は、すぐに均衡を保ち、安定をとり戻した。素早い手さばきのおかげで、まるで何かを空中に置き、車輪をくるくる回す妙技を操るように見えた。

ついに東柱は糸巻きの取っ手を離すと、コマのように速く回転する糸巻きから糸が解けていった。ピンと張っていた凧が尾をゆらゆら揺らして落ちた。男たちの口から一斉に呻き声がどっと出た。狼狽《うろた》えた杉山は、解けてゆく糸を手に巻きつけた。

「何をやっているんだ?」

凧糸が手の平に食い込み、手の平からべとついた血が滲み出てきた。揺れて落ちかけた凧は、風を受けさらに高く舞い上がった。東柱は忙しい手つきで糸巻きを動かし、もっと高く揚げようと思うなら凧糸を解かねばならない、解ける糸が長いほど、再び風に乗ってもっと高く飛べると説明した。

その時、塀を越えて何かがすっくと上がってきた。青く空色の尻尾の大きな凧は、驚く間もなくずっしりと重い尻尾で風を蹴って浮き上がった。男たちは一斉に青い凧に目を向け、大声を張り上げた。

青い凧は餌をねらうサメのように白い凧に飛びかかった。杉山がつぶやいた。

「けんかをしかけているんだ。囚人たちは興奮している」

東柱は答えの代わりに急いで凧糸を巻いた。青い凧は中心を失い、揺れる東柱の凧に糸をひっかけた。糸巻きにずっしりとした重さがかかった。青い凧は高度と方向を変えて、しつこく凧糸を絡ませた。男たちは息を呑んだまま、青い凧の攻撃を避ける東柱の白い凧を見つめた。彼らは東柱を恨めばいいのか応援すればいいのか、わからないようだった。

ついに東柱の凧が絡まった凧糸から抜け出すと、歓喜の声が弾《はじ》けた。東柱は慌てて凧糸を巻いた。高度を低くした凧が塀の中に戻ってくると、男たちはため息をついた。それは、傷を負った獣の呻きのように苦しいものだった。

サイレンがやかましく鳴った。男たちは労役場へ、監房へと消えた。庭は再びもの寂しさが残った。

杉山が聞いた。

「なぜ、けんかを避けたんだ?」

東柱は、答えの代わりに凧糸を巻いた。杉山は自分で答えを思い浮かべた。彼は同僚たちを挫折させるよりは自分が卑怯者になろうと考えたはずだ。塀を越えて駆け回る自由が、乱暴な青い凧に落とされるのを目の当たりにするよりは、塀の中に逃げこむ方がましなのだと判断したのだ。卑怯な振舞いは彼ができる最善の選択だった。少なくとも絶望することよりはましだから。

行こう行こう、逐《お》われる人のように行こう

看守長は持っていた紙をさっとくしゃくしゃにし、床に投げつけた。

「検閲官ともあろう者が何をしている! 何でこんな不穏な紙が出回るんだ!」

杉山は端の切れた汚い紙束を拾い上げた。

「紙ではなく、そこに書かれた文字を読んでみろ。バカ者!」

くしゃくしゃの紙を広げた杉山の両目が見開いた。胡麻粒のような小さな字は、日本語ではなく朝鮮語だった。とまどう彼の顔は、今すぐにもビシッ、ビシッとひび割れていきそうだった。

「内容は解読できませんが……」

看守長の声が、刃のように杉山の言葉を切った。

「内容はわからなくていい。禁止されている朝鮮語で書かれているということだけでも不穏文書だろうが!」

ストーブからばちばちと石炭のはぜる音が、その言葉を飲み込んだ。看守長は幼い子どものようにうるさくせがんだ。

「囚人どもが回し読みしているのを摘発した。君は検閲官だから、このいまいましい文書を作成した奴を知っているだろうな?」

杉山の背筋を汗が流れた。日本語であれ朝鮮語であれ、字がその人の心を表わすというのなら、こんなにきちんとした字を書けるのは刑務所内にただひとりだ。杉山は唾とともにその名をごくっと飲み込んだ。

「できるだけ早く誰の仕業か探し出します!」

「その必要はない! どんな奴の仕業かもうわかっている」

看守長は押収物目録を開いて杉山に近づき、潜水夫のように深く息を吸い込んだ後、言った。

「そんなことをする奴は平沼東柱以外どこにいるというのか! 奴の押収物の検閲はどうなったん

だ？」

看守長の目つきがこめかみを締めつけた。杉山はあわただしく答えた。

「仕事量に追われて、まだ検閲できておりません」

看守長の視線は斧のように切れ味がよかった。

「君がぐずぐずしている間、あいつは自分の癖を直さずとんでもないことをした。すぐにあいつが書いたものを全部私の所にもってこい！　今回の件は私が直接検閲する。君はあいつをぶん殴るだけでよい！」

杉山は固い挙手の敬礼を残し背を向けた。


囚人服の上着を脱いだ東柱は、尋問用の椅子に縛りつけられていた。棍棒で鎖骨を殴りつけると、彼の顔が歪んだ。東柱の内部から何かボキッと折れる音が聞こえるようだった。明かりにあらわになったやせ細った肩、中がのぞき見えるほどの青白い皮膚、節々が膨らんだりへこんだりしている骨。杉山は自分が愚かだったと思った。あるいは怠けていたのかもしれない。あいつの不穏さとそれがもたらす災いを十分に知りながら、あいつの言いなりに危険をそのままにしていたのだ。それは愚かでも怠けたのでもなく、無責任な犯罪行為だった。最初から押収物や詩のようなものは焼き払い、あいつを二度と立ち上がれないようにすべきだった。

「貴様、俺に恥をかかせやがったな！　言え！　あのクソったれの詩はどんな内容なんだ？」

ひび割れた声が東柱の顔を踏みつけた。東柱の裂けた唇の間から子音と母音の切れ端が洩れた。杉山は机の上に調書用紙とペンを取って投げつけた。

「日本語に翻訳して書け！　この野郎！」

紙とペンを見た東柱の表情に明るい炎が灯ったようだった。はれ上がった手でペンを取った彼は、おもちゃをもらった子どものように喜んだ。震えるペンでしわの寄った紙の上を引きずり、押していった。ペン先から文章が川の水のように流れ出た。無邪気な告白、純潔な苦悩、恥ずかしい呵責。杉山は瞬く間に少年になった気分がした。ついに東柱はぽろっと落とすように紙の上に句点を打った。

杉山は、待機していた看守たちに目くばせした。すぐ拷問が始まるということが経験からわかる二名の看守は、幽霊のようにすーっとドアの外に消えた。杉山は詩が記された几帳面な紙の切れ端や、先の丸くなった鉛筆を持ち上げた。手垢の付いた紙は長い帯のように、切り出したあちこちの章を糊で粗く繋げたもので、先の丸くなった鉛筆は、手でまともにつかめないほど短かった。

「いまいましいこの紙と鉛筆はどこで手に入れた？」

杉山の言葉は、ガラスのかけらのように鋭く、ガチャンという音を立てた。東柱は血の塊のかさぶたができた唇を力いっぱい開いた。裂けた唇の間から、聞きとれないほどぐしゃぐしゃになった音が洩れた。

「囚人たちの手紙を代筆するために支給された葉書の下の部分を少しずつ切って、ご飯粒でつなげてくっつけました。鉛筆も返す前に上の部分を少し切って保管して……」

「米粒は腹いっぱい食わせるためのものだろう。こんな落書をしろと支給したものじゃない。このバカ野郎めが！」

東柱はかすかな微笑みを浮かべた。乾いてくっついたかさぶたのため、彼の顔に似つかわしくない皺ができた。杉山の棍棒が、空中でわなわなと震えた。

「この危険な詩を書いて何をしようとしたんだ？」

「この詩は危なくないです」

「危なくないだと？　この詩を読む朝鮮の奴らが故郷を思い出して今の現実に不満を持つのは、見るまでもなく明らかだ。囚人どもに郷愁や追憶という麻薬を飲ませ、暴動でも起こそうというつもりか？」

「この詩が人々の感情を混乱させるという証拠はないです」

「この詩が人々の感情を極度に増幅させるという証拠はある」

杉山は自分でも気づかぬ間に自分の言葉のトリックに引っかかっていた。詩が、自身の冷酷な心を動かしたとはとても言えなかった。詩は何の役にも立たないものだという自分の言葉を、もう一度覆すことになるからだ。ためらっていた彼は、とうとう武装解除されたようにカンニングペーパーを投げつけた。

「貴様の詩を読んだ瞬間、めまいを感じた。それが何なのかはわからないが、吐き気がするほどだった。貴様が、それをねらって書いたことは明らかだ。人は自身の才能のために死ぬものだ。水の中では窒息して死に、地上では重さに耐えられず死ぬクジラのように。猿が木から落ちて死に、モグラが盛り土の下敷きになって死ぬように、貴様はくだらない詩のためにくたばるんだ」

東柱の目が、自分を殺すのかと聞いてきた。杉山が答えた。

「だが貴様は殺さないつもりだ。生きたまま貴様の頭の中を洗うからな」

きょとんとした二つの目が、どうやってそうできるのかと聞いた。

「俺は貴様を独房にぶち込むつもりだ。十五日間！」

東柱は歴史のある家具のように、古く色が変わったまま、そこに置き去りにされていた。

二日後、杉山は焼却場に来いと看守長の指示を受けた。先に着いて待つ杉山の前に現われた看守長ははるかに余裕のある表情だった。

「幸いにもあいつを迅速に捕らえたおかげで、不穏著作物が広がるのを防げた。二週間独房に閉じ込めておけば、奴は死体になるか頭の中ががらんと空になるだろう」

杉山は直立不動のまま言った。

「あいつは物書きです。頭には文字が入れ墨のように刻まれています。字を書くためにも、彼は生きて出てくるはずです」

看守長がメッキを被せた奥歯をきらりとさせて笑った。杉山は、時に頑としてきかないこともあるが、やはり信頼のおける検閲官だと看守長は思った。

「関係ない。暴かれた危険は、もう危険じゃないから」

看守長は紙の束をひとつ杉山に渡した。表紙に赤く固い文字が書かれていた。「焼却」。杉山は原稿の塊を一枚一枚めくった。

「少年」、「雪降る地図」、「帰って見る夜」、「太初の朝」、「また別の故郷」、「星を数える夜」……。文字は、紙の上でブルブル震えていた。看守長が言った。

「騒動が起きるには起きたが、考えてみたら君が悪いのではない。間違いを問いただすのなら、ネズミのような物書きの罪だろう。あいつは罪相応の罰を受けている。君は締めくくりだけやればいい。問題だらけの詩を焼却してしまえば、それで終わりだ」

杉山は、自分の胸からどきっとする音を聞いた。結局焼かなければならないのか？　焼こうと思ったらとっくに焼くことはできた。だがこの頭の痛い原稿の束を保管したのは、自分の手で火をつけるのが嫌だったからだ。杉山は原稿の塊を一つ一つまとめながら言った。

「早いうちに検閲を終え選別して焼却いたし……」

「早いうちにではなく今すぐ、選別してではなく全部焼き払え！」

刃物のような看守長の声が杉山の言葉をさえぎった。

「あいつは治安維持法違反者だ。血液中に抵抗の血球が流れているんだ。この詩だけでも、どれほど危険な奴かわかる」

看守長は杉山の手から原稿の束をヒステリックにひったくった。そうして原稿をペラペラめくり、一ページを広げてみせた。

また別の故郷

故郷に帰ってきた日の夜
私の白骨がついてきて同じ部屋に寝そべった。
暗い部屋は　宇宙に通じており
天のどの果てからか　声のように風が吹き込んでくる。

くらがりのなかできれいに風化していく
白骨をのぞき見ながら
涙ぐむのが私なのか
白骨なのか
美しい魂がむせんでいるのか

志操高い犬は
夜を徹して闇を吠える

くら闇で吠えている犬は
私を逐っているのであろう。

行こう　行こう
逐われる人のように行こう
白骨に気《け》取られない
美しいまた別の故郷へ行こう★

「見たか？　白骨だの故郷だの、いかにもそれらしく包装しているが、題名から最後の行まで露骨な反日スローガンだ。〝志操高い犬〟が夜を徹して闇を吠えるとは何のことだと思うか？　〝犬〟とは強情っ張りの朝鮮の奴らで、〝闇〟は植民地を意味しているんだ。〝また別の故郷〟とは解放された朝鮮だろう。朝鮮の解放のために戦おうという煽動だ！」

杉山は詩句をひとつひとつ見入ってから言った。

「あいつの詩をずいぶん高く評価なさるのですね。この詩は奴が京城★★へ留学中に故郷の満州へ帰った昭和十六年九月に書いたものです。幼いあいつの将来に対する不安や混乱した自意識にすぎません。〝白骨〟だの〝美しい魂〟だのという言葉は、自身に向けたむち打ちに見えます。雄大な民族精神を理解するほど優れているわけでも深くもない、感傷的な落書です」

彼は指を単語に当てながら一生懸命説明したが、心の中の解釈は違った。その詩は青年を取り囲む身の毛のよだつ植民地を綴ったものだった。貧しい植民地の青年は切に故郷を想ったが、その故郷さえも隠れる場所にはならず、よりかかる場のない魂は故郷からさえも追われなければならなかったのだ。青年にとって、今の時代は帰りいく場のない時代、懐かしむことも許されない時代だった。看守長はその間に原稿をめくり、他のページを開いて見せた。

「これはどうだ？　これは完全に露骨な反日不穏詩じゃないか！」

★ 金時鐘訳『空と風と星と詩』（岩波文庫）

★★ 日本支配期のソウルの称

悲しい一族

白い手拭いが黒い髪をつつみ
白いコムシン（履物）が荒れた足にひっかけられる
白いチョゴリ（上衣）とチマ（スカート）が悲しい躰をおおい
白い帯紐《おびひも》が細い腰をぎゅっと締める★

「〝白い手拭い〟、〝白いコムシン〟、〝白いチョゴリ〟、〝チマ〟、〝白帯〟という単語を見ろ！」

杉山は苛立った表情で原稿と看守長の表情を交互に窺った。看守長が続けた。

「白が朝鮮の奴らの好きな色だということは知っているだろう？　〝黒い髪〟、〝荒れた足〟、〝悲しい躰〟、〝細い腰〟は植民地下の現実の象徴だよ。白い手拭が黒い髪を包み、白いコムシンが荒れた足に引っかかり、白い衣裳が悲しい躰を被い、白い帯が細い腰を縛るのは、正に朝鮮の奴らが、日本を追い払うだろうという念願であり秘密の暗示だ」

看守長の分析のように、たった四行しかない短い詩には、怒涛のような抵抗が込められていた。目の前の全景を無心に描写しているように見えるが、短い文章の構造を反復し、朝鮮を象徴する白のイメージを強調することによって、最も単純な言葉でいちばん強烈な声をあげたのだ。杉山は唾をごくりと飲み込んだ。

「おっしゃるとおり、その詩は明らかに不穏な民族主義を秘めております。あいつが朝鮮人である限り不穏でしかないでしょう。しかしすべての詩がそうではありません」

杉山は原稿をせわしくめくって、一編の詩を読んだ。自分の低い声が耳元からひそひそと聞こえた。

少年

そこここで　紅葉《もみじ》のような悲しい秋がぽとぽとと落ちる。紅葉が散った跡ごとに春は用意され木々の枝の上に空が広がっている。黙って空をうかがっていようものならまつげに青さが染みてしまうのだ。のぼせた頬を両手でなでると　手のひらにも青さが染みついてしまう。もう一度手のひらをたしかめてみる。掌《て》の筋には澄んだ川が流れ、澄んだ水が流れ、川の中には愛のように悲しい顔――美しい順伊《スニ》の面差しがうるむ。少年はうっとりと目を閉じてみる。それでも澄んだ川は流れ愛のように悲しい顔――美しい順伊の顔はうるむ。★★

杉山は川のように冷たい自分の手の平をまじまじと見下ろした。その手で、彼は人々をやたらに殴りつけ、喉元をつかみ、棍棒を振るった。彼はふいに自分の手が恥ずかしくなった。

「この詩にはどこを見ても民族主義や不穏な形跡は見い出せません。初恋にそわそわする少年の純粋な心が描かれているだけです」

★★ 金時鐘訳

看守長はつれない目を向け横目で睨んだ。

「平沼は用意周到な奴だ。逮捕されるときに備え、検閲官を混乱させるためにあらかじめ恋愛詩を挟み込んだのだろう」

「そうではありません。この詩には平沼の正直な心がこもっています」

「愛に溺れた純真な奴を装って本性を隠しているんだ。順伊という女も仮想人物にすぎん」

「順伊という女は想像の人物ではありません」

杉山は自分でも思いがけなく大声を上げた。看守長は二つの目に熱い火のような怒りの色を浮かべて彼を睨みつけた。杉山は荒れた手で原稿をめくり、一つのページを開いた。

雪降る地図

順伊《スニ》が旅立っていくという朝　言いようのない思いで牡丹雪が舞い、悲しみのように窓の外
に広げられた　おぼろな地図の上をなおもおおう。部屋の中を見廻してみても　誰もいない。
壁と天井がいやに白い。部屋の中までも雪が降るのだろうか、ほんとうにおまえは失くした歴
史のように　ふらりと行ってしまったのか。発っていくまえに言っておくことがあったものを
便りを書こうにも行方を知らず　どの街、どの村、どの屋根の下、おまえは私の心にだけ残っ
ていようというのか。おまえの小さな足あとを　やたらと雪がおおいつくし　あとを追う術《すべ》と
てもはやない。雪が溶ければ残った足跡にも花が咲こう。花ばなの間をたどっていけば　一年
十二か月　いついつまでも私の心には雪が降るだろう。★

「『少年』と『雪降る地図』は二年に渡る連作詩です。『少年』が愛に溺れた少年の心を描いた詩なら『雪降る地図』は、愛を失った少年の傷心の詩です。二編の詩を書いた人物も、順伊という登場人物も同じ人物です。人目を欺くために大まかにはめ込んだ詩なら、二年が過ぎた後でもこんな風に同じ口調で、同じ対象を切々と懐かしむことはできないはずです」

杉山の切迫した声に、看守長は非常に渋い表情を浮かべた。

「いずれにしろ君の詩を読む目は侮れないということはわかった」

「一日だけ時間をいただけたら焼却対象を厳重に選別してご報告申し上げます」

その言葉が終わらないうちに看守長は手を振り回した。

「もう良い。その必要はない。今すぐ全部焼き払え！」

「しかし二編の詩が不穏性のない抒情詩だということに、同意なさったではないですか？」

「それが問題だ。不穏性がないからもっと危険なのだ。全国民がベルトを締めつけて米英の侵略者たちと向かい合う総動員令下に、愛の歌とは。そんな退廃的な詩こそ、決死抗戦の覚悟をつぶすのだということがわからないか？」

「戦争はいつか終わります。戦時動員令が取り下げられたら旅立った人々が戻ってきて、生き残った人々は再び生きていかねばならないのです。戦時動員令下では不穏詩かも知れませんが、戦争が終わったらくたびれ果てた人々を慰めてあげられます」

杉山は自分の声が高くなっていることに気がつかなかった。看守長がかっと声を張り上げた。

「それは君が心配することではない！　戦争が終わるということは、我々が戦勝国になるという意味だ。大日本帝国の軍隊が米英侵略者どもを地球の果てまで追いつめ、撲滅するはずだ」

杉山は唇を上下させた。戦勝？　戦争に勝つということが可能だというのか？　戦争と戦って、勝つ人間はいない。死と戦って勝つ人間がいないように。戦争が終わればすべてが敗者だ。勝者さえも自分の得た勝利のために苦痛を受け、破滅する。だから勝った者にも負けた者にも慰めは必要だ。戦争で傷ついたことは同じなのだから。杉山は言った。

「戦争が終わったら彼の詩が必要な人がいるかもしれません。従って彼のすべての詩を焼いて失くしてしまうことは、帝国のためにもなりません」

「君がそれほど感情に揺れているところを見ると、ただの詩ではないことは明らかだ。しかも、上手く書いてあるから、余計危険な災いのもとなんだ」

看守長の態度は壁のように固かった。言葉にならない想いが、杉山の体の中でうわあ、うわあと泣いた。杉山はためらい、焼却炉の鉄の扉を開いた。ギィーという音がして、錆びた鉄扉は開き、喉がひりひりする煙と灰の臭いがした。看守長は原稿の束を焼却炉の中に投げ入れた。床に鎮まっていた灰と埃が舞い上がった。看守長は首を縦にこくっとさせ、杉山を急き立てた。

杉山は注意深く一枚の紙を丸め、看守服のポケットからライターを取り出した。焼却炉の原稿の束は、それを飲み込むように飛びかかる火花の前で震えているように見えた。それはひとりの青年の失われた夢であり、涙であり、そして骨身にしみる懺悔だった。杉山は自分の手が震えているのを見た。

「何をぐずぐずしてるんだ！　あいつは意図的に君に近づいて安心させた後、禁止された朝鮮語の詩を書いてきた。君はあいつに乗せられたんだ。だが過ちを追及はしない。あいつらはいつも君のように有能な看守を標的にするからな」

杉山は原稿の最初のページを引き裂いた。火花がくしゃくしゃの紙の端を舐め、端正な字や禁止された構文を一瞬にして飲み込んだ。一字ずつ一字ずつ、一行ずつ一行ずつ、一章また一章ずつ。原稿の束は乱暴に引き裂かれ、炎の中を飛び回った。

「自画像」、「帰って見る夜」、「いとしい追憶」……。

火花が舌を出し純潔な字に飛びついた。その歌は火の手に倒れた。初めから世に存在していなかったかのように。人々はそんな詩があったことさえ永遠に知らないだろう。

杉山は目をつぶった。自分のしていることを見たくなかった。彼はただ時間が早く過ぎることを、すべての詩が跡形もなく消えることだけを願った。焼き払った灰を掃き、埋めた後、汚い手をいつまでもいつまでも洗いたかった。手先についた灰の刺激や服に染みついた炎の臭いや、火で焼けてしまった詩の記憶が消え去るまで。しかしすべてが洗われなくなっても、罪の痕跡は消えず、呵責は煤のように残るはずだ。

死にゆく詩が吹き出す最後の火の気は温かかった。温かくて、いっそう辛かった。

「これでいい！　すっかり終わった。独房で死ぬほどの苦労をして出てきたら、あいつはもう二度と詩を書く気にはなれないはずだ。そうじゃないか？」

そう言う看守長の顔に炎の影がきらりと照った。

「もちろんです」

杉山はその時になってはじめて自分の声がしわがれ、目が濡れていることに気がついた。たぶん煙が入って目に染みただけで、悲しいからではないと思うことにした。

詩人を飲み込んだ独房は、二週間後に彼を半分ほど消化して吐き出した。東柱はもたもたと独房から歩いて出てきた。杉山はふらふらと震える彼の足を見て、ふらついてはいても自分の足で歩いて出てきたことに安堵した。

しかし東柱の魂は、そこを出ては来られなかった。まるでどこかに抜け殻を残してきたヘビのように、魂を別の世に置いて来たようだった。

東柱はもはや爪を揚げず、葉書を書こうともせず、詩を書くこともなかった。自分のやりたいことをしないようにと心に決めたようだった。彼は体力がなくなり弱くなったが、過敏になり、鬱《ふさ》ぐことが多くなり、ヒステリックになった。誰にでもやたらとけんかをふっかけ、ぶざまな拳骨を振り上げたが、荒くれ男たちに敵うはずもなかった。

騒ぎを起こすたびに、彼は看守たちに腕を挟まれたまま尋問室へ引っ張られて行った。尋問室の廊下の外へ、彼の呻き声が流れ出た。血だらけになった彼はふらつきながら独房へ行った。

一週間が過ぎると、彼は幽霊のようによたよたと歩いて出てきた。虚ろな目を釣り針のように空中へ投げ、時の流れの中で道を忘れたように見えた。毎日、午後に刑務所の塀の外から浮かび上がる青い爪も、いつの間にか姿を消していた。

東柱の憂鬱は、収容棟全体を深い沼へと陥れた。囚人たちはそのとき初めて、優しく弱々しいとばかりに見えた青年が、自分たちにどれほど大きな影響力を及ぼす存在だったかを知った。

杉山は、微笑みを入れ墨のように口元に刻んでいたかつての青年を、そして煙になって空に消え去った彼の詩を心に記憶した。醜い戦争が世の中を根こそぎ壊したとしても、彼の詩だけは残したかった。たった一人でもこの戦争で生き残るのなら、彼の詩を読み、慰めを受けられるように願った。それだけでもできるのなら、終末に向かって駆け上がるこの世にも小さな希望を繋げられるだろう。そうなったら灰のように朽ち果てた青年に、再び詩を書かせるようにしなければ。

杉山は毎晩、検閲室の机の上のざらざらした裏紙と自分の手をじっと見つめた。タコのできた手の平、曲がった指、すり減って消えた指紋、裂けた爪……。紙の上にすり減ったペンが一本あった。何か書きたいという渇望、何かを書かなければならないという焦りが突然彼を襲った。詩人になりたいのではなかった。ただ何かを書きたかっただけだ。それが何であれ、内部からふつふつと湧き出る何かを紙の上に吐き出してしまいたかった。

彼は今まで五感を通して世の中を認識し、理解してきた。血だらけの死体、爆音や悲鳴、かび臭く煙たい火薬の臭いや生臭い血の臭い、掘り返された土と埃の臭い……。だがもはや彼の目はもうこれ以上何も見えず、耳は何も聞こえず、今や鼻は匂いを感じなかった。彼は自分を取り巻く世の中を読み解き始めた。葉書で囚人たちの人となりを読み、新聞の紙切れをたどたどしく読み、戦況を読んだ。もはや彼にとって世の中は、見て聞いて匂いを感じるのではなく、読むものであった。彼は第六の新しい感覚を得たのだ。いつか青年の語った言葉が思い浮かんだ。

「いちばん大事なのは最初の文章です。最初の文章が上手く書けたら、最後の文章まで書くことができます」

杉山は危険な触手を持つ品物に触るように、注意深くペンを握った。ペン先に黒いインクをたっぷり含ませたが前に進めず、また紙の上に降りることもできなかった。目の前の白紙は、刑務所の庭のように荒涼としていた。自分が何をしているのか自問した。詩を書きたいだと？　人を殴ることしか知らない拷問官で、文字を焼き、そのくせ文字をまともに読めない検閲官が？　彼は自分を嘲笑しながらも、ペンを置くことはなかった。

　風が薄いトタン葺きの屋根をかすめて通り過ぎる音がした。彼の胸は吸い殻のように焦げていった。単語が暗闇の中で陶磁器のかけらのようにきらきら輝いた。虫のように辞典や漢字の字引きの中に深く入り込み、わからない名詞や形容詞や句読点を食い尽くした。そしてきらきらする言葉のかけらを注意深くつなぎ合わせ、貼りつけて直し、また直した。それがどうなるかはわからなかった。詩になるとでもいうのか、ただ書き込んだ落書のかけらになってしまうのか。

　十日が過ぎた。もしかすると九日だったか、それとも十五日だったのかも知れない。彼は夜ごと暗闇の中に白い顔を見た。波の音が聞こえてきた。眠れない海が寝返りを打つ音。彼は海のように眠れず、一晩中あちこちかき回した。夜明けが近づいた。遠く博多湾に停泊する軍艦から陰鬱な霧笛の音が聞こえた。杉山は何かを書いた紙を折り、看守服の上ポケットに入れた。

　東柱は、切られた凧のように丘の上にひとりで座っていた。杉山は心を込めて作った凧と糸巻きを持って、東柱に近づいた。

「尹東柱！　いつまで幽霊のようにうずくまっているつもりか！　いいかげんに立ち上がれ！　棍棒で打てば立つのか？」

　膝を抱えて座る東柱の魂は、クルミの殻のように固い肉体の中に隠れてしまっていたようだった。ばさばさした短い髪、白く垂れた唇。暗い目には計り知れない感情が籠っていた。挫折と恨み、絶望と期待、憎悪と許し、その何が先なのかわからなかった。杉山は誰が彼の魂を壊してしまったのか知っていた。朝鮮語で詩を書いたと棍棒打ちをして独房に閉じ込めた看守、最後の詩集まで焼き払った検閲官。それは誰でもない自分だった。

杉山は棍棒で彼の体のあちこちを探って、大丈夫かどうかを確認した。自身の棍棒によって裂けた額や腫れ上がった上瞼や傷ついた唇に目を止めると杉山の目が揺れた。時に言葉は音を必要としない。そんな時は、沈黙こそ最も真実の対話だ。杉山の目は数十回の「済まない」という言葉より切実だった。

「俺はお前が生きて独房を出るだろうと信じていた。ちゃんと生きて出てきたんだから、また字を書かなくては」

その言葉は命令や強要ではなく、哀願であり頼みごとだった。杉山はもう一度東柱の詩を大切に読み、くたびれ果てた魂を慰めたかった。東柱が以前の姿に戻るのを待っているのは、杉山だけではなかった。囚人たちや看守たちもまた彼が再び口笛を吹き、凧を揚げ、葉書を書くのを待っていた。東柱は墓から生き返ってきた人のように冷たい声で尋ねた。

「ひどいですね。あなたが何の資格で私に命をかけて詩を書けというのですか?」

杉山は彼の抗弁はまったくそのとおりだと思った。彼の魂を憎悪へとずたずたに引き裂いたのは、他の誰でもない自分だったのだから。

「俺には資格がない。それは事実だ。恥知らずな奴だと言ってもいい。その通りだ。だが詩はあきらめるな。もうこれ以上自分を駄目にしないでくれ」

悲しみのこもった自分の声に、杉山はびくっと驚いた。青年は自分の事とは思えないほど荒らい声で食ってかかった。

「なぜですか? 世の中がこんなに狂って行ってしまった。なぜ私だけは駄目になってはいけないんですか?」

口答えできる言葉がないという事実に、杉山は怒りが激しく込み上げた。労役場では棍棒が通じるだろうが、棍棒で詩を書かせることはできない。銃や刃物を突きつけても、望まない文章を無理矢理書かせることはできない。杉山は沸き上がる雑言を痰のように吐き出した。

「クソッタレ！　勝手にしろ」

それは東柱ではなく、穢れた時代と無情な神に向けての罵《ののし》りだった。言葉を探り出して練る才能を与えると同時に、母国語を奪い取った残忍な神。詩を書く才能は、東柱にとって祝福ではなく災難だった。そんな時代を憎むべきか？　杉山は首を横に振った。憎むよりはこじれてしまった時代を、壊れたピアノの旋律のように調律したかった。彼はがさっと音を立てポケットからしわくちゃの紙を取り出し、青年の目の前に出した。

「見ろ！　これは何だ。これは詩だよ」

東柱の視線は、餌を飲み込む魚のように紙の上へと近づいてきた。もしかしたらそれは詩ではないのかも知れない。しかし自身の言葉として真実をこめたものが詩ならば、その落書の切れ端を詩と言ってもいいはずだ。みすぼらしい何行かの文章にすぎないが、嘘ではなかった。その文章を書いている間だけは、彼は残酷な看守でも冷酷な検閲官でもない、真実な人間だったのだから。

「そうだ。自分でも信じられないが、棍棒の代わりにペンを持って詩を書いたよ。どうしてかわかるか？　俺のように人々を殴り殺す奴も詩を書くところを見せたかったんだ。ところでお前は、どうして手を引いたんだ？」

薄黒い裏紙のぎこちない文字が東柱の目に入った。青年は遠出の旅行から帰ってきたようにかすかな微笑みを浮かべると、首を横に振った。それは歌を歌えない歌手の悲哀、涙を流せないピエロの笑いに似ていた。杉山はふいごのようにどきどきとしていた呼吸を整えた。

「詩を書かない理由は何だ？」

「この刑務所の朝鮮人たちは日本語しか書けないからです」

東柱の言葉は、斧のようにずっしりと重く杉山に飛び込んできた。杉山は自分の頭が二つに割れ、かけらが四方に飛び散る衝撃を受けた。その言葉は、ひとつの国の言葉が単純に意味を伝える道具ではなく、一民族の歴史をこめた憲章であり、ひとりの人間の魂を込めた器であるという宣言だった。青年の魂を盛った器は壊され、尋問室の床に転がった。彼をそんな風にしたのは検閲官たる自分だった。恥じる思いが虫のように杉山の顔の上をもぞもぞと這い回った。彼はやっと口を開いた。

「お前の詩が朝鮮語であれ日本語であれかまわない。それが朝鮮語なのか日本語なのかではなく、お前自身の言葉なのだから」

青年の詩は朝鮮語だから美しいのではなかった。杉山は日本人だったが、彼の詩を読み胸が震えた。恥ずかしく、罪悪感を覚え、故郷が思い出され、昔の恋人が思い浮かんだ。

「ぎゅっと閉じられた監房で誰も読まない詩を、なぜ書かなければならないのですか？」

青年の言葉が、先の尖って飛び出た釘のように杉山を刺した。杉山の目元にはかすかな痙攣が起こった。

「誰も読まないだと？　俺が読む。だから俺のために詩を書け！」

杉山は東柱の囚人服の裾をぎゅっと握りしめた。

「お前は詩人だ。だから詩を書かなければならないんだよ」

しかし東柱は「詩人」ではなかった。詩人になりたかったが詩集を出すこともできず、誰も彼を詩人と呼んではくれなかった。彼を詩人と呼ぶ唯一の人間は杉山だけだった。杉山は哀願するように続けた。

「詩はお前が生きている唯一の証明だ。詩が死んだら、お前は死んだも同然なんだよ！」

東柱は奥歯を噛んだ。彼は死を考えるほど弱くもなく、人生が退屈というわけでもなかった。

「私は死にません。十一月三十日、私は自分の足でここを歩いて出ていくつもりです」

収容棟の窓枠で泥棒猫が一匹彼らを見ていた。やせ細った肩の骨が腫れ上がり、こちこちにこわばった毛はめちゃくちゃな塊になっていた。奴がこの荒廃した独房から戻ったのを見れば、どこか出ていく道もあるはずだ。この青年も運が良ければ生き残れるかもしれないが、運は信じられない。死んでいく囚人が多くなっていた。もしも彼がここを歩いて出て行けなかったら、彼の頭の中の詩も永遠にこの刑務所の塀の中に閉じこもってしまうだろう。杉山は、決して彼の詩をこの監獄の中に捨て置きたくなかった。

東柱は無邪気な視線を遠い空へ投げた。彼の目は、もうこれ以上このことに杉山を巻き込みたくないと語っているようだった。時々刻々と変わる青い空が彼の目の中に映った。杉山はその空に小さな白い凧を浮かび上がらせたかった。彼はふと、持っていた凧と糸巻きをにゅうと差し出した。

「わかった。詩を書かないなら凧は揚げられるだろう？　お前は凧揚げが好きだったじゃないか」

凧を見た東柱の片方の目は喜びに輝いたが、すぐあきらめに沈んだ。青年は、薄い紙と細い竹の骨で作った凧に似ていた。風に乗れない凧、空に飛び上がれない凧。しかし風が吹くと凧は、そのか弱い骨のおかげで、また薄い皮膚ゆえに、高く舞い上がるはずだ。杉山は囚人たちがざわめく庭を顎で指し、糸巻きを任せたとばかりに渡した。

「みんなお前が独房から出て凧を揚げるのを待っていた」

とっさに糸巻きを受け取った東柱は、決心したように目をつぶり、風の勢いと方向を見当づけた。杉山は凧を持ち何歩か離れたところへ行った。風が吹くと青年は駆け出して行った。杉山は持っていた凧をそっと離した。待っていたとばかりに糸巻きが回った。凧は瞬く間にはるか遠くに跳ね上がった。

数日後、刑務所の塀の上に見覚えのある青い凧が突き出た時、囚人たちは息を殺した。青い凧は餌でも見つけたサメのように、東柱の白い凧の周りをグルグルと回り、凧揚げ競争を仕掛けてきたのだ。東柱は凧を取り込むために急いで糸巻きを巻いた。頑強な握力が東柱の手を掴んだ。

「なぜ避けるんだ?」

それは質問ではなかった。杉山はすり減り垂れ下がって揺れる青年の囚人服の襟をにらみつけ大声を上げた。

「落ちそうでも、落ちても凧糸を巻け! いつも避けて身をかがめているからといって何か変わるというのか?」

東柱は考えに耽《ふけ》っていたが、決心したように凧糸を解いた。東柱の凧が空高く舞い上がると青い凧は尻尾を振ってそれを追い、揚がった。東柱は青い凧は明らかに凧糸にガラスの粉をほどこしたものだと見当がついた。東柱の凧は揚がれるだけ高く揚がり、強い風を利用し一緒に落ちるしかなかった。勝てなかったとしても最小限、負けることだけは避けなければという、背水の陣だった。

青い凧は方向を変えて近づいてきた。東柱は糸巻きを握る手に力を込めた。細い凧糸が手の平に食い込んだ。青い凧がぴたりと近づき風を遮ると、東柱の凧は傾いた。見ていた男たちはため息をついた。

　凧が強く吹いた。東柱の凧はひっくり返るように何周か回り、青い凧の頭の方をしっかりとつかんだ。こうなると糸が切れても二つの凧は互いに縛られ、相手を引き込むように一緒に落ちるだろう。一瞬ぷつんとする感じとともに、手の平に食い込んだ凧糸の痛みが消えた。中心を失った凧はしばらく飛んでいたが、尻尾を大きくくねらせ鎮まり始めた。青い凧も一緒に鎮まった。東柱は無言で切れた凧糸を巻いた。庭の男たちが騒《ざわ》ついた。軽い歓呼や拍手も混じっていた。

「あいつらは、のっけから勝負には関心がなかった。ただ凧が刑務所の塀を越えることを願っているだけだから」

　杉山は顎で庭を指し、かすかに笑った。鉄格子の中に閉じ込められた男たちは、凧ではなく、自分たちの心を飛ばしていたのだった。だから、凧が刑務所の塀を越えるだけでも幸せだったはずだ。男たちは自分の魂が刑務所を抜け出し、自由の地に足を踏みしめると想像した。杉山は凧から目を離さず言った。

「このぬかるみでのたくり回っていないで、お前も空へ飛び立たなければな。詩を書きたくないのか？」

　東柱は、遠い空を飛んで地上を見下ろす自分を想像した。はるかに広がる海、絶え間なく押し寄せる波、陽光に輝く港、甲板の人夫たちや凧揚げをする子どもたち、赤い服を着た男たち、高いポプラや木彫の人形のような看守やそれらすべてを包む夏の空気。

　本館棟の屋根の巨大なドームが黄銅で塗られたように夕焼けにきらきら輝いていた。東柱は考えた。もしかすると……、もう一度詩が書けるかもと。

火曜日ごとに、東柱は刑務所の庭の上に凧を揚げた。細い凧糸を通して塀の外に少女の存在を感じた。ほんのりとした赤い頬とぎゅっと閉じた唇。彼の目標は勝つのではなく、どのくらい長く耐えられるかだった。青い凧もまた、凧糸を切るためではなく、対話をするように凧糸を掛けた。東柱が凧糸を解くと一緒に解き、巻くとともに巻いた。東柱の凧が傾けば凧糸を締め、風を受けまた揚がれるようにした。

二つの凧は糸を掛けては解き、巻いては緩めて互いをからかった。近づいては遠のき、互いに絡み合っては離れていき、色とりどりの場面を演出した。白い凧がぐるぐる回り鎮まると、青い凧は反対方向へ回転して飛び上がる。それは青い空に織りなされた美しい舞いのように見えた。

しばらくすると、青い凧が勝負を挑んできた。風の方向と勢いを得た後で、強い風に乗って糸を切った。切れた東柱の凧は風に煽られて揺れ動き、空遠くへ飛んでいった。消え去る白い凧をながめ、囚人たちは胸をなで下ろした。彼らは自分たちの夢が遠くへ飛んでいったと思った。そうすると杉山はにっこりしてつぶやいた。

「いいぞ！　飛んでいった。遠く遠く飛んで行ったんだよ」

東柱は彼の中身のない笑いが理解できなかった。まばゆい二つの凧の饗宴は、福岡刑務所の唯一の美しい風景だった。監獄は生きるには辛かったが、夢を見るにはいい場所だった。自由がないゆえに自由を夢見ることができ、希望が消え去るゆえに希望を夢見ることができた。

星を数える夜

杉山は煉瓦塀に寄りかかっていた。彼は内ポケットからガサガサ音を立てて古い紙を取りだし、開いた。下手な字の上へ、冬の日差しが落ちた。杉山は声を出さずに詩を読んだ。

「青緑のついた銅の鏡の中に　僕の顔が遺っているのは、ある王朝の遺物ゆえ　こうまで辱しめられるのか……」

単語や句読点のひとつひとつが、水玉のように彼の胸に残った。やせ衰えた木の枝のような青年の影が近づいた。杉山は頭を上げた。風の中で二人は、互いの魂が同じ木目と模様を持っていることを確認した。杉山は非常に注意深く紙を折り、内ポケットに入れた。

「あなたはなぜその詩を持っているのですか?」

青年の声は質問ではなく追及に聞こえた。杉山は答えられなかった。詩を読んでいる時は慰められ、治療を受けている感じがすると言えなかった。失ったものを探す気分であり、待ち焦がれる思いを得た気分だと言えなかった。青年の詩を焼いた手が、他の誰でもない自分のものだという自責の念からだった。

杉山はいつの頃からだったか、消え去った彼の詩を取り戻せるのは自分だけだと考えるようになっていた。彼はいらだち、何かに追われるように青年の詩を必死に読んでは暗記し始めた。祈る思いで詩を読み、告解するように詩を口ずさんだ。そして書き取った詩はお守りのようにポケットの深い所に隠した。覚えた詩が彼の魂に雪のように降り、きちんきちんと積もっていった。

「俺がその詩で慰められたのだから、みんなもそうだと思うよ。ひとりの人間を慰められる詩なら、あらゆる人間を慰められるからな」

東柱はそっと目を閉じ、ずっと前に煙と灰になった詩を思い出した。ポプラの上でカラスの飛び回る音がした。東柱の顔には白い薄氷がかかっているようだった。

「ひょっとすると……その詩集は残っているかもしれない」

杉山は目を見張った。自分が焼いた詩集の写しがどこかに残っているなら、詩も残っているはずで、少しは罪悪感を振り払えるはずだ。だが今のような戦時にそれらが残っていることを期待するのは、どんなに愚かなことか。彼は東柱の肩を引き寄せてつかみ、揺さぶった。

「その詩はどこにあるんだ?」

東柱は整った眉を上げ、どこまでも広い空を見上げた。

「私もわかりません。それらはずっと前に私の手を離れました」

＊

東柱は自分の詩がどこにあるのかわからなかった。果たしてそれがこの世に残っているのかさえも。

延禧専門学校時代、彼は爆風のように詩を書き、本を読み、音楽に耽った。午後はずっと古本屋や音楽喫茶をめぐり、寄宿舎に帰ると、買ってきた本を夜を徹して読んだ。みすぼらしい本立てはだんだん増えた本でいっぱいになった。『文章』、『四季』、『詩と詩論』などの文芸誌、『現代朝鮮文学全集』やアンドレ・ジード、ヴァレリー全集、ドストエフスキー研究書、リルケ詩集、キルケゴールや聖書、『ゴッホ評伝』と『ゴッホ書簡集』。本には、散歩道で拾った乾いた木の葉に場所や日付を書き挟んでいた。あの時期、すべてが新しく光り、すべてが輝いていた。

だが、戦争の足音は彼の人生を避けてはくれず、京城で過ごした日々は残酷だった。若者たちは戦場へ引っぱられ、軍用物資の供出は暮らしを疲弊させた。しかも寄宿舎を出て下宿に引っ越さなければならなかった。

新たな下宿の家主の小説家金松《キムソン》は、特高警察が注視する要注意人物で、下宿生たちもまた、要注意人物の対象にされてしまった。特高警察の刑事たちは学生たちの一挙手一投足を二十四時間監視した。夕方になると押し入ってきて、部屋の中の本の題名を写し、引き出しの手紙を押収していった。彼はすでに引っ越し荷物をまとめたが、過酷な統制と監視の視線を避ける場所は、もうこの世のどこにもなかった。

植民地の若者たちが行く所は、軍隊でなければ監獄しかなかった。友人たちはゾリゾリに刈った頭へ赤い鉢巻を締めて戦場へと向かい、警察に連れて行かれた友人たちは死ぬほど殴られて監獄へ行った。どこに行こうが、彼らの終着駅は墓場だった。戦争は終わりが見えなかった。

彼は夜ごと座り机の前で、暗闇の中に浸っていた。書いては中断する詩、書きたくても書けない詩とくしゃくしゃになった紙、黒く直した跡、ずたずたに切られた文章や散らばる単語が、一緒に積み上げられていった。

卒業を前に、彼は十九編の詩を書き写した手製詩集三冊のうちの一冊を保管し、一冊は一緒に下宿していた後輩の鄭炳昱《チョンビョンウク》に預けた。★　そして最後の一冊を持って大学の恩師李敭河《イヤンハ》先生を訪ねた。序文をいただき、何十冊か出版したいという彼の素朴な願い事に、先生は首を横に振った。詩集の出版は、不穏なだけではなく危険でさえあったのだ。特高の刑事たちが「十字架」、「哀しい同族」、「もう一つの故郷」などの詩を見たら、歯をむき出して飛びかかってくるのは明らかだった。先生は時を待とうと言った。彼は先生に尋ねた。

「詩を出版できる日はいつ来るでしょうか？」

先生は答えられなかった。彼は自分自身に聞いた。

「果たしてその日がくるのだろうか？　その時まで十九編の詩が残っているのだろうか？」

答えられないのは自分も同じだった。

＊

「焼き払ったものと同じ詩集が二冊、まだ朝鮮に残っているというのか？」

「三年前のことです。自分でも守れなかった詩を誰が保管してくれるでしょうか？」

東柱は詩よりも、学徒兵として駆り立てられたその友が生きて帰ってくることを祈っていた。不穏な詩集を持っている罪で恩師が危険になることもまた、考えたくなかった。しかし杉山は信じたかっ

★彼の友人鄭炳昱《チョンビョンウク》は学徒兵として駆り立てられたが、命をかけて『空と風と星と詩』の原稿を保管した。解放後、京郷新聞記者になった鄭炳昱は、奇跡的に残った尹東柱の詩を世に紹介し、遺稿詩集『空と風と星と詩』を発刊した。

た。その友人と先生が彼の詩を守ってくれていることを。それは空しい望みだろうか？　そうかもしれない。今は自らの命を守ることも手に余る戦争の時代だ。

東柱は渇きに苦しめられる人のように聞いた。

「今夜も空には星が浮かぶでしょう？」

杉山はうなずいた。夜ごと東の空に必ず明けの明星が浮かび、北斗七星は大きな空の水車のように北極星を回っている。牛乳を振り撒いたような天の川や光り輝く星、騒ぎ立てる子どもたちのようにざわざわし、またこそこそ話しながらたがいに競り合う光。

だが青年の空には星がなかった。彼は暗い監房の天井に想像の星を描き、切に光を懐かしむのだった。青年は、もう世の光は消え去り、星などは輝くこともないと考えたのかもしれない。杉山はいまだ世の光が消えてはおらず、今も夜には星が輝くことを彼に見せてあげたかった。そして自らもその事実を確かめたかった。

その夜十時、杉山は棍棒を持ち収容棟廊下の鉄格子の前に立った。ギィー！　と鉄の扉が開く音は、収容棟が張り上げる悲鳴のようだ。二十八号監房は廊下右側の端にあった。

「六四五番、尋問呼び出し！　著作物に関する尋問だ」

男たちは息をひそめて寝返りを打ち、眠りの中に逃げ込んだ。彼らは皆、真夜中に呼び出された者は無傷で戻れないことを知っていた。錠前の錠が開けられる音がして戸が開いた。

勤務中の看守は彼の両手を結び、手首に手錠をかけた。杉山は囚人の身柄引受帳書に署名し、棍棒で六四五番の背中をコツンと突いた。棍棒の先に飛び出たあばら骨と乾いた皮の感じが伝わった。衰弱した東柱の体は、白い壁に刻まれた刻印のようにがっくりと落ち込んでいた。尋問室までの廊下は暗くて遠く、くねくねとしている。二人は尋問室を通り過ぎそのまま歩いた。足にはめた鎖がガチャガチャと鳴る音に、東柱は恐怖を感じた。この看守は自分をどこへ連れていくのだろうか？　細く白い足首と古い軍靴が並んで、塩を振り撒いたような白い光に覆われた刑務所の庭を横切った。高架歩哨所から、機関銃の錠が解かれる音とともにサーチライトが彼らを照らした。杉山はせっぱつまって大声を上げた。

「看守部所属杉山道造です。六四五番囚人の現場尋問中です」

あらかじめ申請した看守長の現場尋問許可書を確認した高架歩哨所の看守は、サーチライトを元の軌道に戻した。凧にポプラの枝がそよいだ。ポプラが、夜の空気の中で柔らかなパンのように膨れ上がった。彼らは並んでポプラに倚りかかり、座った。凧が青白い頬やこめかみに冷気を吹きつけた。冷たい空気は、目に美しい書体のようなか細い星の光を放った。東柱の口から白い息が吐き出された。杉山は彼の縄を緩めて手錠を外した。

冷たい夜気の中で甘い綿菓子の香りがした。東柱は長く息を吸い込んだ後、聞き取ることのできない言葉をつぶやいた。それは彼が母の胸で赤ちゃんだった頃のつぶやき、故郷の山や野原を飛び回って遊んでぺちゃくちゃ喋った、狭い下宿の部屋で詩や音楽について話した、口の外に出すことができず飲み込まなければならなかった、奪われた母語だった。まっ青になった唇から塩のような詩語が流れ出た。

星を数える夜

季節の移り行く空は
いま　秋たけなわです。

私は何の憂愁《うれい》もなく
秋の星々をひとつ残らずかぞえられそうです。

胸に　ひとつ　ふたつと　刻まれる星を
今すべてかぞえきれないのは
すぐに朝がくるからで、
明日の夜が残っているからで、
まだわたしの青春が終っていないからです。

星ひとつに　追憶と
星ひとつに　愛と
星ひとつに　寂しさと
星ひとつに　憧れと

星ひとつに　詩と
星ひとつに　母さん、母さん、

母さん、わたしは星ひとつに美しい言葉をひとつずつ唱えてみます。小学校のとき机を並べた児らの名と、佩《ペエ》、鏡《キョン》、玉《オク》、こんな異国の少女《おとめ》たちの名と、すでにみどり児の母となった少女《おとめ》たちの名と、鳩、小犬、兎、らば、鹿、フランシス・ジャム、ライナー・マリア・リルケ、こういう詩人の名を呼んでみます。

これらの人たちはあまりにも遠くにいます。
星がはるか遠いように、

母さん、
そしてあなたは遠い北間島《プクカンド》におられます。
わたしはなにやら恋しくて
この夥しい星明りがそそぐ丘の上に
わたしの名を書いてみて、
土でおおってしまいました。

夜を明かして鳴く虫は

恥ずかしい名を悲しんでいるのです。

しかし冬が過ぎわたしの星にも春がくれば
墓の上に緑の芝生が萌えでるように
わたしの名がうずめられた丘の上にも
誇らしく草が生い繁るでしょう★。

流れ星がひとつ素早く頭の上を通り過ぎた。流れ星を見て願い事をすれば叶うというが、この青年は願い事はできないだろう。彼には叶えられない夢や願いがあまりにも多いからだ。だが杉山は願い事をした。青年が残忍なこの時代を無事に抜け出せるようにというただひとつの願いを。

杉山は同心円を描き回っている星の軌道が、暗闇の中で描かれた星の足跡だと想像した。そして人間も星のように暗闇の中で、自身の軌道に従い回っているのではないかと考えた。星も足音を出すのか？　あるいはやわらかにすべる摩擦音を出すのだろうか？　巨大な星が空を歩いていく音が聞けるのなら、たくさんの星が出す音の音符を読めるなら……。

尋問室に戻った杉山は尋問調書の用紙を広げた。石膏像のように固くなった東柱の唇が上下に動いた。日本語に翻訳した「星を数える夜」だった。

その危うい言葉までが消え去ったら、何を願い、何を夢見、何に頼って生きていけばいいのか杉山はわからなかった。いつか戦争が終わり、このむごたらしい風がなくなるとき、彼の詩を守れなかった自分をどんなに責め立てねばならないのか分からなかった。彼は青年の詩を守る唯一の人間は自分だということを再び痛感した。杉山はペン先にインクをつけ、言葉を書き取った。くすんだ尋問調書に、文字が星のように浮かび上がった。

杉山は書き終えた尋問調書を注意深く折り、ポケットに入れた。世の中に一部しか残ってない秘密文書のような詩を。

絶望はなぜ歌になるのか

所長と院長は目をつぶってピアノの演奏に聞き入った。演奏が終わると所長ははっとして我に返り、拍手した。

「りっぱな演奏だった。岩波さん、コンサートの練習に努めてください。福岡市全体が注目しています」

所長の頭の中をグルグル回る浅はかな考えが、姿を現していた。囚人たちのコンサートが刑務所で開かれたら、それだけでも大変なニュースではないか？　刑務所とその責任者たる所長は、行事に参列する内務大臣をはじめとする高級官僚に、いい印象をあたえる機会を得るだろう。有力新聞の記者

★伊吹郷訳、『正本尹東柱詩集』（ホン・シャハク編、文学と知性社）には、この詩の最後の部分が収録されていない。しかし書かれた日付の次に詩人の自筆で記されている肉筆の原稿という点を勘案し、この小説では収録した。

たちも押し寄せ、全国的な名士にもなれるはずだ。同盟国の大使や外国の記者たちも招聘するのだから、名声は国境を越えることすらあるのではないか？　次々に調子のいい考えが浮び、所長は自分でも気づかずに微笑を漏らした。

みどりの演奏は、聞いていたすべての人を好意的に変えてしまった。彼女は状況が自分の味方をしてくれると感じ、その瞬間の雰囲気を逃さず、「ひとつお願いがあります」と口を開いた。大胆だとも思ったが、所長は大喜びで次の言葉を待った。「公演の最後に合唱曲を入れたいのです」と彼女は言った。所長は興味深げに顎ひげをねじった。

「合唱？　誰が歌うんだ？　練習は誰にさせるのか？」

「歌を歌う人はこの刑務所にあふれています」

「誰？　囚人たちか？」

彼女は答えの代わりに目で肯定の意味を見せた。所長の顔が一瞬歪んだ。凶悪な囚人どもが、内務大臣や上流階級の人々の前で歌うだと？　彼女が答えた。

「囚人たちだからこそ、むしろ公演が輝くのです。もし彼らが美しい歌を歌ったら、帝国の刑の制度が凶悪な犯罪者たちを教化させたことを証明することになるからです」

「有名な丸井安次郎先生の独唱会だよ。日本最高の声楽家の舞台を台無しにするつもりなのか？」

彼女はしばらくためらっていたが、看護服のポケットから白い手紙を一通出して見せた。所長は疑わしい表情で手紙を受け取った。彼女が口を開いた。

「昨日届いた丸井先生からのお手紙です。先生もすでに承諾してくださいました」

所長は顎ひげをなでつけ、この計画がもたらす損得を素早く計算した。刑務所のコンサートが固定観念を破る力作なら、囚人たちの合唱だからといって駄目ということもないのではないか？　最高の声楽家と凶悪な囚人たちのアンサンブル。それは自分が描いた刑務所コンサートという大きな絵に、さらに箔《はく》がつくではないか？　所長は決心したように彼女を見て言った。

「だとしたら迷うこともない。だが非道な囚人どもが合唱できるのか？　たとえそんな奴がいたとしても、徹底して監視しなければ何をしでかすかわからないんだが……」

所長が心配そうな表情でつぶやくと、彼女の後ろにいた杉山が乗り出した。

「ご心配なさらないでください。練習時間には、私があいつらを徹底して護送し監視いたします」

自分が調律したピアノで、誰かに音楽を聞かせられるのなら、何でもやりたかった。誰がどんな目的ですることでも構わなかった。彼女が言った。

「曲目はヴェルディのオペラ『ナブッコ』第三幕二場の合唱曲、『ヘブライ人奴隷たちの合唱』です」

「ヴェルディ……ヴェルディとは……」

所長はつぶやいた。院長が彼女の代わりに言葉を続けた。

「同盟国ドイツにワーグナーがいるとすれば、イタリアにはヴェルディがいます。ミラノ・スカラ座で大成功を収めた〝ナブッコ〟はイタリアの希望をこめた国民オペラです。分裂と戦争に苦しんだイタリア国民に、強力な統一国家を創ろうという祖国愛をみなぎらせました。その中でも『ヘブライ人奴隷たちの合唱』は、イタリアの第二の国歌として知られ、ヴェルディの葬式でも歌われた曲です。勇壮で力強い雰囲気ですから、男性パートだけで編曲しても問題ないでしょう」

院長の言葉は所長の胸を弾ませた。イタリア人の祖国愛を沸き立たせる国民的愛唱曲なら、戦時の日本人でも同じはずだ。これ以上ためらう理由はなかった。

所長は、団員に選ばれた者たちには労役を免除してやり、特別の食事を提供するという破格の条件を出した。それは人間的配慮ではなく、自分の計画のための措置だったが、囚人たちは後先見ずに飛びついた。院長は、オーディションと練習のため、彼女を午後の勤務からはずした。

オーディションにはきっちり一週間かかった。彼女は講堂に護送された団員一人一人に、鍵盤を叩いて基準音をつかみ、発声を把握した。そして団員の名簿に音色や声量、ふさわしいパートについての評価を詳しく記した。七十余名の一次候補が選ばれると、さらに詳しく細かく複雑な二次評価を続けた。多様な音階を歌わせ、正確な音声を探り、名簿にこと細かく記録した。高い音では声が割れたり、リズムについて来れない者たちが続出した。

三日過ぎると、七十名は三十名になった。音色と発生音域に従い、バリトン、バス、テナーの三パートにそれぞれ十余名ずつが割り当てられた。声量が豊かで音感の優れた団員をパート長に指名した。上野音楽学校予科に通い、思想犯として刑務所に来た韓大明《ハンデミョン》が楽長として指揮を受け持った。所長はパート別に特定の監房に団員をまとめた。

杉山はピアノ調律の管理と団員の護送業務を担当した。彼は月曜日になるとパート別の監房を回り、団員たちに手錠と足の鎖をはめて監房を出た。男たちはガチャガチャと音を立てて医務棟へと向かった。

練習時間の講堂は修羅場だった。楽譜が読めるどころか音階への基本的理解もない男たちにとって、ヴェルディのオペラは体に合わない服のように、思うようにいかなかった。彼らが講堂に集まる理由はただ、労役の免除と、特別な配給を受けとるためだった。杉山は入り乱れる騒音にあっけにとられ、我を忘れた。

練習する前に、彼女は団員たちの手錠をはずすようにと要請した。きちんとした発声のためには上体を広げ、まっすぐな姿勢を維持しなければならないのに、手錠をはめていると体がうつむき、押さえつけられた肺に空気を吸い込めないからだ。所長は彼女の考えのなさを恨めばいいのか、勇気に感服したらいいのかわからなかった。

「そんなことをして、囚人たちが乱暴を働いたらどうするつもりか？」

彼女は答えの代わりに、十本の指を鍵盤の上に投げ降ろすかのように力強く弾いた。荘重なピアノの音に、男たちは静かになった。百の言葉より信じるに値するただ一回の打鍵で、騒々しくごったがえす騒乱を整然とさせたのだ。所長は不満げな表情で言った。

「よろしい！　だが足の鎖は譲れない。だが、足に鎖をつけたまま舞台に上がったら、それこそヘブライ人の奴隷の扮装になるな」

彼女は各パート長に楽譜を分配し、パート別にメロディを演奏して、テーマの旋律を覚えるようにした。しかし次の週も、また次の週も、講堂の中は騒音の坩堝《るつぼ》だった。声は割れて入り乱れて裏返り、発声はでたらめだった。先の擦り切れた箒のように、ぼんやりと立っている団員たちは、ヴェルディどころか童謡一曲歌えそうにない。「ヘブライ人奴隷たちの合唱」の演奏を始めた彼女は、粘り強く鍵盤を叩き、団員たちの声を点検し、発声を修正し、腹式呼吸を導こうと彼らの飢えた肺を絞った。

時間がたつにつれ騒音の塊はだんだん良くなった。数えきれないハンマーの力で包丁になる鉄の塊のように、騒音は音となり、音は音楽になった。嘆息や息だけ吐き出していた口から、歌が流れ出した。それは失われた彼ら自身の声だった。彼らの歌は今やもう、一食の食事や労役を避けるための口実ではなく、失われた自分を探す言語になった。彼らの声が、彼ら自身が何者なのかを語ってくれた。

練習が終わると、彼らはテナー、バリトン、バスのパート別にずらりと並んだ。杉山は人員点呼をして手錠をかけ、号令をかけた。

「監房に帰還する。前へ、進め！」

赤い幼虫のようにうごめき監房に戻る団員たちは、もう命令がなくても歌を歌うようになった。常に発声練習をし、隣の監房の他のパートと和音を合わせた。分厚い監房の壁も、音を調和させようと熱望する彼らの声を塞ぐことはできなかった。各パートの声は、だんだんと輝きを増していった。

一ヶ月過ぎると、足の鎖は今や彼らの声を妨げることもできなかった。講堂へ向かう団員たちは、神聖な儀式を準備する祭官たちのようだった。よく整った声が、日差しの中の埃と一緒に昇った。声は各パートから集まり、各々のパートは太い縄のように固く結ばれ、空間の一点で爆発した。それは高潔な権力者ではない、最も低き者たちの声だった。

彼女は、鍵盤を叩き、団員たちの声のひとつひとつを導いた。彼女の指揮棒は羊飼いの杖のように、荒い声を慰め、抵抗する声をそっと抑え、遅れる声を後押しして群れに戻した。彼女は決してあせらず、手抜かりがないよう、声の明るさと暗さ、強さと弱さや冷たさと温かさを調節した。団員たちは自分の体から引き出せる最も美しい声のために、修行僧のように精進した。

埃や光とともに空中を流れる旋律や和音に耳を傾け、杉山ははるか昔になくしたと思っていた自分の臓器を再び取り戻したような気がした。美しさに感動する熱い心臓を。

医務検査

刑務所では、季節はすべてがむごたらしい拷問だった。芽生える新芽が希望よりも深い憂鬱に陥らせる春、過酷な温度や湿度と、汗のにおいと蚊が飛び回る夏、冷たく激しい風が残酷な季節を予告する秋、つねに鋭い歯を出して飛びかかる冬。短い袖の中に白い手首を隠し、囚人たちは残酷な四つの季節に堪えた。

森岡院長が第三収容棟を訪ねたのは、この前の秋のある日だった。所長と看守長が並んで院長を案内し、二十余名の医師と看護婦たちが後に従った。白いガウンの行列が、収容棟の廊下をぎっしりと埋めた。そんなにたくさんの医療陣が一度に監房を訪ねることはかつてなかった。所長は薄暗い廊下の端で叫んだ。

「みな監房の戸を開け、看守は位置につけ！」

騒々しい軍靴の音を響かせて看守たちは散った。あちこちで鍵の塊りがジャラジャラと音を立て、錠の開けられる金属音が上がった。監房の戸が開くと、すっぱい汗の臭いや汚物の臭いが鼻を突いたが院長は顔をしかめなかった。その知的な雰囲気、洗練された物言い、やわらかな表情は乱れることがなかった。

指示事項を終えた看守たちは、廊下の両側に五、六メートル間隔でずらりと並んだ。院長が目くばせすると、マスクと手術用のゴム手袋をはめた医師たちと看守たちが監房に入った。

「特別医務検査だ！　服を脱げ！」

男たちは互いに顔色を窺い、のろのろと服を脱いだ。何がなんだかわからずもたもたしている者たちには、棍棒が飛んだ。一瞬で裸になった男たちは、互いを見つめ合いながら寝床の両側に並んだ。医師たちは鋭い目で、恐怖におびえる男たちの背丈や体重を測定し、手袋をはめた手で、彼らの瞼をひっくり返してみたり、口の中を隅々までのぞいたりした。監房を出た医師たちは中央廊下に再集結し、囚人たちの衛生状態と健康状態が記された検査書を院長に提出した。書類を片づけて振り返る院長の白いガウンの裾から、ひりひりする消毒薬の臭いがした。

廊下の向こうへと遠ざかる院長一行を見た所長は、キラリと光る金縁のメガネをかけたあの紳士が、自分の野望を人に押しつけるだろうと確信した。口髭をよじって巻き上げ、所長は甲高い声を上げた。

「医務検査終了！　監房門閉鎖！」

看守たちが、豆が飛びはねるような勢いで動いた。杉山は不安げな表情で、目の前の風景を見守った。彼はあらゆる出来事が今後何か起こる前兆だと思った。時間はそれ自体では完結せず、事件はそれ自体では目的にはならない。同じようにあるゆる行為は、迫りくる運命のために行われるのだ。問題はそれが素晴らしい幸運なのか、我らすべてを死に追いやる不運なのかわからないということだ。

二日後、所長は囚人たちを庭に整列させた。ぎっしりと組まれた隊列は、まるで互いの自由を拘束する暗黙の仕掛けのようだった。誰も飛び出すことも後に抜け出すこともできない。囚人たちは自分自身が服従することで他人を服従させたのだ。

所長は壇上からまっすぐな隊列を見下ろすだけで、容易に口を開かなかった。それは、所長が囚人たちのいらだちを刺激する、いつものやり方だった。時間は力を持つ者の味方であり、時がたつほど相手はさらに焦るものである。囚人たちが願うのは〝良い〟知らせなのか、〝悪い〟知らせなのかではなく、〝新たな〟知らせだった。男たちは切実な目で所長の口元を注視した。非常にもったいぶった所長は、ピィ！　というマイクの騒音とともに口を開いた。

「九州帝国大学医学部医療陣の医務検査に感謝しろ！」

男たちがざわめいた。彼らが不安になり、焦るまでほっておいた所長は、ざわめきが収まってからさらにしばらくして言葉を続けた。

「列島最高の医療陣が朝鮮人囚人たちを治療することは、大日本帝国の包容力でしかありえない。検査過程で相当数、囚人の健康に問題があることが露呈した。医療陣は検査結果を土台にし、健康水準が平均値に満たなかったり特別措置が必要な者には、無料医療を実施する。対象者たちは医務棟で注射、投薬、処置を受けることになる」

男たちの顔には喜びの血色がよみがえったが、彼らは所長の言葉が信じられなかった。しかし安楽な大学を去り、刑務所へ来た森岡院長のことを考えれば、信じられないことでもなかった。院長は所長とは違う人間だった。患者が誰であれ関係なく、仁術を広めようという崇高な人道主義者を信じられないのなら、誰を信じるのか。

所長は、ざわざわしたマイクの音を残して帰っていった。壇上のそばの掲示板に囚人番号がぎっしりと書かれた紙が張り出された。男たちが集まった。文字が読めない者たちは掲示板の前で足をばたつかせた。看守長は名簿を開き、囚人番号を読み上げると、彼らは歓喜の声を上げた。健康が良くないということは明らかに喜ぶべきことではなかったが、清潔な医務棟で医療措置を受けるということだけでも歓声を上げるには十分だった。最後まで名前が呼ばれなかった者たちが、看守長の前に押しかけた。その中には目ざとい金万教《キムマンギョ》がいた。

「看守長様、私も入れてください。いつも力が出なくて目がかすんで、今にも倒れそうなんです」

看守長は指揮棒で彼の首筋を殴りつけると、赤い鞭の跡が腫れ上がった。看守長は指揮棒で彼のあごを持ち上げて言った。

「すぐに血の気が上がるところを見ると、丈夫なんだな」

今度は血の気のない青ざめた男がひとり近づいた。黄色い目はひと目で黄疸だとはっきりしていた。

「私はずっと前から貧血を患っています。健康な人を治療するというのに、なぜ私は外されるのですか?」

しょげているが毒のある声だった。看守長が体を揺すりながら答えた。

「お前には必要な資格を欠く理由がある。額に切り傷があるところを見ると、血を流したな。傷のある者は例外だ！　しかし望むならチャンスは多い。検査は長期的に続くことになっている」

久しぶりに刑務所の中に歓声と笑いが広がった。所長も看守長も囚人たちも、みな幸福な半日だった。ただひとりの男だけが庭の隅で、幸福な彼らを不安な眼差しでじっと見つめていた。

To be, or Not to be……

検閲室は杉山の勤務地、隠れ家、そして生息地だった。私は検閲室に入るたびに習慣のように、隅々まで杉山の名残りが残っていそうなところを探った。しかしこれというものが見つかることはなかった。机と書架、そして書類の箱は、いつもどおりで私にはなじみだ。特に何かといえば、書架と壁の間の狭い空間に古い木のキャビネットがあるくらいである。錠が壊れたそのキャビネットは、杉山の個人備品箱兼衣裳箪笥だった。

キャビネットの中には、火熨斗《ひのし》がよく当てられた制服の看守服一着、褐色の冬用看守服一着、そして白の夏用看守服が二着、掛かっていた。下の引き出しには古い軍用下着や靴下やゲートル、そしてハンカチーフ数枚がきちんと畳んであった。事件直後に覗いたときと同じように、杉山の潔癖な性格が十分に推測できるほどきれいに整理されていた。

キャビネットの戸を閉めた瞬間、下の方に空っぽの大きな箱が目に入った。洗濯物を入れておく箱のようだが、蓋を開けるとすっぱい汗の臭いやむれたかびの臭いがした。私は洗濯物の間から、くたくたになった冬のズボンを取り出した。飛び出た膝の部分やズボンの折り返し部分の布目に土が挟まっていた。誰かにひざまずいたのか、あるいは粗い床を這った跡のようだ。検閲室暮らしのような検閲官が、どういう理由で膝をつき、土の上を這ったのか？　そのうえ刑務所の庭の土は、払えば簡単に飛んでいく乾いた土だ。

私はハンガーに掛けられた看守服ズボンの折り返しを探った。思ったとおり、全衣類の膝にじめじめした土の塊と、かすかに引っかかった跡が残っていた。その跡は、死体室で見た杉山の膝の傷口と関連があるはずだ。夏服と冬服すべてに擦りむいた跡があるのを見ると、彼は六ヶ月を越す間、濡れた土の所で誰かにひざまずいたのだ。彼はいったい誰に、なぜひざまずかなければならなかったのか？


分厚い尋問室の戸を開け、崔致寿が入ってきた。久しく剃っていない髭がぼうぼうと伸びていた。彼は目が落ちくぼんでいたが、私の肩に注意を向けた。そこには糊気《のりけ》の取れないごわごわした新しい階級章がついていた。

「おめでとう。昇級したんだな」

私は半分は恥ずかしく、半分は済まないと思った。願ったのではないが、上等兵の階級章は彼を殺人者にした代価だった。彼は白い歯を出して笑った。

「そうだ。死ぬ人は死に、生きる人は幸せに生きなければな。昇級もし、休暇も取ってだよ」

彼の表情には死ぬ日を待つ者の疲労と、すべてが早く終わることを願う焦りが染み込んでいた。私は看守服の上着のボタンをはずして聞いた。

「平沼東柱に関していくつか聞きたい」

「その頭の痛い奴の名をなぜまた引っ張り出すんだ？　奴は俺とは違う類の人間だよ。いずれにしても奴とは関わりたくない」

かっと声を張り上げたが、彼の目は揺れていた。

「お前の言うとおり、独房に出入りする者たちは大部分お前の手下だった。ところで彼は、お前とは釣り合おうとしても釣り合わない。両極にある尹東柱が、なぜ独房に出入りしたと思うんだ？」

彼は手錠をはめた両手で、荒々しくのびた髭を整えた。私は彼に気づかれないように唾を飲み込んだ。

「奴がなぜ独房へ行ったのか、そこで何をしたのか俺は知らない。それが知りたかったら、俺ではなくあいつに聞く方が早い」

彼は考えを整理しているようだった。私は彼の考えをもう一度混乱させなければならなかった。

「お前は嘘をついているし、知っている事実を話さずにいる。お前は独房から戻った尹東柱に手下を送った。彼らの握り拳で尹東柱は顔に痣ができた」

「それ、どうしてわかったんだ？」

「死んだ杉山の勤務日誌に書いてある。尹東柱を徹頭徹尾観察していたからな。だから嘘はもうこれ以上通じない」

「人が嘘をつく理由は恐怖か、または希望のためだ。だが、俺には恐れも希望もない。もう終わった事件が今さらひっくり返されることはないからな」

彼はしばし息を吐いた後、言葉を続けた。

「俺たちはあいつを俺らの計画に引き込もうと必死に努力をした。あいつは気に入らなかったが、朝鮮人の光になると思ったんだよ」

＊

崔致寿は、刑務所に来た東柱を初日から注視していた。東柱の穏やかな初印象に、彼は意気地なさや無力感を感じた。平沼という創氏名にも失望した。姓を捨てたのは自分の国を捨てる行為だ。崔致寿は人を呼んで、彼についての情報を収集した。金万教は看守たちを通し、東柱の身上情報を聞き取った。間島出身で延禧専門学校を終え、東京と京都で学んだ留学生だった。崔致寿はその事柄だけでも青年を自分が最も軽蔑する〝意気地のない知識人〟と決めつけた。

しかしいつからか、意図に反し状況が変わってきた。朝鮮の囚人たちは崔致寿ではなく、尹東柱のそばに集まり始めたのだ。崔致寿はまるで理解できなかった。彼は仲間を寄せ集める手腕も、拳骨で誰かを叩きのめす腕力もないうえに、ささいなことでも恥ずかしがる弱虫にすぎない。彼のやることといえば、塀の日陰の下で黙って男たちの話を聞き、彼らの葉書を代わりに書き、凧を揚げることがすべてだ。

人々を引き寄せる彼の唯一の武器は、言葉と文章だった。看守たちに知られずに分かち合う話や、囚人たちの代わりに書く葉書を通して、彼は朝鮮人をひとつ所に集め、同じ考えをするようにしたのだ。崔致寿は言葉がどのように人々の心を動かすのかわからなかった。だがそうできるのなら彼は囚人たちを寄せ集める武器になるということだ。尹東柱は正にそれができる人間だった。

崔致寿は自分と尹東柱が同じ類の人間ではないということだけではなく、極端に違う人間だとわかった。彼の目には、尹東柱は意気地がなく、感傷的で、でたらめだった。東柱にとっても自分は、暴力的でどうしようもない利己的な人間に見えていることは明らかだった。だが、ある瞬間から、尹東柱は拒否できない磁場のように崔致寿までをも惹きつけていた。彼は何度か東柱に会いたいと思い手下を送ったが、得るものはなかった。何日かたって、崔致寿はしかたなく直接東柱に会いに行った。

「会うだけでもひと苦労というわけか。話がある。お前も興味をそそられるはずだ」

東柱の目は、空っぽの空間へ閉じ込もっているように動かなかった。崔致寿はこれ以上自分の権威に傷がつくのを望まなかった。白い歯を出してさわやかに笑い、歩数を数えながら来た道を戻って行った。

その日の出会い以後、崔致寿は毎日、東柱に会いに行った。崔致寿が青二才の堅物に、どれほどの我慢強さを発揮し誠意と努力を注いでいるか、刑務所内のみんなが知っていた。ある日彼は心の中に秘めた短剣をこっそりと取り出して見せた。

「この穢わしい所から出たくないか？　このうんざりする監獄から生きて出て行きたかったら、俺の言うことを聞く気はないか」

そう言って崔致寿は塀の中で過ごした歳月を思い浮かべた。ボロボロになった体で、臭い独房の便器台の底を掘っていた愚かなほどに無謀な日々を。それでも東柱はなびかなかった。

「おことわりします。私は私の足でこの刑務所の正門を歩いて出ます。今や早くも遅くもない来年十一月三十日、刑期満了日にですが」

崔致寿は土の入った爪やマメができた膝やすり減ったスプーンを、コチコチに固まったアホ野郎に強く押しつけ、言ってやりたかった。そのすべてのものごとは、この耐えがたくうんざりする刑務所を抜け出すためであるのだと。そしてあいつの胸倉をつかみ、独房へ行って自由へと続くトンネルを見せてやりたかった。しかしながら、この扱いにくい物書きに、むやみに口を滑らすわけにはいかなかった。秘密がばれたら、トンネルは脱獄ではなく、死に向かう通路になるからだ。崔致寿は白い歯を出して言った。

「ここがどんな所なのかわかってないんだな。お前のように意気地のない病弱者が、一年を耐えられると思うのか？　来年の十一月までここで何百体の死体が出るかわからん。お前もその中の一人になるだろう」

「ご心配はいりません。神さまが守ってくださいます」

「小心な物書きだというだけじゃなく、弱虫クリスチャン野郎だったのか」

共産主義者とキリスト者、彼らはまるっきり合わない組み合わせだった。彼は乾いた土に痰を吐き、背を向けた。ポプラに止まったセミが耳をかじって食べるかのように鳴いた。

状況が変わったのは、東柱の独房行きだった。崔致寿は肩をすくめて独房に行く東柱の後姿を見て、不安に襲われた。東柱が独房にいる間中、崔致寿はそわそわしていた。鷲のような目と鋭敏な感覚なら独房の秘密を見破るかもしれない。十五日後、よたよたしながら独房を歩いて出てきた東柱に、彼は平然と笑いながら言った。

「生きて出られてよかったじゃないか」

東柱は強い日差しに眉をひそめた。十五日の独房生活で、彼の白い顔はさらに蒼白になった。

「苦しかったが死ぬほどではなかったです。絶望は人間を殺しますが、苦しみは絶対人間を殺せません。希望を失う人々は死にますが、希望をもつ人々は生き残りますから」

崔致寿は切羽詰まっていたが、努めて平然と言った。

「詩は希望ではなく麻薬だ。現実は克服するのではなく現実を忘れるようにするんだ。意気地のない感傷に浸っても、冷酷な現実がなくなることはない。希望は、この鉄格子や塀を脱け出すことだけだ」

「あなたは不可能な夢を見ています。植民地の人に許された自由は、この世のどこにもありません」

崔致寿は胸の中に熱いものが噴き出した。すべての計画を言ってしまいたかった。まっ暗で湿気に満ちたトンネルの中をモグラのように掘る理由を知ったら、あいつもむやみな口を叩かないだろう。

「何も知らないくせにいいかげんなことを言うな。この塀の中にはここだけの規則があり、言ってはならない秘密もある」

「その秘密のためにあなたが死ぬこともあります」

きちんとしたイントネーションが崔致寿を愕然とさせた。こいつは何か知っているんだろうか？　知っているならどこまで知っているのか？　崔致寿は声を低めた。

「独房の中で何を見たんだ？」

無駄な質問だった。奴が何を発見しようと、何を知っていようと、すでに秘密にはひびが入ったのだ。秘密には中間がない。すべてが守られるか、すべてが暴かれるだけだ。独房棟が何か変だと感じさせるだけで看守長は独房棟をくまなく掘り下げて調べ、また逆に独房へ出入りする者たちにかかりきりになるだろう。崔致寿は唾を飲み込んで言った。

「目聡い奴だ。そうだ。何も言わなくてもよい。お前が見たものはみな事実だから」

崔致寿は鋭い目で東柱の囚人服の膝についた土を射るように見た。

「目聡い奴だから、もう選択すべき瞬間だということもわかっているな。計画に合流するか、それとも……」

省略された言葉ははっきりしていた。〝死ぬか〟。東柱は考えた。To be, or Not to be. 死ぬか生きるか、いつもそれが問題だった。しかし死ぬか生きるかは生と死を意味する言葉ではなく、To be〝じっとしているのか？〟、Not to be〝じっとしていないのか〟、つまり行動するのか行動しないのかという問題でもあった。知っているのなら行動しなければならず、行動しない知識は無力で不道徳だという事実ははっきりしているが、考えのない無茶な行動は、自分だけでなく他の人まで危険に陥らせることにもなる。崔致寿は言った。

「俺は今まで六年間、他の者がしないあらゆることを考えた。地上から歩幅で長さを計り、方向に狙いをつけてトンネルを掘ったんだ。計画に同調する奴を物色する時も、数十回の探索を入れた」

「刑務所を脱け出してどうするんですか？」

「逃げるんだ。この穢らわしい戦争から、この穢らわしい国から」

「いつまで逃げとおせると思っているんですか？　あなたは二十四時間もたたずに捕まって銃殺されますよ。ここを脱け出しても逃げる場所はありません。結局犬死ににになるだけです。それが正に日本の奴らの願うことです」

「日本の奴らが俺の脱獄を望んでいるんだというのか？」

「不必要な脱獄劇は、言葉で見せる見せしめだからです」

東柱を引き入れようとした崔致寿の計画は歯も立たなかった。そのうえ、東柱は独房の秘密をすべて知ってしまっていた。選択の余地はなかった。秘密を守るのなら、奴の口を永遠に塞ぐしかなかった。崔致寿は少し離れた所で待機していた三人の男たちに目くばせした。秘密めいた目を交わした男たちが動きだした。一人の男が二人のそばに近づき、もう一人はポケットの中で鉄条網の破片を鋭く研いだ凶器を動かそうとズボンの裾を揺り動かした。またもう一人の男は、囚人たちが集まっているすぐそばへ近づいていった。一糸乱れぬ動きは、前もってよく計画されていたようだ。人々のそばへ行った者が大声を上げて看守の視線を引くと、凶器を持った男が東柱に近づき、刺して逃げるのだ。ズボンの腰深く手を突っ込んだ男が近づいて来ていた。

「行動しなかったら犬死にになるのはお前も同じだろう」

強圧的な崔致寿の口調は、計画に合流しろという婉曲な頼みごとだった。細くとがった針金を握る男の腕の、太い血管が膨らんだりへこんだりした。東柱は、自分でも知らぬ間に望まないことへ足を踏み入れたのを知った。彼はクモの巣に掛かった昆虫で、自分を結んだ一筋のクモの巣が、どこに繋がれているのかわからなかった。すべてがそうだった。何かに縛られてはいるが、自分を縛っているものが何なのか知らなかった。知っていてもできることはなかった。東柱は切羽詰まって吐き出した。

「わかった、やります!」

目の前まで近づきズボンの腰回りの針金を取り出す男に、崔致寿が目くばせをした。男は向きを変え、大またで遠ざかった。東柱の背に汗が流れた。

＊

「それで平沼は一緒にトンネルを掘ったのか?」

私は額が触れるほど崔致寿に近づいた。彼は首を横に振った。否定ではなく、わからないという振り方だった。

「わからない。あいつが自分の役割分のトンネルを掘ったのかそうじゃなかったのか。どうであろうと関係ない。あいつを俺たちの計画に抱き込んだだけで十分だったから。あいつは俺たちの持っていない知略と明るく明晰な頭脳を持ち、朝鮮人たちをまとめる能力があったよ」

「彼は独房に行ったが、お前の計画には同調しなかった。死を避けるために計画に加わっただけだ。トンネルの作業が終わっても、彼は脱獄しない考えだったはずだ」

「あいつが計画に合流していた間は秘密が守られただけで大きな収穫だったよ。もし俺たちが脱獄した後でも刑務所に残っていたら、死の他に待つものがないことをあいつもわかるだろうから……」

崔致寿の言葉は前後が合わなかった。彼は尹東柱を脱獄謀議にかかわろうがかかわるまいがそれっきりのたいしたことのない人物だと言ったが、そんなにたいしたことのない人物だったのなら、彼を抱き込むのにそれほど精魂込めなかったはずだ。私は彼の尋問調書を探り、また聞いた。

「なぜ脱獄事件の尋問過程で、尹東柱と関係ある陳述がこんなに少ないんだ？」

崔致寿は鉛の塊のように堅い表情で、口元の髭をなで下ろした。

「どうせ事件と直接的な関係がない端っぽの人物だから話さなかっただけだ」

彼は他の同調者とは違い、尹東柱を意図的に事件から切り離そうとしていた。もしも彼が尹東柱をかばおうというのならば、理由は何だろうか？　彼が今まで明かさなかった、何か秘密を握られているからではないだろうか？

崔致寿は、開いた調書を穴が開くほどじっと見つめた。私の注意を分散させようとする意図的な行為のようだ。

「もしよかったら、その用紙を一枚破いてもらえないか？」

私は疑わしい表情で聞き返した。

「紙は何に使うんだ？」

「いつ死ぬかわからない人間が遺書を書く紙一枚もらうのに、そんないい方はないだろう？」

そういう彼の表情は悲壮だった。私は何も言わず調書用紙の後のページをはがし、彼に渡した。彼は紙を受け取り、きれいに折り畳んで囚人服の上ポケットに入れた。

「ありがたいね。いつかこの紙の代金は支払うからな」

それは独房に閉じ込められ、執行を待つ死刑囚の空しい強がりだった。それでも私は、その約束が守られればいいいと思った。

本の虫の私生活

検閲室に戻り、私は焼却文書目録の帳簿をめくった。一月から八月までは、目につく点はなかった。九月の目録を取り出し見ていくと、私の目は九月十八日の焼却文書に留まった。一日平均十冊内外の焼却量の、二倍近い十八冊だった。新しく入ってきた囚人の押収物や、保存期間が過ぎた書類だった。その中に登録番号のない一冊の本があった。内務省国民教育局発行の政府刊行物、『帝国の誕生』だった。

私は資料室図書目録を持って検閲室の隣の五坪余りの資料室へと向かった。あちこち石灰がはがれた外壁には、かびが染みついていて、家具らしきものは、丸く置かれた四個の椅子と古い机で全部だ。机には「巡察勤務要覧」、「矯導行程心得」、「看守教範」等、治安当局から看守教育のために配布された刊行物が本立てに差し込んであった。陸軍省から配布された『帝国の道』、『桜の戦士』、『蒼空の桜』等の戦争小説と、「戦時国民行動要覧」、「軍人教範」もあった。毎月払い下げられた冊子を分類し管理する業務は、検閲官の任務だった。古い本を焼却すれば、新しく払い下げられた本のための空間を作れるのだ。

私は背表紙をひとつひとつ揃え、本棚を調べた。本棚の右側のぼんやりとした埃の上に、二筋の跡が残っていた。誰かがそこにあった本を取り出したのだ。それは犯罪の痕跡といえる。その他にも比較的鮮明ないくつかの太く引かれた二本線が見え、さらにまた埃にまみれ、かすかな跡もあった。それは本が消え去ったときの時差のしるしだった。

残っている本の背表紙には、登録番号がなかった。検閲官になった杉山が、払い下げになった全印刷物を目録に整理する前からあった本だということだ。奥付の発行年度を確認すると、大部分が一九四三年以前の本だった。

検閲室から持ってきた資料室図書目録には、登録番号のない刊行物の記録は一冊もなかった。大きな水車が私の心の中でくるくる回りだした。本が消えていた。あれほど徹底した検閲官が担当する資料室で、一、二冊ではなく、数十冊の本が消えた。本はどこに消えたのだろうか？　分からなかった。ただ、消えた本はどうであれ、杉山の死と関連があるはずだ。彼の死をまともに理解しようと思ったら、消えた本の行方を探さなければならなかった。

私はもの寂しく冷気があふれる資料室で、書棚の埃の跡と取り組みながら一日を過ごした。明らかなことはなく、すべては迷路のように複雑だった。杉山の死や尹東柱という存在はそれ自体ミステリーであり、暗闇に包まれた刑務所の隅々は秘密だらけだった。私はくたびれ果てていた。私は追いかけられないことを追いかけ、知ってはいけないことを知りたがっているのだろうか。

行き止まりの迷路の端で私は、本棚に背をもたれ、ペタリと座り込んだ。私は本棚から目につくまま古い本を一冊抜き取った。日本が必ず勝利するから最後まで国のための犠牲を誇らしく思えと煽動していた。

私は嫌悪感を覚えた。こんなに多くの人々が囚人になり、生命を失い、こんなにたくさんの子どもが孤児になり、こんなに多くの女性たちが未亡人になった後の勝利とは、誰のためなのか？　戦争を終えることを至上課題に感じている者たちが、なぜ戦争を起こしたのか？　彼らはバカなのか？　そうでなければ邪悪な嘘つきなのか？

抜き取った本を開くと、古い本の背表紙は、もうこれ以上耐えられないとばかりに、まんなかからポロリと解けた。背骨の割れた本は死んでいた。割れたページの間には、紙をかじった虫の通った狭くて長い畝と畝との間のような跡があった。次のページにも、その次のページにも跡は続いていた。

私はそんな風に紙をかじる虫を知っている。京都の本屋にいつでも出没し、本を駄目にした甲虫の幼虫だった。奴らは象牙のように白くキラリとした触手と両側に伸びる頑丈なあごで、数百ページの表紙を掘り出し溝に繭をつくり、卵をかえした。ぶくぶくと肉がついた虫は、英版『シェイクスピアの戯曲集』のページの間に、ダンテの『神曲』の中の地獄の場面に生息していた。

本は奴らの餌であり、隠れ場、墓場だった。夜昼をわかたず紙を食い尽くして生きていく虫は、私と同じ種族だった。私は奴らがうらやましかった。あいつらのように本の中で生まれ、本を食べて生き、本の中で死にたかった。

奴らはよどみない食欲と驚くべき運動能力を誇った。オフェーリアの死が書かれたページをかじって食べたかと思えば、ツルゲーネフの洋本の表紙やディケンズの『オリヴァー・トゥイスト』も飲み下した。一匹の幼虫が何日間かで『オデッセイ』や『ドン・キホーテ』や『レ・ミゼラブル』を同時に使えなくしたこともあった。ホメロスやセルバンテスやユゴーと続く三冊の傑作を結び、長いトンネルを貫通させたのだった。

奴らが食べて片づけたのは、本だけではなかった。私と母の人生もまた、奴らに食われた。誰も虫食い本をすぐに買おうとはしなかったからだ。私は奴らの攻撃を食い止めなければならなかった。そのためにはまず、奴らの正体を知らなければならない。私は店内の本棚から、ある大学教授の息子が金が欲しくなるたびに父親の書斎から一冊ずつかすめて売った昆虫図鑑を抜き取った。ページの間に生け捕った虫を取り上げ、各ページの昆虫とこと細かに比較した。

紙を餌にする虫

アノビウム（Anobium）

ウジ虫に似ており幼虫の状態では主に堅果類の中で過ごす。よく乾いた木の切れ端、木箱、古文献をかじって食う。

オエコポラ（Oecoophora）

オエコポラ・プセウドスプレテッラ（Oecoophora pseudospretella）

体の長さは二分の一インチ程度で、頭の部分に強力な顎を持っている。蚕のような姿をしており、体は六個の足と八個の吸盤がある。

本の虫の正体を知った私は駐屯軍医務隊から害虫防疫剤を手に入れた。白い粉を本棚や本の間に振り撒くと、薬効はすぐに現れた。私はその時昆虫図鑑で見た虫の学名をつぶやいた。

「オエコポラ・プセウドスプレテッラ」

その虫はどこから来たのだろうか？　本棚のすき間と壁のあちこちに白い粉が見えた。本の虫を退治するための防疫剤に違いなかった。何事にも徹底的な杉山が、本の虫を放置するはずがなかった。それでも虫たちが荒れ狂う理由は、防疫剤の攻撃を避けられる場所がどこかにあるからだ。

本棚の中の隅々をていねいに調べた私の目に、壁のすき間からもぞもぞする何かが見えた。きらりとした紙やインクの臭いを探る二つの長い触手。奴は六本の足でもぞもぞと本棚を這っていた。すると後方からまた一匹が、もぞもぞうごめいて現れた。もう一匹、またもう一匹……。成虫が壁のすき間に卵を産んだに違いない。本の虫は灰色の壁のすき間から這い出した。

ひび割れた壁のそばにある机に近寄ると、足元にガランと空いた空間から響き出て来るような振動が伝わってきた。机を移動すると、そこだけが目立つ四角形の床板が見えた。虫はそこから這い上がってきていた。床板を取り外すと、かびの臭気の混じった湿った空気がぴゅうと襲った。私の心臓は追いかけられる人のようにドキドキしはじめた。

目が暗闇に慣れてくると、地下へと続く古い木の階段が現れた。私はふらつく足でやっと暗闇の中へ、かび臭い埃の臭いの中へと踏み込んだ。一段一段階段を降りて行くと、私自身が暗闇の一部分になった。ポケットからライターを取り出してつけ、床に着いて階段下の油皿に火を灯した。乾いた芯がじゅっという音とともに狭い室内が明るくなった。

五十冊を越す本が煉瓦の上にかかる板材の上に立てかけられたり、横に置かれたりしていた。反対側の隅には使い残した煉瓦の山や角材、板材などが積まれていた。私はわくわくする胸を抑え、盛り上がった背表紙を揃えた。黒い背表紙には朝鮮語の題名と日本語の題名が併記されていた。背表紙をひとつひとつ指先でなでつけると、本はピアノの鍵盤のようにそれぞれの音を出すようだった。『ドン・キホーテ』、『レ・ミゼラブル』、『リルケ詩集』、『フランシス・ジャム詩集』、『ロビンソン・クルーソー』、『ロミオとジュリエット』……。

本の中には燃え上がる街や殺人者の謀略、淋しい者たちのため息や犠牲者の悲鳴が息をしていた。資料室から消えた「戦闘教法」や「戦争心得」などは、息づまる冒険や愛の物語に変貌していた。この秘めたる空間はそれら作家たちの亡命地であり、その主人公たちの避難所だった。彼らは残酷な現実から、卑劣な戦争から、冷淡な人間から逃げてきたかのようだった。

私は表紙がつるつるにすり減った一冊の本を引き抜いた。『ドイツ人の愛』。その本の初めの語句を、私ははっきり覚えている。

幼き頃はそれなりの秘密や驚きをもっている。
しかし誰がそれらを物語として編集でき、誰がそれを読み解けるか?

だが私は本に書かれた文章が読めなかった。本に書かれた文章は、私の知らない朝鮮語だったからだ。私は本を閉じ、もともとあった場所へ注意深く押し込んだ。右側の本棚には下手な文字の日本語の本があった。朝鮮語の本がデュマやスタンダールなどの小説だとしたら、日本語の本はキルケゴールのような哲学教養書だった。

本は多くはないが内容からしてよくバランスが取れており、本に不慣れな人と相当のレベルに達した読書家を同時に満足させられる水準に合わせて整えられていた。この暗闇の中に隠れた図書館を作った人は本をよく知り、人間の知的冒険がどのように為されるのかを知っている人物だった。だとしたら彼は、なぜ全部朝鮮語に翻訳しなかったのだろうか？　その理由は日本語と朝鮮語の筆跡が違っていることから見当がついた。日本語を書いた人は朝鮮語がわからなかったのだ。その図書館には、少なくとも一人以上の朝鮮人と一人以上の日本人が介入していた。ぎこちないが力のあるその日本語の筆跡が誰のものなのかはわかる。

杉山道造。

私にできる選択は二つだった。このすべての事実を報告するのかしないのか？　報告するなら秘密図書館の存在は明らかになり、報告しなければ秘密は封印されるだろう。秘密が明らかになったら、本は火に焼かれ、陰謀を企てた者たちは死ぬだろう。秘密が封印されたら、私は反逆者になるだろう。私はこの残酷な刑務所に建設された文明を抹殺すればよいのか、反逆者になればいいのかわからなかった。

結局私は何も選択しないことにした。私はただ真実を選ぶのだ。

真実を話してくれるひとりの人が浮かんだ。もしかしたら彼は真実の人ではないかも知れない。そうだとしたら、彼は真実ではないという真実だけでも確認しなければならなかった。

消えた本の歌

尋問室に入ってきた東柱の顔は睡眠がまともに取れていないらしく、やつれていた。捕り縄を解くと、顔にやっと血の気が差した。彼はいらいらしているように見えたが、怖がってはいなかった。

私の頭の中には、数十個の質問が駆け巡っていた。真実は私が理解できる範囲を越えていた。東柱は手首の、ヘビの鱗《うろこ》のように刻まれた取り縄跡をなでながら言った。

「杉山に関する話なら終わったと思っていたんだが……」

彼は被告人という負荷を背負う労働者のように見えた。私は答えた。

「杉山に関しては終わったかもしれないが、消えた本や地下の図書館の話は始まってもいない」

「消えた本？　地下の図書館？　いったい何の話なのか？」

「とぼけても無駄だ。私の目でちゃんと確認した！」

私の声が激しくなるほどに、彼の唇はもっと頑強に固くなった。口を開かせるためにはさらにたたみかけなければならない。

「望もうが望むまいが、お前は崔致寿の脱獄用トンネル事件に加担した。しかし崔致寿は、脱獄用のトンネル事件が発覚した後も、お前に関する陳述をはぐらかした。崔致寿がお前を守らなければならない理由は、いったい何だ？」

東柱の目元が軽く震えた。自分になぜそんなことを聞くのかと問い返しているようだった。私は言葉を続けた。

「はじめは重罪を避けようと、お前をただの加担者にしたんだと思ったよ。しかしそうではない。崔致寿がお前を守ったのは、徹底して意図的だった。彼には、単にお前を守るというよりももっと大きな目的があった。つまり、トンネルに関して隠さなければならない秘密があったんだ」

東柱は秘密を話さなければという思いと、秘密を守らなければならないという思いで迷い、顔をゆがめた。ついに、彼はようやく干上がった口を切った。

「杉山……。あの人について何がわかったのですか？」

「彼のズボンの膝に付いていた土が、崔致寿が掘ったトンネルの土とは違っていた。第二のトンネルがあったということだろう。不思議な点がもっとある。検閲室の机の本の中から古い政府刊行物が消えたことだ。軍人心得、戦時国民行動要覧等、大日本帝国の広報物だ」

彼は反論しなかった。彼の目には、憐れみと怒りが戦っていた。命を梃子にして真実を支えている者たちに向けた憐れみと、彼らをそのように追い払う者たちに対する怒り。ひょっとするとその対象は私かもしれない。彼が私に対して怒ったとしても、仕方がないことだった。私はまた言った。

「俺が望むことは事件の解決ではなく、事件の真実だ」

「そんなものはない。あったとしてもあなたは知りえません」

「お前が打ち明けなかったら、私は上官に報告するしかない。消えた本に関する捜査が始まれば、隠された図書館の秘密が明らかになるだろう。杉山が英雄ではなく、反逆者にすぎなかったということだ」

すべてを諦めたように、彼の目が揺れた。彼は他の人ではなく、私に打ち明けることが最善だということを知っているはずだ。仮に朝鮮人と日本人だとしても、少なくとも本を愛する点で私たちは同じ種族なのだから。私は唾を飲み込み、聞いた。

「誰が消えた本を盗んだのだ？」

私の声が震えていることを自分でもわかっていた。彼は決心したように、非常に言いにくそうに口を開いた。

「杉山さんは本を焼き払う者だった。同時に本泥棒で、本を作る職人でもあったんです」

彼の話は杉山の死に関することではなく、彼の人生についてだった。本泥棒であり、本を作る職人だったひとりの男の物語、そして彼が作った、この世の中で最も秘密の本の話。

＊

杉山道造は本を嫌悪し、本を焼き、本を盗んだ。それは本を憎悪すると同時に憧れていたからだ。

崔致寿の脱獄謀議を探り出した彼は、独房行きを願った者たちを尋問室に呼んだ。彼らは上瞼が腫れて裂け、脳天が砕け、手首が折れたまま尋問室を出た。

杉山の棍棒は彼らの希望を砕き、現実を直視させた。中途半端な脱獄謀議は成功できず、崔致寿という者は信じられない人間であり、この要塞のような刑務所を抜け出せないということを。

最後に尋問室に呼び出されたのは尹東柱だった。この男に対する裏切りのために、杉山の顔の筋肉は一斉にねじれた。彼は興奮したら負けだと自分を抑えてから、口を開いた。

「詩だ文学だと言っておきながら、バカな乱暴者どもの愚かな謀議に命を賭ける間抜けなんだな」

彼の皮肉は目の前の間抜けにではなく、そんな者と少しでも心を通わせた自分自身に向けられたものだった。東柱は言った。

「私は間抜けかも知れませんが、謀議に加わったことはありません。彼の計画を知り、独房行きを自ら招きましたが、成功するとは思っていなかったし、成功したとしてもそんなやり方でここを出るのは嫌でした」

「じゃ、独房へ行った目的は何だ?」

「崔致寿のトンネルではなく、私のトンネルを掘るためです。刑務所の塀の外ではない、他の場所に向かうためのトンネルです」

「他にもトンネルがあるのか?」

「崔致寿のトンネルの中間から分かれて、つまりこの検閲室に向かいます」

杉山は後頭部を殴られた気がした。こいつは崔致寿の脅しに屈服したのではなく、崔致寿の計画を逆利用したのだ。何のためにそんな途方もない事をしたのか?

「それは脱出路ではないのか?」

「私はトンネルからはこの刑務所を出ないつもりです。鉄条網を脱け出しても束縛は同じだから。スパイたちや特高刑事たちが後を追いかけ、鉄格子の代わりに蔑視の目が私たちを縛ることになります。地獄を脱出し、もっとひどい地獄へと行くだけです」

「ところで、なぜ棍棒打ちにあいながら忌まわしい独房行きを決意したんだ？」

「脱出したかったんです」

「どこに？」

「文字の中に、文章の中に！」

杉山は作り笑いの中で二つの疑問を抱いた。奴は正気なのか？　文章の中への「脱出」などできるのか？　答えは明らかだった。奴は正気だった。文章の中への脱出は可能だったのだ。

杉山は活字に向かうあいつの渇望と、本がその渇望を満たすことを理解した。本のある場所なら、あいつはどんなに狭く暗い土の中でも自分だけの世界を創造できるのだろう。たくさんの都市や村を作り、そこに自分の魂を生かすことができるだろう。

あいつは本気だと思う自分自身がおかしいのではないかと考えると、杉山はふと自分が恐くなった。

「文章の中に？　どうやって？」

東柱は熱心な杉山の表情を見て、迷った。彼はすべてを打ち明けられる人物なのか考えているようだった。しかしそうでないとしても、他に方法はない。隠したからといって隠し通せるものでもなく、もうこれ以上隠す必要もなかった。行き止まりの隅に追い詰められたネズミにできる唯一の行動は、猫に飛びかかることしかなかった。

「刑務所の中で本のある場所は、検閲室と資料室が集まっている検閲棟です」

「検閲棟は地獄だ。幽霊にでもふさわしい残酷な場所に、洞穴を掘っただと？」

杉山は自嘲まじりの声を痰のように吐き出した。その地獄をうろつく幽霊は、正に自分自身だったという事実が恥ずかしかった。東柱が言った。

「検閲室地下にトンネルを掘ったら、あなたが席を空ける間に一、二冊の本をかすめられるだろうと考えたんです。独房生活の一週間なら、何冊も読めます。読み終えたら元の位置に戻しておけばわからないと思いました」

彼の目に込められているのは、嘘でもむなしい空想でもなく、熱烈な望みだった。杉山の頭の中に、ある考えが光のようによぎった。

「お前の計画はとんでもないどころか、必ず失敗する。どうしてかだと？　俺はお前のように不用心な大バカ者ではない。たとえそうだとしても、俺の縄張に誰であろうと、俺の知らぬ間にしばしば出入りするのか知らないほどバカではない。だから、資料室ならともかく、俺の検閲室などとは夢にも考えるな！」

だが資料室に保管された本は半強制的に押しつけられた政府広報物だけで、命を賭けてトンネルを掘り、読むような本はない。杉山はしばし躊躇《ため》らっていたが、決心したように続けていった。

「資料室の下には一時期拷問室に使っていた地下室がある。刑務所が拡張されて閉鎖された後、今は木材や煉瓦のような残りの材料を保管する倉庫として使っている」

もはや杉山は監視者ではなく、しかも尋問者ではなかった。彼は共謀者で、反逆者になっていた。東柱は、杉山が何を言おうとしているのかはっきりと理解した。

「あなたが助けてくれるなら……。そこに図書館をつくれます」

東柱の激しいまなざしが杉山を固く締めつけた。杉山はなぜか彼の罠から逃げたくなかった。彼の考えはすでに、どこからどうやって本を手に入れるかにあった。検閲室の本を何冊でも抜き出せればいいが、それは誰にでも危険なことだった。書類と現物を照らし合わせれば問題は発覚するのだから。

杉山は決心して言った。

「資料室の政府刊行物は、押収著作物よりは管理がおろそかだ。あえて命を賭けなくても、監房で腹に敷いて読めるようにきちんきちんと配達してやる」

「その本を抜き出せるなら、方法があります。読むのではなく、新しい本を作るんです」

「どうやって？」

「豆炭を運ぶ労役組の朝鮮人囚人がいます。豆炭をいくつかきれいに磨き、ストーブの火の焚きつけ用灯油を何滴か混ぜれば、木炭のような黒い色が出せるはずです。それを抜き取った本に塗れば、古い再生紙だから色がよく出るでしょう。油が接着剤の役割をして染みることもないはずです」

「本全体をまっ黒に塗る？　文字という文字をすっかり消した本で何をするというのか？」

「黒い紙に字は書けないが、白いインクがあったら話が違ってくるでしょう」

「白いインクがどこにある？」

「ストーブですっかり燃やされた豆炭の灰をすり砕いて油に混ぜれば、白い色が出せます。黒い生地の上に書けば読めるでしょう。私を看守室の暖房労役組に配置してくれたら、墨と白いインクをつくれます」

「お前の言うとおり本を作りインクを手に入れても、本はどうやって手に入れるつもりなのか？」

杉山は恐くなった。今にも自分を吸い込みそうなこいつの狡猾な陰謀から、すぐにも逃げ出したかった。そういうわけにはいかないことはよくわかっているのに。青年ははっきりと言った。

「検閲室の押収物箱には数百冊の本があります。それを朝鮮語に翻訳して、筆写するんです」

杉山の顔に血が上った。

「押収本をかすめるだと？　死ぬ気なのか？」

「盗みはしません、押収物目録と箱を照らしあわせて調べたらすぐにわかってしまうからです。代わりに一週間ずつ借りることにします。抜き取ったあと、必ず返す条件で……」

「俺がなぜ何の代価もなしにその本を貸してやらなきゃならないんだ？」

杉山は怒りを抑えた声で聞いた。青年は、代価はちゃんとありますと答えた。杉山はまた作り笑いをした。鉄格子の中で、一日一回の食事をどうにか食べている囚人のくせに、代価だとは？　この狡猾なこいつは、何かもくろみを持っているのか？　東柱が言葉を続けた。

「あなたは私がまた詩を書かなければいけないと言いましたね。いいですよ。また詩を書いて、あなたへ日本語に翻訳してあげますよ。どうですか？　これでは代価が足りないですか？」

それは青年が彼に払える最高の代価だった。この世の誰も提示できない、高価な代価だった。杉山は深くこくりと頷いた。青年が再び詩を書くのなら、彼は何でもできそうだった。それなのに彼は、自分がなぜ青年を助けようとしているのか理解できなかった。しかしついに、彼は答えを見つけた。

彼は青年を助けるのではなく、自分自身を助けているだけなのだ。もしかすると彼は反逆者になるかもしれないが、やってみる価値のあることだった。尹東柱は朝鮮人たちの間で崔致寿に次ぐ人物になっていた。杉山の目的は東柱を、この刑務所の塀の中に閉じ込めておくことだ。彼の計画に同意すれば、とにかく彼はこの塀の中に残ることになるのだ。

沈黙が二人の間を流れていった。一時期、囚人たちの悲鳴や血や涙で濡れた拷問室は、文章の聖所になるだろう。杉山は考えた。自分もその図書館に入りたい。彼はまた考えた。自分はつまらない知的な見栄のために祖国を裏切ることになると。彼は反逆者だった。そうだとしたら彼は自分で自分を罰しなければならないのか?

*

私は信じられなかった。尹東柱は崔致寿をあざむき、杉山はそれに加担した。崔致寿は杉山を殺し、尹東柱を保護していた。三人の関係は迷宮のように互いに絡み合っていた。どうやってこのもつれた糸巻きをほどけばいいのか? 私は聞いた。

「崔致寿はお前の裏切りを知っていたのか?」

言葉なく首をこくりとさせた東柱は、しばらくたってから言葉を続けた。

「夏が過ぎる頃、独房から戻ってきた彼が近づいて来ました。彼の目は裏切りと怒りで燃えていました。自分のトンネルとは全然違う方向に掘っている新しいトンネルを発見したんです。掘った土で塞いでおいた分かれ道の仕上げがきちんとしていなかったから。彼は囚人服の襟で私の首を巻いて、絞め殺すように私を睨みつけました。〝子ネズミのように一人で少しずつトンネルを掘ったんだな〟と言いながら。私はそれが子ネズミの洞穴ではなく、自由へとつながる道だと答えました。どの道が私たちを自由へと連れていってくれるのか、あるいは死へと連れていくのか、私たちは誰も知りませんでした。彼が荒々しく首を絞めた襟を振りきったとき、彼は私を殺さないという気がしました。なぜか知りませんが、私の計画を潰さないだろうという気も。彼は言いました。〝そうだ。お前も俺もこの穢らわしい所から抜け出す穴を掘っているんだ。方向は違うが、道はいくつかあるほどいいだろう〟。私は二つのトンネルが各々のやり方で私たちを自由にしてくれることを祈りました。何も言いませんでしたが、私たちはその願いを汲んで、秘密を封印したのです」

「崔致寿は地下図書館の秘密を守った。トンネルについて自白したからと言って、罪が軽くならないことを知っている」

「すべての囚人たちにとって杉山さんは、死ぬべき悪人だったんだ。私もはじめは崔致寿が彼を殺したと思った」

「崔致寿が殺人者ではないというのか？」

「杉山さんが死んだ時間に、地下の図書館で崔致寿を見た朝鮮人たちがいました。崔致寿は杉山道造を殺した殺人者ではありません」

「では、なぜ彼らは口を閉ざしているんだ？」

「殺人罪をまぬかれたとしても、大規模脱獄は死刑を避けられません。代わりに誰かはわかりませんが、杉山を殺した者は抜け出せるでしょう」

私は苛立った。もしも崔致寿が殺人者でないのなら、私は無実の者を殺人者へと激しく責め立てたのだ。崔致寿は私がなすりつけた罪のために死ぬのだろう。彼が杉山を殺さなかったということを、どうやって証明しようか？　証明したとしても、彼を助け出せる方法はあるのだろうか？

「それじゃ、誰が杉山を殺したんだ？」

東柱の青白い口元に暗い微笑みが広がった。それは純潔な詩人の仮面を使った殺人者の微笑のようだった？　私の頭の中で疑いと恐怖が蔓《つる》のように伸びた。彼が嘘をついているかもしれない。崔致寿を騙した彼が、私に嘘をつかない理由などあろうか？　私は大声を上げた。

「お前は犯罪を隠すために崔致寿を利用したんだな。お前が崔致寿に知られないように掘ったトンネルは、検閲棟へと繋がり、検閲棟はそのまま本館棟と繋がる。殺人現場は本館内の中央廊下だった。崔致寿のトンネルの出口は反対側の墓地側になっている。お前は彼に殺人罪を被せたのだな」

彼は冷めた表情で問い返した。

「私が杉山さんを殺さなければならない理由は何ですか?」

「杉山はお前が資料室の地下にトンネルを掘り本を盗んだことに気がついた。地下図書室の秘密がばれることを恐れたお前は、彼の口を封じなければならなかった。人殺し！」

私は今にも彼の顎に拳骨を食らわし、彼を投げ飛ばそうかと思った。悪賢いこいつのために、罪のない崔致寿を殺人者にしてしまった。彼は私の激怒を理解するというような表情だった。しかし私は彼の理解を望まなかった。


崔致寿が杉山を殺さなかったという尹東柱の陳述は、奇妙な二律背反を含んでいた。尹東柱が殺人者なら、それは完全犯罪だった。崔致寿がすべての罪を完璧にかぶったからだ。それなのに彼は崔致寿は殺人者ではないと言った。自分自身が殺人者の疑いをかけられていることを知りながら。

彼の自白は思いもよらない人間を殺人者に追いやった私に対する叱責であり、本当の犯人を明らかにしろという追及だった。それなら東柱が本当の殺人者なのか?

状況は十分にそのとおりだった。用意周到な地下空間の設計者、同僚を裏切って推進した秘密めいた陰謀、たくさんの読書や執筆を通じて積み上げられた洞察力を持つ彼は、誰にも知られずに看守を殺害し、現場を抜け出せる人物だった。しかしなぜ彼は、心を尽くして崔致寿に仕掛けた罠を自らはずしたのか？　疑問は再び原点へと戻った。

泥水のように濁った頭の中に、黒い本の題名が浮かんだ。杉山は政府刊行物を焼却炉に持っていったが、それを焼く代わりに再び隠して出てきたのだ。そしてその本は地下室に移され新しい本として生まれた。『帝国の誕生』は『レ・ミゼラブル』になり、「戦時国民行動要覧」は『フランシス・ジャム詩集』になった。

私は焼却文書目録を取りそろえ資料室に向かった。板敷の場所を持ち上げると、本と埃とかびの臭いがあふれ出た。転がるように階段を下り、油皿に火を灯すと、本の姿が現れた。隅に積み上げられた煉瓦や板材を片づけると、腰の高さのトンネルの入口が現れた。私は油皿をかざして壁を探って見た。

固い土壁に櫛の歯の模様のように鋭いシャベルの刃の跡が、地下室からトンネルの向かい側の方に刻まれていた。その跡は杉山が図書館に本を供給するだけではなく、そこに来るためにトンネルを直接掘ったという証拠だった。それで検閲室の洋服掛けの、看守服のズボンに土がついていた理由がやっとわかった。

杉山道造は隙のない看守だったが、同時に帝国の反逆者にすぎず、すべてを徹底して裏切った二重人格者だった。

彼はなぜそんなに正反対の人生を生きたのだろう?

彼を殺した本当の殺人者は誰なのだろう?

次の日、看守長室へ向かう私の足どりは鉛の固まりをつけたように重かった。罪のない誰かが私のために殺人者になったという事実に、私は恥ずかしくて恐ろしく、呵責に耐えることができなかった。

火ばしでストーブの中の豆炭をかき混ぜる看守長の頬は赤くなっていた。

「看守殺害事件に関する新たな事実が発覚しました」

私の報告に看守長の目尻がかすかに震えた。彼は半分緊張し、半分は何でもないと言わんばかりの口調で大声を上げた。

「何だ！　杉山の幽霊でも見たというのか？」

私は唾をごくんと飲み込んだ。口の中へクモの巣が懸けられたように、唇が開かなかった。

「どうやら犯人を取り違えたようです」

火ばしを投げ、さっと振り返った看守長の目尻がひくひくしていた。

「何言ってるんだ？　殺人事件を調査したのも、崔致寿が犯人だと報告したのもお前だった。その手柄でお前は表彰され、一階級特進までしたのに、今になってすべてが間違っていただと？」

「捜査に誤りがありました。状況証拠が崔致寿の犯行を強力に示唆しており、崔致寿の自白もあって、彼を犯人だと思いましたが、いくつか疑問点があります」

「この刑務所ではすべてが疑問点だらけだ。なぜ朝鮮の奴らが地球上から消えないのか、なぜ大日本帝国の軍人たちが、あんなゴミたちの面倒を見なければならないのか、全部疑問だらけだ。だが、すべての疑問に答えを探すことなどできない」

看守長は舞い上がる怒りを避けつつも言い放った。私は口答えした。

「崔致寿が杉山を殺したなら、彼らが入ってきた本館の入口に靴の跡が残っていなければならないはずです。事件の起きた夜は雪が降りました。でも殺人現場にも、トンネルから本館に至る庭にも足跡はありませんでした」

私は嘘をついていた。本館の入り口に崔致寿の足跡があるかないかということは、崔致寿が殺人者なのかそうではないのかということとは別問題だった。たとえ彼が犯人だとしても、彼の足跡がなければならない理由はなかった。なぜなら彼は、雪が積もった地上ではなく、トンネルを通じて検閲棟を通り狭くて長い廊下に通じる本館へと潜入したはずだからだ。私は封印され、さらにもうひとつの秘密、つまり地下の図書館の話を隠したかっただけだった。ひとつの真実を言うことで、また別のひとつの真実を隠したのだ。看守長はがさがさ鳴る手の平を擦《こす》り、呟《つぶや》いた。

「看守たちと囚人たちの足跡が消えることもあるだろう」

「事件が起きた日の夜、囚人たちはみな監房の中にいました。疑問点はもっとあります」

「どうして疑問がそんなにも多いんだ?」

看守長の声が鋭くなった。ずっと頭を離れなかった疑問について、看守長は何を知っているのだろうか? また何を知らずにいるのだろうか? 私はゆっくり二つの疑問を投げかけた。疑問符が鋭い釣り針に似ているのは偶然だろうか。

「崔致寿のトンネルを発見した杉山は、なぜ上官に報告せず独断でトンネルを埋めるようにしたと思いますか? そして死刑囚の崔致寿はなぜこんなに長い間、死刑執行をされないのでしょうか?」

ストーブの中で、湿った炭が弾ける音がパチパチ聞こえた。看守長はめんどうくさいとばかりに手を振り回した。

「いいかげんにしろ! そういうところがお前のようなガリ勉たちの問題だ。どんなことでもいつか終わりがあるのにその時を知らず、頭をひねくり回すからな。疑問はどこにでもあり、誰にでもある。たいしたこともない問題で頭を悩まさず、最初の推論どおりに杉山の血気《けっき》のなせる業だ。疑わしいときには、いちばん最初に浮かび上がった考えが合っているものだ」

「あんなに徹底していた杉山が脱獄の企てに目をつぶったこと、一回の脱獄ですぐに銃殺する刑務所で、六回も脱獄を企てた崔致寿を生かしておいたこと。二つともこの福岡刑務所ではありえないことです」

看守長は困り果てた表情で言った。

「悪知恵は誰でもめぐらすことはできるが、命令に従うことは軍人だけができるのだ。わかっているだろうが、お前は軍人だ！」

私は肩にいっぱい力を込め、口ごもった。

「命令に反抗するのではなく、調査官として……」

剃刀の刃のような看守長の声は口ごもる私の言葉をさえぎった。

「お前はもう調査官でもなんでもない！　その事件はすでに終わったのだから！」

私はつららのように凍りついた口を無理やり開いた。

「でも崔致寿が殺人者でなかったら……」

「崔致寿でなかったら誰が杉山を殺したんだ？　奴が偽物なら本物はどこにいるんだ？」

私は目を伏せ、たじろいだ。看守長は和やかに言い聞かせた。

「渡辺、調査は終った！　むし返すのはやめろ。どんな奴が死のうが、それは問題じゃない。生かしておく価値がないという点では朝鮮の奴らは同じなんだから」

看守長の命令は私の意志を一刀のもとに切り捨てたが、それで終わらなかった。命令で始まった事件だったが、命令に従い終りにするわけにはいかなかった。疑わしい杉山の行状や謎の人物たち、秘密のトンネルと地下図書館の真実は依然として迷宮入りだった。看守長はこんな私の疑問にくさびを打ちこんでしまった。

「我々は時代の厳しさを悟らねばならない。名も知らぬ前戦で毎日若者たちが死んでいるんだ。またひとり死んだだけだ。太平洋に水をもう一杯かけるのと同じだ。終わった事件に執着することは、彼らを辱めることになるんだ。わかったか！」

彼は私にすべてを忘れろと大声を上げた。しかし私がどうして真実を忘れられるのか？ 後頭部を注視している二つの瞳を感じ、私はぎこちない足どりで看守長室を出た。看守長の声が皮のむちのように背中から飛んできた。

「今日から、杉山がやっていたコンサート関連の業務一切を君がやれ！ 楽譜の点検、合唱団員の護送など！ どれも検閲官業務の一環である！」

柱時計の鐘の音が十時を告げた。鐘の音は木の根元に飛びかかる斧のように重く私の足首にしがみついた。いつか私は折れた足首を持ちこたえられず、非常にゆっくりとした速度で倒れるだろう。その時私の足首は悲しい悲鳴をあげるだろう。

苦しんだ男、幸せなイエス・キリスト

監房は小さくて、灰色の冷気に満ちていた。縦横五メートル余りの小さな部屋の中に十二名の男た

ちがうじゃうじゃしていた。息をするたびにその息が、壁に水滴になって固まった。

男たちは薄氷が張った部屋の中に石膏像のように凍りついたまま、労役の始まりを切に待っていた。体を動かせば寒さに耐えるのがそれだけ楽になるからだ。彼らは飢えており、凍りつき、死にそうだった。

寝る前に、彼らは隣人同士の顔をまじまじと眺め合った。夜中に何が起こるかわからなかった。暗闇の中で見えない手が人々をひったくっていった。

そして朝には、夢よりもっとおぞましく致命的な現実の悪夢がまた始まった。寒さは血を凍らせ、唯一の温かみは息だけだった。彼らは霜柱の立つ床から互いの息を見て、生きていることを確認した。囚人たちは看守に死を知らせなかった。彼らは死者の分の味噌汁と凍った握り飯を分けあって食べた。固く凍った握り飯を嚙み、囚人たちは言った。

「俺が死んだら春が来るまで死体をかたづけるな。冬の間は死体が凍り、腐らないから。そして俺の分の握り飯をもらって食べろ」

そう言って冷たい握り飯をもぐもぐ嚙み、飲みこむとみな頷いた。凍った飯の塊でもひもじい腹を満たせられるのなら、彼らは喜んで死体と一緒に寝る用意ができていた。みんなが自分が死にいくことを知っていた。彼らはその事実が恐かった。それが本当に悪夢だったらよかっただろう。夢の中だったら、少なくとも苦痛は感じないのだろうから。しかしそれは夢ではなく、残酷な現実だった。

生き残った者たちは凍てつく土を掘ることで、死んだ者たちの最後の握り飯をかすめる代価を払った。凍てつく手でシャベルを使いながら、彼らは思った。明日になれば自分たちが掘っている墓の横に、自分自身も並んで埋められるかも知れないと。

〝冬を耐えられたら一年越せる〟という囚人たちの間の言葉は事実だった。検査するたびに医務措置対象者は増えた。医務措置対象者は毎週医務棟へ行き、治療を受けた。

聴診、血圧測定、採血は彼らにとって、久しぶりに誰かの保護を受け、慰めや治療を受ける、気分のいいことだった。医師たちは診察の結果によって注射剤を処方した。注射処置室へ行くと白いマスクをした看護婦たちが彼らを待っていた。看護婦たちのやわらかい手に、まくり上げた前腕をゆだねた男たちは胸がはち切れそうだった。彼らは透明な注射液がくたびれた肉体に力を与え、弱った脈拍を強くしてくれると信じていた。

医務措置が終わると監房に残った者たちは、医務棟についてあれやこれやと話した。彼らは遠くの都市を見物して村へ帰ってきた少年のように、目を輝かせ、自分たちが見てきたことに、なかったことまでつけ加えた。

彼らが言う医務棟は現実ではなく、切なる願いで描き出したファンタジーの空間だった。夏でも暑くなく冬でも寒くない、白い光のあふれている場所、白い服を着た天使たちが手首をさすってくれる楽園。みんなが医務措置対象者になることを願い、医務棟に行くことは特権となった。弱い者、病気になった者が英雄になってしまうアイロニーだった。

しかしそのうち、彼らは悟った。夢は破れるしかなく、幻想は崩れるしかないことを。医務措置対象者たちの健康に、目に見える変化はなかった。行動が落ち着いてきて口数も少なくなったという程度の変化があるにはあったが、医務措置のためなのかは明らかでなかった。

医務措置対象者たちは毎回医務棟へ行くことを、次第に面倒がり始めた。行くたびに採血して注射を打たれることも気乗りしなかった。一人二人と離脱する者が出始めたが、それでも決定は変わらず、対象に選ばれた者たちは、逃れることはできなかった。

東柱が医務措置対象者として分類されたのは、冬のある月曜日だった。午前の労役場に、彼の姿がなかった時、直感で何かよくないことが起こっているらしいと感じた。私は彼に何事も起こらないようにと祈り、雪が降りしきる庭を横切った。本館棟の中央廊下へ入ると威圧的な叫び声が飛び込んだ。

「急げ！」

護送兵のひとりが三十余名の男たちを率いていた。灰色の顔の中に東柱がいた。彼の額はバサバサ刈り上げた頭のため、いっそうすっきりしていて、優しい微笑みはくすんだ目つきの囚人たちの中でよりいっそう目についた。私を見た護送兵が言った。

「医務措置対象者たちを護送中です。何ですか？」

木の切れ端のように固い護送兵は十七歳の少年だったが、幼い年齢で徴集されたので私より古顔だった。彼には幸いなのか不幸なのか？

バカバカしいこの戦時でなかったら、彼は教室で弁当を食べているか、文法の本を開いて眠い目をつり上げているか、そうでなければ、三角関数や数列や地球の誕生、地球から月までの距離などを学んでいるはずだ。しかし戦争は甘やかされた子どもたちを軍人にし、子どもたちは必要以上に寡黙になった。少年たちは知性を備える前に知性が崩れる有り様を見、そのことを悟る前に人間の尊厳を棍棒で駄目にする術を学んだ。顔から幼さが消える前に、彼らの魂は皺だらけの老人になってしまった。

私が東柱に近づくと、護送兵はばつの悪い表情で首をかしげた。護送中の囚人に近づくという行為は規則違反なので、私を静止すべきかどうか迷っているようだった。護送兵がもじもじしている間に、私は東柱の前腕を引っぱった。東柱は鎖に擦りむけた足首をねじり、隊列から抜け出た。彼は私の心配を和らげようとするかのように微笑みを浮かべ、肩を上げて見せた。

「痛いところはないよ。軽い風邪気味だがたいしたことはない。こんなにひどい寒さで風邪ひとつ引かないというのも変な話だろう」

彼の言うように、たいしたことはなさそうに見えた。青白い顔色や痩せた体は粗末な食べ物のためだろう。彼が言った。

「理由はわからないがよかったよ。栄養注射でも受ければ体が軽くなって寒さに耐えるのも楽になるから」

少し離れた所に医務棟に通じる鉄格子の扉が見えた。はっと緊張した護送兵が目くばせで東柱をせかした。東柱は足を引きずり隊列へ戻った。出入口の看守が鉄の扉を開けた。護送兵が移動目的と人員の報告をすると、人員数を確認した看守が首を縦に振った。

行列は鉄格子の向こうへゆっくりと遠ざかった。やせ細った肩や肉付きのない背、やせ衰えた尻や細い足のために、彼の赤い囚人服はだぶだぶの外套のように見えた。青白い顔の彼は透明人間になってしまいそうだった。

私は過ぎし日の夜、尋問室で彼が口笛のように詠じてくれた一編の詩を思い浮かべた。私は看守服の上ポケットの、いつ爆発するかわからない時限爆弾のようなその詩を取り出した。きちんと折られた紙には、すべてのことを耐えたひとりの人間の魂が秘められていた

十字架

追いかけてきた陽の光なのに
いま　教会堂の尖端《さき》
十字架にかかりました。

尖塔があれほど高いのに
どのように登ってゆけるのでしょう。

鐘の音《ね》も聴こえてこないのに
口笛でも吹きつつさまよい歩いて、

苦しんだ男、
幸福なイエス・キリストへの
ように
十字架が許されるなら

頭を垂れ

花のように咲きだす血を
たそがれゆく空のもと
静かに流しましょう。★

詩は、いまだに冷めやらない彼の息を保存しているかのように温かかった。私は静かに最後の連を繰り返してみた。二十五歳にもならない彼がなぜ、死を思い浮かべるのだろうか？　死だけが、残酷な現実に抵抗する唯一の武器だったのか？　先だっての夜、私は彼の詩を書き取った調査用紙をはぎ取り、尋ねたのだった。

「この詩の四段目の行には、論理に合わない句があるね」

「どの言葉？」

「『苦しんだ男、幸福なイエス・キリスト』という矛盾した表現が一つの文章の中にある」

彼は、ゲッセマネの丘のイエス・キリストのようにかすかな微笑みを浮かべた。

「真実は論理を必要としないよ。あらゆる真実は矛盾を含んでいるものでしょう」

「論理から外ずれた嘘で、どうやって真実を語れるのか？」

「それが私たちの生きる世の中です。嘘や汚さや悪にまみれている。でもそんな矛盾が、私たちの暮らしを支えているのです。矛盾は嘘ではなく、真実を強める方法なんです。十字架で釘づけにされたイエス・キリストの苦しみのために、人間は罪から抜け出したでしょう。だからイエス・キリスト

★伊吹郷訳

は苦しかったけれども、幸せでもあったんだ」

そうかもしれない。身近な人ほど互いにぶつかり、愛しているからこそ憎むのかも知れない。残酷な時間が人を成長させ、遠くにいるほど懐かしくなるのかもしれない。だから現実が辛くても、そのために人生はもっと大きな価値を持つのかもしれない。彼はイエス・キリストと同じ犠牲を望んでいるのだろうか？　もしかしたらそうなのだろう。しかしそれは私の望むことではなかった。私は石でも投げるように大声を上げた。

「お前はイエス・キリストではない。そんなのは犬死ににすぎない！」

私が投げた言葉の小石が、彼という井戸の中に収まってしまった。


次の日、同じ時間に私は講堂の廊下で彼らを待っていた。廊下の向こう側から、赤い行列がもたもたと歩いてきた。男たちの灰色の顔には無力感があった。自分たちの健康のための医療措置さえも、彼らはわずらわしい様子だった。

私は護送看守の前に立った。ガチャリと鳴る鎖の音が止まった。足の鎖で擦りむけた足首を引きずって近づいてくる彼らの体から、生臭い臭いがした。彼はあわてた目で私を見、声に威厳を滲ませた。

「何ですか？」

「業務要請事項です」

公式的で権威主義的な〝業務要請〟という表現に、彼はぐっと緊張した。私は表情を優しく直したが、硬い語気はそのままにした。

「合唱団の練習が最終段階だ。実力はついてきているそうだが、舞台恐怖症が心配だ。突然舞台の上に登ると、緊張で合唱がめちゃくちゃになるだろう」

「それは私のせいなんですか？」

「違う。だが団員たちが舞台に上がる前に、観客たちの前で歌を歌う練習をあらかじめやってみたら、どうだろう」

「それで、どうしろというのですか？」

「医務措置対象者たちは毎日ここの講堂の前の廊下を通る。彼らが五分だけでも歩みを止めて練習中の合唱団の歌を聞いてやったら、公演のいい準備になるだろう」

護衛兵の目は好奇心できらりとしたが、すぐに冷ややかになった。

「私は時間に合わせてこの者たちを試薬室まで護送しなければなりません！」

彼は好奇心の多い少年だったが、軍人だった。私の言葉を理解はしたが、受け入れはしなかった。

私は、彼の耳の中へ深く入り込もうと声を整えた。

「この公演がどんなに重要なのかはわかっているはずだ。内務大臣閣下をはじめとした警察庁幹部、多くの議員たちや企業家たち、海外公館の大使や領事のご家族までご列席する行事だ。もしも失敗など起きたら……」

彼はおじけづいた表情で首を左右に大きく振った。私はくさびを打ち込んだ。

「公演が成功したら、舞台恐怖症を抑えるように協力してくれた護送兵にも手柄が与えられるだろう。実戦練習ができたのだから」

彼はしばし顔の筋肉をゆるめたが、すぐに固い表情に戻った。

「しかたがない。とにかく五分以内に終えてくれ！」

講堂の中を太陽の光が白いカーテンのように照らしていた。彼女は鍵盤の前に座り、団員たちはパート別にずらりと並んでいた。彼女が頭を縦に動かした。重い沈黙の中で小さな振動が近づいた。

「ヘブライ人奴隷たちの歌」

男たちは鎖を引きずり、ひとりふたりと窓枠に近寄った。重々しいが悲しくはなく、悲しいけれども力強い歌は、ぴかぴかした金色の絨緞がはためくようだった。非常に短くも長い五分が過ぎた。男たちは子どものような笑窪《えくぼ》をつくり、消えいくピアノの振動を追った。そのとき護衛兵が号令をかけた。

「右向け右！　前へ進め！」

歩みを再開した灰色の顔の中から東柱の顔が浮かんだ。彼の顔を見ると私が笑っていることが分かった。彼は私の鏡だったのだから。鎖を引きずる音が遠のき、かなり時間がたって、私は講堂を横切ってピアノの前の彼女に近づいていった。

「すばらしい演奏でした。護送兵までも歌に夢中になりましたよ」

彼女が譜面台の楽譜をそろえながら言った。

「良かったです。少しずつよくなってきています」

「ただ一つ、イタリア語の歌詞がひと言もわからないというか、感動するのは確かなのだが、歌詞がわからないから残念だ。団員たちが聞いたこともないイタリア語の歌詞を覚えようと、何ヶ月、何日もかかったことはわかるんですが……。日本語に訳して歌うのはどうですか？」

「真心は言葉を超越します。イタリア語でも日本語でも真実の熱い想いは互いに通じるでしょう」

彼女の手がピアノの鍵盤にさわると伴奏が流れた。彼女は伴奏に合わせてゆっくりと歌詞を読んでいった。

ヘブライ人奴隷たちの合唱

行け、想いよ、黄金の翼に乗って
小さな丘や裏山へ飛んで行って座りなさい。
祖国の地に吹いた甘い風のように
やわらかでのどかな香り立つその場所で
はるかなる故郷ヨルダン河の青い河岸に挨拶をすれば
崩れたシオンの城は我らを喜び迎える。

ああ、こんなにも愛する、奪われし我が祖国よ、
ああ、こんなにも大切な、こんなにも
胸痛む思い出よ、

預言者の金色の竪琴よ
なぜ河岸の柳に掛けられ沈黙しているのか。
思い出に浸る胸に再び火を点しておくれ。
そして過ぎし時を歌っておくれ。

エルサレムの滅亡を再び心に刻み
悲嘆にくれた悲しみ痛む歌を奏でておくれ。
我らがこの苦しみを耐えられるように
堅固な主の歌を我らに歌っておくれ。

私は後頭部を殴られたようだった。奴隷たちの強靭な生命力に鼓舞されたからではなく、その歌詞の不穏さのためだった。しかも具体的にどこが不穏なのかはっきりせず、いっそう不安だった。私は平静さを装って言った。

「太く力強い声で、勇士たちの武勇伝だと思ったのに、意外な内容だったんですね」

彼女は答えの代わりにそっと笑った。その笑いは何かを隠そうとしているようだった。彼女は、陰謀でもたくらんでいるのだろうか？　そうだとしても責めることではない。この刑務所で陰謀を企てない者はいないからだ。

「ヘブライ人奴隷たちの合唱」の歌詞が何かの象徴を込めていることは明らかだが、その不穏さの正体を探るのは簡単ではなかった。私が知っていることは、その歌がヴェルディの作品だということだけだった。

私の唯一の頼りは本だった。私は何か困りごとがあるたびに本の中に道を探し、問題にぶつかるたびに本から解決策を探した。しかしこの出口のない迷宮のような刑務所で、一冊の本が真実を語ってくれるだろうか？　そうでないとしても、他に方法はなかった。

検閲室に戻った私は注意深く押収物目録を取り出しながめた。〝音楽〟、〝オペラ〟、〝ヴェルディ〟のような語彙を注視した。四番目の目録に、私が探している活字があった。

押収物登録番号六四五番、『古典音楽の巨匠たち』。

押収物箱のいちばん下にあるその本は、バッハやヘンデルからベートーヴェン、シューベルト、ショパン、シューマンをはじめとする作曲家たちの生涯と作品を紹介する本だった。目次の六番目の章に「ヴェルディ」という名前があった。

〝ワーグナーとヴェルディ、ヨーロッパオペラの二頭立て馬車〟。

私は惹き込まれるように本を開いた。六ページにわたり、ヴェルディの生涯と音楽、代表作についての説明が続いていた。「リゴレット」、「ラ・トラヴィアータ（椿姫）」、「イル・トロヴァトーレ」に続き、「ナブッコ」が登場した。

ナブッコとは旧約聖書の〈列王記下〉や〈エレミヤ書〉、〈ダニエル書〉などに登場するバビロニアのネブカドネザル王のことだ。彼は強力な王権でシリアやエジプトを撃破し、また「ユダ王国」を滅亡させて、ヘブライ人たちを捕虜としてバビロンに引っぱっていった。ヘブライ人たちはその地で、苛酷な強制労働に苦しめられ、奴隷生活を強いられた。彼らが河岸で故郷エルサレム、つまりシオンの山を懐かしんで歌った歌のひとつが『旧約聖書』の詩編百三十七編である。

「ヘブライ人奴隷たちの合唱」はオペラ「ナブッコ」の三幕二場に登場する合唱曲だ。

スカラ座の劇場主メレッリは、夫人と息子の相次ぐ死によって音楽を放棄し、閉じ籠っていたヴェルディに「ナブッコ」の台本を渡した。ヴェルディはバビロンで奴隷にされ、あらゆる苦しみや危機に襲われながらも祖国イスラエルに帰る希望を捨てずに生きていくヘブライ人たちの話に多大な感銘を受け、作曲を始めたのだった。

一八四二年三月九日、スカラ座劇場で初演された「ナブッコ」は、ヴェルディに大成功をもたらした。ミラノ市民たちは涙を流して感動し、オーストリア帝国の圧政下で苦しんでいたイタリア人たちは、ユダヤ人たちに自分たちを重ねて熱狂した。「ヘブライ人奴隷たちの合唱」は、絶望の中にあったイタリアの国民に自由へ向かう新たな熱情を呼び起こした。

イタリア人たちはヴェルディを国民的作曲家として崇め、「ヘブライ人奴隷たちの合唱」は祖国統一運動に乗り出したイタリアの第二国歌として大いに愛された。「ナブッコ」がミラノで初演されてから三十年後、イタリアはガリバルディ将軍によって統一国家となり、そして「ヘブライ人奴隷たちの合唱」はヴェルディの葬式に葬送曲として歌われた。

私は本を閉じて箱の中に入れ、「ヘブライ人奴隷たちの合唱」の歌詞を繰り返した。

「行け、想いよ、黄金の翼に乗って　小さな丘や裏山へ飛んで行って座りなさい。祖国の地に吹いた甘い風のように　柔らかく暖かい香り芳ばしいその場所で」

ふと、もう一つの歌が思い浮かんだ。

「わが故郷へ私を連れてっておくれ。あらゆる種類の穀物果実が実り、あらゆる花々が満開に咲き、ヒバリが空でさえずる所。この年老いた黒人の故郷に★」

音律はやがてゆっくりと重なっていき、ひとつの絵となった。国を失いバビロンへと捕えられてきたユダヤ人たちとオーストリア帝国の圧政に苦しめられたイタリア人たち、アフリカを発ちアメリカへと捕らえられてきた黒人の奴隷たち。

彼らは皆自分が生まれた国を失い、はるか遠くの他国へ捕らえられてきて、故郷を懐かしむ者たちだった。そのうえに、国を奪われ、刑務所へ閉じ込められ、労役に苦しめられる朝鮮人囚人たちの姿が重なった。

癖のように「わが故郷へ私を連れてっておくれ」を口笛で吹いていた尹東柱、「ヘブライ人奴隷たちの合唱」を演奏する岩波みどり、みどりのピアノを調律した暴力看守杉山、みんなが軽蔑した杉山を擁護したみどり、尹東柱の詩に魅了された杉山……。

彼らは音楽という鎖で繋がれていた。どんな方式なのか、どの程度なのかわからないが、東柱は「ヘブライ人奴隷たちの合唱」に関わっているはずだ。手がかりは『古典音楽の巨匠たち』の中の一句だった。

詩編第百三十七編。

私は刑務所の中でその本を持つ唯一の人を知っていた。

東柱はぱさぱさと音のする木の葉のように尋問室の椅子に腰を下ろした。手錠をはずすと金属で擦れた手首が赤く膨れていた。彼は持ってきた聖書を机に置き、熊手のようにやせ衰えた手をその上に置いた。東柱の目が不安げに揺れた。聖書と関連する尋問呼び出しに対する警戒心のためだろう。彼は宗教書籍禁止令が下りたのか、焼却処分が出されたのか気になっているようだった。私はまず、彼を安心させなければならなかった。

★Carry Me Back to Old Virginny「懐かしのヴァージニア」(三宅忠明訳)という題で歌われている。

「聖書は何でもないはずだ。検閲も焼却もしないから」
彼は依然として警戒心と不安が半分半分に混じった目で私を見た。私は温和な表情を浮かべようと心くだいた。
「確かめたい箇所があるんだが、刑務所で聖書を持っているのはお前だけだ。しばらく貸してくれないかな」
彼は聖書を私の方へ静かに差し出した。私はゆっくりとページをめくった。ページをさっとめくる音と唾をごくりと飲み込む音。詩篇百三十七という数字。もぞもぞ蠢《うごめ》く字が私の目に飛び込んだ。

バビロンの流れのほとりに座り
シオンを思って、わたしたちは泣いた。

竪琴は、ほとりの柳の木々に掛けた。
わたしたちを捕囚にした民が
歌をうたえと言うから
わたしたちを嘲る民が、楽しもうとして
「歌って聞かせよ、シオンの歌を」と言うから。

どうして歌うことができようか
主のための歌を、異教の地で。

五行の聖書の句の右には鉛筆で傍点が打たれていた。私は聖書から目を離し、彼を見つめた。彼は自分が隠した秘密の敷居に、私が到達したことに気がついたようだった。

「『古典音楽の巨匠たち』を読んだんですね」

私は頷いた。彼は私と同じ角度と速さで頷いた後、詩句の意味を一行一行説明した。

「ユフラテ河岸に捕らえられ連れていかれたヘブライ人の奴隷たちは、昔の歌を歌ってシオンを懐かしみ、涙を流したのです。悩みに沈んでいた彼らにバビロニアの監督官が、ヘブライ人の歌を歌ってみろとあざ笑った。ヘブライ人たちはどうすることもできない罠に閉じ込められたわけです。命令に背いたら死を免かれられず、命令を守ろうとしたら祖国に恥をかかせるしかないのですから。ヴェルディはその詩句からインスピレーションを得て『ヘブライ人奴隷たちの歌』を作曲したのです。苦難を受けるヘブライ人たちに、黄金の光の翼でシオンに帰る希望を投げかけたのです」

彼の言葉は、ぼんやりしていた真実をだんだんに明らかにした。それは「ヘブライ人奴隷たちの合唱」がユフラテ河岸のヘブライ人奴隷たち、オーストリア帝国の圧政にあったイタリア人たちの抵抗歌だったのと同じように、日本の刑務所に閉じ込められた朝鮮人たちの抵抗歌でもあるという事実だった。私は聞いた。

「『ヘブライ人奴隷たちの合唱』を合唱曲のレパートリーに選曲した人は岩波みどりさんではないですか？　そうでしょう？」

彼は私の目を見つめ堂々と答えた。

「誰がどんな歌を選曲するのかは重要じゃない。大事なのは歌を歌う人々の真実が、聞く人々にどれほど伝わるかというだけです」

「そう考えたのなら、お前の思いどおりになったんだな。団員たちは歌の言葉どおり、失われた国を取り戻し、去ってきた故郷に帰ろうという一念で歌を歌うのだから。しかし聴衆は政府のお偉方たちと軍部関係者や外国の高官たちだ。朝鮮人の囚人たちが失われた国を想う歌を歌ったら、どんなことになるのか考えてみたのか？」

東柱は首を振った。

「私はそんなこと考えない。私が考えたのは最高の舞台のことだけだ」

そうだ。彼はこの刑務所のどの囚人よりも従順なようでいて、どの看守よりも狡猾な者だったのだ。彼は今、すべてを欺《あざむ》く自分だけの復讐を計画し推進しつつあるのだ。彼の復讐はトンネルを掘ることや、看守を殺害することでもなければ、刑務所を脱走することでもなかった。みすぼらしい一台のピアノと囚人たちの歌で、大日本帝国へ一撃を浴びせようとしているのだった。

「素直なんだな。彼らがこの曲の意味をわからないと思うか？『ヘブライ人奴隷たちの合唱』はバビロニア王国に抵抗するヘブライ人たち、オーストリア帝国に抵抗するイタリア人のように、日本に抵抗する朝鮮人たちの抵抗歌ということだ」

「朝鮮人であれ、ユダヤ人、日本人、イタリア人であれ、歌に込められた真実は、聞く人にきちんと伝えられます」

「これは音楽と芸術を利用して朝鮮の独立を思いっきり叫ぶ巨大な詐欺劇だ。お前は日本のお偉方を呼び集めておき、露骨で内密な抵抗劇をやろうと計画している。事実が発覚したら、団員たちはもちろんコンサートに関わった人々はみな苦境に立たされるはずだ。お前が望むことはそういうことか？　所長と看守長を困らせ、彼女と私を苦境に陥れたいのか？」

　東柱は、自分は誰かを傷つけたり苦境に陥れるのを望んではいないと抗弁した。そしてただ、この戦争のどまんなかで誰かの真実を込めた歌が、また他の誰かに伝わることを願うだけだとつけ加え、最終陳述を終えた被告人のように、私を見つめた。

　彼の夢は純粋なのか？　狡猾なのか？　いや、そんなことはどうでもいい。彼の夢は成し遂げられるだろうか？　世の中はこんなに険悪で、時代はこんなに残酷なのに、すべての者に慰めとなる音楽、すべての者に祝福となる歌は可能なのだろうか？

　その瞬間私は、帝国が私に与えた身分と職務を思い浮かべた。私は福岡刑務所の検閲官であり、この刑務所のすべての創作物は私の検閲の物差しをまぬかれることができなかった。信書や本だけではなく、歌や公演内容までもである。

　私は選択し、判決を下さなければならなかった。焼却すべきか発送すべきか。失くすべきか残すべきか。殺すべきか生かすべきか。彼が企画し準備してきた合唱公演もまた同じだった。

「この不穏な歌は、福岡刑務所においでになる貴賓たちの前では公演できないだろう」

　彼は真剣な目で公演を中止させるのですかと聞いた。それは、所長にこのすべての陰謀を報告するのかという問いだった。検閲官として、不穏な公演は当然中止させなければならなかった。しかし私は彼の問いに答えられなかった。クモの巣が顔にかかっているような、見えない何かが私を締めつけてきた。答えを出せない私は、短いバサバサの頭をかきむしった。

　岩波みどりは夜がふけるのも忘れ伴奏の練習をしていた。団員に選ばれた囚人たちは練習に自分のすべてをかけているように見えた。初めは、自分たちにこんな美しい声が出せるということさえ知らなかった彼らにとって今や、音楽は宗教になった。団員に選ばれなかった者たちまでが、労役場で、監房の中で、庭で、かすかに聞こえてくる歌に耳を傾けた。

練習をしている間だけは、みんなが幸せで自由を楽しんでいるのだ。音楽はこの収容所唯一の慰めになった。東柱の目は〝それなのに公演を中断させるのか?〟と聞いているようだった。

選択できる立場だという事実が、私には辛かった。

「三八号監房のおじいさんが言いましたよ。どうせ、どちらかに賭けなければならないのなら〝希望〟に賭けろと。商売は上手くいくという方に賭けるのが利益は多く残ると」

私は彼の無茶を責めたい一方で、彼の純真さに従いたかった。奇跡が起こるのか利益が残るのか、それはわからなかった。公演が終われば、関係者は皆ひどい辱めを受けるかも知れない。しかし運がよければ聴衆たちは拍手をして感動し、公演は成功に終わるかもしれない。だからといって彼や彼女を危険に陥れてまで、危険な賭けの巻き添えにしたくなかった。そのくせ一方では確認したかった。囚人たちの合唱が、日本人の観客たちを感動させる姿を。戦争が私たちをひざまずかせ、世の中が私たちを汚い獣のように扱っても、私たちの魂までは傷つかないことを。

その瞬間、私は自分が検閲官だという事実が怖くなった。それは杉山が死ぬ前の身分だった。それだけではなく、私は杉山のように医務措置対象者の護送看守であり、合唱団護送看守であり、地下図書館の存在をも知っていた。私は杉山がした、あるいはしようとしたすべてに関わっていた。だとしたら、私も誰かに殺されるのか?

沈みゆくプロメテウス

尋問室のかすかな明かりに東柱の目はすっぽりとくぼんで見えた。顔には薄汚い垢がこびりつき、骨と皮ばかりの肩甲骨の上の囚人服はつり合わないほどだぶだぶだった。明け方から手押し車を押しつづけ、彼は気力が尽きてへとへとだった。

「疲れて見えるが」

「私を年寄扱いするなよ。私はいまやっと二十六歳で、まだ身体も丈夫だ。明日は医務措置があるから注射一本打ってもらえばよくなるよ」

彼の目が期待でキラリと光った。尋問室の彼は、労役場で垢だらけになって手押し車を押す彼、がらんとしたポプラの丘にぼんやりと立つ彼、陽の射す塀の下でうずくまる彼とは、完全に別人だった。詩について話す時、彼は墓から歩いて出てきたラザロ★のようだった。声は活気にあふれ、目は光を放った。彼はいつものように快活に一編の詩を口ずさんだ。

★新約聖書　ヨハネによる福音書第十一章

肝

海辺の陽射しの当たる岩場に
湿った肝をひろげて干そう。

コーカサスの山中から逃げてきた兎のように
周りをぴょんぴょん跳ねて肝を見守ろう。

ぼくが長く育てた痩せた鷲よ！
来て食い千切れ。心配するな

お前は太り
ぼくは痩せなければ、だが、

亀よ！
もう二度と竜宮の誘惑に落ちたりはしない。

プロメテウス、哀れなプロメテウス

火を盗んだ罪で首に石臼を吊るされ
どこまでも沈みゆくプロメテウス。

その詩は以前の彼の作風とは面食らうほど違っていた。穏やかな思索と秘められた深い考えの代わりに、激しい感情がどっと出ている。彼は激しくなった感情をなだめ、物静かに言った。

「一九四〇年延禧専門学校の卒業を目前にし、詩集を出そうと思ったんだ。十九編の詩を集め、題名まで決めたが、朝鮮語で書かれた詩は日本の当局の検閲を通らなかった。『空と星と風と詩』。出せなかった詩集だが、題名は生きているよ」

彼はかすかな微笑みとともに、初めての詩集出版に挫折した怒りも現した。

「『空と星と風と詩』と言ったかな？　『空と風と星と詩』ではないのか？　それから、延禧専門学校の卒業は四一年ではなく四〇年？」

「それの何が問題なのですか？」

彼は私が変なことを言うという表情をした。もちろん彼が他の人だったら問題にはならないだろう。『空と風と星と詩』であれ、『空と星と風と詩』であれ、延禧専門学校の卒業が四一年であれ四〇年であれ……。しかし、その題名は彼が出版しようとした生れて初めての詩集であり、その年度は、彼が延禧専門学校を卒業した年だった。几帳面な彼が、決して勘違いするはずのない重要な事柄だった。

「記憶というものはどうせ信じられないものです」

彼は何でもないという風に笑った。しかし私は笑うことができなかった。この頃、彼の記憶力低下は深刻な水準だった。カイサルとアウグストゥスを混同し、スタンダールとユゴーを勘違いしたりした。栄養不足のためなのか？　過重な強制労役のためなのか？

一時的症状で終わることを願うしかなかったが、そうするには不安だった。何かが間違って進んでいたが、しかし何が間違っているのかわからなかった。憔悴していた体はさらに憔悴し、小さな傷もすぐには回復しなかった。片方の手でゴホゴホする咳を遮《さえぎ》る彼の囚人服の袖が、赤く濡れているのが見えた。袖をまくり上げると、長く切れた傷の跡が凍っていた。彼はたいしたことがないかのように言った。

「何でもないですよ。手押し車が傾いて引っかかれたんだ。まともに食べていないからなのか、血がなかなか止まらない」

「二時間もたつのに、何をしていたんだ？」

私はゲートルの紐を解いて彼の前腕を包みこみながら大声を上げたが、その声は何の意味もない騒音のように飛び散った。刑務所で痛いということ、怪我をしたということは、他の人に大げさに言うことではなかった。あらゆる囚人たちが虚弱で病いをぶら下げて生きていた。彼は少し濁った池のような目で私を見た。

「寒いからだよ。すぐ春になって天気が良くなったら治るでしょう。診察を受け、注射を打ってもらえる医務措置対象者だから幸いですよ」

「そうか。このうんざりする冬が早く過ぎ去ればいいのに」

「残酷な寒さと強烈な吹雪を耐えれば春が来ます。雨が降らなかったら虹を見ることができないように、美しさは苦しみを先立たせて来るものです。苦痛のない美しさはつまらないものだから」

そんな言葉を口にする時、彼の目ははっきりしていた。しかしそれだけで虚弱さは隠せなかった。

「試薬室で病状を詳しく話しなよ。そうしたら薬を処方するとか注射を打つとかしてくれるから」

彼は私の言葉に合いの手を入れるようにゴホゴホ咳をした。

「足に力がはいらなくなってよく転んだり、目がかすんで、記憶力が衰えることは、悪い事ばかりではないよ。強い栄養剤が体質に合わずに現れる一時的過敏反応だそうで、続けて治療すればよくなるそうだ」

彼の説明は、私を安心させはしなかった。病気を隠す嘘かもしれない。彼は顔に乾癬《かんせん》ができ、埃がついたようにくすんだ顔で言葉を続けた。

「心配無用です！　私は生き残るつもりですから。自分の足でここを歩いて出ていきます」

彼は暗い顔の私を慰めるようににっこりと笑った。本来慰めを受けるべき人は私ではなく彼なのに。その時、私たちを助けてくれる医務棟の助け人のことが頭に浮んだ。私は東柱を起こし、立たせた。

私たちは医務棟の廊下に通じる鉄扉の前に立ち止まった。救急患者を護送中という私の言葉に、看守は鉄扉を開けた。暗い廊下はがちゃりと鳴る足の鎖の音と、私たちの荒い息づかいを吸い込んだ。

講堂の前にたどり着くと、ピアノの音が聞こえた。足の鎖の音に彼女は演奏を止め、私たちを振り返った。私の額は汗でてかてかし、息はハァハァしていた。彼女は驚いて東柱と私を交互に見た。

「練習中にすみません。急患です。血が止まらないんです」

彼女はピアノのそばの救急箱を開け、慣れた手つきで傷をアルコールで拭いた。

「縫い合わせるほど傷が深くもない擦り傷なのに血が止まらないのは変ですね。止血措置をして落ち着いたら、よくなるはずです」

彼女は患部にガーゼを当て包帯を巻いた。血はそれ以上ガーゼに染み出さなかった。東柱はいつの間にかピアノに近づき、鍵盤の上に指をひとつ静かにのせた。かすかな音が細い糸のように続いた。彼はしばらく目を閉じたままその響きを全身で感じているようだった。私は彼女を引っぱり講堂を出た。

「幸いに今回は止血したが、今後が心配です。労役場で怪我は避けられないし……。それに、血が止まらないことではなく、他に問題があるのかも知れません」

「他に症状はありますか？」

「確かに彼は前とは違います。尋問中にも眠気を我慢できず、労役中も気が抜けた人みたいです。咳と風邪の症状があって、その上記憶力が落ちているのです」

「極寒の上、監房に暖房がなくて風邪を引く患者が増えています。それに数日前から傷の血が止まらない患者が出てきて変だと思っていました。ほとんどが第三収容棟の囚人たちです」

彼女の言葉の最後には不審の気持ちが隠されていた。私は言った。

「第三収容棟なら朝鮮人囚人ですよ。きつい労役に動員され、食事もとんでもなく少ないうえに、監房は冷房部屋です。自然と体の抵抗力が落ち、病気で弱くなっていくしかありません」

「そのこと以外にも、彼らには特別な点があります」

「それはなんですか？」

「医務措置対象者の大部分は、第三収容棟から選抜されていることです」

私はその場で凍りついた。

「医務措置は健康に問題のある者たちの回復のための措置ではないのですか？　だから相対的に虚弱な朝鮮人が第一に選抜されたのだし……。それなのになぜ、医務措置対象者たちの健康がかえって段々悪化するんですか?」

彼女は首を振った。

「注射液が問題かもしれません。虚弱な人に強力な栄養剤を注射すれば、予想外の副作用が起こることもありますから」

「そこで何が起こっているのですか」

「彼らは帝国最高の九州医大の医師たちですよ。副作用が確認されたら彼らがまず処置をするはずです」

「措置を処するのなら、とっくにやっていなければならないはずですよね」

私は自分自身に腹を立てていた。彼を守れなかったら、私の人生には自責の染みがつくだろう。彼女が言った。

「三日後に週間診療計画と研究課題を点検する会議があります。副作用の事例を報告し、措置を申し立てますので、医務措置後、対象者に現れた副作用の事例を調べてください」

キラリとする彼女の目が、私に少しばかり安堵感をもたらしてくれた。しかし一方では、理由のわからない不安が押し寄せてきた。私たちはもっと大きな危険の中に入っているのかも知れなかった。

四日後、私は森岡院長の研究室を訪ねた。部屋の片側の壁の本棚には医学原書が並んでおり、鼻を刺激する薬物の臭いがひりひりする清涼感を与えた。院長は嬉しそうな表情で握手を求めた。私は木の切れ端のようにかちかちになって手を出した。彼の手からは温かい体温が感じられた。

「渡辺君!　医務措置対象者護送看守に志願したそうで、褒められるべきことだね」

褒め言葉で始まった院長の声は優しく続いた。

「ところで、岩波みどり看護婦の研究会議の報告資料を君が作成したというのでなんだが、医務措置について若干の誤解があったようだ」

私をおだてているのか恨んでいるのかわからなかった。私は硬い声で答えた。

「患者たちから副作用の訴えがあり、調査した内容を医療陣に報告しただけです」

みどりによって報告された私の資料は、囚人番号や副作用の症状分類だった。頭痛や疲労感、体の無力感、消化不良等はほとんど全ての患者に現れた。嘔吐と下痢も珍しくなかった。記憶力減退やめまい、傷の血が止まらない症状、小さな衝撃にもあざができる皮下出血も頻繁だった。患者たちはほとんどみなひとつ以上の症状を示した。院長は表情を最大限に優しくして言った。

「責めているのではないんだ。研究陣は報告書を綿密に検討し、適切な処置を取るよう結論を出したよ。ひとつだけ、致命的な欠陥を除けば立派な報告書だった」

「欠陥とおっしゃいましたか?」

「君の報告書の内容は過度に対象者たちの陳述に依存しているということだよ。報告書に出ている副作用の大部分は、囚人たちの口から出てきた話だ。しかし医療の副作用は、患者の主張よりは、精密な医学調査を通して判別しなければならないのだ」

立板に水の声を前に、私は自分が恥ずかしくなった。知的な印象や経験を積み上げた医術、紳士的で品位のある態度、刑務所コンサートを推進した芸術趣向、自分の意見を断固として伝えながらも礼儀を忘れない丁重さ、戦争中でも囚人たちを世話する人類愛……。いつか彼の年齢になったら、私もこんな声を持ちたかった。しかし私がその年齢になるまで生き残っていられるだろうか? たとえ生きていたとしても、私は決して彼のようにはなれないだろう。

「主張ではなく、注射を打った人々が苦痛を訴えているのです。患者たちの体に感じる症状がいちばん正確な資料だと考えました」

たどたどしい私の声は空しい抗弁のように聞こえた。温和な微笑を含んだまま考えに耽っていた院長は、決心したように言った。

「明日、君に試薬室と検診室の現場を見学するように許可しよう。保安区域だが、医務措置がどれほど科学的で清潔に行なわれているかを直接見たら、誤解が解けるだろう」

遠くから講堂で練習中の団員たちの合唱が聞こえてきた。歌声はだんだん力が増してきていた。

翌日の午後二時、私は三十名の囚人を護送した。医務棟の廊下で立ち止まり合唱を聴く東柱の痩せこけた頬には、生気が戻っていた。歌が終わると、囚人たちは深い河の水が流れるようにゆっくりと廊下を歩いた。東柱が力に余る労役からはずれることができたのは幸いだったが、しかし私にはわからなかった。彼の体を駄目にしているのは、労役なのか注射なのか。

診察室に着くと、銀縁のメガネを掛けた医師が〝ついて来い〟と目くばせをした。彼は「試薬室」という札のかかった褐色の木のドアを開けて入った。白い部屋の中央通路の両側に、白いカーテンの隙間から六個の簡易ベッドが見えた。医師が木の椅子に座り、二名の看護婦がかいがいしく働いていた。

「試薬室の環境は、清潔さと便利さでは最高水準だそうだ」

医師が首をこくりとさせると、看護婦ははきはきした声で患者名簿の名前を読み上げた。名前を呼ばれた男たちは慣れた様子で番号順にベッドをいっぱいにした。注射器の箱を持った看護婦たちが、機械のように正確な動きで彼らの血管を探し注射を打った。

注射を打たれた男たちは回復処置を受けた。試薬が体全体に行き渡るには、二十分程度の時間が必要だった。注射を打たれてすぐ体を動かすと、めまいや筋肉痙攣のような副作用を起こすこともあった。医師は患者たちの間をゆっくりと歩きながら言った。

「あの試薬はあの者たちの身体に活力を与え、生命力を与えるはずだ。前線で戦う将兵たちにすさまじい力となり、帝国の勝利の決定的な土台となるんだ」

医師は私を診察室の一方の壁のドアから中へと案内した。壁に石灰が塗られている部屋の中は、試薬室と大きな違いはなかった。机の上の患者名簿と診療記録を見て、健康状態と身体機能に対する多様な検査がなされるようだった。記録をざっと見ていた医師がドアの外に向かって声を上げた。

「五三一番！　入室！」

隅の椅子に不動の姿勢で座っていた若い患者が、医者の言葉を朝鮮語で叫んだ。目に精気のない男が入ってきた。医師は記録に目を止めたまま言った。

「特に気になるところはありますか？」

患者は無邪気な目をぱちくりさせた。通訳の患者は朝鮮語で医師の言葉を伝えた。

「特に具合の悪いところはありません。全部が悪いからです。いつも頭がかなり重く、疲れて夜は眠れません。食べる物もないのにまともに消化できず、下へざあざあ漏れていきます」

医師は、何も感じていないかのように診療記録に症状を記した。ペンを置いた彼は引き出しからストップウォッチや、乱数表のように数字がぎっしりと書かれた紙を取り出した。医師はそれを、脳の損傷を即座に発見できる暗算テストの問題だと言った。瞬間的な記憶力と強い集中力、そして正確な運算力など、総合的な脳の働きを必要とする暗算は、いちばん効果的な神経学のテストだという説明だった。医師は紙の向きを変え、ストップウォッチのボタンを押した。

「始め！」

患者はすでに何回かやったことと言いたげに、慣れた様子で問題を解き始めた。大部分が、二桁の数同士の足し算と引き算など、簡単な数式だった。一分過ぎると医師は「やめ」という合図を送った。患者は疲れた表情でペンを置いた。答えの用紙を点検した医師は解いた問題数、正解と不正解を記録し、出身地と両親の名、生年月日など、身辺に関する質問を続けた。

「今は何年何月ですか？」

「昭和二十年一月です」

「ここはどこですか？」

「福岡刑務所です」

医師は首をかしげて診療記録に記載した。質問は続いた。

「故郷はどこですか」

「朝鮮半島義州です」

「あなたはいつ出監しますか？」

彼はしばしためらった。

「昭和二十一年だったかな？」

医師は診療記録に「出監日をはっきり記憶できず」と書いた。単調な質問は続いた。彼はいくつかの問題でとまどったり、一、二の問題にはついに答えられなかったりした。患者が出ていくと、医師は診療記録の前のページの前回のテストの答えと比較した。

「一分間で十二の問題を解いた。正解は九つで、一週間前より一つ少なく、不正解は一つ多くなった。記憶力診断でも答えられない問題と戸惑っていた回数が各々二回多くなった。よくない。君の言うように試薬の副作用のようだ」

「それではすぐに注射をやめなければならないのではないですか？」

医師はもどかしいというように首を横に振った。

「おい、看守兵！　これがどんな研究なのか知ってて、やめろと言うのか。この研究の成功を切に願っている人々がどんなに多いか知ってるのか？　ど偉い大物たちが、この研究を注視しているんだ！」

よく考えてみれば、彼らの仕事は下っ端の看守兵が止めろというものではなかった。彼らは人を生かす医師たちだった。それも一人二人ではなく、数十万、数百万の人々を。研究の成果によっては、多くの軍人と空襲の被害者たちが生き残ることができる。全ての研究には副作用はつきものであり、彼らは最善を尽くし、ひとつずつ副作用を除去しているのだ。副作用も失敗もない新技術ならば、あえて研究する理由がどこにあるだろうか？

次の患者が部屋に入ってきた。白い壁に染みとおるような青白い東柱の顔を私はやっと認識できた。

診療記録簿を開いた医者は機械的に聞いた。

「囚人番号！」

「思い出せません」

「名前は？」

「尹東柱です」

面食らった医師が彼を見上げた。

「創氏名！」

「覚えていません」

医師は診療記録に「創氏名を記憶できず」と書き、暗算問題を出した。一分後、医師はストップウォッチのボタンを押し、質問が続いた。

「故郷は？」

「満州龍井の明東村です」

彼はかすかな微笑みを浮かべてつけ足した。

「四方が山に囲まれたこぢんまりした村です。春はつつじと桜桃の花、大山レンゲの花、翁草《おきなぐさ》の花が競《きそ》い合うように咲き、川辺には産毛のような柳絮《りゅうじょ》があふれるように咲きます★」

「もういい！　心安らかに故郷を思い出す時ではないから」

医師は東柱の言葉を切って、質問を続けた。

「お前はいつ出監するんだ？」

「昭和二十年十一月三十日です」

「大日本帝国天皇陛下はどなたか？」

「思い出せません」

★尹東柱の母方の従兄弟で詩人のキム・ジョンウ氏の証言記録を参照した。

医師の口元に軽い痙攣が起こった。

「思い出せる単語は？」

彼は目をつぶった。彼の口から口笛のように単語が流れ出てきた。

「空、風、星、詩」

医師はその言葉を書き留めて言った。

「わかった。九九の九の段を言ってみろ」

彼は低い声で暗誦した。

「九、十八、二十七、三十六、四十五、五十四、六十三、七十二、八十一、九十、九十九……」

「もういい。帰ってよい！」

ゆっくりと背を向けた彼の痩せた背中は、見捨てられた土地のように見るにたえなかった。まっすぐだった背中は肩の骨が出てきて少し曲がり、しゃんとした歩き方だったのに、今はよたよたしていた。医師は言った。

「記憶力も暗算力も完璧だ。普通の人よりずば抜けてたくさん問題を解き、不正解はなかった。試薬によく適応しているから副作用は心配ないな」

私は疑わしい口調で反論した。

「彼の記憶力は壊れかけています。彼は創氏名も囚人番号も記憶していません」

「問診診療においては常に緊張しているから、異なる答えをわけねばならない」

「異なる答えとは？」

「正解でも不正解でもない第三の答えだ。患者が意図的に間違った答えや質問と関係のない答えを言う場合だよ。あの者が創氏名を言えないのは、記憶できないのではなく、記憶しなかったからだよ。囚人番号も同じだ」

「覚えていることをわざと隠そうとする理由は何ですか?」

「自分の罪を認めようとしないからだ。囚人番号を記憶から消すことで、自分の罪から顔を背けているんだよ。同様に創氏名を忘れたと言うことで、改名の事実を否認してるんだ」

「彼がトリックを使っているということですか?」

「彼は医務措置対象者たちが、一つ二つ副作用を経ているという事実を見抜いた。普遍的な副作用の記憶力減退を逆利用して、意図的に記憶を否定しているんだ。実際、囚人番号を記憶できなかったら、胸についた番号を見ればいい。六四五という数字が書いてあるから。しかし彼はそうしなかった。そのうえ、自分の出監日と残りの日数をはっきり計算し、九九も完全に言った。正解を言ったのを、君も聞いたじゃないか!」

「彼は一般的な九九の暗記法を使いませんでした。〝九一《くいち》が九、九二《くに》、十八、九三《くさん》、二十七〟のように、適当なリズムなしに九、十八、二十七の順に数字だけを言いました」

「とにかく完璧な正解だった」

「彼は九九を覚えるのではなく、ただ単純計算したのですよ。九かける二は十八、九かける三は二十七というかけ算式の記憶ではなく、九足す九は十八、十八足す九は二十七のように足し算式の計算でしょう」

「それがどうしてわかるんですか?」

「彼は九の段の最後の数字の八十一を越え、九十、九十九まで続けて数字を羅列したんです。制止しなかったら続けていたでしょう。百八、百十七、百二十六……」

「関係ない。あんなに完璧な足し算の計算ができたなら、脳の状態は良好と見ていいんだ。その部分は次の措置で点検するから、囚人たちを護送してくれ」

何か言いたかったが、唇がいうことを聞かなかった。私は節度ある正式な動きで回れ右をし、部屋を出た。男たちは薄暗い廊下の片隅で二列に並んでいた。囚人番号をひとつひとつ読みあげるたびに、しわがれた声が洩れ出た。私は一人ひとりの顔と足の鎖を確認し、鬱憤とともに号令を吐き出した。

「前へ進め!」

がちゃりと鎖のぶつかる音がした。私は東柱がまともに歩いているか覗き見したかったが、振り返らなかった。私の目に漂う哀しみを彼に見られたくなかったからだ。

私の星にも春が来たら……

空襲はますます頻繁に、長く続いた。日本は巨大な兵営となり、福岡は米空軍の前庭だった。薄ら寒い警報音を追いかけてきたようなB29編隊は、一瞬にして都市を灰の山にした。手遅れのサイレンの音は、灰の山になった都市と死者のためのレクイエムのようだった。バケツを持った女たちと火消しの筒を下からつき上げる子どもたちが、灰の山となった通りを走っていた。騒々しいサイレン、蜂の群れのような飛行機の音、爆音と悲鳴は、一時期その通りをいっぱいに埋めた他の音を思い浮かべさせた。押しつぶされた空き缶ひとつ転がってもどっと笑い転げた子どもたちの笑い声、ブーブー鳴らす自動車の警笛、レコード店から流れ出るジャズ、女たちの明るい笑い声。

しかし戦争は通りの風景を灰色に変えてしまった。ネズミと肩甲骨の出た猫の間を重い軍靴が行き交い、商店は戸を閉めた。死は日常のように無感覚なものとなり、人々は恐怖という荷物を背負って暮らした。生き残るということ自体が目的となる時代だった。

戦争が続くように、被服労役場での労役も続いた。たくさんの軍服と、もっとたくさんの軍服と、それよりもっともっとたくさんの軍服が必要だった。血に濡れた軍服は洗って修繕し、再び染め直さなければならなかった。

東柱は血と汗で染みになった軍服を載せた手押し車をずるずる押していた。野外活動のサイレンが鳴ると彼はやっと腰を伸ばし、労役場外の灰色の空を見上げて口笛を吹いた。彼に近寄ると、体からすえた汗の臭いが漂った。嬉しかった。汗を流すということは、彼の体がまだ健康な証拠だから。

彼は口笛を止め、遠い空間を見渡した。空は、色のあせた白い布の切れ端のように垂れ下がっていた。彼は凧を揚げた幸福な時を思い浮かべているのだろうか？　しかし戦争はますます激しくなり、杉山は死に、凧はもう舞い上がることはなかった。東柱が言った。

「三日目だ。毎日この時間に揚がっていた凧が、もう三日も見えない」

「誰かが好奇心で凧揚げ競争を仕掛けていたんですよ。ガラスのかけらを入れた紐で、弱い凧糸を切るのを面白がっていたけど、刑務所で凧揚げが禁止されるとやめたんです」

「その子は単純に凧糸を切るためにやたら乱暴に戦いを仕掛けたんじゃないよ。その子が凧を操る手さばきは、何と言ったらいいか……。繊細と言ったらいいか、洗練されていると言ったらいいのか？」

彼は、子どもとの凧揚げ競争がワルツを踊るようだったと言った。その子は舞踏会に初めてきたお嬢さんがはにかんで手を出すかのように、こっそり凧糸を掛けてきた。彼はお嬢さんの腰を包む青年のようにそっと糸を巻き、子どもの凧を引きよせた。子どもは彼の凧糸が切れずにずっと長く持ち堪えることを願い、注意深く繊細だった。彼が凧糸を巻くと自分の糸を巻き、彼が糸を解くと自分の糸も一緒に解いて凧を浮き上がらせた。囚人たちは二つの凧が激しく戦うと思っていたのだが、二つの凧は戦っていたのではなかった。二つは空の上で美しい踊りを踊っていたのだった。

「その子はなぜそうしたのかな？」

「淋しかったのではないかな？　その子は主人のひざの上で可愛いしぐさをする子猫のように、自分の凧の重さを私の凧糸にもたせかけてきましたよ。突然突き揚がっては急にまっ逆さまに落ち、くるりと回って、天真らんまんに振る舞ったんです。その子は才能を自慢しようとするのではなく、誰かに頼りたかったのでしょう」

私は彼の言葉が信じられなかった。高い塀を境にして凧揚げ競争をしながら感情を交換したという話も、彼が凧糸を通して感じたという子どもの淋しさも。黙って塀の向こうに、彼の視線は青い凧を探しているように見えた。彼はなぜ消えてしまった凧にそんなに執着するのだろう？　もしかすると彼の執着は青い凧ではなく、その凧を揚げていた子どもなのかも知れない。

「その子はただ凧揚げに興味を失っただけだよ」

彼は私の言葉に慰められるというよりは、もっと深く打ちのめされた様子だった。彼は依然として三日前の爆撃を記憶からぬぐい去ることができないようだった。破壊と死を乗せた飛行機は、星のない暗闇の中を飛んできた。遠くからどしんどしんと音がし、火薬の臭いが押し寄せてきた。港の方の空が赤く染まり、騒々しいサイレンの音が聞こえた。彼は監房の中にぼんやりと立ち、刑務所の塀を越えてくる爆音を聞いた。

朝鮮人囚人たちは致命的な爆音を花火のように楽しんだ。

「もっと降り注げ！　すっかり灰の山にしちまえ！」

彼らは爆弾に全身が吹き飛ばされてもいいから、B29がこの都市を灰の山にしてしまうことを祈った。東柱は肩を丸めたまま、ぼそぼそつぶやいた。

「凧を揚げることができればいいのだが……。凧が揚がればその子は必ず凧糸を掛けてくるはずなのに……。それが無理でも、生きていることだけでも確かめたい」

彼の声は窒息するかのようにあえいでいた。私は何でもいいから言わなければならなかった。

「凧揚げは禁止になったんだよ。その子の無事を確かめる別の方法があるはずだ」

どんな方法なのかと彼が聞かないことを願った。答える言葉がないからだ。屋上のスピーカーから労役開始のサイレンが鳴った。東柱はびくっとして自分の手押し車へと戻った。

次の日、合唱練習を終えた岩波みどりに、慎重に言葉をかけた。名前も顔もわからないが刑務所の外で凧を揚げる子どもを探してくれないだろうかというお願いだ。彼女は答えを避け、鍵盤の上に手をのせた。彼女は危険を感じていたのかもしれない。もうここですべての事から抜け出したいのかもしれない。世の中は明かりが消えたように暗くなり、私の頭の中は泥水のように混乱していた。

二日後彼女に会った時、暗い私の世界に再び明かりが灯った。私たちは並んで凍りついた雪の上を歩いた。水分が蒸発して乾いた雪は、踏みしめるたびにサクサク音がした。私は彫刻のように鮮やかな彼女の横顔を注意深くチラリと見た。彼女はどうやって話せばいいのかと考えをまとめているように見えた。ついに彼女が口を開いた。

「すみません。その子に会えなかったんです」

私の心の中で爆弾が破裂する轟音が聞こえた。東柱の言葉ではないがその夜の爆撃は今年に入って最も激しかった。港と市街地は灰の山になり、多くの民間人死傷者が出た。少女が彼らの中の一人ではないと言えるだろうか？　彼女が言葉を続けた。

「その子の家は博多港から市街地の方に続く道なりの町はずれです。古いバラック二十余軒がまばらに集まっている所でした」

「どうしてわかったんですか？」

「杉山看守の頼みでその子の家を探したことがあります」

「福岡の地元の新聞には、空襲の主な的が博多港や福岡市内を繋ぐ幹線道路だったとあります。その子の家はどうなったんですか？」

「爆弾は、町並を焼きはらってしまいました。何日か過ぎたのに、まだ火薬の臭いが消えないほどでした。軍部や港のような重要施設もなく、貧しい人々が住む町はずれの一部だったから、まともな防空壕もなかったんですよ」

全身の血が冷めた。むしろ知らなかった方がいい事を知ってしまったのか？　彼女はかすれた声で続けた。

「福岡市立病院の仮設病棟で、やっと少女の母親を探し当てました。崩れた屋根の大梁の下敷きになって足が折れていたんです」

「子どもは？」

私はまるで怒鳴るように聞いた。

「その子は空襲前に福岡を発っていました。空襲を避け、大都市の幼児や子どもたちを周辺部へ避難させる政府の疎開令に従い、田舎の祖母の家に行ったんです。福岡から一時間ほどの農村だったそうで、空襲はなかったでしょう」

ストーブを起こすように全身が暖かくなってきた。その子が生きていさえすれば、そこがどこであれいいのだ。彼女は持っていた白い風呂敷を渡して、開けて見てと頷いた。古い病床のシーツで作った風呂敷だった。中は黄色に色あせた紙の凧だった。丸く曲がった竹骨が折れている凧は、垂れ下がって揺れているように見えた。長い尾には濡れた跡が見えた。彼女が言った。

「夢うつつで爆音を聞いた母親は、あわてて古い階段を降りた時、娘が特に大切にしていた凧をもって逃げたそうです。田舎の祖母の家に発つ日、凧揚げ競争で落とした凧をみな整理していった子どもが、この凧だけは壁に掛けて置いたまま出ていったそうです。娘が納戸に誇らしげに掛けておいた凧を、手に家を出た途端に、爆音とともに気を失ったのですが、昏睡状態でも娘の凧だけは胸にしっかりと抱いていたんです」

野暮ったい凧は、私が飽き飽きするほど見てきた刑務所の公式文書に使う質の悪い再生紙で作られていた。その凧を作った人は誰なのか、その凧を揚げた人は誰なのかは明らかだった。

みどりはその凧が、子どもが初めて凧揚げ競争で落とした凧だという母親の言葉を私に伝えた。凧揚げはひとりぼっちだった子どもの唯一の楽しみだったとも言った。私は昼の間一人で家にいて心を込めて凧を作り、陶磁器のかけらをすり砕いて、凧糸を強くするため陶磁器やガラスのかけらを細かく砕いて凧糸に混ぜ込んだ少女を想像してみた。

その子は他の子どもたちが海風の吹く海岸の丘へと集まる時、刑務所近くの空き地に行ったはずだ。そこには遊んでくれる子どもたちもいないし、凧糸に丈夫な糸をからませる意地悪な子どももいなかった。ある日、はるか遠くの刑務所の塀の中から白い凧がひとつ浮かび上がった。凧糸を掛けると、塀を越えて彼女を応援してくれるような歓喜の声が聞こえたのだろう。少女はさらにもっと長く白い凧と糸を絡ませ空中をくるくる回し、一緒に上がったり下がったりを反覆したのだ。ついに弱い木綿糸が切れ、くるくる回って落ちた白い凧を拾って、納戸の壁に大事にして掛けておいたのだ。

凧には埃と灰の跡があり、火薬の臭いもした。横の骨が折れて紙の裏側に破れた、黒いインクの跡が透けて見えた。私がたくさん見てきた見慣れた筆跡だった。

福岡最高の凧揚げ名人さんへ

おめでとう。今日は君が勝った。

君がこれを読んでいるのなら、俺たちの凧は君の所に落ちたんだろう?

競争で勝ったんだから、この凧は君のものだよ。でも俺たちはまた新しい凧を作るつもりなんだ。明日君の青い凧と対決するためだよ。

俺たち、もしかしたら明日は君の青い凧を俺たちの物にできるはずだ。

明日は俺たちが勝つつもりだから。あるいは次の日も、また次の日も。

俺たちの凧を大切にしてくれよ。それらの凧は君が福岡最高の凧揚げ名人だと語ってくれるからね。

杉山が張り上げた固い金切り声のどこに、こんな深い情愛と優しさがあったのだろうか？　短い何行かの文章の中に、少女の勝負心へ火をつける内容と、凧を大切に保管してほしいという願いが込められていた。私は静かに想像した。あの荒々しい男も誰かを愛したことがあるのか、愛する女性のためにピアノの音を調律し、彼女のぎこちないジャズの演奏を聞いたことがあるのか。一緒に熱いコーヒーを飲み、桃のようにやわらかい赤ん坊を夢見たことがあるのか。またこうも考えた。彼は一人の女性の良い夫になることができただろう。一人の子の立派な父親にもなれたはずだ。しかし彼は今、この世にいない。誰がその男を死へと追いやったのだろうか？　私は振り返って彼女に聞いた。

「杉山はどうやって少女を誘ったんですか？」

「詩人が詩を捨てた時、調律を言い訳にして杉山さんが私を訪ねてきました」

彼女の話は続いた。

＊

杉山は医師の往診カバンのような黒いカバンを開けた。大小の鋏《やっとこ》やスパナ、ピアノ線やゴムの金槌がきらきらしていた。

「C！」

岩波みどりはきちんとした姿勢で鍵盤を押した。時々彼のスパナを締める弦がギィー！　と音を出した。ピアノは少しずつ生き返りつつあった。金色の夕焼けが、黒くつやつやの表面に染み込んだ。彼女は太く頑丈な杉山の手を見た。刃物で切られた傷、折れていいかげんにくっ付けられ、ねじれた関節……。誰かの小鼻を痛めつけたその手がデリケートなピアノを手なずけていた。その手は、自分が死へと押しやった犠牲者たちを記憶しているのだろうか？　そうではないだろう。その残酷な記憶を持ったまま、こんな美しい音は作れないはずだ。

彼女は伴奏を始めた。

〝わが故郷へ私を連れていっておくれ。あらゆる種類の穀物果実が実り……〟

杉山は目を閉じたまま眉間にしわを寄せ、口の周りを引き上げ、音のひとつひとつの色や力や響き、振動や余韻を楽しんだ。ようやく音ではなく、音楽に入り込むことができたのだ。最後の音の余韻がすっかり消えた後になってはじめて、彼は目を開けた。

「ずいぶん良くなった」

夕焼けが彼女の顔に赤い影を垂らした。

「音がですか？」

「いや、音ではなく演奏がすばらしかった。鍵盤の打ち方もさらに自然になった」

彼の首に太い血筋が張り出した。怒っているようでもあり興奮しているようでもあったが、彼は本当は恥ずかしかったのだ。彼は自分の感情というものを知らなかった。自分がどんな感情を抱いたのか、その感情をどう表現するのか知らなかった。彼の知る感情は、怒りと憎しみだけだった。

世の中は彼にとって安楽だったことがなく、彼自身もまたそう願わなかった。怒りと憎悪の鉄鎧で自らを包み守ってきたのだ。憎まれるより先に憎み、殴られる前に殴った。恥ずかしくても腹を立て、誰かを愛しながらも腹を立てた。大声を張り上げて同情心を表し、無愛想に振る舞って好意を表わした。沈黙は、彼のいちばん楽な言葉だった。少なくとも腹を立てたり、憎むよりはいいのだから。彼はつやつやしたピアノの蓋に手をのせ、注意深く言葉を出した。

「頼みがある。刑務所の外の人を探してほしいんだが……」

刑務所内で生活をしなければならない杉山とは違い、医務棟所属のみどりは外出が自由だった。彼女は目を丸く見開き、周囲を見回して聞いた。

「どんな人ですか?」

杉山はしばらくして口ごもって答えた。

「わからない。男なのか、女なのか。年齢はいくつなのか、どこに住んでいるのかも。はっきりしないが刑務所近くのどこかに住んでいることは明らかだ。毎週火曜日、刑務所の外の野原で凧を揚げているから幼い子どもなのかも知れない。いや、十三、四歳ぐらいで、淋しさに苛立つこともある性格らしい」

彼の声には自信がなかった。彼女は省略された第三の主語を聞いた。

「誰がそう言ったのですか?」

「平沼東柱、いや尹東柱。彼を知っているだろう?」

彼女のものおじした目が震えた。彼女は東柱という人間だけではなく、彼の詩や彼が楽しんで吹く口笛のメロディーも知っていた。それだけではなく、彼の提案で「ヘブライ人奴隷たちの合唱」を刑務所コンサートのレパートリーに選んだりもしたのだった。彼女はためらいながらも聞いた。

「彼が……、何か間違いを犯したのですか？」

杉山は首を振った。間違いを犯したのは彼ではなく彼を独房へ送り、詩をすっかり焼き払った自分だった。杉山は節くれ立ってタコができた自分の手を見おろした。その手のした行ないが、恥ずかしかった。

「独房から戻ってから彼はただの一行の詩も書けずにいる。そうだろうと思う。独房は人の体だけでなく、魂まで根こそぎ駄目にするから。そのうえ、あいつが独房へ行っている間に、凧も子どももいなくなってしまった」

「その子を探してどうするんですか？」

「凧を揚げてと伝えてくれ。刑務所の外から凧を揚げてくれたら凧揚げ競争ができるからと」

彼は窓の外の高い煉瓦塀を見上げた。肩の上まで近づいてきた黄金色の夕焼けが、彼らの秘密の対話を盗み聞きしていた。

＊

「数日後に少女の凧が揚がりました。たぶんこの凧は、その時少女が落下させた凧のはずです」

みどりは壊れた凧をなでた。もう揚がることはできないが、折れた凧骨や破けた尻尾には風に立ち向かい青空を飛び上がった記憶が残っていた。

「戦争が終わり少女が戻ってきたら、凧はまた揚がるはずですよ」

そう言う彼女の悲しげな顔に、期待がよぎった。私は言った。

「少女を凧揚げ競争に引き込んだ杉山の選択は卓越していました。面白い見せ物を提供しながら、効率的に囚人たちを統制できましたから」

「杉山さんが少女を引き入れたのは、見物のためでも、囚人たちを統制するためでもなかったんです」

彼女の言葉は抗弁のようでもあり、また念を押すようでもあった。

「杉山さんが塀の外に飛ばし送ったものは、凧ではなく詩だったんですよ」

やせ細った泥棒猫が窓の外に近づいてきた。積もった雪がサクッと崩れる音が聞こえた。

「それはどういうことですか?」

彼女はすべては杉山の計画だったと言った。東柱に詩を書かせ、凧を揚げさせ、少女を凧揚げ競争に引き入れたのは、東柱の詩を刑務所の外にもち出すための杉山の計画だったというのだ。

「杉山さんは尹東柱さんに朝鮮語で詩を書くことを許可しました。代わりに新しく書いた詩を、日本語に翻訳して読んでもらうという条件でした。杉山さんはもはや検閲官ではなく、東柱さんの詩の最初の読者になりました。東柱さんが日本語で詩を読むと、彼は夜通し作った凧の裏面にその詩を書いたんです。東柱さんはそのことをも知らないまま凧を揚げ、負けるしかなく、負けるための競争をしたのです。そうするだけの価値があったのでしょう。凧が刑務所の外に落ちれば、東柱さんの詩は監獄を抜け出せるからです」

私は、ある風の吹く夜、ある雪の降る夜の尋問室の風景を思い浮かべた。狭く薄暗い場所で、二人の男の物静かな尋問と自白が行われた。東柱が自分の詩を口ずさむと、杉山は自白を書き取るようにそれを尋問調書の用紙に書き記した。

一行の文章は焚きつけのように、しばし彼らの前の暗闇を照らした。そうすると杉山はペン先に力を込めピリオドを打った。それは鉄格子の中に閉じ込められた詩人の詩だった。しかし詩人はもはや鉄格子の中に閉じ込められていなかった。彼は鉄格子の中で生きているというだけだった。

詩には羽根がなかったが、杉山の凧に乗って鳩のように飛びあがった。自由を取り戻した言葉は、凧に乗って高い塀や尖った鉄条網を抜け出した。凧は塀の外で待っていた少女の凧と調和し、踊りを踊るように空中を上下し、円を描いてぐるぐる回った。やがてガラスを混ぜた少女の凧糸に切れた凧は、凧に乗って左右に揺れながら鎮まった。

少女は揺れ動きながら飛んでいく凧を追いかけ、野原を走った。少女の視野から消えた凧は、時にはいばらの藪の中に落ち、ある時は泥の中にはまり、狭くて汚い路地の隅に押し込められたりした。少女は失くした凧を探し、いばらの藪の中を、泥や暗い路地裏をさまよった。夜遅くになってやっと、少女は港の電信柱で、海辺の白い砂浜で、破けて濡れた凧を探し当てた。家に帰った少女はたどたどしい日本語が書かれたしわくちゃの凧を自分の部屋の壁の奥へ隠した。

詩は自由を得たのだろうか？　自由を得た詩はどこにいるのだろうか？

ふたりの愛はいつも沈黙だった

尋問室へ入った東柱は顔に灰を被ったようだった。だが尋問が始まると、別人になったように生気を取り戻した。彼は存在してはいないが認識できることや、見えないが類推できること、消え去ったが残っている記憶について語った。持てなかったが願うことができること、たどり着けないが希望についても。

尋問室で向かい合って座り、互いの目を見つめ合う時、私はこれ以上彼を監視する看守ではなく、彼もまた囚人ではなかった。私たちは文章に憧れる共謀者、消えた作家たちと彼らの物語を追う追跡者だった。たくさんの詩人や小説家、哲学者、作品の中の主人公たちが、私たちと一緒にひそひそと語り合った。しかしそこは、ロマンに浸るにはふさわしくない尋問室だった。私は話にもならないその現実に自嘲の言葉を吐き出した。

「詩？　希望？　笑わせるじゃないか。この刑務所は荒地だよ」

「私たちは春を待つが、春はもう私たちのそばに来ていることも知らない。人々は春が過ぎ去るとはじめて、春が過ぎ去ったことに気づくでしょう。ここにも幸せはあるのです」

「違う。この気違いじみた鉄格子の中には何もない。美しさ、知性、高潔さどころか、悪口さえ出てこないのがせめてもだよ」

「なかったら探せばいい」

「探しても無駄だ」

「探してもなかったら、私たちが作ればいい。私を閉じ込めた鉄格子のおかげで、私はいっそう切実な詩が書けるようになったのです」

そうかも知れない。鉄格子は彼を閉じ込めることができず、手錠や足の鎖は彼を束縛できなかった。刑務所は彼の家であり、職場、学校、教会だった。この場所で彼は働き、休み、真実を探し求め、祈りを捧げた。彼は紙の上にペンで詩を書いたのではなく、魂に詩を刻んだのだ。

「ここに来た後、一時、詩を放棄したことがあります。糸の切れかかった凧のように詩を忘れたのです」

「それなのにどうしてまた詩が書けるようになったんですか？」

彼は胸を切られるように苦しげな表情で答えた。

「杉山が……　杉山さんがいたからだろう」

彼は過去形で言った。その言葉を聞くと、杉山がもはやここにいないという事実が明らかになった。すっかり老けてしまった彼は、初めて会った人のように見知らぬ人だった。しかし彼の生涯にも、誰かと一緒に笑い、歌を歌い、愛し合った輝かしい時代があったはずだ。しかし彼は今、まるでただ一度も誰かを愛したことがない人のようだった。彼はなぜ愛の詩を書かなかったのか？　私は彼が書いた詩の一節から、質問を取り出した。

「『風が吹いて』という詩の〝たった一人の女性を愛したこともない〟という一節はあなた自身の告白なんですか？」

彼はまっすぐな額に細い皺を寄せ、照れくさそうに笑い、一編の詩を口ずさんだ。

愛の殿堂

順《スン》よ　おまえはわが殿堂にいつ入ってきたのか？
おれはいつおまえの殿堂に入っていったのか？

ふたりの殿堂は
古風な習いのこもる愛の殿堂
順よ　雌鹿のように水晶の眼を閉じよ。
おれは獅子のごとくほつれた髪をととのえる。

ふたりの愛はいつも沈黙だった。

聖なる燭台に　熱い炎が消えぬまに
順よ　おまえは正門へ駆けてゆけ。

闇と風がふたりの窓を叩かぬうち
おれは永遠《とわ》の愛を胸に
裏門から遠くへ立ち去ろう。

いま　おまえには森の静かな湖があり
おれには嶮しい山脈がある。★

★伊吹郷訳

火山のように激しい愛の感情とそれを抑える意志が、彼の内面で戦っているようだった。あるいは愛は、すべての青春がたどるべき苦痛なのかも知れない。私は彼の詩を書き取り、擦り減った鉛筆を置いて言った。

「告白しなかった愛は、もしかすると愛ではないのかも知れないよ」

それは私自身に向けた自責だった。愛するということは究極的に愛しているという勇気であり、愛していながら愛していると言えなかったら、愛していないということと違いはない。岩波みどり、彼女の前で私は口がきけなかった。彼女は私の胸の中で沸き立つ熱い想いを知らなかった。もしかすると知っていても知らないふりをしていたのかもしれない。

「告白できない愛も愛です。告白してしまった愛より、もっと深い愛かも知れないでしょう」

彼の声が私の顔を熱くした。私は素早く話題を変えた。

「順伊《スニ》という女性……、今どこにいるのか知ってるのか？」

彼は苦笑いをし首を振った。彼によくない記憶を思い出させたのではないかと心配になった。しかしよくない記憶というものは、初めから存在しないのかも知れない。すべての記憶は貴重であり、つらい記憶さえ人生を織り成す一つの欠片《かけら》なのだから。同じようにいつか、どんな人間になろうと、私は今この刑務所で起きているひどくて残酷なことを忘れられないだろう。月日が流れたら、私も彼が順伊を思い出すように岩波みどりを思い出すのだろうか？

私は彼の他の恋愛詩、「少年」や「雪降る地図」を思い浮かべた。「少年」はある秋の日〝美しい順伊〟への愛に夢中になった少年の熱い想いを、「雪降る地図」はある雪降る冬の朝、〝愛する順伊〟と別れる少年の痛みを描いた詩だった。彼は本当に順伊を愛していたのだろうか？　順伊という女性は実際に存在していたのだろうか？

私は聞けなかった。彼が彼女を思い出せないことが怖かったからだ。彼の記憶が錆びつき、崩れていき、消えていくのを私は確認したくなかった。彼は肉体の飢えではなく魂の飢えにくたびれ果てたように見えた。

「『マルテの手記』をもう一回だけ読めるかな？」

彼の声は隙間の合わない扉のようにきしんでぎいぎいと聞こえた。私は彼の心のひもじさがわかるような気がした。魂の飢えと渇きに苦しめられた者にとって、一冊の本は一回の食事よりも貴重だ。ある本は人の病気を治し、生きるエネルギーを提供してくれる。狭い本屋の本棚の間で、人生の希望を探した私がそうだったように。『マルテの手記』は衰弱した彼を強健にし、彼の記憶力を取り戻せるだろうか？

私は検閲室へ走り、六四五番の箱から『マルテの手記』を取り出した。黄色く色褪せたページの縁は崩れかけぼろぼろだった。尋問室に戻って、机の上に古い本を置くと、彼は震える手で、古い本の表紙をなでさすった。彼がゆっくりとした手つきでページを一枚ずつめくるとき、彼のこめかみの青い血管がどくどく弾むのが見えた。

彼が愛らしい妹の頬をなでるかのようにページを整えている時、ほどけた本の角が私の目に入った。その本は私を知らないだろうが、私はその本を知っていた。私は彼の手から本をひったくり、せわしくページをめくった。探していたページを開いた瞬間、私の頭の中で魂が抜けていくようだった。見えようが見えまいが、かすんでゆく傍線が、ずっと前、私が読んだ一行の文章の横に引かれていた。

彼は何の意味もない短めの嘘の書き出しを書くまで、一生涯かかるということを、初めは信じようとしなかった。

その文章は過去の私が今の私に語りかけてくる言葉であり、その傍線は私の魂が歩んで来た足跡だった。昔のある秋の日、私は埃が舞う本の片隅でうずくまったままリルケの文章に傍線を引き、臆病ながらも強烈な文学への想いに捕えられた。

その夜、家へ帰る道で、母が『マルテの手記』が入荷したら他の人に売らずに取り置きしてほしいと頼んだという一人の青年の話をした時、私は書架の奥に隠しておいた『マルテの手記』を思い浮かべ、少しばかりの呵責と安堵感を同時に感じた。私たちは一冊の本を同時に愛し、ひとりの詩人を同時に愛した。ひとりの女性を同時に愛する青年たちのように。

たった一冊の本も携帯が許されないという規定に従い、紙一枚持たずに入営した私は、いつも残してきた本、その中でも奥まった書架の隅に入れておいた『マルテの手記』を思い出した。リルケは今もあの埃の多い書架に立てかけられているだろうか？　そこになかったら、いつ、どうして、誰の手に渡ったのだろうか？

私は静かに背表紙を整えながら『マルテの手記』の行方を推測してみた。私が入営した後のある日、書架の隅からリルケを発見した母は、その朝鮮人の留学生に、息子の手垢の着いた本を手渡したのだ。母はこう言ったかもしれない。「私の息子もリルケが好きでした」と。

母は戦争が終ったら息子が帰って来るから必ず返すという約束を取りつけたかもしれない。彼は必ずそうすると約束しただろうが、『マルテの手記』は冷たい刑務所へ閉じ込められてしまった。私は目まぐるしい時代を越えて、詩人と私を結びつけてくれた一冊の古い本の、嘘のような偶然を信じることができなかった。

彼は本を私の前に差し出した。

「この本はあなたが持っていてください」

しかしそれは彼が好き勝手に持つとか持たないとか言えない押収物だった。一時それは私だけの本だったが、今や私の本でも、彼の本でもない奪われた本になってしまった。だがそれが本ではなくリルケの魂だったとしたら？ 誰も魂を所有できず、当然その魂を奪い取る権利を持つ者もいないはずだ。

私は再び一章一章ページをめくった。その本は誰かの手を経ていっとき私のものだったが、ある若い詩人の手に渡って、また再び私に戻ってきた。そんな風に世の中を流浪し、リルケの魂は傷ついた者たちを胸にしっかり抱きしめ、癒したのだ。

その夜、私は世の中が少しだけ、もっと美しくなったように感じた。そして私自身がさらにもっと成長したような感じがした。


東柱の記憶は、風の中の胞子のようにふわふわ漂った。尋問室に来るまでずっと、彼はひとりごとを何かつぶやいていた。それは自分を離れようとする単語や文章を、唇で握りしめようと必死にあがいているようだった。窓の外には音もなく雪が降った。

「少し休んでいっていいかな？」

対話をしている最中でも彼の唇からは、絶えず欠けた単語やずたずたに切られた構文があふれ出た。

青い錆、銅の鏡……。

「休んでください」

暗闇の向こうから降りしきる白い雪が、容赦なく窓に吹き込んだ。彼は透き通った窓に写る自分の顔をまじまじと見入った。

「雪が白く積もったんだなあ」

理解できない朝鮮語をつぶやき、彼はよろよろ歩みを移した。重い足の鎖の引きずられる音が、私の心を重くした。彼は途中で尋問室に向かう廊下を間違って入った。その見慣れた道さえ忘れたのだろうか？　私は尋問室を通り過ぎて歩く彼の肩をつかんで止めた。

尋問室の中は冷凍室のように冷たかったが、彼は寒さが何なのかさえ忘れてしまったようだ。席に座ったとたん、彼は頭の中の単語を一瞬にして跡形もなく消えてしまわないようにつぶやいた。〝満二十四年一ヶ月、巨人のように輝かしく現われた配達員……〟、言葉は冷たい空気の中をさすらい、文章は寂寞とした中を泳ぎ回った。

ずたずたの彼の言葉を書き取った私はペンを置き、彼に質問をした。毎晩新しい餌を投げるように繰り返される質問だった。「名前は何ですか？」、「故郷はどこですか？」、「今日は何年何月何日ですか？」、「いつ出監しますか？」、「今記憶に残る単語は何ですか？」

私は彼の囚人番号や創氏名を聞かず、九九を言わせることもしなかった。彼にはもう少し、何度も、少しでも長く、幸せな記憶を思い出させなければならなかった。彼にはその資格があった。故郷に関する質問が出ると彼は目を輝かせた。

「冬になると白い雪が村を覆い、餌を探すノロジカやイノシシがお客さんのように村に下りてきたんだ。子どもたちは空いっぱいに凧を揚げ、大人たちは鷹狩りに出た。僕の家は学校の正門そばの大きな瓦屋だった。庭には李《すもも》、裏には杏《あんず》の果樹園があり、東側の門の外には大きな桑の木や深い井戸があった。桑の実はとても甘かったよ。井戸の中をのぞき、声を上げてから頭を上げると、陽の光が礼拝堂の鐘の塔のはるか遠くの十字架を照らしたんだ。僕は村の中を散策するのが好きだった。小川を渡って森の中へ、峠を越えて村へ、タンポポが咲き、カササギが飛び、娘さんが通り過ぎ、風の吹くその道……★」

そのすべての記憶は、もはや彼のものではないようだった。私は記憶とは固い筋肉のようで、使えば使うほどだんだん鮮やかになり、幸せな記憶は人間を死から救うだろうと信じた。彼は落ちくぼんだ目を必死に持ち上げた。忘却が漆喰《しっくい》のように彼の頭の中を歩き回り、教会をかじり、故郷の家を、ボードレール、バルザックを食い散らした。

「優一……。渡辺優一！」

彼は突然思い出したように私の名前を呼んだ。私は答えた。

「はい！」

やつれて皺になった口でにっこり笑う彼は、自分自身と激しい戦いをしているようだった。彼は返事を聞きたかったのではなく、ただ私の名前を呼びたかったのだ。私の名前を忘れる前に。彼は忘却という名の敵と戦おうと必死の努力をしていた。彼は一時間に二十個ずつ単語を思い浮かべる練習を

★尹東柱の母方の従兄弟で同じ小学校へ通った詩人キム・ジョンウの証言記録を参照した。散歩道についての描写は尹東柱の詩「新しい道」の中より。

した。シェイクスピアの台詞を口ずさみ、トルストイの文章を繰り返し、リルケやジャムの詩句を声に出して言った。

いつからか、彼はぐんと口数が多くなった。故郷や学生時代に読んだ本と作家たち、文学者や音楽家や画家たちのことをずらりと並べた。私に一言でも多く伝えようとする彼のおしゃべりに、私は胸が痛かった。記憶を入れるべき頭の中の引き出しを信じられなかった彼は、壊れた自分の引き出しの中の記憶を、私の引き出しに移そうとしていた。彼は速射砲のように質問を放った。

「ゴッホの画集を見たことある？　『星月夜』という絵は？　『夜のカフェテラス』は？」

私はその絵を覚えている。京都の古本屋の隅にあったゴッホの総天然色の画集は、私が最も愛する本だった。暗い書架の隙間でこっそりとゴッホの画集を開くたびごとに、胸が弾んだ。彼は苦しそうに激しく息をして話し続けた。

「ゴッホは星の画家だった。星を愛し星を喜んで描いたんだ。彼は弟のテオに送った手紙にも星のことを書いている」

夜が更けたが、彼は眠れなかった。不安は彼の眠りを奪い、不眠は彼をさらに不安にさせた。私はその不安を宥めようと彼を地下の図書館に連れていった。彼は深い暗闇の空間を眺め回して言った。

「優一が地下の図書館の秘密について知ることのないようにと願った」

「でも知ってしまったんだ」

私の声は焦りのためにガラガラ割れた。不法の空間に目をつぶった責任は、どんなやり方であれ代価を要求されるだろう。誰かが続けざまに軽い咳をしても、私はびくびくと驚いた。全身を拘束されて引かれていく私自身を数回、夢に見た。そんな夜は、目覚めた目が濡れていた。

私は地下室を発見したその瞬間、看守長の所へ走っていって報告しなければならなかった。今からでも不法を報告すれば不安から抜け出せるはずだ。しかし私は、不安とともに生きていくことを選ぶしかなかった。彼は私の肩を両手でつかんで言った。

「いつか知られるだろうが、優一は知らないことはもちろん、何の関わりもないはずだ。僕は話したくても思い出せなくなるから。そのうち優一がここに来た、今この瞬間のことさえすっかり忘れるだろう」

彼は寂しそうに笑い、頭の中に刻み込むようにかすんでくる題名を一冊一冊読みあげた。『復活』、『ドン・キホーテ』、『モンテ・クリスト伯』……。

「そのうちこの題名も煙のように消えていくのだろう。初めから知っていたことも、まるでなかった本のように。その時優一が話してくれるかい？　僕が一時期こんなに美しい文章を読んだことを」

まっ白な息が彼の青白い顔をさらに青白く包み隠した。息をするたびに、彼の内部から冷たい魂が抜け出てくるようだった。遠くから笛の音が聞こえた。港の船から太く低い霧笛が鳴った。小さな豆電球が、草むらの虫が鳴くようにびりびり音を立てた。

私は、彼ではなく私自身に向かって言った。

「大丈夫だよ。医師も、副作用はすぐになくなると言ったよ。あなたは十一月三十日になったらここを出て、心ゆくまで詩を書き、詩集を出せるだろう。戦争が終わりもっといい時代が来たら、たくさんの人々があなたの詩を読むはずだ」

「そうなればいいいな」

彼はぼうっとした目でかすかに笑った。自分の話がハッピーエンドに終わることを期待するように。

しかし私は、この話の結末を知るのが怖かった。

貧しき隣人たちの名とフランシス・ジャム、ライナー・マリア・リルケ……

新年になったがなんの変化もなかった。冬はだんだん深くなり春の気配はなかった。誰も口には出さないが何かを感じていた。戦争の重心は傾き、日本は沈没しつつあるということを。口から口へ、沈黙から沈黙へ、不安は恐ろしい速度で伝染した。ラジオでは本土決戦を督励《とくれい》する勇ましい声が流れ、最後にたったひとりの日本人になろうとも本土を死守すべしという布告令のビラが張り出された。私はそうして得た灰の山の上の勝利が、私たちの粉々になった良心と灰の山になってしまった人間性のほかに、何をもたらすのか心配だった。

夜になると、爆撃機の大きな影が暗闇の中を飛んできて、都市の上に丸くて恐ろしく光る物体をばら撒いて消え去った。爆音が、悲鳴や呼び声や喚き声と沈黙を覆い、通りは火の海となり、灰の山となった。我慢し、我慢したら、苦しみも終わるだろうという信心は成就したのかもしれない。死んでいく人々は、どんな苦しみももうこれ以上感じないのだから。

刑務所も、もはや安全地帯ではなかった。一月に入り、爆撃で刑務所の北側の塀が二十余メートルほど崩れた。攻撃は続いて庭のまんなかに大きな穴が開き、ポプラの木二本がまっ黒に焦げた。けたたましい警報音が鳴ると恐怖に怯える看守たちは防空壕に飛び込んだが、敵機は警報より速く近づいて来た。命は、防空施設がどのくらい効率的で頑丈なのかに左右されていた。

直ちに管轄地内の防空施設点検がなされた。新しく建てた四、五、六収容棟と、廊下から深く頑丈な防空壕にすぐ続く階段がある医務棟は問題がなかった。

問題は、古い本館棟に続く第二、三収容棟だった。真珠湾攻撃の後、貧弱な防空施設を補強しようとしたが、崩壊の危険のために建物の地下を掘ることができなかった。苦肉の策で建物から百余メートル離れた空き地に防空壕を掘ったが、奇襲爆撃の中を命がけで走るには遠かった。もっと近い場所へ、もっと深く、もっと安全な防空壕を確保しなければならなかった。看守長は本館棟の設計図面を熱心に検討し始めた。

一週間が過ぎたある日の明け方、勤務を終えた私は朦朧として検閲室を出た。廊下の向こう側の隅に、看守たちがひしめいていた。普段人が出入りしない場所だった。いつもじめじめと薄ら寒く静寂な暗い廊下で、何が起こったのだろうか?

看守たちが私を押し退け大急ぎで走っていったかと思うと、地下の密室へと続く階段がある資料室へと押し掛けた。狭い廊下を走っていく私の足音が、汗で濡れた私の背中をむちのように打った。ついにその時が来たのか?

ぱっと開かれた資料室の中に、看守六、七名がひしめいていた。彼らは妙な視線で私をじっと見つめ、道を空けてくれた。私は両足に力を入れ、目の前で何が起こったのか見つめた。

壁の片側の机と本棚は消えていた。代わりに切り取られた床板の下にぽっかり空いた通路が黒い口を開けていた。暗闇の中で明かりがゆらゆら映った。私はゆっくりと暗闇の中へと歩いていき、狭い階段を下りていった。

床には壊れた棚や本が投げ捨てられていた。看守たちに囲まれた看守長の顔が明かりでぱっと光った。彼は棚の下から黒い本一冊を抜き出した。

「朝鮮の奴らが刑務所の心臓部まで掘って入り込み、自分たちの遊び場を作っていた」

看守長は悪意に満ちた話し声と一緒に、唇をくちゃくちゃ噛んだ。

「この子ネズミ野郎どもの洞穴の中にあるもの全部もち出し、庭の前に積み上げろ！　奴らの目の前で焼き払うから。そしてこの件に関係のある奴らをことごとく見つけだせ！」

看守長は怒りを抑えられないのか、指揮棒で自分の内ももを叩き、階段を昇った。私は廃墟になった図書館を無気力にながめていた。

そこはもう、図書館ではなく修羅場だった。書棚は壊れ、本は投げ捨てられ、ページは破られていた。この小さな密室は、もはや純潔な本や文章にあこがれ潜んでいた人々の顔を記憶してないだろう。

看守たちは散らばった本を一冊一冊拾い、階段の上に運んだ。私は床に投げ捨てられた本を拾い上げた。『ガリバー旅行記』、『大いなる遺産』、『シェイクスピア・ソネット集』、『鄭芝溶詩集』……。それらの物語は煙となって飛んでいき、灰となって冷めるだろう。先任の看守の一人が階段をついてきて、くどくどと小言を言った。

「アメリカの奴らの爆撃が、俺たちには天運だった。爆撃がなかったらこのネズミ野郎どもの洞穴は、永遠に発見できなかっただろう」

彼は、陰謀の本拠地を摘発した看守長のお化けのような能力を、誇らしげにおしゃべりした。

「建物の地下に防空壕を建設しようと思ったら、まず柱の位置を把握しなければならない。看守長は本館建設当時の設計図を数十枚一つひとつ検討した。そして資料室と尋問室、検閲室のある検閲棟の隅に、ずっと前に閉鎖された地下空間を発見したんだ。すでに地下空間があるなら、拡張すれば新しく掘るよりも時間や費用を大幅に抑えることができる。ところが、閉鎖された倉庫に、バカ野郎どもがのさばっていたんだよ」

私の胸は遠い道を走ってきた手押し車のようにがたがたした。もしも看守長が、私がこの禁止された場所を知りながら報告しなかったことに気づいたら？　突然母の顔が浮かび、不安で目先がぼやけてきた。背中の後から先任看守の声がした。

「日本語の筆跡を見たら杉山のだった。あいつが土の中で朝鮮の奴らと内通したんだ。してはいけないことをしたら、どんなことになるか知っているはずの者が規則違反をして、結局自分の命もまっとうすることができなかったんだ」

この陰謀を共有する者たちの連帯から、自分が抜け落ちていたという事実に、私はほっとした。抗弁する必要も自己弁護する必要もなかった。私はあわてて涙を拭き取った。

「杉山が朝鮮人たちを助けたのなら、なぜ彼らは杉山を殺したんだろう?」

「朝鮮人どもはもともと恩を仇で返す奴らだよ。杉山と何かこじれたんだろう。あるいは杉山があいつらの秘密を暴露しようとしたか」

混乱した頭の中でけたたましいサイレンが鳴った。第三収容棟の集結信号だった。

練兵場にずらりと並んだ囚人たちは寒さと恐怖で震えていた。彼らは腫れた唇の間からの白い息を隠し、看守たちの荒々しい目を避けた。彼らは神経を尖らせてこの間の夜、何があったのか考えているようだった。ピィーというマイクの雑音とともに、看守長の声がスピーカーからわんわんと響いた。

「福岡刑務所は不逞を働く囚人たちに、分に過ぎる恩典を施してきた。だが浅はかな者たちは、むしろその好意を利用して陰謀を企てた。本日朝、新たなずる賢い陰謀を発見した。今やその不届きな仕業の結末を見ることになろう」

看守長が首を振って指図すると、看守の一人が手押し車の荷を講壇の前に投げ下した。黒い本がざあっとこぼれた。また一台、またもう一台と、手押し車が荷を下ろすたびに板や角材が本の山の上に積み上げられた。先任看守はブリキ缶の蓋を開け、石油を本の山に撒いた。油の臭いが鼻をついた。冷たい看守長の声が私に向かって飛んできた。

「渡辺！　焼却しろ！」

私は彼が私の焦りに気づかないことだけを祈った。看守長は目で私の胸倉をつかみ、本の山の前へ放り出すようにした。振り向くと、死を待つ本が見えた。苦悩するオー・ヘンリーや、さすらうランボーや、冒険するトムソーヤや、片方の足を失ったエイハブ船長……。文章の中で生き、本のページの間に隠居していた人々。私はみんなが見ている前で、私がそれらの本をどれほど嫌悪しているのか証明しなければならなかった。それだけが、一時巻き込まれた危険な陰謀から私が抜け出す道だった。

ライターに火をつけると、冷たく青い火花が散った。本から油の臭いがし、油の染みた文章や句読点は半分ほど透明になっていた。『罪と罰』のページだった。

私は震える手で一冊の本を持ち上げた。看守長の目は炎よりも青くきらっと光った。

ラスコーリニコフは再び歩みを移しながら考えた。〝どこで読んだのかな？　死刑宣告を受けたある人が、死ぬ一時間前にこんなことを言ったとか、考えたとか。やっと自分の両足を踏み入れられる高い絶壁上の狭い場所で、深淵、大洋、永遠なる暗黒、永遠なる孤独、永遠なる爆風に囲まれて生きなければならないことになっても、そして一生、一千年間、いや永遠に一アールにしかならない空間に立っていなければならないとしても、それでも今死ぬことよりは、生きる方がもっといいと言ったとか！　生きられるのなら、生きられるなら、生きていけるのなら！　どうやって生きようと、生きて行けさえしたら……！　それほどの真実もまたどこにある！　そうだ、これは本当に驚くべき真実ではないか！　人間は卑劣だ……！

またそう考えたからと言って彼を卑劣だという奴も卑劣だ〟。

しばらくして、彼はこうして……。

この文章は、ドストエフスキーではなく私が書いた文章のようだった。もちろん私は死んで、その後意識が戻ったとしても、あのような深い洞察で生の真実を省察する文章は書けないだろう。しかしその文章を読んだその瞬間くらいは、私の魂はドストエフスキーのような考え方をしたように感じられた。

その時私は確信できた。私の魂がドストエフスキーの魂と同じだということを。たとえ違う時代、違う場所で、違う姿や違う名前で存在したとしても、彼と私は同じ夢を見、同じ真実を認識する同じ人間だった。彼の文章を焼かねばならない正にその瞬間、私は最も鮮やかに彼の魂を見たのだ。この凄惨な逆説、この残忍な真実。私たちの生は常にはかなく、不合理な矛盾の塊だけだが、短い一瞬一瞬の輝きは針のように光り輝く。私たちが目を向けなければ一瞬にして消え去り、あまりにも大きく目を開くと、まぶしくてまともに見ることができないそんな光。非常に細かい感覚の網目にだけかかって昇る生の閃光。

囚人たちは案山子のようにぼおっと立ち、私の手先の火花を見つめていた。私は気が抜けぼんやりした囚人たちの瞳の間に、井戸のように澄んで深い瞳を発見した。私がその目を見ると、その顔に灯火が入ってきたようだった。やっと自分の内部を明かすことができる程度の光。

手の力が抜け、ライターがすべった。炎はよく熟した果物のように落ちた。油の染みた紙は一瞬にして炎を吸い込み、大きな火炎の柱となった。板がパチパチと燃える音、風がビューッと火の手を吹きつける音と共に、黒い煙が次々と上がり、熱気が四方に広がった。看守長の声が火炎とともに近づいてきた。

「よく見ろ！　帝国に反することがどんな結果をもたらすのか」

本が噴き出す熱気を追い、炎の周囲に集まった男たちは、かじかんだ足を温め、濡れた足を乾かした。前方にいる者は熱い火の勢いに顔をよけ、後方の男たちは火の近くに来ようと大騒ぎした。寒さにうんざりしていた男たちは、焼けていく本の最後の温かみに当たった。それは彼らの生涯で二度とは楽しめない温もりだった。よかったのかもしれない。本が焼かれている間だけは、みんなが暖かいのだから……。しかしすべての本が灰になり、ページの中に隠れていた最後の火種まで消えると、黒く焼けた土に再び風が強く吹いた時、ぼろぼろになった魂の方は何によって慰めを受けたらいいのだろうか？

所長室に呼び出されたとき、所長は半透明のカーテン越しに窓の外を見ていた。

「庭が騒々しいな」

ゆったりとした足取りで机の前に近づく声に、苛立ちが混じっていた。看守長は本能的に問題の核心を把握し、どこを縫い合わせればいいのか見抜いた。彼には、自分に迫る悪材料をチャンスに変える能力があった。地下密室事件は予想だにしない悪材料だったが、彼の危機管理能力を見せるもうひとつのチャンスでもあった。囚人たちが地下へ巣窟を構えて禁書を読む事件は、弁明できない看守部の怠慢だったが、状況を進展させるチャンスにもなる。

重要な点は事件ではなく、事件を収める過程にあった。彼は秘密の陰謀を摘発した功績を誇示することができ、禁書を直ちに焼却して、首謀者と共謀者を捜索する過程において、迅速で正確な処理能力を見せびらかすこともできた。それだけではなく、地下の密室工事にとりかかり、不足している防空壕を確保することもできた。

「子ネズミのような朝鮮人どもがつまらない騒ぎを起こしましたが、あらかじめ巣窟を摘発し一掃しました。また宿願の課業たる本館棟防空壕建設にも着手できることになりました」

看守長の次は私の報告の番だった。事件は検閲官の私の区域で、私の担当業務に発生した問題だったからだ。私は筆写本の目録と冊数、回収と焼却経緯に関する補充報告をした。所長はタバコの煙とともに短く言った。

「ご苦労だった。早いうちに関連のある者たちを捜索し、一人を厳しく罰して戒めとし、防空壕の建設を完了しろ！」

所長は、うまく看守長の意図どおりに動いた。看守長はすでに文字を知る者たちは無条件に捕まえて首謀者と加担者の捜索をしろと指示を出していた。防空壕の工事もすでに進んでいた。残っているのは、事件を問題にするより、問題を解決する功績を見せることだった。

「本館棟地下に密室を掘ったことは、刑務所の心臓に穴を開けることです。どんな奴らなのか、くまなく捜索して首を吊します」

二人の対話は大げさな芝居の台詞のようだった。所長がくわえていたパイプを灰皿にはたいた。鋭い金切り声が耳に入り込んだ。その行動は意図的に見えた。突然芝居の幕が変わった。

「時間の浪費だけだ。朝鮮の奴らは似たり寄ったりだ。悪い奴もいないし、それ以上悪い奴もいない。みな首謀者で、みな同調者だろう。豚は豚でしかない。いい豚もなく、それ以上悪い豚もないんだ！」

看守長は唇を舐めた。自分の言葉を大根を切るように扱う所長の態度は内心すっきりしなかったが、彼は所長が投げ出したカードを再びいじくりはじめた。

「すでに発生した事件ですから何人か捕えて終わりにいたします。所長のおおせのとおり、やつらは豚にすぎません。普段目立った奴を何人か捕えて首を吊してしまえば、頭痛の種が解決できます」

看守長はぎらついた目をし、所長の許可を待った。所長は声を上げ、空のパイプを口にした。ほんのりとタバコの臭いがした。

「そんなに首を吊して解決せずとも、すぐ解決するだろう。いずれにしても防空壕は看守たちと職員用だ。夜昼なく押し寄せる米国の奴らの攻撃に、第三収容棟がいつまで耐えられると思うのか？」

所長が建てようとしている防空壕に、朝鮮人囚人たちの席はなかった。攻撃が終われば監房は、巨大な共同墓地に変わるかもしれない。私は叫び出したかったが、声は洞穴のような私の体の中で響くだけで、外に出ることはなかった。私は沈黙することで彼らの犯罪行為に同調していた。

私は処罰を受けなければならないのか？　そうなるだろう。この狂った戦争が終わり、世の中が正気に戻ったら、この刑務所で起こった野蛮な犯罪は断罪を免れないだろう。その犯罪に加担してきた者たちの中に私も加わるはずだ。それなら私は、戦争が終わり、いい世の中になることを望まなければいいのだろうか？


その夜東柱と私は尋問室で、机をはさんで互いをじっと見つめてばかりいた。私は昼の間のたくさんの出来事を考えた。地下の図書館が発覚し、書棚が壊され、本が火で焼かれ、すべてが消えてしまった。私たちは互いを慰めたかったが、そうするにはあまりにもくたびれ果てていた。かなり時間をおいてから、傷口が広がるように彼の口が開いた。

「地下の図書館に連れていってもらえるかな？」

「そこはもう図書館じゃないよ。本はみな焼かれて一冊も残ってないよ」

私は椅子からぱっと立ち上がって大声を上げた。彼に向けた怒りではなく、本を焼いた者たち、いや私自身への怒りだった。彼は私に続いてゆっくりと立ち上がった。

「関係ないよ。本が消えても本の魂は残っているから。本の匂いと本の声がそこにはあるでしょう」

「すべてが終わったんだ！　俺がこの手で本に火をつけたんだ」

私は手を振り上げた。指先が震え、肩がわななき、胸が震え、後悔と呵責、無力感、そしてすべてを失ってしまった空虚感が涙になって溢れた。彼は力を込め私の肩を包んで抱いた。

「あなたのせいじゃないよ、優一」

暖かい声は、私を慰めようとする嘘にすぎなかった。あれは明らかに私の為出《しで》かしたことだった。本を焼いたのは他の誰でもない、私自身だったのだから。彼は私の背中をとんとん叩き、続けて言った。

「優一、自らを責めあぐねて人生を台なしにしてはだめだよ。僕たちは生き残らなければならない。生き残ってこそ、この戦争が終わるのを見とどけることができるし、穢らわしい時代に唾を吐ける。生き残ることは勝利することだ。死体は決して万歳を叫ぶことができないのだから」

「だけど、悪魔にならなければこの穢らわしい時代を生き残れないだろう」

「そうだ。この戦争が僕たちを悪魔にしたかったら、いいじゃないか、僕たちは悪魔になろう。しかし人間の心を持つ悪魔になろう。杉山さんがそうだったように」

「俺が壊してしまったその場所にまた行くのは恐いよ」

「優一は本を焼いたけど駄目になったものはないよ。本は前より生き生きと生きているから」

私は彼が心にもないことをいっていると思い、濡れた目元を看守服の袖で拭いた。彼は温和な目で私を引っぱってくれた。私は、ガチャガチャぶつかる彼の足の鎖の音に従い歩みを移した。

地下室のドアを押すと喉がひりひりするかび臭さが鼻を突いた。灯を持ち上げるとガランと空いた空間が、荒涼として現れた。鎖を引きずり歩き回った彼が、砕けた板の間から何かをつまみ上げた。看守たちの靴で破けた本の切れ端だった。彼は破けた鳥の羽根を抱くように、しわくちゃになった本の切れ端を持ち上げた。半ページ余りの内容だけでも、彼には題名がわかった。

『若きウェルテルの悩み』

ウェルテルという名前を聞いた瞬間、私の胸はドキドキした。彼と私の目は競い合うようにくしゃくしゃの紙の中へ駆け込んだ。

ロッテには自分のメロディがあった。彼女はピアノでそのメロディを、天使のように神秘的な力で素朴ながら神々しく演奏する！　それは彼女が好きな歌曲だ。楽譜の最初を叩いただけで私の全ての苦しみ、全ての混乱と抑えがたい悩みが、きれいに消え去ってしまう。昔の音楽の持つ魔力についての話は、私が思うに本当に当っている。ロッテの素朴な歌がどんなに私の心を捉えたことか！　時々私が頭に弾丸を一発打ち込みたい思いになる時、思いがけなくも彼女はその歌を歌ってくれる。その瞬間私の魂の迷いや心のカーテンは足跡もなく四方に散らばり、私は再び自由に息ができるのだ！

以前読んだ時は何の意味ももたなかった文章だったが、その瞬間私は初めて、ウェルテルの心がわかった。愛するロッテのピアノの音を思い浮かべるウェルテルと、岩波みどりのピアノの音を聞く私は同じ存在だった。東柱は何回も文章を繰り返して口にした後、注意深く切れ端をたたみ、囚人服のポケットに入れた。おいしいおやつを大事にしまう子どものように。

「読みたい本がたくさんあるのに……。心配だ。意味がぼうっとする単語もあり、長い文章は前後を理解できない。単語と構文がごちゃごちゃになって話の筋道も固まってしまう。ダルタニアンとエドモン・ダンテスが同じ話の中に出てきたりするんだ」

「よくあることだよ。トルストイが『カラマーゾフの兄弟』を書き、アンドレ・ジードが『赤と黒』を書いたと勘違いしたりする。私たちは記憶する能力を持っているけど、忘れることもまた私たちの能力だから。いやなことは忘れることで、まともでいられるんだよ」

暗い部屋の中を埋めた人々の息づかいが聞こえてくるようだった。彼らが吐く息づかいが宿った土壁、本の中に溺れる人々のきらきらした顔、荒いページをめくるむくんだ手……。彼らは吐きそうになる汚物をかたづけ、狭く息づまるトンネルを虫のように這ってきた。そしてきらきらした目で単語や構文をかじって食べた。世の中は過酷だが本の砦は静かで、時代は戦争中だが文章の街は平和だった。狭くひんやりする地下の空間に、好食漢や女たちの笑い声、哲学者や詩人たちの話し声がひそひそと聞こえた。しかし今やこの場所は、ただ冷気と沈黙、暗闇が漂うばかりだ。

東柱は静かな本の墓を見わたした。彼は炎の中に消え去った自分の詩のことを考えていたのかも知れない。一冊の詩集にもならず死んでしまった魂の断片。彼がやっと口を開いた。

「本はどんな風に生き、死んでいったのだろうか？」

単語や句読点が集まった一冊の本は、誰かに読まれる瞬間に根を下ろし生きることを始める。本は手から手に伝えられ、古本屋や図書館へと長い旅をする。誰かの心に落ちて根を下ろして巨大な梢をなす間、ページは破れ、表紙は古び、字はあせる。そしてある日、埃と暗闇の中で息を引き取るが、その魂は私たちの胸の中に生き残る。したがって本は死なない。

「いつか杉山から聞かれたことがある。朝鮮人たちはなぜあんなに口数が多いのか。苦しい労役中の休み時間に、何の話をあんなにだらだらと話しているのか……」

朝鮮人たちは暇さえあれば集まって座り、何の話をそんなに熱心にべらべらしゃべりまくるのか、知りたいのは私も同じだった。彼は私の問いに答えるかのように言った。

「彼らは『レ・ミゼラブル』やジャムやシェイクスピアについて話していたんだ」

一瞬、私が聞き間違えたのではないか、彼が間違って言ったのではないのか疑い、私はもう一度尋ねた。

「生まれてから文字などは学んだこともない者たちが、千金のように貴重な休み時間に、身の上話や、愚痴の代わりにジャムやシェイクスピアについて話していたんですか？」

彼はガランと開いた空間いっぱいにしみ込んでいる本の匂いを吸い込んだ。

「すべての人々は物語をもっています。文字を読めない人も、自分が直接生きた自分だけの物語を持っているんだ。彼らの体には旅立ってきた故郷についてのこと、涙があふれる母や姉たちのこと、愛する女たちと愛していない女たちについての物語が刻まれているんだよ。この刑務所の本はみな焼かれ失われたけれど、本の中の物語は、数多くの囚人たちの胸の中に刻まれているんだ」

「どういう意味ですか？　どうしてそうなるんですか？」

「独房行きを望んだ人々は単に自分のために本を読んだのではなかったんだよ。彼らは一週間の間に最大限たくさんの本の内容を覚えたのです。そして独房から出た彼らは監房に戻り、同僚に自分たちが覚えた本の内容を伝えてあげたんだ。本の内容を聞いた人はその内容を記憶し、ひとりの人が記憶できない時は二人、三人が分けて記憶した。ひとりが一パートずつ、数ページずつ分けて記憶した。短い詩を何編かずつ覚え、みんなで詩集を一冊完成したりしたんだ。つまり一一三号の監房は『フランシス・ジャム詩集』、一一五号の監房は『レ・ミゼラブル』、一一九号の監房は『モンテ・クリスト伯』という風に。囚人たちは一人ひとりが物語や場面を分けて記憶していたから、彼らが皆集まると一冊の物語になるというわけだったんだ」

つまり監房が物語の工場で、ひとつの監房が一冊の本になり、一人ひとりの囚人はひとつの場面になるというのだ。彼はゆっくりと言葉を続けた。

「自由時間は物語が行き交う巨大な市場だった。ひとつの監房にいる者たちは他の監房の囚人たちに自分たちが覚えた物語をしてあげる。彼らは泣き言や嘆きの代わりに、物語を通してお互いに希望を分けあい、また受け取ったんです」

東柱の言葉は私を励ますための嘘でも甘い慰めでもなかった。彼の言葉は真実だった。私ははっきりと感じ取った。本は焼かれたが、本の魂は死ななかったということを。本は息をし、歩き回り、生きていた。この残酷で悲惨な刑務所の塀の中で、私とともに、彼とともに、私たちすべてとともに。


十余名の囚人たちが防空壕の労役組に選び出された。彼らは土の山が崩れないように地下の密室に補強柱を立て、壁に分厚い板を当てた。深さは十分だったので、建物の加重が及ばない外壁の外を掘っていった。三日後、四倍に広くなった地下の空間は、四十余名の本館棟の看守たちをみな収容しても余るほど、広く完璧な防空壕へと変貌した。

攻撃は日課のように続き、死は日常となった。サイレンが鳴るたびに看守たちは、よく訓練された猟犬のように防空壕へ走っていった。しかし工事に動員された者たちは、その防空壕に入れなかった。騒々しいサイレンの音に続いて聞きなれない音が混じって聞こえてきた。爆弾が炸裂する音、建物が崩れる音、柱が崩れる音……。監房の中の男のひとりが言った。

「あのプロペラの音！　Ｂ29、巨大爆撃機だ。お前たちは知らないだろうが、俺はあいつを知っている。はるか遠くから飛んできて、九トンの爆弾を落としては、何事もなかったかのように消え去るんだ」

他の誰かが暗闇で聞いた。

「あれがB29なら日本の奴らはどうなるんだ?」

「どうなるかって、何がどうなるんだ。みんな死ぬんだろ」

彼の口から笑いが泥土のようにぷくぷくとこぼれ落ちた。男たちは一人二人と続けて笑った。その時他の誰かが口を挟んだ。

「それじゃ俺たちも一緒にやられるってことじゃないか? 爆弾が何か、日本人どもと朝鮮人どもとを分けて落ちるとでも言うのか」

今度は誰も笑わなかった。

サイレンが鳴ると私は防空壕の土壁の隅に体をかがめて座り、地上で起きている事柄を想像した。サイレンの音は監房の中でうじゃうじゃうごめく囚人たちにも聞こえているはずだ。サイレンの音に続き、死の前奏曲のように近づいてくるプロペラの音や、すべてを破滅させる爆音も。だが、クソッタレ爆弾が監房をよけていくことを祈るほかに、彼らにできることはなかった。

防空壕は深く堅固だったが、恥ずかしさから私を守ってはくれなかった。私は彼らを死のどまんなかに捨て置き、生きるために防空壕に走っていった。私がそこにいたという事実は不当だった。なぜ私は保護を受け、彼らは放り出されるのか? 彼らが囚人だから? そうであるならば、私には罪がないのか?

遠くで爆弾が破裂する轟音とともに白熱灯がちらついた。低い天井から土の山が落ちてきて、生臭い土の臭いがした。私は生きていた。生きているということが恥ずかしく、私はうつむいた。私は爆弾の下に放置された人々の運命を想像できたのだが、彼らの苦しみを私自身のことにはできなかった。

解除のサイレンが鳴ると看守たちははしゃぎ、わあっと防空壕を抜け出していった。短いかくれん坊を終えて家に帰る子どもたちのように。私は険しい階段を駆け足で昇って地上に出ると東柱を探した。バサバサ刈った髪の上に白い埃を被ったまま、彼は生きていた。息をし、私を見上げ、唇を震わせた。

爆撃が続いている間、彼と私は違う場所にいた。私は地下の防空壕に、彼は地上の監房に。私は生の領域、彼は死の領域に。百メートルにも足りない距離が、私たちの運命を決定した。しかし運命はやさしい方程式ではなく、爆弾はいつも監房を避けていった。すべてを奪い取るような爆撃が通り過ぎると、死を避け深い防空壕へ飛び入った者も、監房の中で死を待っていた者たちも、生き残ったことに変わりはなかった。

感謝すべきか？　私はそうしたくなかった。感謝するにはあまりに多くの代価を払ったのだから。

この過酷な試練、この過酷な疲労

両手の指を組んだ手をテーブルの上に置いた東柱は、少し緊張している様子だった。親指の爪は寒さ続きのためか割れていた。すり減って布目のほどけたズボンの裾から白いくるぶしが現れた。彼のはかりしれない深い瞳が、私の恥ずかしさをのぞいていた。私は東柱が保っている記憶がもっと色褪せる前に杉山の存在について聞かなければならなかった。

「あなたは誰が杉山を殺したのか知っているんでしょう?」

「彼を殺したのはこの残酷な時代です。すべてが狂っていき、すべてが死んでいく」

怒っているようでもあり絶望しているようでもある声は、彼ではなく他人の口から出ているようだった。杉山道造の人生は矛盾の塊だった。彼は罵言を口にぶら下げて歩く暴力看守であり、本を焼いた検閲官だったが、同時に夜更かししてでも本を読む活字中毒者でもあった。どちらが本当の彼の顔だったのか? もしかすると、どちらも彼の真実な姿かもしれない。真実は、時にたくさんの顔を持つのだから。私たちは時によって、場所によって、悪人にもなり義人にもなり、詐欺師にもなり詐欺に遭うこともあり、密告者にもなり、また密告の犠牲者にもなる。東柱の立場に同情するふりをしながら、空襲警報が鳴るとひとり防空壕へ隠れる私と同じように。結局私は、私が最も軽蔑するような人間にすぎなかったのだ。東柱は私の後ろめたさを慰めるように言った。

「いちばん美しいことは生きていることですよ。穢らわしく残酷で、地獄のようなこの世の中でも生き残ることだよ。天使のようにやさしく、英雄のように勇ましく死ぬよりは、悪魔のように心がねじ曲がっても生き残るべきです。生き残ってこそ、この穢らわしい戦争が終わるのを見、悪魔が消え去るのを見とどけ、傷ついた人々が慰められているのを見ることができるのだから」

彼は、私の恥ずかしさに対する弁明を、私の代わりにしてくれた。私は聞いた。

「杉山も生き残るために野獣の仮面を使ったのかな?」

彼は首を振った。

「いや、彼は悪魔だった。しかし自分が悪魔だという事実を恥ずかしいと思う悪魔だった。彼はノモンハンから生きて戻ってきた戦争の英雄ではなかったんだ。戦争のどん底から非常に多くの苦難を経て生きてきた生存者にすぎなかった」

東柱は目を伏せた。言葉を続けるべきか、やめるべきか迷っているようだった。私は再び聞いた。

「確かなことではない。すでに彼は死んだのだから答えられないでしょう。ただ、彼が生きて帰ってきた自分を嫌悪したということは確かです」

「自己嫌悪と残忍さにどんな関係があるんですか?」

「彼は他人に対して残忍な行動をとることで自分を処罰したのです。他人の肉体を駄目にすることで、自分の魂を駄目にしたと言ったらいいのか。プライドをごみのように捨て、怒りと増悪を育て、人間性に目をつぶったんです。残酷な悪魔になることで自分を処罰するかのように……」

彼は染みのある石灰の壁を見上げた。誰かを虐待することで自分を罰するという彼の言葉は、強引な弁明に聞こえた。拷問で苦痛を受けるのは、拷問する人ではなく拷問される人だ。杉山は相手の苦痛に無感覚で、そのうえそれを楽しんでいるように見えた。杉山は許されない人間だった。

「拷問は自己処罰ではなく犯罪です。むしろ杉山が自害をしたのなら、あなたの言葉に少しは説得力があったはずです」

彼はガラガラ声の私のひと言ひと言を、噛みしめるように考え、頷いた。

「僕たちは、彼はすぐに傷つき、すぐに壊れるひ弱な男だったという事実を知らなければいけないと思うよ」

私は東柱がなぜ悪行を犯した者をかばうのか理解できなかった。

「杉山はソ連軍の機械化された旅団の装甲車数十台に包囲された二週間、夜になると敵の陣地を攻撃しました。そして雨が降るように降り注ぐ爆撃を切り抜けて司令部に復帰した英雄が、どうしてひ弱な男なんですか？」

「嘘です。陸軍省がでっち上げた空事《そらごと》でしょう」

「陸軍省がなぜ嘘を言うのですか？」

「彼を英雄に仕立て、自分たちの敗北を隠すためですよ。彼は大剣ひと振りで戦車兵たちの首を取る英雄じゃなかった。僕たちと同じ人間にすぎない。恐怖の前で逃げたかった人間なんですよ」

「杉山はソ連軍の包囲を受けなかったというのですか？」

彼は首を振った。

＊

杉山が包囲されたのは事実だった。ソ連軍の攻撃は彼の捜索隊が本隊から離れ、退却路を開こうとした時始まった。九名の捜索隊員中四名が即死し、生き残った彼は捕虜になった。十日間に及ぶ残忍な拷問を、彼は覚えていなかった。金属や鋭い鋏《やっとこ》や棍棒が、忍耐心を壊し、プライドを崩し、良心を抹殺したことを。

悪魔たちが彼の魂を食いちぎっているうちに、彼もだんだん悪魔になっていった。悪魔に対決する唯一の方法は、悪魔になることだった。皮がそがれていく苦痛や不安、喉の渇きの中で何度も気を失いかけながら、彼は再び意識が戻ることを願った。死んで天国へ行くよりは、この地獄で生きていたいと願った。苦しみを経験したことのない人々は簡単に死を選ぶが、生まれた時から苦しみを味わってきた彼には、生き残ることが勝つことだった。死は敗北であり放棄であり、恥にしかすぎなかった。ソ連軍が彼を懐柔するやり方はしつこかった。彼らは喉の渇きに苦しむ彼の前に氷水を入れた器を振りかざし、小隊の位置を白状しろと迫った。しかし彼は密告者になることを拒否した。三日もしないうちに、今日で何日経ったのか、自分が何者なのかさえわからなくなった。いっそ小隊の位置と移動経路、集結信号を忘れたいと切に願った。忘れられたら、自分の口から白状できないのだから。

彼は気絶しては起き上がり、また気絶した。目覚めると必ず自分の血の臭いを嗅いだ。彼は何を言ってるのかわからないまねじ伏せられ、わけのわからない言葉を吐いた。彼はわけのわからぬまますべての情報を白状したのか、したのならどこまで話したのか、気がかりだった。

ふと目を開けた時、風景が違っていた。生臭い血のにおいの代わりに、ひりひりする臭いがした。彼は自分は死んだと思い、ここは地獄だと思った。しかし目の前では思ったこととは正反対に、天国の風景が繰り広げられた。水と白く澄んだ粥が置かれていたそこは、地獄でも天国でもないソ連軍の野戦病院だった。彼は夢中になって器を空にし、自分の体を眺め回した。裂けた痕、はぎ取られた痕、折れた痕、破れて化膿した患部が見えた。全身包帯だらけだったが、彼は生きていた。それを喜べばいいのか悲しむべきかわからなかった。

奴らが彼を生かしておいたということはもちろん、拷問を中止し、傷を治療し、食べ物まで提供した理由はひとつしかなかった。自分がすべての秘密を吐き出したという意味だった。記憶にはないが、彼は自分も知らない間にすべてを白状してしまったのだと思った。彼の髪の毛が逆立った。

彼は両足をさわった。ひざが擦りむけ、何ヶ所か火傷をし裂けていたが、折れたところはなかった。開いたテントの隙間から下の方を見た。監視兵四名が、野戦病棟の大型テント四ヶ所を守っていた。

自分のすべきことは脱出だとはっきり知った。希望は残っていた。奴らが小隊の位置を知っても、小隊はすでに移動しているからだ。小隊が残した標識を追って行けば合流できるだろう。

彼はテントの杭を引き抜いた。鉄杭で警備兵の首を刺し銃を奪おうかと考えたが、幼いソ連軍警備兵一人を殺しても無意味だと悟った。彼の目的は脱出であり、銃器収奪や殺人ではなかった。

彼はふらふらする足に力をこめ、周囲を見回した。テントから百メートルほど離れた所に密生した白樺林が見えた。焼きごてに焼かれた内股がうずいた。十二・五秒の時間が必要だった。警備兵たちの視線を十二・五秒だけ他の場所へ移せたら、煙のように森の中に消え去ることができた。

心の中で三つ数えた彼は、目をつぶり走り出した。片方の足が地に着く前に他の足を踏みだそうと努力した。銃弾がいつ背骨をこっぱみじんに砕くかわからなかった。傷ついた足首が彼を前に押した。風が頬をこするようにぴゅうぴゅうと、耳をかすめた。

一瞬、あたりは静かになり紅葉の香りが漂ってきた。彼は目を開けた。密生している白樺が目の前をふさいだ。彼は薄暗い森の中をかき分けて進んだ。

森は巨大な落とし穴のように彼を取り囲んだ。茂った木の枝のために方向を推しはかることができず、鋭い枝が目を刺した。枝は顔にまとわりつき、蔓は足首をつかんだ。くたびれ果てた足はやたらにぶるぶる震え、喉から焦げくさい臭いが噴き出した。倒れそうになるたびに、彼は泥まみれの小隊員たちのことが心に浮かび、反射的に歩みを変えた。

昼と夜、そしてもう一度の昼と夜を歩き、小隊の隠れ家に到達した。ひざが折れるような疲労感の中で、彼は笑い出した。小隊員たちの痕跡など残っていなかったからだ。小隊が残した標識を確認し、感覚を失いゴムのようになった足を再び動かした。

二日後、彼は移動中の小隊にあとひと息の所まで追いついた。生きて戻り合流できたら、自分の知らない間に位置を白状した罪を許してもらえると考えた。万が一死ぬしかない運命なら、彼らと一緒に死にたかった。小隊が残した標識によれば、低い山ひとつ越えたら追いつけるはずだった。

彼が気力が尽きへとへとになった足で、険しい山裾の急斜面をはい登った時、長い口笛が聞こえてきた。砲弾が飛んで行く音だと気づく前に、爆発音と銃声や悲鳴がひと塊の騒音になった。彼は狂ったように岩や切り株を握りしめ山を登った。汗と土埃が全身に絡みついた。山頂に至ったとき、ソ連軍が彼よりひと足ちがいで小隊を攻撃したことに気づいた。木々は巨大な火柱になり、火種が飛び上がっていた。

彼は転がるように山を下りた。ソ連軍が撤収した森は黒く焼け、火薬の熱気が足底を熱くした。煙たい空気の中をうろつき小隊員たちの名前を叫んだ。応答はなかった。

ふと、遠い山頂から光る目が自分を睨みつけているのに気がついた。と同時に寂寞を破る銃声が聞こえ、太い棍棒に打たれたような凄まじい衝撃が彼の肩先を打ち据えた。熱い液体が、べたべたと軍服の裾を濡らした。彼は未だ熱の冷めやらない暖かい大地に頬を当てた。大小の木々がぱちぱちと燃える音が聞こえた。それは音楽のようだった。いつか愛した女性の長く白い指が思い浮かんだ。悪くない死だと彼は考えた。

彼が再び目覚めた時、森は冷たく冷えていた。彼は重い瞼を開いた。目の前ににょっきり立った日本軍服のゲートルが、目に入ってきた。孤立した小隊を救出するために出動した関東軍捜索中隊だった。瞼から力が抜けていった。はるか遠くで誰かが叫ぶ声がした。

「生存者がいる。救出しろ！」

あわただしい軍靴の足音が聞こえ、彼の体は空中へ持ち上げられた。彼は任務を完遂した。生き残ることが、彼の任務だったのだから。

その後生きている間ずっと、彼はあの時死ぬべきではなかったかと考えた。いついつまでも、焼かれてしまった黒い森の中に置いてきぼりにした自分の魂を、忘れられなかった。ぽっかり空いた彼の魂に、悪霊がいっぱいに居座った。

＊

「彼の暴力性は戦場で同僚たちを売り渡した代価であり、ひとり生き残った自責の念からだということですか?」

私は深いため息とともに言った。東柱は短く刈った髪の毛をなでつけ、答えた。

「望まなかったかもしれないが、結果としてそうなった」

「どうしてそうなるんですか?」

「彼は、自分をそうしたのはソ連軍の残酷な拷問だと思ったんだ。拷問さえなかったら同僚たちの命を売り渡すことはなかったと考えたんだよ」

「それが、彼が囚人たちを拷問し、容赦なく接することと何の関係があるんですか?」

「壊れた彼の魂が生き残る唯一の方法が、悪魔になることだったのかもしれない。イエスを売り渡したユダは首を吊って死んだでしょう。だが杉山さんは生き残った」

彼はそれ以上説明をせず口をつぐんだ。私は彼の言うことを理解できた気がした。同僚たちを売り渡したという罪悪感に苦しめられるたびに、杉山は自分が受けた拷問の記憶を思い出したはずだ。拷問の苦しみを思い出すたびに、売り渡した同僚たちを思い浮かべたのかもしれない。どちらが先であれ、地獄のような記憶は彼を悪霊につくり上げた。そのたびに彼は棍棒を持ち、自分の受けた苦痛をまた他の誰かに加えたのだ。悪い記憶がまた他の悪を生んだのだった。私は聞いた。

「壊れた良心のために、苦痛を受けた者がまた他人を苦しめることで、自分の呵責《かしゃく》から抜け出そうとしたというのですか?」

「杉山さんは瞬間瞬間、苦痛の前に立つ人間の無力感を自分の目で確認しなければならなかったんです。残酷な拷問を最後まで耐える人間は存在できないということを」

棍棒の前で唇を震わせて倒れる者たちを見て、彼は鞭《むち》の前で最後まで耐えられる人間はいないということを確認し、罪悪感から解放されたのだろうか? それは、恥ずかしい自分の過去を正当化しようとする杉山の言い訳にすぎないだろう。

私は理解できなかった。しかしどうすることもできないことだった。世の中は理解できないことだらけで、仮に理解したとしても、共感するのはなおさらありえないのだから。私は杉山がソ連軍に小隊の隠れ家を自白したのは事実ではないという考えを東柱に言った。

「杉山さんは最後まで口を開かなかった。彼に間違いがあったとしたら秘密を漏らしたことではなく、ソ連軍の企てを察知できなかったことですよ。ソ連軍はどうしても口を開かない彼を意図的に脱出させ、彼の後を追ったんですよ。そして彼が小隊にたどり着いた時、小隊を全滅させたんでしょう」

「どうしてそんな風に思うんだ?」

「彼が自白したなら、小隊員たちはもっと前に攻撃されているはずです。そうすれば彼は地獄のような現場を見なかったはずだし、呵責など感じなかったでしょう。そうであれば彼の良心が彼の魂を滅ぼすこともなかったはずです」

私は杉山の悪行が決して許されないということはわかったが、一方では彼の苦痛を理解できる気がした。そうだとすれば、杉山は善良な人間だったのか？　彼に善意があったのなら、それはどんな善意だったのだろうか？

ヘブライ人奴隷たちの合唱

二月になった。東柱がここから出ていく日もそれだけ近づいた。しかし彼は、出所日を少しずつ忘れていった。本と詩の題名や詩句も、主人公たちの名前も彼を離れ去るのだった。

杉山が死に、東柱が代筆を中断すると、葉書は目に見えて減った。時々看守たちの郵便物が行き来するだけで、囚人たちは全く葉書を書かなかった。ひときわ東柱になついて手紙を書くことを楽しんでいた若い囚人に、その理由を聞いたことがあった。人なつこく、看守兵の私とも心安い人だった。彼は分厚い唇の間から冷たい息を吐いて言った。

「良い知らせがあるなら葉書を送るのではないですか。悪い知らせならむしろ知らない方がいいし」

だとしたら、以前はどうして多くの人々が、東柱に代筆を頼んだのか？　その男はまたくどくどと言った。

「あの人は、どんなに悪い知らせも美しく書く才能があったんだ。寒くて死にそうなのに、寒さのおかげで体が丈夫になったとか、狭い監房の中で縮まりながらも、監房が狭いおかげで寒さを我慢できると書くんだ……。よくよく考えてみれば嘘ではない。全部書き終えた葉書を読んでくれるんだが、私もついそう思ってしまう。寒くても辛くても不平を言わず、良い方に考えてここを出る希望を持つんだ。葉書を書きたいと駆けつけた人は皆、手紙を書くというよりはあの人の希望の言葉を聞きたかったんだよ。あの人が葉書を書かなくなって、希望は消えてしまった。ああ！　いつかあの人はまた葉書を書くのかな？」

私は彼の問いに答えられなかった。ただ彼の書いた葉書を読みたかった。杉山がそうだったように。戦争は続いた。さらに多くの青年たちが戦場へ引っ張られ、もっとたくさんの青年たちが死んで帰って来た。食べる物や着る物の残りが切れてからだいぶたった。人々は飢え、ぼろをまとい不安に捕われたが、福岡刑務所には得体のしれない胸騒ぎがうねった。一週間後にコンサートが近づいたからだった。所長は講堂や庭や行政棟をあたふたと行き来し、看守長は東京からやって来る高官たちの接待準備で忙しかった。岩波みどりは終盤の練習に没頭する団員たちの声を整えるのに余念がなかった。続けざまの空襲で何人かの高官たちが福岡行きをためらっていたが、内務大臣と陸軍大将の参席決定で状況は急転回した。高級閣僚と将軍の参席は、本土南部を死守するという意志を対外的に示す意図があった。

東柱は近づくコンサートに、ときめきながらも苛立っていた。彼のあらゆる関心は「ヘブライ人奴隷たちの合唱」に注がれていた。少し離れた所でかすかでもその曲が聞けるのなら、どんなことでもするつもりだったが、しかし収容棟で合唱を聞くことは不可能だった。コンサートが開かれる医務棟の講堂と第三収容棟は離れているうえに、監房は二重、三重の分厚い壁で遮断されていたからだ。労役場ではうるさい機械の音が音楽を妨害するだろう。

コンサートの二日前になって、東柱は浮き立った声で、音楽を聞ける方法があると言った。どんな方法かと聞く私に彼は、コンサートが開かれる月曜日に医務措置を受ければ、医務棟に行けると答えた。

彼の言う意味ははっきりしていた。コンサートが開かれる時間に、試薬室へ行って注射を受けるということだった。試薬室は講堂に近くはないが、医務棟の中でも同じ階にあった。公演を直接見ることはできないが、耳を傾ければ合唱は十分に聞こえるほどの距離だ。しかしその言葉の中には、致命的な危険が隠れていた。私は頑強に首を振った。

「医務措置の日程は毎週火曜日と金曜日だよ。勝手に変えることはできない」

「優一！　お願いだ」

彼はまたもや私に選択を要求していた。危険をものともせずに準備をしてきたコンサートを聴けないようにするのか、またはその歌を聴くために危険な注射を打たせるのか？　だんだん空《から》になっていく頭のわずかな部分を、音楽で埋めることができるのなら、彼はどんなことでもしようとするはずだ。私は彼の願いを拒否できなかった。

次の日私は団員護送を終え、試薬室を訪ねた。長い廊下を歩いている間何回か、戻ろうか、このまま行こうかと迷った。結局私は試薬室のドアを開き、面食らう担当医師に追加で試薬を願う医務措置対象者がいると報告した。理由を聞く医師に私は言った。

「試薬の効果が現れているようです。精気が回復した患者が労役ですぐくたびれることもなく、作業成果も出ています」

医師はしばし半信半疑の表情をしたが、すぐに非常に喜び、対象者の囚人番号を聞いた。しばらくして私は口の中でぐるぐる回った三つの数字をやっと吐き出した。

「六四五番……」

医師が興奮した声で叫んだ。

「わかった！　月曜日の午後二時に試薬室に護送しろ！　例のない医務措置の快挙を綿密に観察しなければ」

私は返事をしないまま席を立った。


コンサート当日の朝はついにやってきた。刑務所の庭は夜中に音もなく降った雪で画用紙のように白く輝いていた。朝日が昇る頃、私は合唱団員たちを講堂まで護送した。講堂の中には数十名の看守たちが、看守長の指示に従い忙しく動いていた。舞台は赤い絨毯で覆われており、観覧席には三百余りの椅子が置かれていた。

私は団員たちを舞台の後ろにずらりと並ばせて点呼を終え、みどりに目で合図した。簡単な個人の発声やパート別の練習の後で最後のリハーサルが続いた。舞台上のピアノの前に座る彼女は、一つひとつの声を調整した。

正午が過ぎると刑務所の正門に黒い自動車が止まった。黒いタキシードを着た丸井先生が車から降りた。前日福岡に着いた先生は、舞台点検を終えてから楽屋に入った。正門の前には次々に黒い乗用車が押し寄せた。タキシードや軍服を着た男性たちと華やかに着飾った女性たちが、車から降りた。彼らは刑務所コンサートという独特の行事に気乗りがしないながらも、妙な期待感を表した。

所長は満面に笑みを浮かべたまま貴族たちを迎え、ぴしっと火熨斗の当てられた制服を着た古参看守と看護婦たちは、貴賓の面々を案内した。少しずつ空席が埋まり、君が代斉唱が終わった。舞台の明かりが消え、幕が上がった。スポットライトの中を燕尾服を着た丸井安次郎が歩いて出てきた。

護送兵は東柱の足首にかけた鎖を確認した。監房を出た東柱はゆっくりとした足取りで医務棟へ向かった。夜中に積もった雪が風に飛んだ。足で踏まれた雪は、怒ったように歯ぎしりのような音を出した。積もった雪が、がちゃがちゃ鳴る足の鎖の音を消すと、彼の体は自由になった気がした。

医務棟の裏門を入った瞬間、彼は音楽の熱気を感じることができた。期待とときめきが、彼の足取りを少しだけ、さらに元気づけた。試薬室のドアの前に着くと、担当医師が微笑で彼を迎えた。彼は決然とした表情で診断室に入った。遠くから、一人の男の澄んだうら悲しい声が聞こえてきた。

泉に沿いて　繁る菩提樹……。

東柱は歌を少しでもさらに集中して聞くために目を閉じた。医師の質問が入り込んだ。

「囚人番号！」

「六四五番です」

慕い行きては　うまし夢見つ

「名前は？」

「平沼東柱です」

　枝はそよぎて　語るごとし……。

「あなたはいつ出所しますか？」

「昭和二十年十一月三十日。あと二百九十八日です」

　歌が終わると拍手が講堂の中をいっぱいにした。丸井先生はぱっと笑い、額の汗を拭った。拍手が続いた。彼は深く腰をかがめ舞台の後ろに消えた。拍手が再び彼を舞台の上に呼び戻した。

　看護婦は慣れた手つきで管をつないだ。冷たい注射針が彼の腕を通り入っていった。透明な注射液が細い管を通して体の中に流れていった。東柱は怖かった。その注射液が自分をもっと急激に衰弱させるかも知れなかった。歌と拍手が満ち潮と引き潮のように、近づいては引いていった。何回かの拍手がなくなっていき、長い静寂が続いた。

　舞台の上に幽霊のような顔と顔が浮かんだ。囚人たちは重い足の鎖を引きずり、パート別に並んだ。がちゃがちゃする鎖の音が、観客たちを驚かせた。白い看護婦服の岩波みどりが舞台に上がると、まばらな拍手が聞こえた。彼女はまっすぐにピアノに向かい、座った。表情のない目が彼女を注視した。彼女は二回深呼吸をした後、こっくりと頷いた。彼女の指が鍵盤をかすめた。

東柱は目を閉じた。楽な呼吸、けだるい意識。彼はまるで深い水の中に沈んでいるような気がした。遠くからピアノが聞こえてきた。透明な液体は血管を通り、澄んだピアノの音は耳を通して彼の体の中に入っていった。荘厳でもの悲しい歌声。

行け、想いよ、黄金の翼に乗って
小さな丘や裏山に飛んで行って座りなさい
祖国の地に吹いた甘い風のように
やわらかでのどかな香り立つその場所で
はるかなる故郷ヨルダン河の青い堤防に挨拶をすれば
崩れたシオンの城は我らを喜び迎える

薄暗い舞台裏に私はいた。固い声は少し悲しみを籠めて私に押し寄せてきた。それは単純に耳からではなく、香りから、動きから、震動から、私のあらゆる感覚や気管を通して飛んできた。それが花なら私はその香りで息が詰まるだろうし、酒だったらめちゃくちゃに酔うはずであり、麻薬なら破滅してもよかった。私がそれを享受する資格があるのかとためらうほど美しい音楽だった。その瞬間、私は人間であることの美しさ、生きることの喜びを発見した。私が人間だという事実、私の人生が続いているという事実に、私の心はわけもなくドキドキした。

ああ、こんなにも愛する奪われし我が祖国よ、
ああ、こんなにも大切な、こんなにも胸痛む思い出よ、

歌は男女の愛のように緊張と緩み、早さとゆるやかさを反復した。パート別に他の音、人それぞれの音色が互いに浸み渡った。それは生き物の鳴き声のようにやるせなく、夏の夕立のように荘厳だった。彼女はピアノの鍵盤で声をせきたて、制御し、そそのかした。声が混じり合い、ついに爆発した。皆が皆を慰め、皆が皆の傷をさすった。歌を歌う者たちは歌えて幸せだったし、歌を聞く者たちは聞けて幸せだった。

預言者の金色の竪琴よ
なぜ河岸の柳の木に掛けられ沈黙しているのか。
思い出に浸る胸に再び火を点しておくれ。
そして過ぎし時を歌っておくれ。
エルサレムの滅亡を再び心に刻み
悲嘆にくれた悲しみ痛む歌を奏でてくれ。
我らがこの苦しみを耐えられるように
堅固な主の歌を我らに歌っておくれ。

ついに歌が終わった。最後の音の微かな形跡までほとんどなくなり、短い沈黙が流れた。東柱の目は音符のひとつひとつの最後の響きを吟味するように、依然として閉じられていた。静寂を破り、拍手や歓呼が押し寄せてきた。

東柱は目を開けた。冷たい現実が再び彼をがんじがらめにした。しかし彼の瞳にはいまだ消え去らない、旋律の跡が留まっていた。彼は幸せな夢から覚めた少年のようだった。看護婦が彼の腕から太い針を抜いた。医者が言った。

「よし。今日に限ってかなり生気があるように見えるな」

翌日の午後、突然の所長の呼び出しに私はひどく緊張した。地下図書館について報告しなかったことが摘発されたのだろうか？　凧を揚げた少女のことが知られてしまったのか？　もしそうだとしたら私はどうなるのか？　あらゆる考えが恐怖を煽った。

つららのようにコチコチの私は、やっとの思いで所長の勧めた椅子に座った。所長は持っていた新聞を振り、晴れやかに笑った。大きな字が競い合うように目に入った。

〝福岡刑務所〟、〝音楽会〟、〝感動〟、〝美しい歌〟……。

所長は感激した目付きで活字を見つめた。

「コンサートは大成功だ。福岡地方新聞だけじゃなく、全国紙に刑務所コンサートのことが載った。君は囚人護送と練習場の監視で、大きく寄与した」

しかし私のおそれは変わらなかった。私がこの刑務所に何を寄与したというのか？　私は有能な看守でも、刃物のような検閲官でも、無慈悲な拷問官でもない。すべての仕事に幻滅を感じつつ、逃げることもできない看守兵だ。所長は新聞を置き、指で口髭の端を巻き上げて言った。

「崔致寿の刑が執行された。一日前絞首刑が執行されたんだ」

私の頭の中は火が消えたようにまっ暗になった。所長は念を押すように言った。

「こうして君の殺人事件調査も完全に締めくくられたのだ。杉山の事件はきれいに終わった」

信じられなかった。杉山を殺した者はいまだ明らかではないのに、崔致寿が死んだとは。彼は死んではいけない人だった。私は抑えきれない無力感を、やっと抑えて聞いた。

「最終陳述か、残した言葉はありますか?」

「何の言葉も残さなかった。参考人も最終陳述も拒否した。生きている時のように、死ぬときもさっぱりした奴だった」

「縁故者は?」

「受刑記録部に連絡する家族や親しい知り合いはまったくいなかった。しかたなく私が直接執行や無縁墓地への埋葬手続きを確認した」

私は魂が抜けたまま頷いた。所長は気落ちした私の肩を叩き、立派に任務をやり遂げたと言った。春になったら褒美の休暇をあげたいとも言った。しかし私の耳には何も聞こえなかった。どうやって出てきたのかもわからずに所長室を出た私は、行政棟の長い廊下や雪の解けていない庭を通り過ぎた。足元の土が崩れ落ち、空中にふうっと浮かんでいる感じだった。

考えてみればここは毎日何人かずつ死んでいく刑務所で、崔致寿の死だけを特別にする理由はない。でも彼は死んではならない人だった。彼は刑務所を抜け出そうと必死だったし、生きるために死をものともしなかった。限りない脱獄の試みとそのための独房行きは、彼の人生を支える二つの柱だった。しかし彼は、死んでもこの刑務所を抜け出せなかった。

無縁故者墓地に三三一という数字の書かれた立札が新しく立てられた。崔致寿の囚人番号だった。彼の死は彼だけではなく、私にとっても取り返すことのできない事件だった。彼に罠を仕掛けたのは正しく私だったのだから。私が真実の迷宮をさまよっている間、彼は参考人も最終陳述もなく死んだ。私は彼が杉山を殺した殺人者であることを切に願わないわけにはいかなくなった。そうすれば潔白な男を処刑したという呵責から抜け出せるのだ。私にできることはなかった。いや、ひとつだけ残っているかも知れない。

杉山を殺した本当の殺人者を探さねばならなかった。

いったい何があったのか

凍りついた地面を暗闇が覆った。医務棟の窓の外からかすかにピアノの音が聞こえてきた。明るい窓ガラスの縁には白い霜が降りていた。かすかに広がる暖かい炎の中でピアノと向き合っているみどりは、楽譜を見つめ直した。それは音と声を含んだ最も純粋な言語だった。

彼女は高低や長さと休止と区切りに隠れた音符を、ひとつひとつゆっくりと読んでいった。乱数表のように複雑な音符が、低めのハミングとなって流れ出た。彼女は私が近づいたことに気づき、ハミングをやめて後ろを振り向いた。私は言った。

「医務棟で治療を受ける者たちの診療記録を見たいんだ。あなたは第三収容棟の患者たちを診療して、その記録を管理しているんでしょう」

彼女が答えた。

「診療記録は看守長の要請書や診療部長の承諾があれば見せられますよ」

「知ってるけど、杉山の死を明らかにするには、その記録が必要なんだ」

彼女の眉間に細いしわができた。私はこのことで彼女が苦境に陥るのではないかと思った。彼女が聞いた。

「診療記録と殺人事件にどんな関係があるの？」

「彼が死ぬ前に何をしたのか調べれば、死の手がかりを探せるはずだ。彼が負傷させた者たちは誰なのか、いつ、どこの部位を、どうやって殴ったのかを知りたいんだ」

「簡単な負傷部位や負傷経緯、それと処置内容を書いた記録を見たからといって殺人事件についての何がわかるんですか？」

「記録は生命を持っているんです。なんでもない楽譜が美しい音楽としてよみがえるのと同じように、診療記録簿は、杉山がどんな生涯を送ったのか、なぜ死ななければならなかったのかを語ってくれるはずです」

しばし窓の外を見ていた彼女が決心したように頷いた。そしてまっすぐの姿勢でピアノに向かい、背を向けて座った。翌日、練習中だったみどりは楽譜の下から、黒く硬い表紙の書類綴りを取り出した。私が頼んだ診療記録だった。彼女は記録を渡し、再び黙ってピアノの演奏を始めた。黄金色の夕焼けが講堂の中いっぱいに照らしていた。私は記録を読んでいった。

第三収容棟囚人たちの医務措置が珍しいという事実は、診療記録にもよく現れていた。一月から八月までは診療記録はほとんどなく、時たま囚人死亡診断が目につくだけだった。

第三収容棟では死亡事件が頻繁だった。多少の違いはあったが、一ヶ月に三、四回程度の死亡事件が起きていた。一月には労役場で作業中だった者が染色所で機械に巻き込まれて窒息したことに始まり、収容棟の天井の補修作業をしていた者が転落死し、六十四歳の囚人が夜中に心臓麻痺で死んだ。二月にも墜落死、心臓麻痺、窒息死、落下死があり、夏には脳内出血と心臓麻痺が増えた。負傷者の診療記録は九月からひとつふたつ現れたが、十一月を過ぎるとますます多くなった。

第三収容棟の負傷者の処置は医者の代わりに当直看護婦がしたが、記録に現れた傷は、大部分頭部裂傷だった。負傷経緯は作業中に倒れたとか、階段から転がり落ちて頭が裂けたことになっていた。処置内容は止血と消毒のような簡単な応急処置がすべてだった。頻繁《ひんぱん》に診療を受ける者たちの名前に、何人か知っている人物の名前があった。崔致寿、金宏秘、平沼東柱。

尹東柱？

私は鋭い物体に体を刺されたように、はっとした。崔致寿と尹東柱が十五日ごとに一回ずつ、反復するように診療を受けていたのだ。頭部裂傷をはじめとし、ふくらはぎ、肩、上肢と下肢等、ほとんど体全体に切られるか裂けるかした傷があった。

私が診療記録が変だと思ったのは、次の項目の負傷を検討している時だった。記録に書かれている負傷者たちの負傷経緯は、私が明らかに知る事実と違っていたのだ。私は診療記録を開いたまま彼女に近づいていった。練習曲の最後の小節を弾いていた彼女が演奏をやめた。

「この記録をどこまで信じたらいいのかわからないよ。第三収容所の囚人たちのうち、杉山の棍棒で頭が裂けなかった人はいませんよ。私が護送した者も、五、六回はあったはずです。ところがこの記録には、看守の棍棒で殴られて負傷したという内容が、ただの一行もないのです」

彼女は私の視線を避けて言った。

「記録は記録されたという事実だけで、実情は違うから」

「診療記録に嘘の記録をしたということですか?」

「第三収容棟の負傷患者が医務棟に来れば、私が応急処置をします。処置を終え、傷の種類や負傷の程度を報告すれば、担当の医師が負傷経緯や処置内容を診療記録に残しました。大部分労役中に落ちたり、落ちた物にぶつかったことにして記録したんです」

「医師なのに、なぜありもしない嘘を記録したんでしょう?」

「所長は、この刑務所で起こっているむごたらしい暴力が世に知られるのを嫌がりました。公式文書の診療記録に、そんなよくない記録を残したくなかったんでしょう」

「所長はそうだとしても医師たちは、患者がなぜ怪我をしたのか、正確に記録する義務がありますよ」

「彼らには囚人たちの負傷経緯は何の意味もなかったんです」

私は彼女の目を問いつめるようにじっと見つめた。彼女を非難したくなかったが、私の声は荒々しかった。

「ここに記録されている嘘ではなく、あなたの知っている実状を話してください。いったい何があったんですか？」

彼女は鍵盤の上に視線を投げた。鍵盤は今にもポロロンと音を出しそうだった。彼女は言った。

「一ヶ月に一人か二人しか来なかった裂傷患者が、九月から押し寄せるようになりました。負傷したいきさつを聞くと、誰もが杉山さんの名をあげて悪口を言いました。犬畜生のような奴が、犬を殴るように人を叩いたと言って、朝鮮人はみな彼の棍棒で死んでしまうと言うんです。彼らの言うとおり、傷の部位は固い鈍器で殴られて裂けていました。ところが一つ変なことがあるんです」

「それはなんですか？」

「傷は大部分二、三センチほどの裂傷でした。まるで練習でもしたかのように、薄い表皮を正確に裂いていたんです。分厚い内もものような部分は鋭いむちの鉄片で裂いたんです」

「できるだけ傷をつけずに皮膚を裂くようにしないのは、一般的な拷問のやりかたです。ところが杉山の拷問は正反対だったんですね」

「傷を処置したんですが、ある人の左手小指が少し曲がっていました。折れた骨をちゃんと治療せずねじれたんです。理由を聞いたら、杉山さんが振りかざした棍棒を止めようとして折れたんだそうで、変だと思いました」

「なにが？」

「裂けて血が出れば、傍目には大怪我のようですが意外にもすぐ治ります。むしろ指が折れるのははるかに大変な怪我なのに、杉山さんは診療依頼をしていないんです。他の患者たちも同じでした。重傷を負った者を診療依頼しないのに、突然彼から裂傷を負わされた者たちが押し寄せてきたんです」

核心は簡単明瞭だった。杉山の暴力行為はずっと前から続いていたが、診療依頼はなかったということだ。九月ごろから意図的な裂傷で診療を受けるようになった。九月を境に変化したのは二つだった。負傷の種類が違ってきたことが第一で、診療依頼が始まったことが二番目だった。その事実から、杉山に関する幾つかの疑問点が生じた。九月に起こった変化の理由は何か？　気がかりなことはもっとあった。

「崔致寿と平沼は平均して一ヶ月に一回ずつ診療を受けています。十一月以降、平沼は十五日間に一回程度診療を受けていますが、その理由は何ですか？」

彼女の瞳はまったく見えなくなるほどに揺れ動いた。何かを隠しているのだろうか？　彼女が何かを隠しているのならそれを知りたいし、隠していないのなら、その事実もまた確認したかった。

「崔致寿はその頃、トンネル事件で取り調べを受けている過程で暴力を受けたのだと思います。平沼さんは……。」

彼女はしばしためらった。私は彼女から視線を離さず、さらに聞いた。

「杉山はその頃、尹東柱と詩を通して心を通い合わせていた。相変わらずの暴力看守が、彼にだけは保護者の役割に変わったといっていいだろう。ところで何のために彼は尹東柱の頭を傷つけたんだろうか？」

黄色の夕焼けが赤紫色に染まっていたが、やがて赤黒い光へと変わって消え失せた。夕闇が、窓の外から私たちをきょろきょろ見回していた。私は尹東柱の診療が始まった時点を考えた。

「昭和十九年八月、何があったのだろうか？」

ある思いが大針のように飛んできて、頭の中を刺した。彼女は私が返した診療記録を楽譜の間に隠し、講堂を横切り暗闇の中に消えた。

看守室へ戻ってくると、当直勤務中だった看守が非常に喜んだ。滞っていた報告書を書かなければならないから、代わりに当直をしたいという私の言葉に、彼は白い歯があふれ出るほどにっこりと笑い、看守室の鍵の塊を渡して逃げるように消えた。

私は鍵束をじっくりとながめ、看守室のキャビネットの鍵を探し当てた。キャビネットの中には刑務所のすべての書類綴が保管されていた。「消毒及び衛生台帳」、「空襲待避訓練報告書」、「第三収容棟囚人尋問調書」、「労役者配置及び作業日誌」……。

私が探している八月前後の「診療依頼書」原本と「検案要請書」は三番目の棚に立てかけてあった。「診療依頼書」は診療の必要な囚人がいるとき、担当看守が作成する同意書の一種だった。複写紙を敷いて二枚作成し、看守長の決裁をうけた原本は保管して、写本は医務棟に提出した。「検案要請書」は死亡者発生時、診療依頼書と同様の方式で作成し保管した。

「診療依頼書」は講堂で私が確認した診療記録綴とほとんど似たり寄ったりだった。違いがあるとすれば、医務棟の書類は診療記録と検案記録が一緒に綴じられていたが、検案要請書や診療依頼書は別々に綴じられていた程度だった。九月から目に見えて増えた診療依頼書の作成者は、大部分杉山道造だった。適当に繕った負傷のいきさつが記されていたが、ほとんどの原因は彼の棍棒だろうと推測できた。

そのとき、見慣れない書類がひとつ釣針のように私の視線を引いた。検案要請書の隣に立てかけられていた「医務検査経過報告書」だった。書類を眺めた私は、初めの日付が一月ではなく、八月二十四日だったことに注目した。それは医務検査の制度が始まった時点が八月だという意味だった。

私はまた杉山の診療依頼書をじっくり眺めた。昭和十九年八月二十二日の日付で作成されていた。八月二十四日と八月二十二日。二つの日付はどんな関係があるのか？　医務検閲経過報告書の次のページには、一次医務措置対象者十二名の名前と各々の症状、疑わしい病名が指摘されていた。栄養不足や気力の衰弱が大部分であり、視力低下、不眠症、痔、情緒不安等々一般的な症状だった。

すべてが日本最高の医療陣だという九州帝大医療陣にはふさわしくない症状だ。実際、糖尿病や白内障、肝炎のような重い病気の年配の患者を先に選んで治療すべきなのだ。ところが医務措置対象者の大部分は、十代後半から三十代初めの朝鮮人がほとんどだった。

帝国最高の医療陣が病人ではなく、むしろ健康な人たちを医務措置対象者に選んだようだった。解けない疑問を抱いたまま、私は三つの書類綴を並べて広げ、日付ごとに検討していった。

最初に見たのは「医務検査経過報告書」だった。八月二十四日初回の医務検査対象者に二十九歳の金山徳次郎（朝鮮名キム・ミョンスル）が選ばれている。病名は栄養不足と不眠症だった。

二つの病症は囚人だけではなく、看守も多く経験している症状だった。何かにつけて配給は中断され、真夜中に空襲サイレンが鳴り響くいまいましい戦争の時代に、栄養失調や不眠症に悩まされない人がいるというのか？　つまり金山は最高の医学知識を持つ医療陣が栄養不足と不眠症以外の異常な病状を探し出せないほどに健康な若者だった。

彼の名が再び現れたのは十一月十七日付の「検案要請書」綴りだった。いったい何が二十九歳の健康な青年を三ヶ月にもならないのに死なせたのだろうか？　私は最後に「診療依頼書」の原本を詳しく二回めくって見たが、彼の名前は見つからなかった。彼はどんな治療も受けたという記録もなかった。

「医務検査経過報告書」と「検案要請書」から見つかった関係は、「診療依頼書」によって何がなんだかまったく分からなくなってしまった。しかし、「診療依頼書」と他の二つの書類に共通点がまったくないという事実こそ、それらの明らかな共通点を物語っていた。医務棟の診療を受けたことがある囚人たちは医務措置対象者に選ばれず、医務措置対象者に選ばれなかった人々は、検案要請を受けなかったという事実だった。つまり、杉山に頭を裂かれた者は医務措置対象者から除外され、死んだ者たちは医務措置対象者たちだった。

私はまた「検案要請書」と「医務検査経過報告書」を照らし合わせた。思い違いを願った仮説は、仮設ではなく事実だった。十月以降七件の検案対象者のうち、五名は医務措置対象者だった。彼らの死因は脳出血、心臓機能異常、代謝障害等だった。残り二人のうち、一人は肺病を患っていた老人で、もう一人は防壁補修作業中に落下した石の山で圧死した者だった。

強い風が古くなった戸を揺らす騒々しい音に、私はひやりとして後ろを振り向いた。開いた窓枠のすき間から冷たい風が吹き寄せた。全身に鳥肌が立った。

医務検査は、病気になった患者たちを選んで治療したのではなく、その反対だった。彼らは元気な青年たちであり、健康な男たちだった。そんな彼らがなぜ死んでいったのか？　医務棟でいったい何が起こっていたのか？

翌朝、私は院長室に入った。古風な感じのする茶色の絨毯が、私の足音を吸い込んだ。年期の入った艶のある原木の机のそばには、ギクッとする人体骨格の模型がにゅうと立っていた。片側の壁には解剖刀や筋肉模型もあり、人体組織図が掛けられ、窓の外には博多湾の海岸線が広がっていた。私は院長面談要請がいいことなのか確信できなかった。ただ、やらなければならないことは明らかだった。

「どうだい？　渡辺君！　医務措置見学は助けになったか？」

院長の微笑は明るく輝き、まぶしかった。彼には私の知りえない知性と品格の匂いがした。本能的に人を引きつける彼の魅力に、うろたえた私の声がかすれた。

「はい、おかげさまで」

「それはよかった。あらゆる現象には二つの側面があるものだ。無作法な囚人たちの口ではなく、科学的な診療過程を見たから誤解が解けたのだろう。すぐ所長に君の休暇を上申するから、穏やかな気持ちで帰郷してきなさい」

彼は微笑を浮かべて私に言い聞かせ、好意を示し、私をたしなめた。私は心から彼の好意を受け取り京都に走って帰りたかった。このうんざりする鉄格子や塀を抜け出し、狭くて薄暗い書架の隙間に置かれた古い本に埋れて眠りたかった。しかしその前にやるべき事があった。

「ありがたいのですが、残念なことに医務措置対象者の副作用は、いまだ続いております」

微笑をたたえていた院長の眉間に、太い皺が見えた。つまらない看守兵がだだをこねるのを耐えようとしている彼の忍耐心は、その正体を現し始めていた。彼は短い咳払いで声を整えた。

「知っている。それは研究陣も十分予測していた症状だ」

彼の言葉は鈍器となって私を殴りつけた。

「記憶力が減退し、血が止まらないのを予想しているのに薬物を注射したんですか？」

院長の顔がゆっくりと固まった。彼はキラリと光る目つきで私を睨みつけた。少し前とはまったく違う冷淡で危険で容赦のない目つきだった。彼はぞっとする声で言った。

「君は日本人だろう?」

「そうです」

「それじゃ我々が執り行なっている戦争がいかに偉大な戦争で、日本の歴史にどれほど重要なのかも知っているな?」

「はい、存じております」

私はこの戦争がいかに偉大であり、どれほど重要なのかについて繰り返し考え、反射的に答えた。私が生まれた時から日本は戦争をしていた。ソ連、中国、モンゴル、朝鮮、米国……。日本は限りなく、数え切れないほどの敵と戦ってきた。正規軍とも戦い共産軍とも戦い、ゲリラとも戦った。ひとつの敵が後退すればまた他の敵が現われ、ひとつの戦線が消えるとまた別の戦線が形成された。院長は頷いた。

「ここの研究陣もまた、君にひけをとらない忠義で研究に邁進している。君が看守兵として囚人たちを扱うように、研究員たちは医者として患者を扱う。君が夜通し巡察をし、検閲作業をするように、我々もこの戦争の勝利のために夜通し研究している」

私を見る彼の表情は温和だった。だが私は喉からむかつきが突き上げて来た。

「第三収容棟患者たちの症状が、帝国の勝利に必要なものですか?」

「我々研究陣は長年、この戦争で戦う戦士たちのための新たな治療法を開発することに邁進してきた。我々は今までにない偉大な医療技術を開発することになるだろう」

「どんな治療法ですか?」

「専門的な知識の範疇に属する問題だ。一言では説明できないし、説明しても君には理解できん！」

メスのように鋭いその声が私の言葉を切断した。

「そうでしょう。しかし取るに足らない看守兵ごとき私にもはっきりとわかることは、医務措置の副作用が進行しているという事実だけです」

「嘔吐、下痢、めまいや記憶力がなくなり、血が止まらないという話なら、いい加減にしろ！」

「生きるための注射を打たれた人々が死んでいっています。いったいこの医務棟で何が起こっているのですか？」

院長の目が鋭く光った。私は自分が何を言っているのかわからずに大声を上げた。

「ひとつの記録なら嘘がつけます。しかしひとつの事件に関する二つ以上の記録は、互いの嘘を暴き、真実を明かしてくれます。『医務検査経過報告書』と『診療依頼書』、『検案要請書』といった書類です」

院長の顔から血の気が失せた。彼はゆっくりと温和な微笑を取り戻した後、口を開いた。

「君！　しつこいだけだと思っていたが、知力もたいしたものだ。わかった！　そこまで知っているなら、ここで行われている偉大な研究もまた理解できそうだ。君の知りたいことを話してやるから、これ以上飢えた野良犬のようにくんくん嗅ぎまわってあちこちでそそのかすな」

不安と好奇心が私の心臓を締めつけた。院長はせっかちな子どもをなだめるように低い声で言った。

「我々研究陣は、人間の生命維持システムに関する革命的医療技術を開発中だ。戦争や病魔に苦しむ人類を救う技術だ。成功したら、戦闘死傷者を画期的に減らせるのはもちろん、たくさんの患者の命を救える。ヒポクラテス以後、完全に新しい医学の新天地が開かれるということだ」

「それは何ですか?」

「輸血用の血液の代わりになる新物質を探しているんだ。戦争はますます熾烈を極め、戦場の負傷兵たちに最も必要なものは血液だ。出血過多で命を失うことは数えきれず、護送されても輸血用血液が絶対的に不足して、手術もできずに死ぬ場合が大半だ。輸血用の血液に代わる物質が確保できさえしたら、多くの兵士たちだけでなく、民間の負傷者たちも助けられる」

「人の血の代わりになる物質があるんですか?」

「血は〝血球成分〟と〝血漿成分〟から成り立っている。白血球、赤血球、血小板などで成り立つ血球の成分を除いた残りの成分が血漿だ。大部分が液体の血漿は、もろもろの蛋白質と血液凝固の因子で構成されている。戦場で負傷した兵士たちの出血を止めるには、必ず必要な成分だ。今のような戦時では輸血用血液が絶対的に不足し、必要な量を確保するのは不可能に近い。〝血漿成分〟を作れれば、戦争の様相は完全に変わるだろう」

震える声で言う彼は、夢を見ているような表情だった。他の医師たちが病気の患者を治療するのにあくせくしているときに、彼らは人類の生命の限界を改善しようとしていた。

「それで血を作り出すということですか?」

「我々研究陣が開発しているのは、〝血漿代用生理食塩水〟というものだ。生理食塩水には体液と類似したナトリウムの必要濃度が含まれており、血漿と同じような成分を成している。実際に病気や負傷で体液が減った患者たちに、リンゲルの形態で供給したりする。生理食塩水の濃度を調節し、少しの生物学的な過程を加え、血漿を代行する物質を開発することが研究陣の課題なんだ」

「食塩水といえば塩水と違いはないのに、人の体に血の代わりに塩水を注ぎ入れるんですか?」

私は眉間にしわを寄せ、ぶつぶつ言った。院長は私の反応を予想したように言葉を続けた。

「君のように医学的知識が貧弱だと、人を生かすのではなく殺すと誤解しやすい。だから我々の研究や実験は外部へ漏れないように、保安を維持したんだ。しかし心配する必要はない。生理食塩水の人体適応の純度も、実験やナトリウムの濃度に対する抵抗性実験、異物質による炎症の実験など、あらゆる副作用に対する検討をしている」

「しかし副作用は依然として、ずっと続いています」

「わかっている。代表的症状が動物性プランクトンによるくも膜下出血だろう。脳出血の病状と類似している。二日ごとに綿密な診断を通し、異常症状を確認し処置している。暗算テストが代表的な例だ。暗算は全般的な神経生理学的能力を判断する方法だ。内異質物が神経精神系統に及ぼす影響を、即刻、確実に判断できるんだ」

血管を流れる血が凍りつく気がした。私はなにも知らずに邪悪な犯罪行為を犯してきたのだった。それは人体実験だった。私は彼らを死の実験室へと追いやった手先だった。実験に動員された人々は、自分たちがなぜ死んだのかも知らないまま死んでいった。見なくても自分の顔が赤くほてってくるのがわかった。

「天下の九州帝国大学医学研究陣が、健康な人を干上がらせて殺す人体実験を行なっていたんですね。すばらしい帝国大学医学研究棟が、なぜこの刑務所の中に入ってきたのか、今わかりました。実験対象が必要だったんでしょう。モルモットや白いネズミの代わりをする生きている人間を」

院長は相変わらず微笑を浮かべていた。少し前まで心が広く温和だと思ったその微笑は、今や邪悪で冷酷に見えた。彼は変わることなく忍耐心を保って私に言い聞かせた。

「君の言うことはわかるよ。まだ世間に染まっていない年齢だから。二十歳にもならない君に言うことではないが、君は優秀な頭を持っているから理解できるだろう。世の中はそんなに単純ではない。刃物で大根を切るように、一度で二つに折れはしないのだ。固くて、複雑で、汚いが、それが世の中だ。君の言うように、我々がしている事を破廉恥な人体実験だと言って中断すべきなのか？　そうじゃない。我々はその実験を通して戦場で死んでいく兵士たちや、空襲で死んでいく幼い子どもたちの命を救うことができる」

院長の言葉が続いている間、私の目から涙があふれた。なぜ私が泣かなければならないのか？　理由がわからなかった。恥ずかしさ、怒り、敵愾心、罪責感、申し訳なさ、許してもらえないという絶望感……。あらゆる感情がとめどなく押し寄せて来た。どんなに崇高な目的のためでも、こんなことはありえないことだ。いくら多くの命のためとはいっても、人の命で悪ふざけをする権利はないはずだ。

私は濡れた目を、力いっぱいつぶった。自分の目で汚い世の中に向き合う自信がなかった。院長は心をこめて、私の肩をトントンと叩いた。

「よく聞け。渡辺君！　我々が救わなければならない人は、〝誰か〟ではない。同じように実験対象もたんなる〝誰か〟ではないのだ。我々が救わなければならないのは、帝国の軍人たちやアメリカの無差別空襲で死んでいく民間人たちだよ。反対に我々の実験対象者は、重犯罪を犯した囚人たちだ。天皇陛下に爆弾を投げ、暗闇の中で日本人たちの首を取り、警察署に火をつけた奴らなんだ。どういうことかわかるか？」

私はわからなかった。何もわからなかった。この見苦しい戦争が我々を、どんなに邪悪な獣に作りあげたのか、どれほど狂った奴がこの戦争を起こしたのか、どれほど多くの人々が死ねば戦争が終わるのか、自分が平凡な常識に基づいて生きていくのだと信じる人々が、なぜこの戦争を止めることができないのか……。

戦争を起こしたのは市民たちではなく、権力を握る狂った奴らだった。彼らはこの戦争に責任はないというのかも知れない。しかし戦争を起こさなかったからといって、戦争責任から抜け出せはしないだろう。彼らは戦争を止められなかったのではなく、止めなかったのだ。世界を戦争の火の渦の中に追いやろうとする者たちの陰謀を知らなかったり、知っていても知らないふりをしたのだ。それは私もまた同じだった。院長が続けた。

「奴らは我々の社会の内部にはびこっている悪だ。体の中でひっそりと育ち、結局命を奪い取る癌の塊なんだ。悪性の腫瘍を発見したとき、唯一の治療法は何かわかるか？」

時間が荒廃した空間の中を流れて行った。古時計の金属の振り子が、鋭い短刀のようにキラリとした。院長が言葉を続けた。

「切り取るんだ。手術だよ。それでも癌細胞は限りなく成長する。成長して健康な組織にはびこり、ついに全身を壊してしまう。今は健康な人も死んでいく戦時状況だ。我々が救わねばならないのは誰なのか？　癌の塊のような者たちを助けて、善良な人たちが死んでいかねばならないというのか？」

「誰かが死なねばならず、誰かを生かさねばならないのなら、誰がそれを決定するんですか？」

「どうせ刑期をみな満たすこともできず、死んでいく者たちが数えきれないほど居るんだよ。死後使い道のある存在になるなら、生きている時の悪巧みを少しは許されるのではないか？」

「死んだ囚人たちの遺体を墓地に埋めなかったんですね」

「生きている人を対象に使う前に、死んだ囚人たちの死体で十分な実験や研究を経なければならなかった」

「死んだ人だけではありません。病気や事故で医務棟へ移監された人々のうち、戻ってきた人はいませんでした」

院長は笑いを浮かべた。邪悪な微笑だった。

「死にいく奴や死んだ奴に違いなんてない。どうせ彼らはみな死んでいき、死体になる者たちなのだから」

院長の声がからんからんと響いた。彼の言うとおり、世の中は単純ではないのだろうか？

恐ろしい時間

被服労役場は、巨大な坩堝《るつぼ》のようにごった返していた。洗濯場の機械や、ミシンをかける音、看守たちの叫び声がごちゃ混ぜになり騒がしかった。喉がひりひりする埃やきつい染料の臭いの中で、汚れた顔と顔とがてかてかと光った。囚人たちはすり減ったり、弾丸の穴のあいた軍服に布を当てて縫い、繕いながら、一時その服を着ていた青年はもうこの世の人ではないだろうと思った。

東柱は染色作業所に編成された。私は医務措置対象から彼を引き抜くために、あらゆる方面に方法を探したが、どうやればいいのかわからなかった。私にできることは、冷たい野外作業場から、十分ではないがそれでも暖かい染色所に、彼を移してあげる程度にすぎなかった。彼は色褪せた軍服が山のように積まれた手押し車を押し、今にも倒れそうだった。

蒸気が吹き上がる音や叫び声の間から、けたたましいサイレンの轟音が上がった。十分間の整備点検時間だった。東柱はそっと後ろ向きに染色所へ近づいて行き、しゃがみ込んだ。他の労役者たちは、向かい側の窓際へ散らばっていた。看守たちは労役場の外で、一本のタバコを代わる代わるに吸い、ひといきついていた。

東柱は染色作業所に置かれた缶に指先を浸け、濃い藍色の染料を付けた。彼は汚物や種々の色の染料、垢だらけの汚れが飛んだ汚い壁に何かを書いて、指先に残った染料を囚人服の裾で拭いた。彼は貧弱な背中で文字をふさごうと中腰で私を振り返り、安堵感を取り戻したようだった。

向かい側の窓際に背もたれしていた看守が、私たちを疑わしい目で見た。私は棍棒を抜いて彼に近づき内ももを叩いた。中心を失った彼の体がぐらぐらした。看守たちは安心した表情に戻り、再びくどくどと小言を言い始めた。

東柱の背で遮られていた汚い壁に書かれた藍色の文字が現われた。

〝空、風、星、詩……〟

東柱はゆっくりと四つの音節を呟き、微笑んだ。私は黙ってひとり約束した。いつか彼が記憶を失ったらここに連れてきて、その文字を読ませると。そして彼は詩人だったし、詩人であり、永遠に詩人だと言ってあげると。そして彼が忘れた詩を声を出して詠んであげると。そうすれば彼は、自分が何者なのかわかるだろうか？

彼が笑うと、口元に花が咲いたようだった。過酷な時代に苦しめられたが、壊れることも汚れることもなかった笑みだった。私は看守たちに彼の笑いが気づかれないように、背中で彼を遮った。それが、私が彼に手渡してあげられる好意のすべてだった。

東柱は鹿のように弱くなった体できつい労役をやり遂げた。風を抱いた帆掛け船のように静かに時間《とき》の上をすべっていった。彼がどこへ行くのか私はわからなかった。もしかすると彼自身もわからないのだろう。

東柱は手押し車を押し、ミシン室と染色所を玉押黄金虫《たまおしこがね》のように行き来した。手押し車には彼の背より高い染色用の軍服が乗っていた。それは、彼が背負う人生の重さ、彼をこの状況に追い込んだ時代の重さだった。自分の体を支えるのも危うい、白く痩せ衰えた骨と皮だけの足首で、彼は手押し車を押した。

騒がしいサイレンの音が労役場に響いた。労役者たちは刈り取られた草のように倒れた。東柱も手押し車を置き、片側にぺたんと倒れるように体を投げた。私は乱雑に散らばる労役者たちをかき分け、彼に近づいた。すぐそばに近寄ったのに彼は私に気づかなかった。額は汗でてかてかし、顔には垢がこびりついていた。きつい労役で囚人服の胸はひらひらとすり減っていた。

いつごろからだったのか、彼はかんしゃくを起こすこともなく、楽しむことも、喜ぶこともしなかった。話す時間がだんだん短くなり、沈黙がますます長くなった。時たまひと言吐き出す言葉はぷつっ、ぷつっととぎれたり、乱れたりした。

私たちの対話はモールス信号のように途切れては繋がり、またとぎれた。長い沈黙、短い対話、もっと長い沈黙、さらに短い対話。そしてある瞬間、私たちの対話は完全に止まった。沈黙、長い沈黙、もっと長い沈黙、ますます長い沈黙。

彼の疲れが、苦痛が、私自身のことのように感じられた。私は声が震えないように注意しながら、口を開いた。

「大丈夫か？」

彼はぼんやりとした表情で私を見つめた。そうして「あ！」と短い声をあげ、嬉しそうな表情を浮かべた。そこまでだった。彼は私の容貌を記憶していたようだが、私が誰なのかわからなかった。彼は私の短い髪と褐色の軍服を注意深く眺め、知り合いのそぶりをみせた私が自分を知っているのか、知っているのなら、どうして知っているのか考えている様子だった。

彼の記憶は虫が食った葉っぱのようだった。彼は自分が囚人だとわかったが、なぜここにいるのか覚えていなかった。自分が詩人だということはわかったが、どんな詩を書いたのかわからなかった。たくさん本を読んだが、その主人公たちの名前を覚えていなかった。

私は彼の頭の中に、私たちが共に分かち合ったひとときが残っているか、気がかりだった。尋問室での静かな対話、たくさんの本と作家たち、秘密の図書館、そこで息をした黒い本、彼が書いた葉書、医務棟の廊下で体を震わせて聞いた合唱……。私はそれらが彼の頭の中に残っていることを、そして長い時間がたった後にも、蘇ることができるよう祈った。

私は彼の手首をつかんだ。彼の手の甲は冷たい風にひび割れ、手の平は厚いタコが出来ていた。彼は私が引いていくままに就いてきた。私たちはあちこちにいる労役者たちを避け、足先を移した。彼がよろめくたびに私は彼をつかむ手に力を込め、染色作業所の隅まで行ってから、やっと彼の手首を離した。ぼんやりとした壁の隅に濃い藍色の字が、鮮明に書かれていた。

〝空、風、星、詩〟

彼の口元に鮮やかな微笑みが浮かんだ。私はそんな微笑みを持つ人を知っている。祖国を失ったまま生まれた子、李《すもも》の木と井戸のある家で暮らした少年、井戸に映る青空を愛した少年、はるか遠い鐘の塔の先の十字架を仰ぎ見た子、トルストイやゲーテやリルケやジャムを愛した学生、古本屋で求めた本を胸に抱き喜んだ本の虫、人知れず暗闇を照らして詩を書いた詩人、密かにひとりの少女を愛した少年、自分で書いた詩を詩集として出すことさえかなわなかった詩人、名前を奪われた植民地の青年、他国の六畳間でひとり沈んでいた留学生、母国語で詩を書いたという罪で手錠をかけられた囚人、遠い北間島《ブッカンド》にいる母を恋しく思う息子、微笑みが刺青のように口元に刻まれた美男子、そして、結局その微笑みさえ失った男……。

彼の目は品のある藍色の字を懐かしむように見つめた。短い文字は誓いのように残り語ってくれた。彼がどんな人なのか、どれほど澄んだ魂を持ち、どれほど美しい詩を書いた詩人なのかを。

彼は震える手で字の上をなぞった

星をかぞえる夜

季節の移りゆく空は
いま　秋たけなわです。

わたしはなんの憂愁《うれい》もなく

秋の星々をひとつ残らずかぞえられそうです。
胸に　ひとつ　ふたつと　刻まれる星を
今すべてかぞえきれないのは
すぐに朝がくるからで、
明日の夜が残っているからで、
まだわたしの青春が終っていないからです。

星ひとつに　追憶と
星ひとつに　愛と
星ひとつに　寂しさと
星ひとつに　憧れと
星ひとつに　詩と
星ひとつに　母さん、母さん、

母さん、わたしは星ひとつに美しい言葉をひとつずつ唱えてみます。　小学校のとき机を並べた児らの名と、佩《ペエ》、鏡《キョン》、玉《オク》、こんな異国の少女《おとめ》たちの名と、すでにみどり児の母となった少女たちの名と、貧しい隣人たちの名と、鳩、小犬、兎、らば、鹿、フランシス・ジャム、ライナー・マリア・リルケ、こういう詩人の名を呼んでみます。

これらの人たちはあまりにも遠くにいます。
星がはるか遠いように、

母さん、
そしてあなたは遠い北間島におられます。
わたしはなにやら恋しくて
この夥しい星明りがそそぐ丘の上に
わたしの名を書いてみて、
土でおおってしまいました。

夜を明かして鳴く虫は
恥ずかしい名を悲しんでいるのです。

しかし冬が過ぎわたしの星にも春がくれば
墓の上に緑の芝草が萌えでるように
わたしの名がうずめられた丘の上にも
誇らしく草が生い繁るでしょう。★

★伊吹郷訳

彼の顔は、明かりが灯されたように明るくなった。ひょっとすると、杉山と一緒に見上げた夜空を思い浮かべたのかも知れない。わあっと降り注ぐ星、かすんだ星の光の向こうに見える永遠、星の光の下で星を歌った歌声。しかし彼はついにわからなかった。そのキラキラした詩語が、誰の眠りをさまたげ、誰の頭の中を複雑にしたのか。そして誰がその詩を書いたのかさえも。

私は、彼を失うことになるのが腹立たしかった。彼を失うのは私だけではなく、私たちすべてだった。私は友を失うが、朝鮮人囚人たちは賢明な同僚を、看守長は許しを乞う対象を、看守たちは温和な模範囚を、失うのだ。生まれていない朝鮮人たちは偉大な恩師を失うのであり、生まれていない日本人たちは、恥ずかしい過去を証言する知識人を失うのだ。私たちすべては今まで会うことができず、今後も永遠に会えない純潔な詩人を失わなければならないのだ。

私は知りたかった。私は誰を恨めばいいのか。私は彼を閉じ込め、彼をこんな立場に追い込み、死にゆく彼を眺める者の一人だった。望もうが望むまいが、私はこの穢らわしい戦争を起こした側だった。

私たちはみな許しを乞わなければならないのだろうか？　いや、私たちは皆許しを受けられるとでもいうのだろうか？

作業開始を知らせるサイレンの音がけたたましく鳴り響いた。バラバラに散らばっていた男たちが、ふらふらと立ち上がった。あちこちから〝アイゴー、アイゴー〟という呻き声が聞こえた。東柱はふらつく足で歩みを速めた。私は催促するように棍棒を脇の下に入れ、彼の体を支えた。彼の体は想像できないほど軽かった。彼は私が覚えた詩句を乾いた唇でぶつぶつつぶやいた。

「母さん……、僕は何もかも懐かしく、このたくさんの星の光が降り注ぐ丘の上に、僕の名前を書いて見て、それから土で覆ってしまいました……。でも冬が過ぎ、僕の星にも春が来たら……」

彼の言葉が切られた木のようにポキッと途切れると、足首が折れた。

「六四五番！　平沼！　尹東柱！」

私は呼べる限りのすべての名前で彼を呼んだ。彼は倒れながら土に頭をぶつけ、意識を失った状態だった。あるいは意識を失ったのが原因で倒れたのかも知れなかった。赤い囚人服がわあっと押し寄せ、倒れた彼や私を取り囲んだ。担当看守が走ってきた。

「どうしたんだ？」

「囚人が倒れました」

私は棍棒を放り投げ、東柱を抱き上げて背負い、走り出した。灰色の壁、鉄格子と鉄条網がぐるぐると通り過ぎた。赤い白熱灯と白い壁と高い天井が、どこまでも続いた。


東柱は医務棟の病室へ移された。彼の意識ははっきりせず、ぷつっ、ぷつっと途切れ、いつ終わりがくるのかわからない夢のように不安だった。医者たちは時間ごとに彼の血圧や体温や脈拍を計り、言葉をかけ、意識をチェックした。それらは彼を助けるための努力ではなく、彼が死に行く過程を観察する処置だった。

私は担当医師の特別許可で、東柱に面会できた。狭い通路にそって白いカーテンが、死の影のようにかけられていた。カーテンの後ろには死を待つ患者たちがいた。通路の中間で医師は歩みを止め、薄い布屏風をめくった。狭い空間にぎっしり詰まっている死の顔が見えた。

東柱は意識を失っては取り戻すを繰り返した。透明な液体が彼の腕に差し込まれた針の細い管を通し、体の中へ流れていった。担当医師は〝栄養剤〟だとだけ言った。私はその言葉を信じられなかった。すぐに注射針を抜くべきか、そのままにしておくべきかわからなかった。意識が戻るたびに、医師はあわただしく聞いた。

「名前は何か？」、「今日は何日か？」、「ここはどこか？」……。それは朽ち果てる患者の最後の意識まで逃さず観察する、残忍な拷問行為だった。彼らは死ぬ前の患者が何を記憶しているのか、何を記憶できないのか確認していた。東柱は首をかしげ、やっと口を開いた。

「思い出せません。昭和十八年七月十四日。ここは京都下鴨警察署？」

昭和十八年七月十四日は、彼が特高警察に逮捕された日だった。医師はうんざりした顔で吐き出した。

「すっかりめちゃくちゃだな。それじゃ、何を覚えているんだ？　何でも言って見ろ！　見えるもの、聞こえること、思い出すこと、何でも言って見ろ」

彼は唇を上下させ、かすかな声を出した。

「空、風、星、詩……。追憶と愛と憧れと詩と母さん……。星ひとつに美しい言葉ひとつ、貧しい隣人たちの名と、子犬、兎、ノロ鹿、騾馬《らば》、ライナー・マリア・リルケ……」

医師は首を左右に振ったが、がばっと立ち上がって私に来いと目くばせした。東柱はいつものように、別の世を見るような目つきで私を眺めた。それが、私が最後に見た彼の顔だった。

数日後、医務棟から一通の共助文が届いた。発信者は東柱の担当医だった。共助文を確認したとたん、目の前に黒い天幕が張られたようだった。私はその場でぺたりと座り込んだ。

六四五番、死亡通知書発送要望。

医務棟で死亡者名簿を引き継ぎ、彼の住所先に電報を発送する仕事は検閲官である私のもうひとつの業務でもあった。私は机の上の電話器を引き寄せた。取っ手を取って回し、交換看守を呼び出した後、私はしばらく何も言えなかった。受話器を通して、交換看守の癇癪《かんしゃく》ぎみの声が聞こえてきて、やっと気がついた。私の口から、非情な文章が溢れ出た。

「二月十六日東柱死亡、遺体引き取り来られたし」

受話器を持つ私の手がぶるぶる震えた。私は受話器を置き、手の平を開き、ひとつひとつ指を折っていった。彼が生きられずに残った日々を。

昭和二十年二月十七日、二月十八日、二月十九日……。

私は凍りついた刑務所の庭を、監禁された動物のように歩き回って時間に耐えた。十日が過ぎた後、電報を受け取った彼の父親と父の従兄弟が到着した。彼らは遠いよその国で息を引き取った息子の遺体を背負い、風の中へと旅立っていった。

私は刑務所を出る彼らに近づいて行った。何か言いたかったが、言えなかった。頭を下げた。彼の最期の姿のひと欠片《かけら》、最期のひと言でも伝えたかった。彼の父親が自分の息子を美しい青年として記憶できるように。かなり時間が過ぎてやっと、私は頭を上げた。

「あの……東柱さんが亡くなりました。あんなに汚れなき人が……」

私はくるりと背を向け歩いた。私の涙さえも彼らへの罪になりそうだったから。

私の星にも春がきたら

私の時間はそこで止まった。その日から時間がどうやって流れていったのか、私はわからなかった。雪が降り、雪が積もり、再び雪が溶けた所に新芽が生えた。凍りついた枝に春の花が咲き、花が散った。冬が過ぎていくことも、春が来ることも、春が過ぎ去ることも、夏が来たことも私は知らなかった。私は誰もいない海の上に浮かぶ丸木船だった。帆が裂け、櫓は折れたまま床から海水が漏れていた。

労役場で、庭で、検閲室で、尋問室のどこにでも、杉山の顔と東柱の声がにょきにょき出ては飛びついて来た。中央廊下の欄干にぶら下げられていた杉山の死体、所長室で聞いた「冬の旅」、荒い裏面紙に書いていった杉山のぎこちない文字、星空の下で詩を口ずさんだ東柱の目、黒い本が静かに息づいた地下図書館、ピアノの鍵盤を鳥のように飛び歩いた彼女の指、〝彼は詩人でした〟という言葉、ひと筋の煙になった詩、ひと握りの灰になって残った本、尋問室で分かち合った話、「誰かの胸に根づいた本は、絶対に死なない」。

私は罪もなく死んでいくたくさんの人を見た。それは戦争が私の魂に加えた暴力だった。死なずに生き残った人々まで、私のそばを離れていった。東柱が旅立った後、みどりは突然の電報辞令を受け、長崎の陸軍病院へ異動した。もしかすると、彼女自身が願い出たのかも知れない。一刻も速くここで起こった悪夢から抜け出したいだろうから。

彼女はほんの少しの微笑みさえ残さず、去っていった。去ったのは彼女ひとりだったが、刑務所全体にぽっかりと穴が開いたようだった。私は惨めになり、もっと惨めになることを願ったが、そうなることさえも生易しいことではなかった。

たまに、ときにはしょっちゅう、いや目覚めているふとした瞬間、彼女を思い出した。そのたびに私は、狂ったように棍棒を振り回し、囚人たちを駆り立てた。さらに狂暴になっていくことで、苦痛をこらえようとあがいた杉山のように。そのときになって初めて、怪物になるしかなかった杉山が、生涯背負った痛みがわかるような気がした。看守たちや囚人たちは気がつかなかったが、足を広げて歩く彼の高慢な姿勢は、痛みに引きずる足を隠すための手段だったのだ。それに、同じように罪責感を隠すために、険しい表情にならざるを得なかったのだ。


囚人たちはこそこそと私を避けた。それは私が願ったことだった。自ら進んで怪物になることで、彼女を完全に送り出せると私は思った。彼女は私のような怪物には、とても似合わない純潔な存在だったのだから。私は彼女との別れにも、もう悲しみを感じられなかった。

検閲室は私が逃げる唯一の場所だった。本や葉書を読む瞬間だけは、残酷な時代の暴力に傷ついた人間は私一人だけではないという慰めを得ることができた。私は検閲を言い訳に食事を抜いて、看守兵の集合にも行かなかった。

東柱の顔を思い出すたびに私は書棚へ行った。六四五番の箱があった場所はがらんと空いていた。彼の微笑みが懐かしくなると、引き出しの奥から、黒い皮の聖書を取り出した。彼の押収物の箱にあった本は、すべて煙となって消えたが、その本だけは生き残った。収監後に搬入されたおかげで押収物目録に含まれず、焼却文書目録からも逃れることができたのだった。
私は彼の体臭が浸みついているページを一枚一枚めくってみた。後ろのページに挟まれていた紙一枚の紙が、羽根のようにふわりと床に落ちた。端正な字画の見慣れた文字が記されていた。

八福

悲しむ者には　福《さいわい》があるはずだ
悲しむ者には　福があるはずだ
悲しむ者には　福があるはずだ
悲しむ者には　福があるはずだ
悲しむ者には　福があるはずだ
悲しむ者には　福があるはずだ
悲しむ者には　福があるはずだ

彼らは　永遠《とこしえ》に悲しむだろう。★

マタイ福音書五章三節と双子のように似ているが、まったく別の詩だった。悲しむ者には福があるという句節を八回繰り返すことで、彼は残酷な現実を受け入れ、未来に対する期待を高潮させた。しかし八回も反復され最高潮に達する期待は、最後の一行で、一瞬にしてひっくり返ってしまった。それは力に余る現実にくたびれた、彼のあきらめだったのか？

私は首を振った。彼は悲しむ者に中途半端な慰めの言葉をかける代わりに、残酷な試練が一朝一夕に消え去りはしないという冷たく厳しい現実を直視したのだった。それは苦しみが続き、現実がもっと見るに堪えないほどひどくても、それを自分のものとして受け入れ乗り越えたいという誓いだった。その詩は私を立ち上がらせ、私の背中を押した。私は悪意のある現実に、ひざまずかないようにしなければならなかった。立ち上がらなければならなった。彼がそうしたように。

青い消印が押された葉書は、ツバメの群れのように飛んできて、そして飛んで行った。それらは羽根がなくても、刑務所の塀と山を越え、海を越えた。私は毎日習慣のように郵便室に向かい、郵便袋に何通かの葉書を入れ検閲室に戻ってきた。たまに厚ぼったい小包の束もあった。

その郵便物が届いたのは、五月が過ぎ行く初夏の頃だった。受信者は長谷川所長と明記された手紙だった。時々、警察局や内務省など上部機関から発送される公文書の外に、所長に来る私的な郵便物は珍しかった。杉山が同じような手紙をどのように処理したのか参考にするため、私は文書受信・発信帳簿をひっくり返してみた。やはり、所長宛の私的な信書はなかった。

光を当ててみると、どんよりとして薄黒い封筒の上の方に、見慣れない切手の上に押された雑な消

★伊吹郷訳

印が目についた。満州出身の囚人たちに来る手紙に見られる切手と消印だった。しかし所長は、満州で勤務したことはなかった。もしも関東軍の中に知人がいたら、一般郵便物より安くて速い軍事郵便を選ぶはずだ。そうだとしたら、誰が所長に手紙を送ったのだろうか？

問題の手紙には、発送者の住所が記されていなかった。発送者名は泊光寿太郎となっていた。はくあきじゅたろう？　はくとるじゅたろう？　はくみつじゅたろう？　いずれにしても、ありふれた姓ではない。もしかすると、それは実際に存在しない姓なのかも知れなかった。

一瞬、頭の中で五つの文字が新たな方法で整列した。泊という字は〝三〟と〝白〟という二つの字に解体された。白いという意味を持つ「白」という字を、同じ発音の「百」という字で読むと、それは三〇〇という数字を意味するかもしれない。そうだとしたら続く「光」という字も数字で読むのが正しいのではないか？　「あき」や「てる」は明るいという意味を表すが、「みつ」は三という意味のようだから。では「はくみつ」？　「じゅ」と読んだ「寿」という字は「十」という数字に置き換えられる。文字は私の前で矛盾を現した。「三百三十」！

さんびゃくさんじゅう？

私はだんだん大きくなる二つの目で、最後の文字を眺めた。崔致寿の声が思い出された。初めて尋問室へ呼び出されてきた彼は、創氏名を問う私に「日本の名前が必要なら一郎と呼べ」とつっけんどんに言ったことがあった。太郎は一郎と同じで、一般的に一家の長男を指すもうひとつの名前だった。文字はついに隠した意味をはっきりと現わした。三百三十一。

私はその数字を覚えている。福岡刑務所三三一番の囚人は、崔致寿だった。彼の死刑はすでに執行された。それならば、死んだ者から手紙が来たのか？

私の頭の中で、開封後の事態に対する不安と、それでも見たいという欲望が互いに戦った。しかし私の手は考える間もなく、すでに封筒を開けていた。所長は自分の郵便物を、任意で開けた私を許さないかもしれなかった。封筒を開けない方がいいのか？　誰にも知られないように再び封ができるだろうか？

私は気を引き締めた。所長の手紙を盗み見るのではなく、郵便物を検閲するだけなのだと。私は検閲官であり、私には刑務所の塀を越えたすべての郵便物を検閲する責任と権限があると。所長の手紙も例外にはできないと。

開いた封筒の間から、どす黒い紙が見えた。私が毎日書き、読み、焼く、尋問調書の裏紙だった。閉鎖された刑務所の尋問調書用紙が、どうして満州から来た手紙の中に入っていたのだろうか？　知ってはいけない事を知ってしまった恐怖が押し寄せてきた。私は注意深く裏紙を開いた。

長谷川所長へ

とっくに便りをしなければならないのに、そうできず済まない。本当に久しぶりに間島へ戻って来たため、解決すべきことが溜まっていたのでわかってくれ。首を長くして私の便りを待つ君には悪かったが、ここでの仕事を終えることが先決だったのだ。

私はここで四百六十名の独立軍の連隊を指揮している。七日前には関東軍の三つの連隊をぶち壊したよ。主力部隊の息の根を止めたから、間島の駐屯関東軍は力を出せないだろう。

考えてみれば、君がすべてを賭けて私を助けてくれなかったら、私は福岡刑務所を抜け出せなかっただろう。ここで手紙を書けるのも君のおかげだから、安否を知らせるのが道理だろう。

まずは、君が首を長くして待っている知らせのひとつ！　君が私に送りこんだ三人の男の死について哀悼の意を表す。彼らは君が考えるほど機敏でも、鋭くも、強くもなかった。ウラジオストクを経て間島に来る間、私をよく警護するにはしたよ。ご存知だろうが、間島は私には有利な地域だ。生涯狭い塀や壁の中に閉じ込められて生きてきた奴らが、荒々しい間島の地で、私の敵手になるだろうと考えたのなら誤算だろう。君との長い人情と道理を考え、奴らの死体は埋めておいたから。狼や穴熊に食いちぎられられないようにだ。

君がさらに首を長くしている気になる知らせがもうひとつ！　残念だが、君があれほど手にしたかった金塊は得られないことになった。君は金塊のために私をこっそりと他に移し、三名のスパイまで付けて私を追いかけたが、無駄骨折だった。だからといって、私も金塊をもってはいない。金塊は初めから存在しなかったのだ。だから私が君を騙したと考えないでくれ。私だけが知る間島の某所へ、大量の宝石が埋まっているという言葉は真実だ。うんざりする刑務所から抜け出たことは、どんな貴重な宝石でも買えない値打ちのある自由だから。だが貪欲にとらわれた者たちは、その途方もない宝石は、独立軍たちが関東軍から奪取した金塊だと気楽に考えたんだ。君も同じだろう。君は知りもしない所に隠された莫大な金塊を探すために私を脱獄させた。結局私は宝物を探し出したが、君はそうできなかったね。平沼東柱。尹東柱という者はそれを隠喩と言ったよ。ひとつの文章が秘めているもうひとつの真実のことを。

頼みがある。看守兵渡辺優一に私が守れなかった約束を、君が代わりにやってくれたらと思う。あいつに杉山道造の生と死についての真実を話してやると約束したが、いまだ話が終われずにいたんだ。今頃あいつはもう刑務所内で何が起こっているか把握しているだろうが、君や私が互いに絡み合う話まではわからないだろう。あいつに私の話を代わりにしてくれ。君が言わなくても、あいつはしつこく食いつき、すべての事を見つけ出す奴だが……。

もうひとつ、頼みごとがある。警告と言ってもいいだろう。私を送り出しながら、君が人質として捕えている刑務所内の朝鮮人たちに、何も起こらないことを願う。もしも彼らに何かあったら、私は内務省にこの手紙を送るつもりだ。私にはこんな裏紙が十分に残っているんだよ。特高刑事たちが、刑務所にどやどやと押し寄せるのは見たくないだろう？

その節は食べさせ、着せ、泊めてくれたこと、ありがたく思う。

三三一番より

手紙は、私が調書の綴りからはがしてあげた尋問調書の裏紙だった。独房に閉じ込められた崔致寿を尋問した時、死刑囚だった彼は、遺書を書く紙を何枚かくれと言った。調書を束ねた紐からはがした跡も明らかだった。手紙の内容にも彼が崔致寿であることを暗示する証拠が目についた。「間島」、「独立軍」という言葉は、彼を指し示す言葉だった。最後の部分の私についての言及は、彼が崔致寿であることをよりいっそう明らかに語っている。杉山道造に対する真実を話すからという約束は、彼でなければ知り得ない秘密だった。

いったいどういうことなのか？　彼は確かに絞首刑を執行されて死んだはずなのだが、手紙は彼が生きていることを証明していた。そのうえ、彼は自分の手紙を私が読むことを明らかに知っていた。

差し出し人に自分の囚人番号を書いたこと、調書用紙に手紙を書いたことや、最後の文に私のことを言及したことがその証拠だった。所長に送る手紙の隅々に、私に送る証拠を秘めておいたのだった。彼は一通の手紙で、私との二つの約束を守ったことになる。紙の代金を支払うという約束と、杉山の死について事実を話すという約束を。

私はその話を聞かなければならなかった。話してくれるべき人は所長だった。しかし彼はこの狭い刑務所の餌の連鎖の最上層にいる強者だった。彼を相手にするには、私は余りにも未熟で世間知らずだった。できるなら、ここいらへんでやめたかった。

方法は簡単だった。私が読んだ手紙を焼いてしまえばそれまでだった。戦争の最中に満州では、郵便物が途中で紛失する例はいくらでもあるのだから。そのうえ、崔致寿がこんな手紙を送るとは所長自身も考えられないはずだ。

便箋は私の指先で決定を待っていた。焼かれるのだろうか？　それとも所長に届けられるのか？ついに私は机の上の検閲印を押した。

検閲済。

手紙は所長に届けられ、彼は私が手紙を読んだという事実を知るだろう。そして、何が起こるかはわからなかった。私は読むべきでなかったものを読み、してはならなかった事をしたのかも知れなかった。だからといって戻る道はなかった。

狂犬たちの日々

私が所長室に入ってしばらく経っても、所長は朝刊から目を離さなかった。所長の肩越しに、固い活字が目に入ってきた。「国民学校から大学までみな予備軍事学校」。「陸軍省、初期徴集に関する兵役法改正」。

入隊年齢はますます低くなり十五歳になった。あちこちで「本土抗戦」という言葉が聞こえてきた。戦争が窮地に追い込まれていることは明らかだった。所長は至る所にある勝利情報や勝利が近づいたという煽動的な記事にしがみついた。所長は黒い活字を一字一字噛み締めるように読み、新聞をたたんでテーブルの上に置いた。

「君が検閲した満州からの郵便物は受け取った」

彼は餌を前にして舌なめずりするライオンのように危険だった。私は、か弱い羚羊《れいよう》のようにぐずぐずしていた。

「刑務所の全郵便物は検閲を経なければならないという規則に従いました」

私の声は弁明のように聞こえた。どんな原則であっても、例外はあるものであり、所長に来た郵便物は例外でなければならなかった。所長の便箋に押された検閲済みの印は、何かを覚悟しなければできない行為だった。それは所長に対する宣戦布告だった。所長はできるだけ平静を装って言った。

「とがめているのではない。君は一切の例外を認めず検閲業務に忠実だったのだから」

彼は私を教え諭しているのだろうか？　所長はパイプに刻み煙草を入れた。どう言葉を続けるべきか考えている様子だった。彼はパイプに入れた煙草を無理やりぎゅっぎゅっと押さえつけ、そして言った。

「手紙の内容に関連して、君が知らなければならない事があって呼んだ」

所長は何かを隠したり、避けたりしなかった。彼の目は、解明し、説得し、教え諭したいという意志できらりと光った。私はできるなら彼に教え諭されたかった。いずれにしても、所長が私を説得してくれることを願った。

「私もまた、知りたいことがあります」

所長は詰め込んだ煙草に火をつけた。何度か空気を吸い込むと煙が上がった。

「何を知りたいんだ？」

「何を知りたいのか、私がどこまで知っていて、どこから知らないのかもわかりません。ただ、この刑務所で起こってはならない事が起こっていることははっきり分かります」

所長の顔は固かった。ひやっと寒けがした。

「起きてはならないことなどない。起こるべくして起こったことだけだ。特に今のような戦時には。君のいう起こってはならない事とは何だ？」

「医務棟では健康な朝鮮人たちを対象にして、人体実験をしています。彼らは……」

「つまり、君が知りたいことは何なんだ！」

所長は鋭い声で、私の声を遮った。私はその質問に答えなければならなかった。私は所長の答えの代わりに質問を投げた。

「崔致寿は本当に生きているのですか?」

所長の眉毛が蠢《うごめ》いた。持っていたパイプを深く吸い込んだ。白い煙を出し、彼は頷いた。数十の質問が、私の頭の中から火花を放ち、ぶつかった。

「彼はなぜ生きているのですか?」

所長は立ちのぼる煙をじっと見つめた。ついに彼は、消えてゆく煙の火を灰皿にトントンと払った。空のパイプを二回吸った彼が口を開いた。

「帝国のためだった。帝国のために私は奴を殺せなかった」

*

所長は赴任初日から、事務室の白いカーテンの後ろから崔致寿を注視していた。天皇に爆弾を投げた者とのうわさにも、崔致寿は本性を現さなかった。彼は言葉を失ったように口を閉じ、閉じ込められた野獣のように、刑務所の庭をうろついていた。所長は彼がたとえ刑務所の鉄格子に閉じ込められていたとしても、彼の頭の中は危険な考えでいっぱいだということを察知した。何も言わなくても、日光を浴びているだけでも、彼の体からは陰謀の臭いがした。

所長はその陰謀の実体を知りたかった。彼は囚人たちの間に潜るスパイを尋問室に呼びつけた。囚人たちの間で噂を広める逃げ足の速い奴、彼らの秘密のやり取りを管理するブローカーで、それに目をつぶってもらう代わりに、儲けの半分を定期的に上納する密売人でもあった金万教《キムマンギョ》だ。所長は彼に崔致寿を監視し、彼の一挙手一投足を報告しろという新たな任務を与えた。

次の日、崔致寿は金万教の監房へ移された。金万教は商売人特有の厚かましさと社交性で彼に接近し、驚くべき手腕で崔致寿までも自分の味方につけた。金万教は崔致寿に品物を献上したりし、看守たちに流れてくる情報を提供したりもして、信頼を得た。囚人たちの頭《かしら》たる崔致寿の側近だという位置は、彼の商売に羽根をつけてくれた。

いつからか囚人の間に崔致寿が間島のとある谷間に、大量の金塊を隠しているという秘密が噂となってささやかれ始めた。日本に来る前にかなり大きな規模の独立軍の部隊を率いた崔致寿は、関東軍連隊を襲撃したが、その部隊が間島地域関東軍の軍資金や物資を管轄した補給隊だったというのだ。崔致寿は奇襲攻撃で補給隊をたたきのめし、軍資金として使った大量の金塊を奪い、自分だけが知る秘密の場所に隠し、日本へ潜りこんだ。しかし天皇爆殺の大事に失敗して刑務所に閉じ込められる身になり、金塊は主《あるじ》を失くしたまま地中に死蔵されているということだった。

金万教が目をきらっとさせてその話をした時、所長は高笑いをした。見すぼらしい馬賊団に、関東軍の補給隊がやられたということはもちろん、崔致寿という者がものすごい金塊を埋め置いたまま、死に値することをやったという話も信じることができなかった。

その後数回にわたり独房を行き来した崔致寿が看守を押しのけ、塀に向かってむやみに走って捕えられると、所長は直接尋問室に下りていった。所長は拷問でぐったりしていた彼の裂けた目を見て言った。

「崔将軍と言ったたな？　なぜ逃げようとしたんだ？」

「脱出は捕虜になった軍人の第一任務だ」

所長は持っていた指揮棒で崔致寿の頬を殴った。

「お前は軍人でも捕虜でもない。破廉恥な凶悪犯ということだけじゃないか。お前は脱獄をしようとしたのではなく、死のうとしていたんだろう？」

「関係ない。ここを抜けだせるなら死んでも、俺はそうするつもりだ」

「恐れを知らないんだな。何のためにそんな無謀なことをしようとするんだ？」

「ここを抜け出し、必ずやらなければならないことがある」

崔致寿の言葉が所長の後頭部を殴りつけた。なぜあの時、流れていた噂が突然浮かび上がったのか？　おかしな噂は、根も葉もない噂なのかもしれない。崔致寿が隠しておいた金塊が本当にあるなら、それは奪取された帝国の軍資金であり、当然また探さねばならなかった。それは勲章ものだった。所長はこめかみがぴりっとした。絶対慌ててはいけないと自分に言い聞かせた。ゆっくりと時間をかけ、確信が持てるまで待たねばならなかった。ずっと後になって、所長は顎ひげをなでて言った。

「脱獄の企ては現場で即刻射殺なのだが、今回は独房行十五日間になるだろう。またおぼつかないことをしでかしたら、全身蜂の巣になると思え。もちろん独房から生きて戻っての話だが……」

十五日後独房を出た崔致寿は、また中途半端な脱獄を試みた。塀に沿って掘られた排水路に臥せていたが、巡察中の看守に見つかった。所長は再び崔致寿を尋問した。脱獄計画と実行過程は違ったが、目的は違ってはいなかった。ここを出て必ずやらねばならないことがあるというのだ。所長はそのやるべきことが何かを聞かなかった。聞いても答えるはずはなかった。

所長は彼を銃殺する代わりに、また独房へ送った。生きて戻った崔致寿は同じように塀を越えようとした。その時も彼を待っていたのは独房だった。所長は崔致寿と限りなくかくれんぼを続けた。無鉄砲な脱獄の企てと尋問、そして独房行き、そしてまた脱獄計画。

労役場で作る煉瓦の間に隠れて抜け出そうとした四回目の脱獄の企てもやはり失敗した。所長はトラックを止め、すべての煉瓦を降ろさせた。煉瓦の山の間から埃まみれの彼が転げ落ちた。彼はがばっと起き上がり門の方へ走った。歩哨の機関銃が、彼の背をねらった。射手は所長の手先を注視した。所長はついに射撃開始命令を下さなかった。代わりに看守たちに目くばせした。看守たちが一斉に棍棒を抜き取り、崔致寿に飛びかかった。

尋問室へ引っ張られてきた崔致寿は、瀕死状態だった。所長は雑巾のようにボロボロになった彼を眺めまわした。死ぬことを十分に知りながら、何回も無用な脱獄をする彼の下心が理解できなかった。所長はまわりをグルリと振り返り見た後、誰もいないことを確認して言葉を続けた。

「お前が命を賭けて脱獄しようとする理由は、捕虜の任務だからでも、滅びてしまったお前の国の独立のためでもないだろう」

「じゃあ、何のためだ?」

「金のためだ。お前が間島のある糞ったれた所に隠している、莫大な量の金塊だよ」

崔致寿は腫れた上瞼をしかめ、やっと言った。

「何たる根も葉もないことを言うんだ?」

「陸軍省の資料を調べてみた。昭和十年代中頃、間島地域に出没した反日残党についての記録があった。昭和十一年には朝鮮独立分子たちやロシア革命分子たちが、関東軍補給隊を攻撃した記録もあった。結局撃退したが、少なからぬ人的、物的損失を負った」

「金塊奪取についての記録があったというのか?」

尋問は所長ではなく、崔致寿がしていた。所長は首を振った。

「戦争中の軍隊が、被害規模をありのまま記すはずはないだろう。大規模軍資金を奪取されたなら、部隊の責任者だけでなく、十余名は銃殺を免れない。被害規模はできるだけ縮小し、戦勝した時は話を膨らませて大々的に伝えることが宣伝戦の基本だろう」

「なぜ金塊を奪われたと考えるんだ?」

「その年、陸軍省で関東軍側から八千名の兵力が増員された。連隊補給兵力と七百名の警戒兵力と三百余名の偵察兵力だったんだ。間島地域の朝鮮独立分子たちとロシア革命分子を一網打尽にしろという命令書が、十六回も下達《かたつ》されたんだ。その前にも、その後にもなかったことだ。それはその時期と前後して、莫大な損失を負ったということだろう。破滅した補給部隊を補強して再建し、警戒を強化した後で、反日分子たちを捜索する作戦を始めたんだ」

「結果はどうだったんだ?」

「半分は成功した。間島のあちこちで小規模武装の反日分子たちを殴って捕らえた。その数は二千を超えたんだ」

「半分の失敗は何だ?」

所長は意味深長な微笑をこぼし、答えた。

「奪われた軍資金が見つかったという記録がなかった。もしも金塊が見つかったのなら、反日分子たちの莫大な軍資金を獲得したという記録があるはずだ。前にも言ったが、勝利についての記録は多ければ多いほどいいからな」

「それじゃ、その金塊はどこにあるというのか?」

「それは私ではなく、お前が知っているはずだが……」

所長の口元に笑いがこぼれた。それは取り引きを提案する者の笑いだった。彼は崔致寿の唇に力が入るのを確認した後、言葉を続けた。

「囚人たちの間に流れていた噂は、根も葉もない噂ではなかった。お前が死をものともせずここを出ようとするのは、隠しておいた金塊を取り戻すためだった。関東軍補給隊を奇襲したのはお前だったのだから」

所長は軍服の一番上のボタンを開けた。尋問ではなく、取引が始まっていた。金塊を隠した場所を知っている人間は、崔致寿だけだった。隠しておいた金塊を探すためには、崔致寿は刑務所を出なければならず、そうするためには、所長は彼がこの刑務所を抜け出すことに目をつぶるしかなかった。所長は崔致寿の監視者ではなく、共犯者になることを決心した。そうでもして、失われた帝国の軍資金を探さねばならなかった。

所長が提案した取引は簡単だった。脱獄を認める条件で、間島の金塊を半分に分けることだった。崔致寿の背後に武装した看守を何人か付けて送れば、奴は手中を抜け出せないだろうと考えた。金塊を見つけた瞬間奴を始末すれば、帝国の軍資金をそっくりそのまま回収することができる。

いまやもっともらしい脱獄計画が必要だった。尋問室で頭を突き合わせた彼らが探し出した方法は、独房から地下トンネルを掘ることだった。崔致寿は仲間と塀の外へトンネルを掘り、所長は目をつぶることで取引が成立したのだ。トンネルが完成し崔致寿が脱獄する日、武装看守たちが彼を護送して間島へ行き、軍資金を回収して来る作戦だった。一～二ヶ月ではなく、何年か掛かるかもしれないが、時間が掛かっても完璧に処理しなければならなかった。

崔致寿は絶えず独房を出入りし、作業を手伝う仲間も増えた。独房は空く日がなく、トンネルは少しずつ出来上がっていった。問題が起こったのは、刑務所塀まであと十五メートルというときだった。崔致寿の様子を注視していた杉山が、臭いを嗅ぎつけたのだった。所長室に駆け込んできて、崔致寿の脱獄計画や、地下トンネルについて報告する杉山の目は火を噴いた。所長は何も知らずに暴れ回る看守を落ち着かせなければならなかった。

「杉山！　君が報告した状況は私も知っていた。君の苦労は立派だが、これは大げさに振る舞う事ではなく、緻密な作戦なんだ。だからこの事は知らないふりしていろ！」

杉山は崔致寿を餌にして推進される高度の作戦を理解できる者ではなかった。彼はただ、自分が監視する囚人の脱獄を防がねばならないという考えだけだった。所長室を出た彼は、すぐに崔致寿を尋問室に捕らえて脱獄をやめろと警告した。方法は簡単だった。トンネルを元通り埋めたら、何もなかった事にするというのだ。

それは地下トンネルについて口を閉じろという所長の命令と、崔致寿の脱獄を防がねばという任務との間のどっちちかずの妥協であり、自分の目の前で脱獄を企てた者に対する懲罰でもあった。崔致寿は毎日地下トンネルを点検する杉山の警告を無視できなかった。

もどかしかったのは所長だった。所長の大きく描いた絵が、傍若無人の看守によって壊れていった。崔致寿の決死の脱獄計画もまた、水の泡になっていく状態だった。

杉山が死んだのはその頃だった。

＊

「杉山を殺したのはだれの仕業ですか？」

私は乾いた声で聞いた。

「君が捜索した結果どおり、崔致寿の仕業だった。しかし、あいつでなくても関係ない。杉山の死は交錯状態に陥った作戦に、活路を開いてくれたから」

所長が感情のない声を吐き出した。私は首を振った。

「部下の死を作戦に利用したんですか？」

「それくらい重要な作戦だった。どうせ死んだ者は死んだ者にすぎないのだから。死んで帝国に貢献できるなら、杉山も喜ぶだろう」

「いったいどうしてそうなるんですか？」

「トンネル作業を続けるのには遅れた。戦況も傾いていた。停滞している暇はなかったんだ。我々は計画を変えた。トンネル作戦を妨害する杉山の死を利用する方法を考えたんだ。この刑務所を出るいちばん確実な方法は死だった。崔致寿の刑を執行し、彼の死体を家族が受け取ったことにすれば、簡単に刑務所から出ていける。そうするには、崔致寿が杉山を殺した殺人犯でなければならないんだ」

私の顎は怒りとやりきれなさでぶるぶる震えた。

「私に杉山の殺人事件を任せたことも、事件を解決した功績で一階級特進させたことも、崔致寿を殺人者に仕立て上げるための作戦だったのですか？」

所長はばつの悪い表情で、顎髭をよじって言った。

「君は事件を任せるのに適した人物だった。ほどよく純真で従順だったから。いずれにしても、君は君の立場で最善を尽くした。殺人犯を探し出し、結局作戦に貢献をしたことになるからだよ。君には悪かったが、進行中の作戦の全貌を末端の兵士に知らせるわけにはいかなかったんだ」

私は崔致寿が初尋問でなぜあれほど素直にすべてを打ち開けたのかがわかった。彼もまた、殺人者になればこの刑務所を抜け出せる共謀者だったのだ。私は彼らの陰険な共謀に利用された操り人形にすぎなかったのだ。真実を探すために眠れなかった多くの夜や、良心の呵責にさいなまれた時間も、意味のない操り人形劇にすぎなかった。私は崔致寿の死刑が執行されたことも、彼が実際に死刑になったのではなく書類上死んだことになったのも、彼の死体を入れた棺が、上級看守三名によって、刑務所の外にこっそりと移されたことも知らなかった。所長が言った。

「つまり、君は任務をよくやった。君の任務は完璧にだまされることだったのだから」

所長は優しい声で私をなだめた。私は大声を張り上げた。

「それは任務遂行ではなく、操り人形の役割にすぎません」

「お前の言葉が正しいのかも知れない。しかし操り人形も、居なければならないものだよ。そうでなければ崔致寿を完璧にこっそりと他に移し、帝国の金塊を取り戻せないのだから」

所長が弁解のように言った。私は喉から激しくこみ上げる怒りを吐き出した。

「作戦は失敗しました。崔致寿の後を追いかけた三名の看守たちは皆死に、金塊はもともとありませんでした」

「そんなはずはない。私はすべての資料を確認した。奴が補給隊を襲撃したことも、補給隊が大量の金塊を奪取されたことも間違いのない事実だ。我々が油断している隙に、奴が金塊を独占したんだ。特高出身の看守がやられたから、奴の後を追う特別な任務の看守をまた派遣しなければならない。金塊はまだ探さねばならないんだ！　そうでなければ私が直接、奴の後を追うつもりだ」

所長の顔が赤くなった。

「やめてください。所長は騙されました。なぜかわかりますか？　所長は軍資金ではなく、金塊が欲しかっただけです。軍資金を回収しようとするなら、陸軍省や特高警察に報告するべきなのに、所長は作戦という名目ですべてを秘密裏に進めました。金塊に対する欲がなかったら、崔致寿のトリックを見破ることができたはずです」

「トリックとは何だ？」

「崔致寿がいい加減な初脱獄を企てたのは、所長の直接尋問を受けるためでした。満州の秘密の金塊に対する噂をあらかじめ言いふらした後、命を賭けて脱獄を試みたんです。どうせ成功することのできない脱獄でも、銃殺の代わりに下された独房処分を見て、彼は確信しました。自分の広めた噂を、所長が飲み込んだことをです。金塊の位置を知る唯一の人物を所長は決して殺さないだろうと確信した彼は、繰り返し脱獄を試みました。死をものともせず続けて脱獄を企てたことを見せて、刑務所を出てやるべき大事なことがあることを証明したのです。ゆっくり繰り返して、所長がそう信じるようにしたのです」

「そんなはずはない」

「所長は絶対に騙されないと思ったのでしょうが、心の中では騙される準備ができていたのです。

金塊に対する欲のために、彼の言葉を信じたかったのでしょう。間島の荒れ地に莫大な量の金塊があることを願い、その場所を崔致寿が知っていることを望んだのです」

「私に欲があったと言うのなら、奪われた帝国の軍資金を回収しようとする真心だけだったんだ」

所長は目をむき、指揮棒で机の上を叩いた。私は鞭で打たれるように、その席に立ち上がった。私は言い過ぎたのだ。少なくともこの刑務所の塀の中で、彼は最上位の捕食者であり、私はしがない餌にすぎなかった。

私は選択しなければならなかった。所長の言葉を受け入れるなら、私には何事も起こらないだろう。今までこの刑務所で起こったのに何も知らないままだった他の事柄と同じように。そうでなかったら杉山のようになるだろう。私は息を詰まらせて聞いた。

「杉山を殺したのも所長の作戦の一部だったのですか？　崔致寿を殺人者に仕立てる犠牲者が必要だったのですか？」

所長は首を振った。

「杉山は作戦のための犠牲者ではない。作戦を壊す妨害者だった。奴が崔致寿のトンネルを発見しなかったら何もおきなかっただろう。発見しても私の指示に従ってさえいれば無事だったはずだ。だがあいつはそうしなかった。」

「それで崔致寿を殺人者に仕立て上げ、死刑にした後で棺に入れて刑務所の外に出すことにしたんですね。その上命令に従わず、作戦を駄目にした杉山を除去することもできたのですね」

「杉山は命令に従わなかっただけでなく、反逆もしでかした。トンネルを本館棟の地下に繋ぎ、不穏な本を作成して保管した。もちろん、ほかにもある。あいつは尋問を理由に、医務措置対象者たちに対し、意図的に出血をともなう負傷を負わせたんだ。平沼東柱などにだ」

杉山が医務措置対象者に選ばれた囚人たちの額を傷つけることで彼らを保護したという私の推測は、事実だった。尹東柱や崔致寿の傷もまた、杉山が意図的に負わせたのだった。その時になって初めて、私は杉山道造が暴力看守ではないといった岩波みどりの言葉を理解することができた。

「それで杉山を殺したんですか？」

所長は首を振った。

「杉山の死を利用したのは事実だが、彼を殺しはしなかった。彼は命令不服従者で反逆者だったが、依然として利用するところの多いノモンハンの英雄だったのだから」

「それでは誰が彼を殺したんですか？」

所長は答えの代わりに、私を睨んだ。ぼんやりしていた真実の欠片《かけら》が、元の場所を探し始めた。きらめく金縁のメガネをかけ、情け深い微笑をたたえた顔が浮かんだ。私を見て笑い、優しい声で私をなだめてくれた顔。

私は声を上げ、所長室を飛び出した。

院長室のドアを開けて入った時、院長は静かに受話器を置いていた。

「渡辺君、たった今所長から電話をもらったよ。私に聞きたいことがあるそうだが」

院長の声は穏やかだった。私は赤くなった目で彼を睨みつけた。

「杉山道造殺害事件の調査にご協力願います」

「いまだにその事件に執着しているのか？　その件ならすでに犯人が明らかになり、終わったと思っていたんだが……」

院長は純真だなというように私を気の毒そうな目で見つめた。

「犯人は明らかになりましたが事件は終わっていません。なぜなら犯人は殺人者ではないからです。杉山を殺した者は他にいます」

「誰がなぜその者を殺したというんだ？　彼はどこにいるというのか？」

院長は殺人者を〝そいつ〟、あるいは〝その者〟ではなく〝彼〟と呼んだ。私は落ち着かなければならなかった。私自身の手綱を締めるように長く息を吸い込んだ後、言葉を続けた。

「その者は医務棟にいます」

「なぜそんなとんでもない考えをするんだ？　渡辺君？」

彼は泣く子をなだめるように、穏やかに声を改めた。私のやるべきことは、努めて落ち着こうとする院長の心の中を引っ掻き回すことだった。

「杉山の口を縫った糸は手術用の縫合糸でした。この戦争のさなかに手術針や糸を使うことからして、殺人者は、医者であることは明らかですが、実力のある医者ではないようです」

「そう言う根拠はあるのか？」

「死体を見たら縫い目がくねくねとひどいものでした。子ネズミのように臆病で手が震えていたのか、針でとんでもない場所を刺して傷をつけ、結び目もまともにできないまま尻込みをしていたんです」

結び目がなかったのは事実だが、他は嘘だった。針目は正確で、突飛な針の跡もなかった。

院長の目尻はかすかに震えた。院長はやっとのことで感情を抑え、微笑んだ。

「医術について何も知らないのに、むやみにぺちゃくちゃしゃべるな。まったく、九州帝大の医療陣が末端の看守を殺す理由などないではないか」

その温かな笑みが私をよりいっそう不安にした。私は口の中の唾を集め、ごくりと飲み込んで言った。

「医務棟で何が起こっているのか知った杉山は、棍棒で囚人たちを殴り、出血させて実験を妨害しました。彼の罪は、獣たちの群れの中で人間の心を持ったということでしょう」

苦々しい笑みを浮かべていた院長がメガネを吊り上げた。

「君の言うことは一部分は当たっているが、多くの部分で間違っている。私は殺人をしたのではなく、反逆者を処断しただけだから。杉山は帝国のために滅私奉公をすべき看守でありながら、感情に振り回されて反逆を犯した。何度か彼を呼んで説得したが、頑として聞かなかった。一時期彼は帝国の偉大な軍人だったが、堕落した変節者になってしまったんだ。除去すべき癌のようにだ」

殺人を自白する瞬間でも、院長の顔には笑うそぶりが消えなかった。むしろ彼が悪漢の目つきの残酷な表情の者だったら、その声が穏やかで優しいというより、うっとうしい金切り声だったら、私はためらうことなくその者を憎めたのに。彼は依然として情け深い目つきで続けた。

「渡辺君、癌細胞をなぜ除去しなければならないのか知っているのか？　それは、ひとつの癌細胞が何でもない他の細胞まで癌細胞にしてしまうからだ。杉山が君をあまり染めなかったことを願うよ。反逆の思想に染まるには、君はあまりにも幼く純真だからな」

「癌の塊は、杉山ではなく私たちです」

私は叫んだ。院長は泣き叫ぶ私を見つめて言った。

「幼い君が受け止めるには容易ではないだろうが、日本は今戦争中だ。軍人ならばその点を賢明に受け取めねばならない！」

「この穢らわしい戦争は、私が起こしたのではありません。戦争を始めた者たちは、ただ自分たちの権力のためにたくさんの人々を殺し、負傷させ、苦しみに追いやりました。彼らは代価を払うことになるはずです。必ず凄絶で苦しい代価を払わなければなりません！」

私が吐いた呪いの言葉が私の首を絞める罠になることは知っていたが、私は抑えることができなかった。院長は最大の慈悲深い表情を浮かべ、私の罵詈雑言を黙々と聞いていた。

「君は賢く将来を嘱望される若者だよ。杉山のように愚かで無分別な者とは違うだろう。私はそう信じている」

私にできることは、苦しい息を吐くことしかなかった。私は死を恐れるほどに卑怯ではないが、死をものともしないほど勇敢でもなかった。私は崔致寿が言ったように、尹東柱が願ったように、生き残りたかった。生き残って何ができるかわからなったが、それでも生き残りたかった。

院長の顔に冷たい微笑が浮かんだ。彼が私を見て笑うという事実、私が彼を笑わせているという事実が恥ずかしかった。彼が私を信じなければいいと思った。

「杉山は死んだ。それは取り戻すことのできない事実だ。我々が今やるべきことは、彼の死を無駄にしないことだ。彼がいい所に行くことを祈ろう。たとえ生前どうしようもない者だったとしても、彼の死が貴い結果をもたらすように」

私は悪魔の顔を見た。笑っている悪魔だった。吐き気がした。私は手で口をふさぎ壁の方に走りだした。院長が柔らかい手で背中をなでて言った。

「こいつ、心臓が強そうに見えて肝っ玉が小さいんだな。それが君の生きる世の中だ。汚くて吐き気がするだろうが、君は賢いから生きる道を探せるだろう。そうしたかったらここで聞いた言葉は、吐き気とともに吐き捨てなければならないこともわかっているだろう?」

私は逃げるように院長室を飛び出した。私はこの秘密を話したかったが、話す人がいなかった。言ったとしても信じてくれる人はいないだろう。信じたとしても怒る人はなおさらいないだろう。仮に怒ったとしても何もできないはずだ。

私たちは結局何もできない無力な人間にすぎないのだろうか。

もう一行の懺悔録

七月になると、じめじめした海風が刑務所の塀を越えて入ってきた。検閲室の灰色の壁に青黒いかびが生えた。空襲はさらに頻繁になり、爆弾の性能はもっとよくなった。防空壕はまっ暗な墓の中のようだった。明かりもつけずに、私は暗闇を凝視した。暗がりの中で顔が浮かび上がった。死んだ者たちと生き残った者たち。私は生き残った人たちの中のひとりだった。生き残ったという事実が、私は恥ずかしかった。

八月になると、もっとじめじめした空気が刑務所のあちこちに幽霊のように近づいてきた。検閲室の壁の青いかびは濃い灰色に変わり、柱にまで広がった。ラジオから流れるアナウンサーの声はだんだん激昂してきた。さらに激しい空襲、もっと鋭い悲鳴、たくさんの死や凄惨な都市……。

私はその時にも生き残った。生き残ったという事実が、罪を犯したことのように辛かった。私は真実に目を瞑《つぶ》った。嘘に屈服し悪に同調した。私の心の中に閉じ込められた真実は外に出られず、洞穴のようにぽっかりと穴の空いた私の体の中をさまよった。戦争は依然として続き、永遠に終わらないようだった。

八月六日と九日。広島や長崎に二回の爆撃があった。すべてが火に焼かれ、すべてのものが崩壊し、あらゆるものが消え去った。八月十五日、戦争は終わった。私は指を折って数え、彼がいなくなってから過ごした日々をざっと数えた。八月十四日、十三日、十二日……。逆に指折って、その指は二月十六日で止まった。正確には一日足りない六ヶ月。終戦を、いや独立のわずか六ヶ月前にして、彼は死んだ。そして私は生き残った。

戦争が終わった事実を喜ぶべきか？　生き残ったことを喜ぶべきか？　多分そうすべきだ。しかし私はあまりにもくたびれ果て、喜ぶ気力さえなかった。

そうやって私は汚い時代から逃げてきた。

エピローグ　**福岡戦犯収容所戦犯容疑者尋問記録**

調査日時：　一九四六年十月二十九日
調査場所：　福岡戦犯収容所尋問室
調査者：　太平洋司令部連合軍法務局戦犯調査官　マーク・ヘイリー大尉
被調査者：　戦犯Ｄ二九七四五号　渡辺優一
通訳者：　日本人通訳官　長嶋教太郎

調査者：　先の一週間、あなたが一年間監房で書いた膨大な記録物を検討しました。言いたいことはこれが全部ですか？
被調査者：　はい。それが全部です。
調査者：　この記録はあなたに有利な陳述と不利な陳述を同時に含んでいます。記録どおりなら被調査者：　ば、あなたは戦犯として刑を避けられないかもしれません。知っていますか？
知っています。この記録は私自身を弁護するために書いた文章ではありません。戦争中に私の目で見て、私の耳で聞き、私が話したことについての記録です。それは、多くの人々がなかったことだろうと信じたく、なかったことにしたいでしょうけれど、決してなかったことにはならない出来事についての話です。

調査者：　あなたの記録は事実を記録したリポートですか？　フィクションを描写した小説ですか？

被調査者：　どちらもです。私の記録は事実でもあり、フィクションでもあります。もしもそれがフィクションなら、それは根拠のない嘘ではなく、真実を話すためのフィクションです。

調査者：　九州帝大医学部で行った生体実験は事実ですか？

被調査者：　そうです。当時死亡したり危篤に陥った収監者たちの家族に、遺体を引き渡すという情報とともに、もしも遺体引き渡しが遅れるとか、引き取りができないのなら、九州帝大医学部に解剖用として提供するという郵便通知書を一緒に発送しました。

調査者：　医務措置についての記録はこの刑務所内に一枚もなく、あなたが唯一の証人です。その点についてほかに知っていることはありますか？

被調査者：　終戦直前にすべての記録は焼けという上官の命令がありました。文書焼却に関する業務は検閲官だった私の所管でした。私は看守室と検閲室、所長室のすべての記録を焼却室へ運び焼きました。

調査者：　なぜ誰にも言わず、知られたくないことについて書いたのですか？

被調査者：　誰かはそれを知るべきだからです。記録されない歴史は無で、そのうえ、嘘になることもあるからです。忘れなければ振り返ってみることができ、振り返ってみてこそ過ちを探せます。過ちを探せたら間違いを認め、間違いを認めたら許しを乞うことができ、許しを乞うと許されて、許されてこそ新しく出発できるからです。

調査者：　なぜ事実をありのまま記録せず、小説の形式で記録したのですか？

被調査者：　人々は真実を語ることを恐れ、真実を受け止めることを嫌がります。ある場合にはフィクションが事実よりもっと多くの真実を語ることができます。私は真実を話したかったのですが、それはあまりにもすさまじく、残酷で、私自身もそれに耐えることができませんでした。

調査者：　フィクションが真実になりうると考えるのですか？

被調査者：　真実は記録するものではなく、記憶しなければならないことです。記録が焼かれ、秘密にされても、真実は依然としてこの場所にあるはずです。

調査者：　あなたの記録は日本人には恥ずかしい歴史になるかもしれません。よろしいですね？

被調査者：　恥ずかしい真実もまた真実です。誇らしい嘘より、恥ずかしい真実を認めた時、私たちは本当の自由を得ることができるのです。

調査者：　あなたは自らを無罪だと思いますか？

被調査者：　いいえ、私は有罪です。私の罪は、何もしなかった罪です。

調査者：　犯罪は自分勝手にある行為を実行することで成立します。何もしなかったことがどうして罪になりますか？

被調査者：　私は戦争の狂気に沈黙し、罪のない者たちの悲鳴に耳を塞ぎました。穢らわしい戦争を止めることもできず、人々が死んでいくことを防ぐこともできませんでした。

調査者：　あなたは戦時下の軍人として上官の命令に従っただけで、直接人を殺した記録もありません。

被調査者：　私が人を殺さなかったということが、たくさんの人々が死んでいったという事実を変えることはできません。残忍な時代を生き残ったということだけでも私は有罪です。

調査者：　ここから出たいですか？

被調査者：　はいそうです。
調査者：　ここを出たら何をしたいですか？
被調査者：　私が何をしたいのか自分もわかりません。しかしある雨の日、見知らぬ道を傘も差さずに歩いていく青白い男の後ろ姿を見たら、私はあの詩人を思い浮かべるでしょう。その時私は、誰の命令がなくても彼のもとへ駆け寄り、骨が折れ、破れた傘を差してあげます。
調査者：　ほかにやりたいことがありますか？
被調査者：　詩が書かれた凧を保管している少女を探したいです。彼女は私たちが題名さえ知らない詩人の初めてで、また最後の詩を持っている唯一の証人です。
調査者：　最後に言いたいことがありますか？
被調査者：　窓を開けていただけますか？
調査者：　清く明るい夜です。星が降り注ぐようですね。
被調査者：　あの星の光は、私たちがこの世に来るはるか前の星から来たものです。数万年前に消え去ってしまった星の光もあり、数十万年前に消え去った恐竜たちが見上げた星の光もあります。彼は星になって居なくなりましたが、彼の詩はあの星のように、ずっとずっと光を失わないでしょう。

訳者あとがき

夏の終わりに、本書の原作者イ・ジョンミョン氏に会うため韓国へ行った。翻訳しながら、文章から滲み出てくる雰囲気と、また氏が二〇一二年の秋に東京の韓国文化院で講演した時の原稿からも、この作家はもの静かな方に違いないと想像した。お目にかかると、私が想像したとおりの方だった。

お会いする前に原書についての質問や確認したい箇所、ご了解を得たい箇所などを書き出し、出版社を通して送っておいた。よくよく考えたら、この万事がパソコンの時代に下手な手書きの文面で、しかも私の誤解もあるだろうし、作家の立場を考えたら気分を害するような点もあったのではないかと少し緊張していた。

ところが、互いに挨拶が済むとイ・ジョンミョン氏はまず、私が送った質問用紙と何やらびっしり書かれた大きな手帳を広げ、私の質問のすべてについて詳しくお考えを説明してくださった。私は、韓国語と日本語の、同じようでいて微妙に違うニュアンスの言葉を、日本の背景に合わせた表現にしてもよいかなど、お伺いした。例えば呼称の問題で、韓国語の「あなた」、「おまえ」、「君」をそのまま機械的に訳すと、日本の人間関係ではしっくりしない場合などについてである。また登場人物の仕草から感じ取れる感情について私の受け止め方が間違っていないかなど、気になるところはどんなに些細なことでも、原著を広げてお聞きすることができた。今考えても、何と恵まれた豊かな時間だったかと思う。

イ・ジョンミョン氏は、歴史の事実の中に埋もれたり洩れたりしている事柄に目を向け、虚構の中にもうひとつの歴史の「真実」を描きだす韓国のベストセラー作家である。日本でも『景福宮の秘密コード』（原題は『根の深い木』）、『風の絵師』（原題は『風の画員』）が翻訳出版され、韓国では『風の画員』は二〇〇八年、『根の深い木』は二〇一一年にテレビドラマとしても放映されて大評判になり、その後日本でも公開されている。

二〇一二年に出版された本作品『星をかすめる風』は、韓国の国民的詩人、尹東柱《ユンドンジュ》を主人公にしており、本書は発売されるや否や瞬く間にベストセラーとなった。その後も国内で次々と版を重ね、また国外では十一ヶ国で出版されて、世界の出版界でも権威あるイタリアの「プレミオ・セレジオーネ・バンカレッラ文学賞」を二〇一七年度に受賞した。この賞の初回（一九五二年）の受賞者はヘミングウェイ（受賞作は『老人と海』）だった。もう半世紀以上の歴史ある文学賞である。

氏の作家としての姿勢を物語る言葉にバンカレッラ賞を受けた時のインタビューがある。最初に、インタビュアーが「バンカレッラ賞に輝き、また海外でも出版が相次ぎすごいですね」と言った時、氏は「それは私よりも詩人・尹東柱の美しい詩とその人生によるものです。詩人の詩と生そのものが人々を惹きつけるからです」と答えている。また、いわゆる歴史小説を書く作家に人びとが向ける、それは「事実」なのか「真実」なのかという問い、つまり「歴史」ではなく歴史の歪曲ではないかという問いに答えて、「私は史実や事実よりも美しい虚構を書きたい。それを読んだ人が、これが本当に真実ならば……と思うような、そういう虚構を書いていきたい」と語っている。さらに小説を書くにあたり最も大事にしていることは？　という質問には「読者との共感です」とも答えている。

講演でも「文学作品を読むことは、自分の知る世界と違う世界を知ること、言語や国や生活が違う中で、違うという事実を通し、しかし私たちは結局、真実と善良さや美しさを共有する同じ人間同士だと確かめ合うことができる。それが文学の持つ力だと思う」と語っている。本作品がなぜあっという間に国境を越えて多くの読者に受け入れられているのか、頷かせる言葉だと思う。十一ヶ国で出版されたというこの作品が、ヨーロッパやアメリカで出版されることは私にも予想できたが、アジアではどこの国で出版されたのか気になって伺うと、トルコ、台湾、中国、ベトナム、タイとのことだった。他の六ヶ国は、イギリス、フランス、スペイン、アメリカ、イタリア、ポーランドで、日本で出版されると十二ヶ国になる。

作品のモチーフとなった詩人尹東柱は、一九一七年、現在の中国東北部龍井に生まれた。中学生頃からすでに詩作をしており、当時の童詩が『カトリック少年』という雑誌に連載されるなど頭角を現していたが、その後ソウルの延嬉専門学校（現在の延世大学）文学部に進学し、詩人鄭芝溶と交流、雑誌『少年』に詩を発表した。専門学校卒業後の一九四二年に日本に留学して立教大学に入学、後に転学した同志社大学在学中に治安維持法違反の罪に問われて福岡刑務所に投獄され、一九四五年に二十七歳の若さで獄死している。彼の死後、一九四七年には遺作「たやすく書かれた詩」が京郷新聞に紹介され、翌四八年には遺稿三十一篇を集めた詩集『空と風と星と詩』が刊行された。以来、彼の詩は時代を超えて愛され、数え年で百歳にあたる二〇一六年には生誕百年を記念して初版本の復刻版や未完の詩まで掲載した新たな詩集などが次々と出され、ベストセラーとなった。また彼の生涯を描いた映画『東柱』も製作されて話題となり、生誕満百年の二〇一七年には日本でも上映されている。

日本では、一九八四年に影書房から全詩集『空と風と星と詩』が出版され、詩人茨木のり子の『ハングルへの旅』（一九八六年、朝日新聞社）によっても広く知られた。また国語の教科書にも尹東柱の詩は紹介されたので、その詩を学んだ世代がこの国にもいることになる。私は韓国語を学んで間もない高校生が、尹東柱の詩を読んで心打たれたその思いを韓国語でスピーチするのを聞いたことがあるが、本作品はその詩を小説の中にふんだんに取り入れ、敗戦（韓国では「解放」）六ヶ月を前にして二十七歳で獄死した詩人の最後の一年を描いた小説である。

物語は、十七歳で召集されて福岡刑務所に配属された看守兵、渡辺の目を通して描かれている。刑務所の看守杉山は、同僚の日本人看守たちにも恐れられ、不穏な文書を焼く残忍な検閲官である。彼は囚人たちの葉書を代筆する尹東柱の文章と、その詩を検閲していた。二人の間にいったい何があったのか？　作者の描く、これが真実だったらいいのにと思わせ、「いや、これこそ真実だ」と読者も自分自身の人生に思いを馳せてしまう美しい物語が展開する。

イ・ジョンミョン氏は、実はこの作品を書くきっかけが、氏にとって初めての日本旅行で出会った同志社大学の学生との小さな出会いだったことを話してくださった。

一九八九年、韓国で海外旅行が自由化された大学四年の時、日本語が分からないまま大阪に降り立ち、人びとに道を聞こうと「エクスキューズミー（excuse me）」と話しかけても皆避けて通り過ぎてしまい、困ったそうである。その時バスで隣り合わせたのが同志社大学の英文科の学生で、彼の大学を一緒に訪ねたらキャンパス内で尹東柱の小さな詩碑を見つけて驚き、ここが尹東柱の留学した大学だったことを知ったと言う。そこでこの学生に、「同じ英文科だから、あなたの先輩にあたるこの詩碑の詩人を知っていますか」と聞いたら、「知らない、ここに詩碑があることも知らなかった」というので、尹東柱のことを紹介し、最後は福岡刑務所で獄死したことなどを話したというお話だった。

個人的なことになるが、私がこの小説を翻訳してみたいと思ったきっかけも、初対面の韓国人に「尹東柱を知っているか?」と聞かれたことにある。不意を突かれて息を呑んだとたんに、なぜか尹東柱の有名な詩『序詩』が韓国語で私の口から出てきた。日韓でいわゆる韓流ブームが起こる前のことだったのだが、私に問いかけたその方は、実は尹東柱のご親族、歌手のユン・ヒョンジュ氏であった。辞書を片手に独学していた頃、初めて読んだ韓国の詩が尹東柱だったので、あまりにも偶然の出会いに私は驚かされた。ユン・ヒョンジュ氏の父上は福岡の刑務所で獄死した尹東柱の遺体を、尹東柱の父親と一緒に引き取りに来ている。この小説の翻訳話があった時、私は小説の翻訳は難しい、今まで翻訳という仕事をこつこつとでも続けてきたのならまだしも……とお断わりした。しかし尹東柱が主題の小説だという一言が一ヶ月たっても頭から離れず、せめて原書は読んでみたいと連絡してその初版を送ってもらった。それは二〇一二年に出た初版の二巻本だった。

今回私が翻訳の底本に使ったのは、今年の三月二十日に第二版として新たに一巻本に改められた版である。私は翻訳をもう一度最初からやり直し、また今回著者にお会いしご了解を得たので、例えば西暦を「昭和」に変えたり、また日本の背景に合わせて作者ご自身が文章を少し書き換えてくださった部分も二箇所ほどある。原書で読まれる読者には、この点もご了解いただければ幸いである。本文中の詩の翻訳のうち既存の訳を使用した場合は、注で訳者を示した。

本作の出版にあたっては、たくさんの方々のお世話になった。論創社の森下紀夫社長と森下雄二郎さん、また編集とこの本が最終的にこの形になるまで数々の大切な助言をしてくださった黒田貴史さんに、深くお礼を申し上げます。大学時代の恩師・浅見定雄先生には原語と照合した訳詩の選択や、バビロン捕囚と関連した古代イスラエル史についてご教示いただいた。韓国語については長年の友人及川銀淑さんにお聞きしたが、韓国人囚人たちのユーモラスな会話に二人で笑いが止まらないこともあった。親友の息子さんで小説と韓国映画を愛する青年、村上良輔さんは、初稿の段階から訳文を読み、若い読者を代表するような率直なコメントをくださった。出版に至るまでの日々、なによりもありがたかったのは「その小説を早く読んでみたい」と言ってくださった方々が周囲にも韓国にもおられたことである。今また一人ひとりのお顔を思い浮かべ、この場をお借りして「ありがとう」を申し上げます。

最後に一九九八年から金大中政権下で韓日文化交流政策諮問委員長を務め、日韓文化交流に尽力なされた池明観先生に、心からお礼を申し上げます。一九七三年に先生と出会わなかったら、八〇年代に韓国で暮らすことも、この小説を翻訳することもあり得ませんでした。政治に流されない日韓の市民同士の交流を願う御年九十四歳の先生に、この本をお届けできることは、いま私の最大の喜びです。

二〇一八年の初秋に　鴨　良子

[著者]

イ・ジョンミョン

慶北大学国文学科を卒業し、『女苑』『京郷新聞』等新聞社や雑誌社の記者として働いた。集賢殿（朝鮮王朝時代の官庁）学士連鎖殺人事件を通し、世宗のハングル創製秘話を描いた小説『根の深い木』、申潤福と金弘道の絵の秘密を解いてゆく推理小説『風の絵師』を発表した。スピード感と熾烈な時代意識、深みのある知的探求が際立つ小説は、読者の爆発的な好評を得、韓国型フィクションの新境地を切り開いた。小説『風の画員』は、2008年、ムン・グュニョン、パク・シニャン主演のTVドラマに、『根の深い木』は2011年、ハン・ソッキュ、チャン・ヒョク、シン・セギョンが出演するミニシリーズとして放映され話題を集めた。

本書、尹東柱とその詩を焼いた検閲官の物語を描いた『星をかすめる風』は、出版されるや否や瞬く間にベストセラーになり、イギリス、フランス、スペインなど11ヶ国で出版された。この作品は2015年イギリスの外国小説賞にノミネートされ、2017年にはイタリアのプレミオ・セレジオーネ・バンカレッラ文学賞を受賞した。

その他の作品に、長編小説『良き隣り人』『千年後に』『ひまわり』『最後の遠足』『悪の追憶』『天国の少年』などがある。

[訳者]

鴨 良子（かも よしこ）

1950年青森県生まれ。東北学院大学文学部基督教学科卒。日本基督教団弘前教会副牧師、児童養護施設・青少年自立ホーム指導員を経て、1982年8月渡韓。同徳女子大学日本文学科講師を務めるかたわら、ソウル大学附属語学研究所で韓国語の基礎を学ぶ。87年東国大学国文科大学院修士課程に入学、89年同課程修了。著書『ソウル韓国語世界への旅　私の80年代』（明石書店）、訳書『イエスのまわしを取る』（明石書店）がある。

First published in Korea by EunHaeng Namu Publishing Co., Ltd.
This Japanese language edition is published by arrangement with KL Management, Seoul, Korea

星をかすめる風

2018 年 12 月 25 日　初版第 1 刷発行
2024 年　3 月　1 日　初版第 4 刷発行

著　者　イ・ジョンミョン
訳　者　鴨 良子
発行者　森下紀夫
発行所　論創社
〒101-0051 東京都千代田区神田神保町 2-23　北井ビル 2F
tel. 03（3264）5254　fax. 03（3264）5232
web. http://www.ronso.co.jp/
振替口座　00160-1-155266

装幀／桂川 潤
組版／三冬社
印刷・製本／中央精版印刷
ISBN978-4-8460-1777-4
落丁・乱丁本はお取り替えいたします。